中 国 当 代 作 家 论

谢有顺　主编

余华论

中国当代作家论

谢有顺 主编

刘 旭／著

余华论

作家出版社

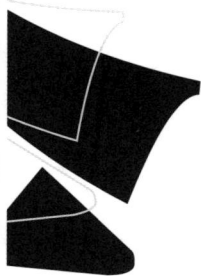

刘旭

■ 1975年生，文学博士，华东师范大学中文系教授、博导。主要从事乡土文学研究、底层文学研究、赵树理研究和莫言研究等。现为中国赵树理研究会副会长。在*Degrès*（法国）、《文学评论》等刊物发表论文数十篇。2006年出版国内第一部底层文学研究专著《底层叙述：现代性话语的裂隙》，另出版有专著《底层叙事：从代言到自我表述》《赵树理文学的叙事学分析》等。

主编说明

自从到大学工作以后，就不时会有出版社约我写文学史。很多文学教授，都把写一部好的文学史当作毕生志业。我至今没有写，以后是否会写，也难说。不久前就有一份高等教育出版社的文学史合同在我案头，我犹豫了几天，最终还是没有签。曾有写文学史的学者说，他们对具体作家作品的研究，是以一个时代的文学批评成果为基础的，如果不参考这些成果，文学史就没办法写。

何以如此？因为很多学问做得好的学者，未必有艺术感觉，未必懂得鉴赏小说和诗歌。学问和审美不是一回事。举大家熟悉的胡适来说，他写了不少权威的考证《红楼梦》的文章，但对《红楼梦》的文学价值几乎没有感觉。胡适甚至认为，《红楼梦》的文学价值不如《儒林外史》，也不如《海上花列传》。胡适对知识的兴趣远大于他对审美的兴趣。

《文学理论》的作者韦勒克也认为，文学研究接近科学，更多是概念上的认识。但我觉得，审美的体验、"一个灵魂唤醒另一个灵魂"的精神创造同等重要。巴塔耶说，文学写作"意味着把人的思想、语言、幻想、情欲、探险、追求快乐、探索奥秘等等，推到极限"，这种灵魂的赤裸呈现，若没有审美理解，没有深层次的精神对话，你根本无法真正把握它。

可现在很多文学研究，其实缺少对作家的整体性把握。仅评一个作家的一部作品，或者是某一个阶段的作品，都不足以看出这个作家的重要特点。比如，很多人都做贾平凹小说的评论，但是很少涉及他的散文，这对于一个作家的理解就是不完整的。贾平凹的散文和他的小说一样重要。不久前阿来出了一本诗集，如果研究阿来的人不读他的诗，可能就不能有效理解他小说里面一些特殊的表达方式。于坚也是一个典型的例子。很多人只关注他的诗，其实他的散文、文论也独树一帜。许多批评家会写诗，他写批评文章的方式就会与人不同，因为他是一个诗人，诗歌与评论必然相互影响。

如果没有整体性理解一个作家的能力，就不可能把文学研究真正做好。

基于这一点，我觉得应该重识作家论的意义。无论是文学史书写，还是批评与创作之间的对话，重新强调作家论的意义都是有必要的。事实上，作家论始终是中国现代文学的一个宝贵传统，在1920—1930年代，作家论就已经卓有成就了。比如茅盾写的作家论，影响广泛。沈从文写的作家论，主要收在《沫沫集》里面，也非常好，甚至被认为是一种实验。中国现代文学研究界的许多著名学者都以作家论写作闻名。当代文学史上很多影响巨大的批评文章，也是作家论。只是，近年来在重知识过于重审美、重史论过于重个论的风习影响下，有越来越忽略作家论意义的趋势。

一个好作家就是一个广阔的世界，甚至他本身就构成一部简易的文学小史。当代文学作为一种正在发生的语言事实，要想真正理解它，必须建基于坚实的个案研究之上；离开了这个逻辑起点，任何的定论都是可疑的。

认真、细致的个案研究极富价值。

为此，作家出版社邀请我主编了这套规模宏大的作家论丛书。经过多次专家讨论，并广泛征求意见，选取了五十位左右最具代表性的作家作为研究对象，又分别邀约了五十位左右对这些作家素有研究的批评家作为丛书作者，分辑陆续推出。这些作者普遍年轻、锐利，常有新见，他们是以个案研究的方式介入当代文学现场，以作家论的形式为当代文学写史、立传。

我相信，以作家为主体的文学研究永远是有生命力的。

谢有顺

2018 年 4 月 3 日，广州

目录

第一章 先锋之前：与"现代派" 同时的主旋律创作

　　余华初出茅庐的年代，正是一个复杂的、重新呼唤"现代"的时代。无数思想家、作家、评论家重回启蒙阵营。西方的各种思潮和新文化运动时一样，急速涌进中国。对西式"现代"的期待从清末就已经开始，新文化运动使"启蒙"成为百年来中国思想的主潮。社会主义革命的到来使中国转向了另一种现代，或者也可以说是另一种"启蒙"——马克思意义上的共产主义式"启蒙"。后来的三十年，诸多原因造成了社会主义实践的挫折，直接造成"文革"结束后与新文化运动类似的欧美式启蒙重归主潮。按百年来中国文学的发展特点，文学创作与政治运动相应，产生了与社会主义现实主义截然不同的另一种文学潮流。几年之后，余华也正是在追求现代的风云激荡中独辟蹊径，一夜之间震动了中国文坛。那就是中国的"八十年代"。但是，八十年代初的中国知识界的"现代"追求对余华并无太大影响。

　　余华出生于1960年的杭州，父亲华自治，山东人，军人，部队转业后在浙江省防疫大队工作，母亲余佩文，绍兴人，浙江某医院手术室护士长，哥哥华旭。1962年余华三岁时，父亲从杭州回到浙江嘉兴市海盐县人民医院任外科医生，余华全家遂随父亲迁至海盐。余华从此在这个江南小城开始了漫长的童年生活。

　　海盐位于浙江北部的杭嘉湖平原，秦时置县，因"海滨广斥，盐田相望"而得名；它距杭州约一百公里，距上海约一百公里。海盐是崧泽文化的发祥地，素以"鱼米之乡、丝绸之府、礼仪之邦"著称。唐代诗人顾况、现代著名教育家和出版家张元济、著名漫画家张乐平，以及曾领一时风潮的改革先锋步鑫生，皆为海盐人氏。但是，余华全家甫到海盐，此地却是一个"连一辆自行车都看不到"的穷乡僻壤。余华的童年生活就在这个江南小城开始了。他在这里差不多生活了三十年。余华重要小说中的历史、人物和风物，都脱不开这个小城对他童年记忆的铸定。①

"文革"结束后的 1979 年，十九岁的余华被安排到浙江宁波进修口腔科，成一个牙医。在新世纪的今天，牙医是一个排名在收入前十的职业，如果在美国这样的发达国家，收入会更惊人。但是，余华的职业的到来没有在一个恰当的时间，反而给了余华一个时空错位的耻辱，那时候牙医的收入和工人没什么两样，而且上班的时间死板且无趣：

> 还有一点就是我难以适应每天八小时的工作，准时上班，准时下班，这太难受了。所以我最早从事写作时的动机，很大程度是为了摆脱自己所处的环境。那时候我最大的愿望就是能够进入县文化馆，我看到文化馆的人大多懒懒散散，我觉得他们的工作对我倒是很合适的。于是我开始写作了，而且很勤奋。②

天天坐班，而且又脏又累，每天看着那些肮脏的口腔和腐烂的牙齿，配以糟糕的收入，可以想见十九岁的余华对这个职业是如何的厌恶。所以，年轻的余华想到了另一条出路。

这个人生的设想造就了一个文学天才余华。我们也因此应该大力感谢那个简单、贫困、政治为上的社会主义时代。因为在那个时

---

① 王侃：《余华文学年谱》，《东吴学术》2012 年第 4 期。
② 余华：《自传》，《呼喊与细雨》附录。

候，作家是最幸福的职业。而现在作家是自由职业，大部分职业作家的生活状态用困窘来形容是不为过的。社会主义时期国家对宣传和意识形态的极度重视，大大地提高了作家的地位，作家不但有不菲的收入，进入类似"公务员"的编制，享受"皇粮"，而且最让余华向往的是，作家不用上班，每天随便报个到，写点文章，工资照拿，稿费另算，且是一个极其光荣的职业。在牙医余华看来，那是神仙一样的生活。原因也不复杂，一个作家影响很多人，一部作品影响几代的奇迹并不少见，如《青春之歌》《林海雪原》《红岩》，在很多人心中，说是革命的《圣经》一点也不过分。就在这种作家被革命神圣化的时代，在作家之名与作家之利的影响下，牙医余华开始往作家余华方面努力。他开始有意识地阅读一些"好"的文学作品。

第一节　川端康成的东方式忧伤

余华在几十年后回忆自己的文学道路时说："我是 1983 年开始小说创作，当时我深受日本作家川端康成的影响。"[①] 川端康成因为是当时为数不多的、获得诺贝尔文学奖的东方作家之一，对一些初学者是神一样的存在，而且川端康成的作品确实有着无限的魅力，有着东方的静谧和简洁的乡村风景一样的语言。二十岁出头的余华接触到川端康成的作品之后，仔细研读，为了一个改变一生的决定，可以说是如饥似渴地努力学习川端康成的文字风格并体悟其境界，这些都对余华的早期创作产生了非常关键的影响。此时的影响，对于初学者余华，是让他明白了小说的细节描写的重要。"那五六年的时间我打下了一个坚实的写作基础，就是对细部的关注。

---

① 余华：《没有一条道路是重复的》，上海文艺出版社 2004 年，第 112 页。

现在不管我小说的节奏有多快，我都不会忘了细部。"①细节描写在余华之后几十年的创作中确实得到了非常好的运用，不管是早期"先锋小说"的血腥场面的悠然展示，还是《活着》的死亡场景一个又一个如卷舒之云温情来去，即是川端康成的影响，这为余华的辉煌成就奠定了良好的文字基础。

此时作品主要有1983年发表于《西湖》上的《第一宿舍》和《"威尼斯"牙齿店》，1983年发表于《青春》的《鸽子，鸽子》，1984年《北京文学》上的《星星》《竹女》和《月亮照着你，月亮照着我》，1985年发表于《东海》的《男儿有泪不轻弹》等。尽管余华认为这些小说都是练笔之作，但在这些练笔之作当中，我们能找到川端康成深深地影响余华的痕迹。

1983年，余华二十三岁，虚岁二十四岁，这一年是他生命中划时代的一年。他在《西湖》杂志上发表了短篇小说《第一宿舍》，它成为余华正式发表的第一篇小说，余华因此证明了自己的写作能力：他有资格成为一个作家。就此，1983年的余华成功地完成了由牙医余华向作家余华的转变。余华人生的第一重大转折在他自己的努力下得以奇迹般地发生。这其实还代表了余华在医牙和写作之外的第三个才能：毫无征兆地转换人生角色。这是后话，暂且不表。

1983年余华发表的处女作《第一宿舍》，其实应该属于当时"伤痕文学"的范畴，说是"反思文学"也可以，两者指向的社会批判方向是一致，即对"文革"及极"左"时期的种种荒谬现象的反思和批判。当然，此时的余华对社会和人性并没有深刻的认识，他就从自己有限的人生经验中去体验"伤痕"，并做有限的"反思"。

小说以一家医院为故事的发生地，明显与余华的牙医职业有关。主要人物为住在某家医院第一宿舍中的四名实习生，有"我"、小林、一个陕西人，及主要人物毕建国。小说以第一人称讲述了医护宿舍内所发生的事件。《第一宿舍》为短篇小说，一万多字，共

---

① 余华：《我能否相信自己》，人民日报出版社1998年，第253页。

十一节，相对千字的中学生作文来说，是个大的突破，余华不但写成了，而且发表了出来，在当时无论是对个人，还是对周围的亲戚朋友同事们，都是件了不起的大事。因为在那个极度重视文学的时代，发表一篇散文或小说，就是自己的文字变成了"铅字"，可不亚于今天物化时代中个六合大奖，何况这篇小说发表于当期的"头条"位置，意义似乎更为重大。作为初学者的处女作，"文学性"一般都难达到较高的水平。从叙事结构上来说，小说前后存在着分裂感，前半部分写实习生的生活，轻松而幽默，不时有点喜剧化的小包袱，后半部分则转向伤感，这也无伤大雅，毕竟是习作。主要人物毕建国在叙述人"我"和其他人眼中是一个面有病容的人，而且明显智商上有些问题，相当于一般人眼中的"缺心眼"，以致被大家私下称为"傻子"。另一方面，他又有自己的优点，比如诚恳和善良，事业上比较努力认真。但是，在只有八平方米的学生宿舍中，他那"傻子"背后的一些优良品格也只是在宿舍中偶尔展现，外界却只看到他的木讷和"缺心眼"，而他实际上忧郁敏感，他的多思更使他陷于极端压抑的状态，终因抑郁成疾，英年早逝。同宿舍的几人由他的死而感受到人生的短暂和生命意义的渺茫。

这个故事不复杂，表面看属于比较典型的青春期的郁郁不得志的忧伤，其间的故事发生地和场景应该就是余华学医过程中的实习地，这几个人物应该也有原型。毕建国的死代表着一种对人的价值的伤感，后半部分的忧伤应该源自川端康成。《雪国》等作品表现出的对生命的忧伤正是川端康成中后期的特色和成功之处，缓慢的叙事和优美的文字之下不是对民族前途的思考也不是对文化的感慨，而是生命在时间中安静而坚定地逝去。余华曾经说过："一九八二年在浙江宁波甬江江畔一座破旧公寓里，我最初读到川端康成的作品，是他的《伊豆的舞女》。那次偶然的阅读，导致我一年之后正式开始了写作，和一直持续到一九八六年春天的对川端的忠贞不渝。那段时间我阅读了译为汉语的所有川端作品。"①余华也正是从川端康成《伊豆的舞女》中,发现了那种忧伤的美:"我记得那个时候,伤痕文学还没有完全退潮,所以读了川端康成的《伊豆的舞女》以后,我有一个强烈的感受,就是人家写伤痕是这样写的,不是以一种控诉的方式,而是以一种非常温暖的方式在写。"也由此发现了"比伤痕文学那种控诉更有力量"的表达方式。②余华借助忧郁的力量,而不是像刘心武《班主任》、卢新华《伤痕》式"伤痕文学"那样直接发出对社会的控诉,温暖、忧伤到隐含的控诉或柔弱的批判,《第一宿舍》中明显能看到这样的川端康成式的情感三部曲,毕建国的忧郁,诚恳和善良带来的温暖,压抑下的伤感,作品结尾相当类似川端:

> 这幢楼就要拆除了,我们就将搬出第一宿舍了。我感到一种莫名的悲哀。这个曾经被我千百次诅咒过的第一宿舍,如今使我无限留恋。尤其是在最后一个晚上——我躺在床上,静静地看着书。渐渐地总感到少了一股什么气味。慢慢地想起来,是烟味儿。于是我笑着问:"毕建国,怎么你戒烟了?"说完,心头不由一颤,抬眼望,毕建国铺上空空的。再望望小林和陕西人,他俩正吃惊地瞪着我。我眼睛一热,忙将头转向窗外。

"文革"结束时对极"左"时期社会的强烈批判,在此淡化为人在轰轰烈烈的十年"革命"运动之后的忧伤,不知何去何从的感觉似乎来自一个并未深度卷入"运动"的小城,青年的时间感没有达到沧桑之后的淡泊。

因此,这最后的"悲哀"虽然形似川端,但有些勉强。公用的

---

① 余华:《我能否相信自己》,人民日报出版社1998年,第91页。
② 余华:《说话》,春风文艺出版社2002年,第76页。

大楼被拆除，对于个体来说根本无关紧要，而且他只是个实习生，更是暂留的过客，对这破旧的建筑更不可能有太深的感情。何况，小说描写的日常生活中，四个人之间有着不少矛盾，虽然是小事，但也相当伤感情。而且从整个故事的结构上看，也无明确的主题和发展线索，某些矛盾冲突似乎是为了满足小说必须有情节这一要素而硬性安排，发生得不太自然，就像中学生作文为突出某个"主题"而编造一些并未发生的事件。要说这小说有主题的话，那也真是中学生作文式的、非常积极向上的"主旋律"，从一个表面看上去不与人交往，有些病态，甚至有些傻的人身上，去发现优秀的品质，从一些事件证明了这个外表不起眼或者让人厌恶的人居然也是个"好人"，正是中学生常用的笔法。在人物塑造方面，"陕西人"比较脸谱化；"我"是一个"中间人"形象，有些自私自利，但本质上是善良之人，是可以感化之人；小说着力刻画"好人"毕建国形象，但很难说是成功的，因为毕建国的言行缺乏充分的生活逻辑。[①] 这部处女作，从文学作品的高度来衡量，实际上并无出彩之处，只是达到了当时的刊物发表的小说的一般水平。

作家余华的第二篇小说《鸽子，鸽子》发表于 1983 年的《青春》杂志。和《第一宿舍》类似，也是写医生的故事。看来牙医余华的经历并非全是负面，没有后来作家余华说得那样不堪，至少给作家余华提供了不少珍贵的写作素材，为其进行"余氏话语"的编码打下了可贵的经验基础。故事更简单，只有三个主要人物，写两个进修医生在海边遇到一位放飞鸽子的年轻女子，两个年轻的医生都对女子产生了朦胧的爱意。情节比《第一宿舍》浪漫多了，是一个类似三角恋爱的故事，且有大海，有鸽子，海容纳万物，包括爱情，神秘而多变，鸽子自由翱翔，代表着和平和纯洁，当两个年轻的医生每天在海边看鸽子，年轻美丽的姑娘与大海和鸽子融为一

---

① 高玉：《论余华的早年阅读与初期创作及其关系》，《浙江师范大学学报》2016 年第 3 期。

体，是一种多么美好又让人心动的风景。对于一篇散文，可以只看大海看鸽子看姑娘就成了，对于小说，却必须有故事以形成情节，作家余华非常清楚这点，因此，隐含作者①要让这三个人之间发生些曲折的故事，以满足接受者解码的需要。当去大海边看风景看姑娘成为两个医生的每日的必修课时，他们终于发现自己的职业要派上大用场了，而且还很可能因为这个得到姑娘的爱。因为他们发觉了这个年轻优雅的姑娘的眼睛有斜视问题，姑娘自己对此似乎也很在意，但这可能也给她的美带上了忧伤之感，让她更是别有一番魅力。两个医生就巧妙地实施英雄救美计划，通过设置对话"陷阱"让姑娘明白了，斜视问题可以通过治疗来解决。姑娘当时玉面生春，充满了希望。小说很简单，治疗过程没有安排什么波折，很容易就矫正了斜视，姑娘变得更漂亮了，更有风采。但是，两个年轻的医生却未达成心愿，因为姑娘有了自己的心上人，或者正因为眼睛斜视得到了治疗，姑娘才赢得了一个心仪的小伙子的爱，或者姑娘才敢去向自己暗恋的少男表白。总之，两个医生治好姑娘，也永远失去了浪漫的可能。同时，还有一个有象征意义的道具，那对被关进笼子很久的鸽子被快乐地放飞，但很久都没有回来，姑娘急切地在海边望着大海的另一边。亭亭玉立的身影的背后，是两个年轻的实习生眼中的泪光在闪烁，鸽子一去不回正是他们的寓言，暗示着两个年轻男子的浪漫也不可能再回来，又象征着他们曾燃起的隐秘的爱情从此湮灭。他们眼中的泪是为姑娘的，更是为他们自己

① 隐含作者是后经典叙事学的核心术语之一，在叙述人与作者之间增加了一个分析层次，大大增强了文本分析的可操作性和有效性。它由美国的布斯创造，这是个双向的词语，一层是通过文本重构的作者的第二自我，即由接受者加入，他是站在场景的背后，对文本构思及背后的价值观和文化规范负责的作者形象；二层是隐含作者必须与日常生活中的真实作者相区别，它为创作某一作品时的作者在作品中的投射，同一个真实作者在不同文本中会体现为不同的隐含作者形象，而一个文本可能有两个或更多的真实作者。可参看〔美〕布斯《小说修辞学》，华明等译，北京大学出版社 1987 年，第 80—81 页；申丹《西方叙事学：经典与后经典》，北京大学出版社 2010 年。

的。那是一种无言的忧伤。川端康成式的唯美主义和东方式的温婉的忧伤，给一个平庸的故事带来了不太平凡的感觉。或者，正是川端康成的存在，才让作家余华初上文坛就有了一种与其他作家不同的气质，没有当时"伤痕文学"和"反思文学"的那种过于直白的怨气和对政治的愤懑，余华的川端康成意味像当时汪曾祺一样，带来另一种清新之气，更能打动从政治的压制下追求个体自由的人们的向往之心。

1984 年，余华在京城的《北京文学》上发表了《竹女》。《北京文学》与《西湖》不可同日而语，《西湖》和《青春》都只是省级刊物，《北京文学》在京城，可是"国家级"刊物，在北京发表一篇小说，在某些人心目中甚至和封建时代的"中举"有差不多轰动效果。小说讲述的是一个更有川端康成意味的感伤故事。一对逃荒而来的父女住在一条船边，后来父亲可能因为生活困难抛下了五岁的竹女远走，竹女不得不与船主一家相依为命。很多年以后，已经老态龙钟的父亲回来了，见过女儿竹女，没多少话可说，之后又在泪水中蹒跚而去，竹女也只能在无言中看着远去的父亲的背影，和逐渐唤起对父亲的模糊记忆：

竹女靠着婆婆，站在茅棚前，望着。那老人向她伸出的手，触动了她的记忆，那是一些遥远的、早已飘逝的记忆。她曾经有过一个父亲，是婆婆告诉她的。她手上的银镯子，便是父亲留下的。她记起来了，小时候，父亲总爱伸出大手，笨拙地抚摸她的头，替她摘去头发上的草屑，替她揩去脸上的污迹。竹女没有对母亲的记忆，母亲早就死了，在她还不会记忆的时候。对父亲，十多年未见面的父亲，也只有这一点点可怜的记忆了。

虽然故事非常简单，父亲的抛弃女儿与回来，都没有原因，按一般的小说规则来衡量，这样的小说是不合格的，但是，同时的汪曾祺也有同样的无情节甚至无人物的"小说"，余华的小说这方面与其类似，在当时是大胆之举，特别是那种莫名的伤感，又非常近于川端康成。文字中还有一种亲情的温暖，温暖之下的疏离是多年前父亲的离她而去，多年后父亲的归来使此疏离更显得伤感。银镯子、大手、笨拙，这些并不全包含温暖的词语，反而留下了更多想象的空间。但问题是缺乏铺垫，深意的阐释可能被莫名其妙的叙事压制了。但那种莫名的忧伤确实有川端康成的影子，而且还时时能引起人的伤感的联想。这些描述还是显示了早期余华的叙事才能。

再看发表于 1983 年第 8 期《西湖》上的《"威尼斯"牙齿店》中的一段文字：

> 这儿水多，桥多。桥，都是石拱桥，有阶梯。水，碧碧青，一片连着一片。若谓之湖，太小；谓之池，太大。也不是淀。还是用水来称呼合适。从早到晚，水上总漂浮着一些小船，土名叫脚划船。船的统治者都是些十四五岁的男孩。他们歪着脑袋、斜着身子，用脚划船，一把小桨作为舵。同时扯着尖细的嗓子，说着一些只属于他们自己的话。那些七八岁的男孩，暂时还没拥有这样的舰艇，便光着黑黝黝的屁股，在水里捉迷藏。有时摸到一只小虾，当即剥壳吃下。偶尔远远地听到"突、突、突"的柴油机声，马上爬上岸去站在一座石桥上；等那客船来到桥下，领头的喊声："打！"七八口唾沫立刻齐齐地朝船上飞去。

这些描写，简洁明快，似乎脱去了川端康成的忧伤，很有了些汪曾祺的意味。而汪曾祺的简洁和散文化也带来一种诗意，恰恰与川端康成作品的另一种特色有很大的相似之处，即东方化的古典式情感，且句法和叙事都大量借鉴古典叙事的手法。[①] 1983年的余华能较好地模仿出这种古典的诗意，和《竹女》的结尾一起看，可以说余华通过细节营造气氛的天赋已经初露端倪。

第二节　清新的忧伤下的内涵缺失

1983年开始的短短三年内，余华陆陆续续地在文学刊物上发表了十余篇小说及散文。由于余华在这一阶段追随精神导师汪曾祺和川端康成，故看重语言的简洁和伤感气氛的营造。这些作品多为平淡而安宁地描摹美好的人性和情感，注重心理描写，文风清丽感伤、生动细腻。不过，这些过于主旋律的现实主义作品从主题上看相当平常，在当时无法有大的突破。特别是在大家都未必能欣赏那种有闲之人的"忧伤"情怀的社会大环境下，余华这样写下去的话，2017年的余华最多是个县城文化馆的馆长或者是科级计划生育委员会主任。

划时代又"主旋律"的《星星》

在余华的创作道路上，1984年发表于《北京文学》的《星星》是一篇重要的作品，它可以说是改变余华人生命运的一篇小说，余华多次讲到这篇小说得以发表的过程，还有它产生的重大影响。1983年11月，余华接到时任《北京文学》编委周雁如的电话，约其赴京改稿。这一"事件"，在地处江南一隅的海盐引起轰动。余华第一次来到北京，并在改稿之余游览了故宫和长城。这次改稿之行，使余华的眼界和生活边界都得到了拓展，并在某种意义上使余

---

① 关于汪曾祺的叙事模式和语言特色，可参见本人《汪曾祺小说的叙事模式研究："汪氏文体"的形成》，《文学评论》2015年第2期。

华开始了写作历程的重要变化。①

其实这篇小说没什么特别之处，文笔上不如《竹女》等作品那么有韵味，只是更符合当时社会的正面要求。小说写一个叫星星的小男孩，非常有毅力，坚持地学习小提琴，勤学苦练，最终获得了成功。小说有很浓的抒情意味，故事线索并不具有情节的典型性，仍然是以刻画人物形象为主，就人物性格的塑造来说，这篇小说应该是成功的，小男孩星星聪明、活泼，内心又有着执拗、忧伤，看似很有现代小说人物性格的矛盾性，产生很大的"张力"，这点可以说有川端康成式忧伤叙事的些许影响吧。小说的基调也很阳光，具有励志小说的性质，用新世纪的表达方式，可以说是鸡汤文，也可以说在给青年一代传达"正能量"。但总体上看，这篇小说在主题上没有什么突破，文笔上的忧伤感可能算是与同时期其他作品相比的新意，在这儿余华又要感谢川端康成。

这种有清新感的小说放在二十世纪八十年代初，以当时主流的眼光和评价标准来看，是一篇符合意识形态宣传需要的、对青年一代有教育意义的、积极正面的"主旋律"小说，且又和同时期其他人的作品有些不同的感觉，所以《北京文学》的编辑们把余华赴京修改过的稿件发表在了本期头条，之后它又且获得了当年度《北京文学》优秀作品奖，也是这篇小说导致的轰轰烈烈的京城之游和获奖直接惊动了海盐县委，作为结果，1984 年后的余华如愿以偿地过上了当时清闲的、有地位的又高收入的类公务员的生活，这彻底改变了牙医余华一生的走向，完成了余华人生的（而非创作上的）第一次重大转折。

光明的尾巴

《鸽子，鸽子》同样存在一些问题。在两个进修医生和放鸽子

---

① 王侃：《余华文学年谱》，《东吴学术》2012 年第 4 期。

姑娘的故事中，最曲折的情节也不过是治疗眼睛斜视，没有真正的三角恋，甚至连爱情都没有，主要是一种朦胧的情感，模仿川端康成的痕迹比较明显——又是川端康成的忧伤，在当时的中国文坛，小说可能因此有了一些新的因素，比如它对青春忧伤的表达、诗性化或者说散文化的写法、语言上的感觉冲击力等，都显示出一种清新之气，但其不成熟也非常明显，小说详略安排不够合理。如大力描写眼科进修生"我"对大海的感情，又用了很多篇幅描写"我"和小左的兄弟情谊，前者是为了强调在大海边与姑娘相遇，后者为衬托两个人都暗恋上姑娘后的矛盾，增强戏剧性，细节上的渲染似乎没达到应有的效果，再有，小说中"收音机"的故事完全多余，缺乏表现力。另一方面，小说有时把必须的细节忽略了，比如小左对"我"的情谊交代不清楚，反目与和好都太过简单，似乎天生冤家，很多细节处理得比较随意、主观、突然。特别是小说结局的最后一句话——"亲爱的读者，当那两只鸽子向茫茫天际飞去的时候，也把这个故事带走了"，感觉是画蛇添足，直接与读者交流的话属于叙事干涉话语，但出现得非常不合时宜，大大破坏了忧伤的气氛——这其实是当时主旋律作品的叙事模式的影响，它像革命时代的电影旁白，明明是为了增强主题却偏偏让其显得可笑，又像杨朔散文式的"光明"的尾巴，虽然文末"点题"，但也只是符合某种利益化的需要，从文学角度看反而拉低了文学成就。

余华还写过一篇儿童文学作品《甜甜的葡萄》，发表于《小说天地》1984 年第 4 期，仅三千多字，写五岁的名叫刚刚的男孩单纯热心，心无点尘，却被隔壁的徐老太欺骗，对这样一个"为老不尊"的老太，刚刚不计前嫌，仍然对老太很好。最终感化了徐老太。

情节很简单，徐老太家有一株葡萄树，刚刚非常想吃，孩子除了玩就是吃，好吃这无可厚非，一般来说成人也都理解。但徐老太出人意料的小气，似乎很不喜欢刚刚到她家去，好像知道刚刚看中了她的葡萄，因此刚刚想去时会被粗鲁地对待。但有一天，徐老太突然变好了，邀请刚刚去她家，却是让刚刚帮她掏鸡粪给葡萄做肥料，并且许诺葡萄成熟之后送给刚刚吃。刚刚很开心，很认真很热情地给葡萄积肥，后来葡萄长势非常棒，结了很多葡萄，但在葡萄成熟之后，徐老太却厚颜对一个孩子食言，对刚刚像往日一样冷漠，在刚刚想进来玩的时候把他拒之于门外。刚刚很难过，后来，他自己也种了一棵葡萄树，每天用心地浇水施肥。或者是天有眼，刚刚的葡萄树越长越大的时候，徐老太的葡萄树却枯死了。刚刚的葡萄树结了很多葡萄，在成熟的时候，他首先摘了一篮送给徐老太，让徐老太羞愧又感动。一个非常正能量的结局，而且是儿童胜过了成人。小说实际上表现了诚信的问题，赞美了儿童不计前嫌、"以德报怨"的美好品质。小说中徐老太的葡萄枯死，刚刚的葡萄苗壮成长两相对比，更像一个寓言，成人世界的污浊和儿童的单纯形成对人类社会的阴暗之源的隐含批判。小说发表之后被《儿童文学选刊》转载。这篇小说明显是传统的现实主义风格，但作为传统小说，似让人有很多疑问，比如五岁的孩子是否会独自掏鸡粪并种葡萄树？刚刚长到七岁，他自己的葡萄成熟了，一个七岁的孩子是否会如此大方地把自己心爱的葡萄送给不友好的徐老太？这些都和真实的现实有一定的距离。再者，徐老太这样极端自私且代表着成人世界的阴暗的小市民性格的人，一篮葡萄有可能感化她吗？当然，叙述人也没有说徐老太就此改变了对人的自私态度，感化只是一瞬间，一瞬间的羞愧，一瞬间的光明，估计葡萄没吃完徐老太就重回那个自私的本性，开始谋划怎么骗取刚刚更多的葡萄了——这是在现实的成人世界屡屡发生的性恶事件，一个孩子的大度根本不可能从根本上解决问题。

　　或许，这就是给儿童的光明吧，也是符合主旋律的教育题材的作品。

情节因果链的断裂

小说是把素材处理成话语，从而形成小说的情节和基本结构。情节是小说至关重要的特征之一。它是把原始的素材加入因果关系，把空间意义上的事件变成按现代时间线性发展有逻辑性的事件序列，因果关系如何加入就非常重要，因为有了合理的原因，情节线索才会合理。但余华的早期小说中存在着明显的断裂。

1983年发表于《西湖》的《"威尼斯"牙齿店》，有近万字的篇幅，故事发生在小小的秀水村，风景秀丽，民风朴实，一个外来者牙医老金有一天来到了小村，带来不少新鲜感和变化。在"文革"时期，牙医带来了五个红卫兵，绑架并害死了当地的实力人物"当权派"阿王。但结局又很奇怪，阿王的养女小宝不但在机会来临时没有报复老金，反而爱上了老金，并且嫁给了已经落魄的老金，似乎太不合情理。在现实生活中，嫁给仇人的事情并不少见，但小说中并没有给出合理的逻辑，到底是老金的哪儿吸引了小宝，让小宝不但忘记了仇恨还嫁给了一文不值的老金？小说就这样让小宝嫁了，显得很任性，本来有因果关系的情节，被作家随意安排，似乎变成了纯粹的作家主观意志——似乎是后来的《兄弟》和《第七天》的预演。

1984年《北京文学》上发表的《月亮照着你，月亮照着我》是一篇精短的小说，用第三人称叙事写一位少女初恋的感觉，叙述人在开始刻意设置了悬念，让人非常神往她恋爱的对象和结果，但结局并不那么让人吃惊，似乎被狠闪了一下，以为会有一个意外的惊喜，结果却是风来云去的平常。"少女的心像早晨的天空一样宁静，又像天空里的白云那样飘忽"，仅此而已。似乎仅仅是为了在想象中玩味一个少女的初恋感觉而练笔，明显情节上出现了大的漏洞，既然费尽心思在开始设置了悬念，暗示读者会有奇异的事情发生，为何又最终只是来了一片无所事事的云？这并不是《等待戈多》式的荒谬感（此时的余华还不知道荒诞派是何物），而是文学实践中的用力不均，或思考能力还不够。其他前面提到的作品，如《第一宿舍》《鸽子，鸽子》《甜甜的葡萄》等小说中也都有这种因果链断裂的情况。

整体来看，余华二十世纪八十年代前期的创作有些明显的问题，因果关系安排得不符合逻辑是重要表现之一，在八十年代前期的现实主义大兴的时代，它不可能是后现代式的故意断裂，而是思考的不周密造成的。或者这是学习写作时期余华小说中的正常弱点吧。

这个时期的特色的形成应该源于青春期的余华对成长和爱情的期待在文学上的折射，川端康成的忧伤成了载体，潜意识中出人头地的愿望及压抑的青春"力比多"共同结成一种主旋律式的成长的忧伤。

转折的序曲：另一个时代

而实际上，此时的中国文坛一场轰轰烈烈的思想和技巧革新已经拉开了序幕。而短短几年之后，余华突然崛起于中国文坛，正与这股西方大潮息息相关。如同1983年的余华看到的是回归传统和写实的川端康成，而这个以东方书写为特色的诺贝尔文学奖获得者在年轻时却是个激进的先锋派，他曾经和横光利一、中河与一、今东光、片冈铁兵等人一起发起了日本的"新感觉"文学运动，并直接影响了二十世纪三十年代的中国"新感觉派"。几十年过去了，现代主义重回中国，二十世纪七十年代末期重新出现了"意识流"小说。这个序幕的开启者，就是1979年的王蒙。[①] 他同时也开启了影

---

① 1979年2月，茹志鹃在《人民文学》杂志发表《剪辑错了的故事》，被视为新中国第一篇意识流小说。但手法并不典型，只是进行了些许场景的切换，意识流的心理特征表现并不多。

响巨大且相当伟大的"八十年代"的现代之旅。或者可以说，至少对于余华，他出生得不早也不晚，正遇上了一个伟大的时代——从整个当代文学史来看用"伟大"这个词并不过分。

在伟大的八十年代，每一年都很珍贵都很重要，都包含了文坛的重大变迁。在王蒙代表的"意识流"和韩少功、阿城代表的"寻根文学"之后，中国文坛出现了比前两者复杂且深刻得多的"现代派"。"现代派"指1985年刘索拉的《你别无选择》和徐星的《无主题变奏》，还有更重要的文坛怪杰残雪同年发表的、令批评家惊艳的《山上的小屋》，另外还包括莫言《透明的红萝卜》，因为非常新奇的风格也吸引了众多评论家的注意，它们一起被评论界称为"新潮小说"，后来又被称为中国的"现代派小说"。

"现代派"存在时间非常短暂，当然并不是作家存在时间短暂——比如残雪坚持创作了十几年现代主义式的小说，而是这一派别从被"命名"到大受攻击，不过一年的时间；而寻根文学和意识流却受到了长久的正面评价，尽管存在时间也不长，但其启示意义似乎被高度认可，就一个"现代派"最为惨烈，轰轰烈烈而来，轰轰烈烈地受到大规模的批判，一年之内就被否定成"伪现代派"，闪电般地消失，之后的"后现代"都没有如此悲惨的"下场"。

这些对西方流派认识上的混乱无论再严重都没问题，虽然单纯的模仿不可能产生世界级文学大师，但"意识流""寻根文学"和"现代派"毕竟都给中国当代文坛留下很有价值的写作技巧和另样的思考方式，极大地丰富了中国文学，和同时出现且大兴于世的"后现代小说"一样。

正是在"后现代"一派中，本书的主角余华也终于横空出世，名扬天下。

第二章 先锋时代：后现代之维

1985 年是中国"后现代小说"的起点。而 1985 年的余华刚刚二十六岁，与文化部门的一个女同事结婚，正式步入婚姻，从一个小青年变成了一个成年男人。

而此时，余华对自己之前的创作开始不满，婚姻大事解决了，文学上在当地也轰动过了，人生还需要什么？当然是自我价值的进一步提升，更大的成就、更高的地位、更响的名气，只在一个县城有名是不够的，他的人生要更辉煌，或者他需要一个更高的理想来提升自己的存在，并试图改变别人的存在。所以，余华开始寻求自变之路。在后来的回忆中，余华把自己从 1983 年到 1986 年的创作阶段称为"自我训练期"。仅称"训练"，看似乎谦虚，实际是对以前的自己的否定。这种概括，见证了余华自我否定的力量。余华是对自己匮乏的写作素材感到不满。他开始否定以前的川端康成模式。或者是川端康成那种讲故事的模式对他来说过于平淡无趣，以至让他写作时经常感觉力不从心："越写到最后我心里越难受，就是呼吸都困难，在一种越写越找不到自己应该写什么东西的时候感觉是最困难的。这是最痛苦的，就是看任何东西都觉得很好，怎么就自己的写得都不对。"[①]

对川端康成模式的不满，不仅因为他把握不了那种叙事方式，还因为 1985 年的余华太年轻，没有已经老年的川端康成的境界，就

---

① 余华：《说话》，春风文艺出版社 2002 年，第 52 页。

是说，对川端康成模式的否定，不是川端康成本身的原因，更多是因为那时的余华除了简洁又清新的语言和细节，就对川端康成没有更多的了解，根本原因在于和川端康成相比，余华缺少了很多写作的基本素质：一是丰富的人生经历，川端康成中老年才变成余华看到的那种风格，几十年的生活意味着很多个体经验，这是无法提前获得的；二是丰富的文学创作体验，川端康成曾经是日本新感觉派的代表人物之一，然后才回归东方的古典传统，余华才刚刚开始学习写作；第三点，余华缺乏对中国文化和世界文化的深入的了解和理解，这限制了他的文学视野。

在这个矛盾的时期，余华还写了相对平凡且更有主旋律意味的歌颂教师的作品《老师》，反响远不如以前的几篇作品。之后余华又写作了《小站》，这次风格似乎发生了些变化，小说中的主人公是"三无"人员，无名无姓无身份，他的状态也是与"三无"相应的迷茫。从隐含作者来看，文中的忧郁与迷茫应该是余华自己当时的情绪的投射。可能为了寻求突破，余华才开始了另外的小说写法。或许，《小站》的出现意味着余华已经开始走向川端康成的第二步，成为一个有着日渐丰富的创作体验和文体实验的作家，由此，从青春型余华走向了先锋余华。

第一节　后现代转折：《十八岁出门远行》

1987 年开启了余华个人创作史的第一次重大转折。

划时代的 1987 年，二十八岁的余华在《北京文学》发表《十八岁出门远行》和《西北风呼啸的中午》，同时又在《收获》发表《四月三日事件》和《一九八六年》，两个文学重镇同时推出余华的作品，可见编辑们对其的高度认可，从此余华正式跻身"当红"作家的行列，这些都成为先锋文学的经典之作，从此确立了他在中国先锋作家中的地位。

《十八岁出门远行》是余华当年公认的代表作，它代表着一种全新的认知观和一种新型的个体与世界的关系，在文坛引起了不小的轰动。如果说《小站》的迷茫是真正的迷茫，不知创作走向何处，那么，余华的《十八岁出门远行》则是有意识的迷茫，说是有意将其抽象成一种观念呈现给世人一点也不为过。这里的迷茫已经从个体内心的迷茫走向形而上的对人类世界迷茫。

《十八岁出门远行》故事线索很简单，单线条发展，以一个十八岁的小年轻第一出远门的经历为中心，从他的眼睛观察世界。涉世不深的青年人的视点意味对成人世界的憧憬和好奇，更易产生"陌生化"效果。十八岁的大孩子背上背包独自出门，准备去感受一下外面的世界，他走得漫无目的，天真、开朗又充满了对世界的新鲜感，他内心觉得等待着他的应该是一个美好的友善的世界。情节开始出现，他搭一个货车司机的便车，车上满载着水果，车停下来，司机不见了，好像去撒尿，却有一大群农民过来抢水果，大孩子非常激动，似乎世界突然间那么不美好了，他很意外，又很愤怒。他出于理性世界的"道德"去阻止这"不道德"的行为，却被众人打倒在地。司机好容易回来了，对被抢的现实却不闻不问，居然向满脸是血大喊大叫的大孩子粲然一笑，然后扬长而去。大孩子继续呼喊，希望有人来制止这场"罪恶"，但没人理他，农民们继续"干活"，抢完水果又将汽车也拆得七零八散：

　　我跌坐在地上，我再也爬不起来了，只能看着他们乱抢苹果。我开始用眼睛去寻找那司机，这家伙此时正站在远处朝我哈哈大笑，我便知道现在自己的模样一定比刚才的鼻子更精彩了。那个时候我连愤怒的力气都没有了。我只能用眼睛看着这些使我愤怒极顶的一切。

　　我最愤怒的是那个司机。

坡上又下来了一些手扶拖拉机和自行车，他们也投入到这场浩劫中去。我看到地上的苹果越来越少，看着一些人离去和一些人来到。来迟的人开始在汽车上动手，我看着他们将车窗玻璃卸了下来，将轮胎卸了下来，又将木板撬了下来。轮胎被卸去后的汽车显得特别垂头丧气，它趴在地上。一些孩子则去捡那些刚才被扔出去的箩筐。我看着地上越来越干净，人也越来越少。可我那时只能看着了，因为我连愤怒的力气都没有了。我坐在地上爬不起来，我只能让目光走来走去。现在四周空荡荡了，只有一辆手扶拖拉机还停在趴着的汽车旁。有个人在汽车旁东瞧西望，是在看看还有什么东西可以拿走。看了一阵后才一个一个爬到拖拉机上，于是拖拉机开动了。这时我看到那个司机也跳到拖拉机上去了，他在车斗里坐下来后还在朝我哈哈大笑。我看到他手里抱着的是我那个红色的背包。他把我的背包抢走了。背包里有我的衣服和我的钱，还有食品和书。可他把我的背包抢走了。

不但抢了汽车和汽车所有的能拆走的东西，还把大孩子的背包抢走了。但因果链却再次断裂。这次断裂和余华第一阶段的断裂不同。这一切都没有原因。其实小说很简单，之前的故事和余华以前的小说一样平庸，几乎谈不上有情节，直到水果被抢，似乎有了点"情节"，被抢的苹果对于一个小说来说也太没吸引力了，其问题集中在水果被抢后道德的失效，一个十八岁的年轻人保护一个好心司机的水果，却是面对人性之恶的无力，似乎有对人类贪婪本性的批判。这样的哄抢事件在现实中太多，只写到这儿也成就不了余华。问题在于最后的司机出现，按一般的逻辑，司机水果被抢，车被拆，司机应该很愤怒，但司机的行为很出乎意料，司机开始是不理"我"的大喊大叫，后来似乎嫌我太聒噪，直接给了"我"一拳，以致我鼻血流了下来。这时，余华的价值才出现了。被抢的不急，无关此事的人急，然后被抢的居然打了出于道义要保护他财产的年轻人。在此小说并没有给出原因。

不要小看这个奇怪的故事，它不是悬疑侦探小说，也不是惊悚恐怖电影中的一个镜头，它意味着一种全新的世界观出现了。在马克思主义式等一系列真理化的大理论之下，人类和世界的理性化下的改造与被改造的关系牢不可破，但在二十世纪八十年代中期，这种观念却发生了根本的变化，往日的真理被颠覆了。

这正是 1987 年的余华力图表现的一反常态的世界观和宇宙观，明显透露着一个世界的"不可知论"：世界是不可知的，理性在真正的世界面前束手无策，不要试图对世界做出解释。这个观念背后就是更阴暗的定位，即人类是渺小的，我们不可能认知人类之外的世界到底是什么。看似颇有老庄的道家风范，又颇似一种唯心主义世界观，其实余华所承继的并不是道家思想，余华从来没超脱过，当然也不是十九世纪唯心主义哲学家的世界观，更不是二十世纪初现代派的观点，唯心主义和现代主义都不会把世界描述得那么简单直白，余华这篇小说里的主要思想实际来自现代主义巨匠卡夫卡和西方后现代小说的鼻祖博尔赫斯①，这背后其实是一个更新的、世界主流化的哲学命题：理性是什么？理性真的能认识一切，让人类掌控世界吗？它一步跨进了一个后现代命题。怀疑人类文明的成果，首先要摧毁理性，这称为解构。其他一些西方后现代作家的对世界的认知态度也在余华的作品中时隐时现。

关于这种观念的产生，卡夫卡突然闯入余华的精神生活是一个重要契机：

> 川端的作品笼罩了我最初三年多的写作。那段时间我
> 排斥了几乎所有别的作家，只接受普鲁斯特和曼斯菲尔德

---

① 余华在《虚伪的作品》中有提及，见《上海文论》1989 年第 5 期。

等少数几个多愁善感的作家。

　　这样的情景一直持续到 1986 年春天。一个偶然的机会让我发现了卡夫卡。我是和一个朋友在杭州逛书店时看到一本《卡夫卡小说选》的。那是最后一本，我的朋友先买了。后来在这个朋友家聊天，说到《战争与和平》，他没有这套书。我说我可以设法搞到一套，同时我提出一个前提，就是要他把《卡夫卡小说选》给我。他的同意使我在不久之后一个夜晚读到了《乡村医生》。那部短篇使我大吃一惊。事情就是这样简单，在我即将沦为文学迷信的殉葬品时，卡夫卡在川端康成的屠刀下拯救了我。我把这理解成命运的一次恩赐。①

作为余华变化的原因，这一段话很重要。这是从余华的表层意识能看到的原因，更深层的潜意识，那个内在的动因，甚至是余华不愿承认的最隐秘的心理动机，就藏在那个本能而无边的潜意识之中。1983 年前后的伤感，实际更多的是少年的春春萌动，性意识的觉醒被潜意识转换成对年轻女性的美丽的身体的向往，少年的单纯、无知及道德的压力更把这些变成了对姑娘们的"远窥"，力比多被深深地压抑在忧伤之下。川端康成此时成了余华的救星，也成了精神导师和急切的模仿对象。而 1985 年之后，新婚的新奇已经过去，力比多成功释放，余华成了一个成年男人，性不再是隐秘之事，而且第一次婚姻通常会带给男女双方的伤害应该也不可避免地伤害了余华——这是后话，原因且不考证。对婚姻和未来的绝望使他需要另一个抓手，而在 1986 年，余华看到了卡夫卡。于是，余华的执拗而坚决的否定思维又来了："我即将沦为文学迷信的殉葬品时，卡夫卡在川端康成的屠刀下拯救了我"，注意余华的用词，他成了迷信的"殉葬品"，川端康成成了"屠刀"。这是余华在随笔

---

① 余华：《川端康成和卡夫卡的遗产》，《外国文学评论》1990 年第 2 期。

中和面对记者时常用的"余氏决绝句式"，其背后正是主体确立后的"余氏自恋情结"。这种句式如果单独看到一两次不太会有感觉，还会以为余华的语言很有个性，如果联系到后来《兄弟》和《第七天》出了更严重的、他自身的错误导致的问题时，余华还在用同样的句式否定自己之外的一切，就会发现余华这种思维方式的问题。在此要特别注意余华的言说模式背后的重大隐含意义。余华这样的思维方式和对待个人历史及相关经验的做法，实际不是自我救赎，而是一种看似在总结，实际是缺乏反省的自我中心式思维。后面还会有详细论述。

其实，余华的话语特征和固定的模式也暴露了他潜意识中的执念。对个体幸福及个体痛苦的过度强调及对他人的忽视造成了他在文学中对某些东西的偏执式的夸大。这也是力比多的另一种发泄。婚姻的失败感作为一种正常的人生经验，对于个体却常常是难以承受的，那意味着一种曾经是最美好的、曾经占据一切的东西就那么破灭了。而卡夫卡的到来，正好给了余华一个施放失败感的机会。于是，一个温情的、简单的、对少女有着朦胧的期待的余华突然变成一个再也不相信爱情，内心冷酷、血腥又充满了仇恨的隐含作者。这被不少评论家解读成鲁迅式的冷酷和直面人性。[①] 一个卡夫卡，加上潜意识中人生的失败，造就了另一个余华，一个"后现代""先锋"余华，也引领了一个潮流，一个新的文学时代。

当然，中国"后现代小说"的实际产生比余华写作《十八岁出门远行》要早得多，肇始者就是马原。二十世纪八十年代中期，在颇具现代主义倾向的寻根小说风靡一时的时候，另一种小说在一个作家笔下早已悄悄地出现了，他就是马原。马原的出现基本与"寻根派"同步，以 1984 年发表《拉萨河女神》[②]为标志，比刘索拉和徐星的"黑色幽默"小说出现还早了一年——对于中国的二十世

---

① 余华与鲁迅的关系后文还会提及。李劼、张梦阳等都将之与鲁迅作比。

② 马原：《拉萨河女神》，《西藏文学》1984 年第 8 期。

纪八十年代，每一年都是非常重要的。之后又有《冈底斯的诱惑》《西海无帆船》《海边也是一个世界》《涂满古怪图案的墙壁》《虚构》等，开始的叙述风格可以说平平无奇，如《夏娃——可是……可是》《零公里处》《新忏悔录》，不过是老老实实地叙述"文革"前后几个孩子出于盲目崇拜或野性冲动的可笑行为，一点叙述上的新意不过是有点意识流色彩，再加上一点电影蒙太奇手法的借鉴，到《冈底斯的诱惑》，马原的平淡叙述之外突然出现了一些"不该"在"常规"小说中出现的东西："应该明确一下，姚亮不一定确有其人"，"在一篇小说中这样长篇大论地发感慨是讨厌的，可是既然已经发了作者自己也不想收回来，下不为例吧"，"故事讲到这里已经讲得差不多了，但是显然会有读者提出一些技术以及技巧方面的问题。我们来设想一下"……

到《西海无帆船》中又出现了更惊人的东西，小说的角色居然攻击起作者和小说中的另一角色："马原先生在这篇小说里尽他妈的胡扯蛋。到现在为止，姚某人成了他的木偶了……"，"小点声透露给你们一点内幕——陆高就是马原本人。是个为自己涂脂抹粉的家伙"。

这是什么小说？马原的小说的"现代性"何在，他的"技巧"好像不是"技巧"，如果不是，那是什么？最后，马原的"小说"到底是不是小说？如果是，它是什么小说？如果不是，那么它又是什么东西？

马原出现在文坛之后，洪峰和孙甘露相继出现，他们的"小说"更使整个文坛瞠目结舌。之后又有余华、苏童、格非的继起，小说的规则似乎被重写了。无所适从的评论家们为之冠以"后新潮小说"之名。

国际意识形态斗争的严峻性与各种势力的人为夸大，造成二十世纪八十年代初的中国评论界普遍缺乏西方理论，这样混乱也是在所难免。比如马原的这种怪物一般的小说还曾被认为是"结构主义"①小说。在八十年代末的中国，它却被用来解释一种新的小说形式的出现。马原的小说一出现便令人瞠目结舌，人们不禁怀疑：这是小说吗？他的小说的最大特点就在于其奇特的结构，被评论者望文生义地塞进西方的结构主义框架之中并不出人意料。外国的理论一进中国便扭曲变形也并不值得惊奇，就拿结构主义的组成和分支来说，它源于索绪尔结构主义语言学和列维－斯特劳斯的结构人类学等，还包括阿尔都塞的结构主义意识形态论及更有影响力的法国叙事学等；结构人类学从世界不同地区不同民族的神话传说和原始仪式中寻求共同点，以发现人类原始意识中的共同"结构"，实际是寻找人类整体共同的文化源起和延续；阿尔都塞则从马克思主义的意识形态分析与社会阶级结构、他者的形成等出发，分析意识形态的虚假性，叙事学本来是一种文学批评和文本分析方法，试图发现文学的结构和规律。这种哲学化的结构主义与马原的小说没一点关系，马原的小说其实属于后现代的一支，即"后结构主义"。

正是这种前卫性和奇特性，所以在八十年代中期的批评家那里，马原一夜之间成了"新潮小说""伪现代派""结构主义小说"几大门派的代表人物，这三种派别其实都是评论家"发明"的新名词，以概括马原、莫言、残雪等一批作家的"新型"创作。马原虽然最先出现，但是他与稍后出现的莫言、残雪等人有明显的差别——尽管他们在很长一段时间内被评论家们归为一类。十年之后的今天看来，马原被归为"伪现代派"实在是冤枉，他其实应属于"后新潮"之列，其追随者洪峰和孙甘露也不例外。到后来，他们才被统称为"先锋小说"。

---

① 结构主义（structuralism），发端于十九世纪的一种方法论，由瑞士语言学家索绪尔创立，经过维特根斯坦、让·皮亚杰、拉康、克洛德·列维－斯特劳斯、罗兰·巴特、阿尔都塞、科尔伯格、乔姆斯基、福柯和德里达等人的发展，又产生了"后结构主义"。它是分析语言、文化与社会的研究方法之一，它将结构作为研究的目标，将一切看作一个整体，而包括人在内的万事万物都是这个结构的一部分，以此与存在主义的个人主义和无政府主义相抗衡。

"先锋小说"或"后现代小说"应该是八十年代"现代主义"文学思潮的一个重要部分或延伸，而这个潮流又是从属于文学"现代化"这个更大的话语实践的。从二十世纪七十年代末到二十世纪八十年代中期，中国文学主要就是通过对西方"现代主义"文学的学习、借鉴，为自己注入了走向"现代化"、"走向世界"的自信。大致说来，八十年代"现代主义"文学潮流，在小说上体现有这么四次，一是"意识流小说"，一是"寻根文学"，一是刘索拉、徐星等人的"现代派"，最后是"先锋小说"／"后现代小说"。这些不同形态的小说探索背后，有着一些共同的特征，最主要的是它们较为注意向西方二十世纪文学借鉴观念和技巧，试图由此尽快地"走向世界"。

　　"先锋小说"的情况和"寻根文学""现代派"相比，有一点不同。所谓的"先锋小说"，实际上出现在更早的1984年，"寻根文学""现代派"在1985年才出现。马原发表了西藏小说系列之后，批评界那时还没有相应的理论来分析这些作品。后来的批评把当时的"先锋小说"一般称为"前期先锋派"。当时批评者更关注的是那些能够直接将文学与"世界时间"、与"现代主义"这一文学的国际语言联系在一起的作品，相形之下，"寻根文学"和"现代派"从观念和主张上比"先锋小说"要直接得多。"先锋小说"和前两者既有联系，又有区别，联系在于它们共同构成那个更大的文学"现代化"话语实践的重要组成部分，共用一套知识体系，对于文学"国际语言"的想象性获得和超越是它们一致的内在驱动力。难怪当时批评界把"寻根文学"和"伪现代派"以及"先锋小说"这类概念混杂在一起。不过，它们虽是一种共时性的存在，但在作为话语实践的对象上，却又似乎有一个先后的顺序，即从"寻根文学"到"现代派"，然后是"先锋小说"。概念称谓上的不同，隐含了对时代认识的相当大的差异。对"先锋小说"来说，它不像"寻根文学""现代派"那样赤裸裸地用文学来表达对西方式现代的想象，它以一种隐蔽的方式，通过对小说叙述形式的关注，通过对形式的求新求变，曲折地传达出内在的现代主体的追寻欲望。"现代"和"主体性"建立的问题在它们那里变成了"语言"问题和叙述形式问题。

今天看来，"后现代小说"是对马原到余华这批作家更准确的命名，中国"后现代小说"出现并大兴于二十世纪八十年代中后期。从中国当代文学评论的历史来看，"后现代小说"是今天对二十世纪八十年代的"解构"式小说的统一命名。马原的小说曾经被相当随意地命名为"新潮小说""后新潮小说"，余华们出现后才被命名为"后现代小说"。"先锋小说"是最初使用较多的名号，但"先锋"的命名可以应用于每一个时代，只要是变革，就可以称为"先锋"，比如鲁迅，比如"新感觉派"，比如后来的"新状态""晚生代""私人写作"，其实都是当时的"先锋小说"，都有实验性质。"后现代小说"命名则完全不同，它就是一个固定的社会思潮和文学观念的命名，先锋可以是后现代，但不都是，后现代可以是先锋，但不能在内涵和外延上完全包括或等同于先锋，它只是先锋的一种。

马原之所以能称为"后现代"，是因为1984年的"后现代"开篇之作《拉萨河女神》名为"小说"，却不像小说。最重要的是它谈不上有情节，小说的最基本的规则被打破了。小说写了十三位文学家和艺术家在拉萨河的一个小岛上的聚会，行动者的行为无目的无规则，更与情节的推进无关，包括野餐、洗衣、游泳、解小便、讲故事，还有种种恶作剧等。故事时间是整整一天。在讲述故事的过程中，叙述人穿插了行动者们的见闻和感想，又属于多视点的、自由转述体①式的场景描写和心理描写。但这些也都与情节无关。

---

① 刘禾首用此词，见刘禾《跨语际书写》，上海三联书店1999年，第118—127页。叙事学上叫自由间接引语，刘禾对其进行了改造，把词和句扩充到段和语篇，称为"自由转述体"，即表面是第三人称全知叙事，但在隐含作者的操纵下，叙述人隐蔽地进入人物的心理，把人物行为和心理活动、叙述人对叙事的各种干涉行为和全知叙事混合为一个难以分辨叙事视点的整体，其目的是让接受者把所有叙述都当成具有真理性的客观叙事，加强了叙述效果，制造了强大的叙事幻象。

明显具有了后现代的反体裁、反中心、无主题、价值多元等特征。但从马原的创作意识上，隐含作者明显没有后现代的解构意识，只是无意中像写散文一样写小说，这一点从他的创作谈能看得出来：

> 这个故事很不容易讲好，因为它缺少冲突——特别是戏剧冲突，而且同时缺少变化。它太平了，甚至连波澜也没有。再有其中人物过多，再有整个故事没有中心情节。也许这样说更恰当些，它仅仅是一个素材，而且这个素材离构成一篇小说所需要的还差得远。
>
> 小说没有惯常意义上的主题。我知道自己，所以不试图去教育（教训）我的读者，我尽可能地客观，客观地叙述，客观地描写，客观地反映我的主体感受（包括观察）。我把我的故事讲出来，但不把我的主旨直接告诉读者，我希望给读者的，仅仅是某种提示。我寄希望于我的读者和我一起创造，我尽可能留下空白，留下读者再创作的余地。[①]

上面两段话都是小说发表后几个月写的，1985年1月刊出，创作谈发表的时间表就已经远在"现代派"出现之前了。从创作谈的内容来看，马原丝毫不知道有个"后现代小说"或理论的存在。评论者也是如此，并未注意到马原的怪异写法与西方流派有什么关系。如与创作谈同一期上刘伟《〈拉萨河女神〉别具一格》中针对有评论者把马原的创作思想和文本风格总结为"返璞归真的美学追求"并给予毫无保留的赞美，认为是值得商榷的，表现出对马原的怪异风格不认同，且说"《拉萨河女神》或许也意在写出'返璞归真'的美，但是人们的纯真又与愚昧和动物的野性联在一起。光屁股的'小天使''都脏得要命，表情里带着天真的迟钝'。从理想的

---

① 马原：《我的想法》，《西藏文学》1985年第1期。

'拉萨河女神'的身上也看不到质朴、热情和友爱的天性，给予作品主人公更多的是原始的友爱的天性和原始的性的诱惑。在古代无疑是存在的，却不需要在今天的文艺作品中复活。这种对原始生活的崇拜不完全等于'返璞归真'的美"①，明显表现出此时的评论风格的主流倾向，即社会主义的道德观和价值观，与七十年代以前并没多大变化。所以，当时对马原的小说的怪异之处没有真正的认识也是可以理解的，而且马原本人对此也同样懵懂，不敢说得那么"硬气"，对于这些质疑和不解，他的解释是：

> 这都是拜西藏所赐：西藏把我原来一些极端个人化的方向明确了，写出的东西也就被激活了、点燃了。西藏是一个奇特的地方，能给你想象力，给你独特的角度和意境，没有任何一个地方可以和西藏作比较。这里有历史、文化、宗教氛围的不同，但我更把它看成是一个地理的不同。西藏是地球上一块很奇怪隆起的高地，很多年前，写作《福尔摩斯》的柯南道尔就写过一个小说，想象地球上有一块高出的大地，没有路可以上去或下来，那里所有的一切都与众不同。我想西藏就是这么一个地方，所以西藏把我点燃了。假如我去的是新疆，新疆会不会把我点燃？我以为不会。去新疆我可能写另外一种小说，但一定不像我在西藏写的那些小说一样，那么独特。②

好吧，西藏的异域风采启发了马原，让他无师自通地变成了一个中国本土生长出的"类后现代"小说家。马原对中国小说完成了一个大胆的后现代式推进。后来马原和洪峰、孙甘露、余华等年轻

---

① 李佳俊：《生活的描写和文学的思考——读〈拉萨河女神〉断想录》，《西藏文学》1985 年第 1 期。
② 马原：《我是那个写小说的汉人》，《三峡文学》2009 年第 7 期。

作家大量阅读卡夫卡、博尔赫斯、福克纳等人的现代主义和后现代主义小说，深受其影响，文学观念发生了革命性的变化，他们把西方现代主义小说的技巧和中国经验以及经典文学传统融合起来，取得了令人瞩目的成就，形成了中国的"后现代小说"流派。

因此，从理论源头上，西方的后现代主义对中国的"先锋小说"/"后现代小说"至关重要。

第二节　关于后现代主义和后现代主义文学

整体上看，力图摧毁几千年人类文明积累的所有知识、成果和成规谓之"后现代"，奇怪的是，后现代小说与后现代思想又似乎没多大关联。比如中国只有"后现代小说"，却无后现代思想或后现代理论，而且中国的"后现代小说"的产生是一个意外，是一个中国作家的意外实验的产物。作为中国"后现代"的源头，西方的后现代小说和后现代思想分离的奇异程度也差不了多少，后现代小说由乔伊斯和博尔赫斯而起，后现代思想却是与1968年法国革命有关，直接的引爆点是中国的"文化大革命"①，可以说是彻底的"不断革命"，也可以说是类似鲁迅所批评的"革命、革革命"精神在全世界范围的终极爆发，其最大意义是带来了彻底的革命精神。革命之中又充满了断裂，后来还发展出恶俗的消费主义一极，可见，"后现代"这一概念本身就非常奇特。

"后现代"一词1870年前后就出现在英国画家约翰·瓦特金斯·查普曼的评论中，他是针对比法国印象主义更前卫的画作创造了这样一个词②，"后现代主义"一词出现则意味着"后现代"已

---

① ［英］伊格尔顿：《二十世纪西方文学理论》，伍晓明译，北京大学出版社2007年，第139页。书中把后现代主义称为后结构主义，指向的理论家群体基本一致。

② ［美］道格拉斯·凯尔纳、斯蒂文·贝斯特：《后现代理论》，张志斌译，中央编译出版社2004年，第7页。

经系统化理论化，据美国后现代理论家伊哈布·哈桑在《后现代转向》①中的研究，"后现代主义"（Postmodernism）一词最早见于西班牙人 F.D. 奥尼斯 1934 年编纂的《西班牙及西属亚美利加诗选》一书。1947 年，英国著名的历史学家阿诺德·汤因比在《历史研究》中也采用这个术语。五十年代，美国的理论家查尔斯·奥尔森在他的评论文章中经常使用"后现代主义"一词。此时的后现代主义概念，仅仅表现为文学中隐含的对现代主义文艺思潮的一种进化和反拨，没有明确的内涵界定。二十世纪六十年代，哲学领域加达默尔的《真理与方法》、阿多诺的《否定的辩证法》和德里达的《语文学》《写作与差异》《声音与现象》等作品的相应发表，标志着西方思想界从现代向后现代转折。特别是六十年代，美国批评界进行了一场关于后现代主义的大讨论，到七八十年代列奥塔与哈贝马斯之争，把这场源于北美批评界的讨论争鸣，提高到哲学、美学和文化批评高度，从此，"后现代主义"成为一个广为人知的学术和文化术语，在哲学、美学和文学艺术领域被广泛使用，涉及大众艺术、建筑、实验小说、后结构主义哲学及其文学批评。要说大致的定义，后现代主义的特色就是无中心、无统一宣言，而是各行其是，越零散化越"后现代"。应该说，"后现代"首先是"现代"之"后"，有"现代之后该如何"之意，还有"反现代"之意，即反思现代社会存在的重大问题。还有很多学者把"后现代"处理成"现代主义"之后，认为后现代主义是对现代主义的反思，这种看法也很广泛。从后现代主义的特色看，它确实比现代主义的迷茫和有限的反抗要激进得多，现代主义还有主题，还有真理化的追求，尽管痛苦，还没有放弃希望，后现代主义则断然否定真理和秩序，文明和理性都变为可疑，甚至直接否定人存在的价值，强调荒谬，且进而力图摧毁文明的所有既定成果，包括语言本身。可以说，后现代

---

① ［美］伊哈布·哈桑：《后现代转向》，刘象愚译，上海人民出版社 2015 年。

主义的关键词就是"解构"，是一个无解的破坏行为。今天的原子化社会某种程度上说就是后现代的后果之一，凝聚力几乎完全丧失，每个人只以个体的利益为行动原则。

思想的转向总起源于社会的巨大变动，后现代主义对社会有如此决绝的对抗态度，同样也是西方工业社会的产物。科技和理性的极端发展引发资本主义经济的过度膨胀，导致两次世界大战的爆发。资产阶级一方面依靠科技建立了庞大的工业生产体系，推动着社会的快速发展；另一方面，把科技和理性变成了获得私利和殖民掠夺的工具，从而使国内的危机和矛盾不断激化，也加深了各资本主义国家瓜分世界市场中的不平衡状况，最终导致发动世界大战以重新瓜分全球利益。

在两次世界大战中，被现代科技制造的杀人武器消灭的生命达到七千多万。科技和文明之间还形成了恶性循环，人性的贪婪把理性和人文的关系推向更加利益化和畸形化的状态，科技本来是为人类服务的，"发展"的无理性却使科技和理性走向了人类的反动，人类沦为工具理性和机器的奴隶。人们的生存状态不断恶化：管理和生产的高度机械化官僚化，人成了这个庞大机器的一个部件，人们的生活、消费、思想观念完全商业化了，并且为商业广告和大众传媒所左右，人类失去了主体性、选择性，成为"单面人"。① 在尼采的革命性的、很有后现代之风的"上帝死了"之后，此时已不得不进一步哀叹"人类已死"，人类的灵魂和肉体都已经被机器和物质控制。而且大工业又进一步恶化了人类的自然环境，直接威胁着人类生存的物理空间，可以说，后现代时期的科技和理性的无限膨胀，与人类进入资本主义社会的让人惊讶的加速度发展相比，它其实以更快的速度摧毁着人类文明和人类本身。从后现代角度来思考，为什么人类发现不了其他星系的类人智慧的存在？原因很可

① ［德］马尔库塞：《单向度的人》，张峰、吕世平译，重庆出版社 1988 年。

能就在于，文明的发展其实加速了智慧文明的灭亡，如人类的发展史，几百万年的石器时代，几千年的铁器时代，然后几百年的科技时代，最后便是战争和污染导致人类的灭亡——智慧生物们来不及互相"发现"就已经自我毁灭。正是这种科技"发展"造成的可怕的毁灭力量，让一批作家和思想家深入思考人类的存在意义，怀疑人类的光明性，进而怀疑个体存在的意义，并从现代主义式的怀疑，走向了后现代主义的藐视"文明"的正当性和合法性，要摧毁一切文明遗留的成果，试图从毁灭中寻找新的出路。由于并无真正的人类的光明未来，所以后现代理论到目前为止都停留在摧毁和解构层面，表现出极端的否定理性否定真理的姿态。

后现代主义文学又称后现代文学，与后现代主义一样难以定义。后现代文学与通常意义上的思潮、流派不同，它既不是指称一个具体的作家或批评家的群体，也不存在被广泛认同的纲领和宣言。不仅如此，后现代文化是一种没有中心的多元文化，产生了各种不同的标准，主张持续开发各种差异并为维护差异性的声誉而努力。正是出于这个原因，后现代主义文学内部分支流派众多，各种思潮杂芜，很多后现代作家和批评家的自我理论体系本身就存在矛盾之处。

波林·罗斯诺曾说："有多少个后现代主义者，就可能有多少种后现代主义的形式。"[①]用在后现代文学上同样适用。一方面它包含对现代主义的发展和反转，具有不可知论、不确定性、解构意义、摧毁语言和权力及真理、价值相对主义和多元的特征；另一方面又表现出了"先锋的""最新的"和消费主义等含义，成为后工业社会的一种普遍存在的人文语境和文化倾向。如按杰姆逊的描绘，后现代是对深度的放弃，与历史的隔绝，列奥塔认为后现代是书写不可能的存在，福柯要解构权力和历史，德里达要摧毁语言，

---

① ［美］波林·罗斯诺：《后现代主义与社会科学》，张国清译，上海译文出版社1998年，第18页。

罗兰·巴特要解构文学标准和文学批评，加达默尔主张文学阐释的多元性等。

无论在文艺思想还是在创作技巧上，后现代主义文学与现代主义文学都有继承和发展的关系，有的学者就不区分"现代主义"和"后现代"两个概念，如阿兰·洛德曼在《后现代主义展望》一文中认为后现代主义只是现代主义的余波[①]，但实际并没那么简单，后现代主义包括越来越多的反现代和反现代主义的成分，因此二战之后文学发展的特征已经远远超过了传统的"现代主义"所能涵盖的范围，因此多数研究者将后现代主义文学看作一个独立的文学思潮，和古典主义、浪漫主义、现实主义以及现代主义并举。

对于后现代主义文学的产生年代，同样也是众说纷纭。理查德·沃森在《论新感性》（1969）中认为是魔幻现实主义作家品钦和"新小说"作家阿兰·罗布－格里耶。[②]哈桑认为后现代主义文学出现的最早时间是乔伊斯《芬尼根的守灵夜》（1939）。哈桑的观点不只是将后现代文学提早了十几年，而且把后现代与一个更伟大的作家联系在了一起，作为证明，自二十世纪六十年代后期，西方评论界越来越认识到乔伊斯《芬尼根的守灵夜》是从叙事方式到观念的一次重大转折。《芬尼根的守灵夜》具备迷宫特征、洗扑克牌手法、解构语言、语言的增殖等，还有增殖的历史，如中国历史的周幽王、孔子、老子、清朝、孙中山、辛亥革命等都在《芬尼根的守灵夜》中片断化出现。德里达等法国后现代理论家对小说中字谜一样的词语的解构阐发，改变了当代文学的阐释方式；该书犹如迷狂的叙述，一方面在贝克特那里得到哲学性的发展，一方面在罗布－格里耶（法国"新小说"流派的创始人）的《观察者》、托马斯·品钦的《万有引力之虹》、巴塞尔姆的《城市生活》等作品中得到虽不完全相同，却也颇为相似的表现；其迷宫一样的结构早已成为当

---

① 见《外国文艺》1981 年第 6 期。

② 王岳川：《后现代主义文化研究》，北京大学出版社 1992 年，第 6—7 页。

代众多作家使用的创作手法，"迷宫""百科全书""万花筒"这些用以描述乔伊斯《芬尼根的守灵夜》的词汇常常出现在博尔赫斯、卡尔维诺、罗布－格里耶等名家的作品之中。就是说，在二十世纪初期，在几乎没有前人参照的条件下，乔伊斯已经全面地发展出了六七十年代才兴盛的后现代文学手法，难怪美国学者伊哈布·哈桑把《芬尼根的守灵夜》视为后现代文学的鼻祖，称"'倘若没有它那神秘的、幻觉式的闪光在每一页中的每一个地方滑过'，后现代作家们就完全可能和他们的前人毫无差别，而不会是今天这个样子"。①

目前来看，乔伊斯《芬尼根的守灵夜》、贝克特的《莫菲》和博尔赫斯最早的《特隆、乌克巴尔、奥比斯·特蒂乌斯》都出现于1939 年，因此可视 1939 年为后现代文学的起点。从整体的创作上看，乔伊斯在《芬尼根的守灵夜》之后就停止了此类创作，而博尔赫斯的后现代历程刚刚开始，他有长久的与后现代主义相一致的后现代意识，即有意地追求破碎感、零散化、解构理性、摧毁真理，特别是一些后现代手法，博尔赫斯小说是集大成者，且影响远比乔伊斯深远。

而贝克特与乔伊斯则有明显的继承关系。1928 年，年轻的贝克特到巴黎高等师范学院和巴黎大学任教，结识了当时已经进入老年的、誉满世界的乔伊斯，精通数国语言的贝克特被派作失明的乔伊斯的助手，负责整理《芬尼根的守灵夜》手稿②，然后《芬尼根的守灵夜》和贝克特的长篇小说《莫菲》同年出版，风格也有很多相似之处。由此可以说早期贝克特受乔伊斯影响很大，两部后现代创始之作很可能是互相影响，同步完成的，当然乔伊斯的作用应该

---

① Ihab Hassan, *Paracriticisms : Seven Speculations of the Times*, University of Illinois Press, 1975, pp.183.

② 李莉、李禹婷：《贝克特与乔伊斯两位文学大师的交集》，《世界文化》2016 年第10 期。

更大，从《尤利西斯》那种让人惊艳的想象力和创新能力就可见一斑。而且贝克特之后与极端的文本实验越来越远，所以被归入另一种荒诞派之列，而在中国的二十世纪八十年代，荒诞派似乎并不属于后现代之列。但在西方却并非如此。西方被归入后现代文学之列的文学流派大致有如下几个——存在主义文学：代表作加缪《局外人》《鼠疫》，西蒙娜《女房客》《一代名流》，萨特《禁闭》；荒诞派戏剧：代表人物贝克特《等待戈多》、尤涅斯库《秃头歌女》；黑色幽默派：品钦《万有引力之虹》、冯尼戈特《第五号屠场》、约翰·巴斯《烟草经纪人》；魔幻现实主义文学：马尔克斯《百年孤独》，危地马拉的阿斯图里亚斯《总统先生》《玉米人》。

上述西方意义上的后现代诸流派在中国却明显被当成"现代主义"来对待，"存在主义""黑色幽默"和"荒诞派"对应于中国的"现代派"或者"伪现代派"，借鉴那种阴暗存在主义或黑色幽默的观念来写作，并不是用来寻找"反理性"或"非理性"来对抗社会，更不是对"现代"本身的反动，而恰恰是将其作为进入现代的入口。魔幻现实主义则对应中国的"寻根文学"，一种"反现代"的文学因为产生于第三世界且获得了诺贝尔文学奖，结果中国更是彻底地误用了魔幻现实主义，马尔克斯被寻根派奉为获得西方认可的利器，不但不是在后现代意义上"寻根"，甚至连现代主义都不是，而是从最基础的启蒙意义上使用"魔幻现实主义"，似乎一"魔幻"，中国文学和中国社会就马上摆脱了"前现代"或"封建"状态，一夜进入现代之境——在中国，反而是它的后现代色彩最弱。几乎这些后现代流派在中国都被曲解和误用，不是"反现代"，也不是反思现代，而是要反思封建，进入西方式现代；而且是在现实主义规则的意义上进行运作，即试图以反封建之态，借现代主义之形，获得革命的动力和现代世界的入门证。到目前也很难判断这种"误用"是利大于弊还是弊大于利。

还有一个后现代流派未提及，就是法国"新小说派"，这个倒是没被误用，而是相当完整地被中国"后现代派"学了去，至少表面上看非常相似，或者说"山寨"得很成功。"新小说派"是二十世纪五六十年代盛行于法国文学界的一种小说创作思潮，也被称之为"反传统小说"。"新小说派"认为，传统小说中上帝般无所不知的叙述者，总是试图赋予生活以秩序和意义，实际是寻找人类世界的真理，这些都是徒劳的或虚伪的，因为它们在人类社会中并不存在，一切都是出于某种利益的建构。他们主张摒弃以巴尔扎克为代表的现实主义写作方法，从叙事和主题进行全面的彻底的反叛，建构全新的、摧毁成规的叙事模式。"新小说派"认为传统现实主义小说中的语言文字也必须彻底改革，主张建构新的语词和新的语言模式，表达新时代更复杂多样的存在和思考。这一派独独对中国"后现代派"影响巨大，代表者有阿兰·罗布-格里耶及其作品《橡皮》(1953)、《在迷宫中》(1959)，克洛德·西蒙及其作品《弗兰德公路》(1960)，他们经常出现在中国的"后现代"作家的口中，和博尔赫斯一起被奉为祖师。

从中国的"后现代小说"来看，这个"新小说派"才属于真正的后现代文学，"新小说"的不确定性、非中心化、文本的开放性和从历时走向共时等特点与后现代主义文学特质有明确的呼应关系。[①] 而从其详细的主张及创作的样本来看，"新小说派"正是继承了博尔赫斯和后期乔伊斯的特征，创新之处并不多。就是说，中国的"后现代"是博尔赫斯式的后现代，或者同期乔伊斯、贝克特作品表现的那种后现代，把其他几种与后现代相关的流派全排除在外了，可能其他流派与现代主义太近了，形式上"解构"的冲击力不够彻底和强大。

---

① 姚公涛：《法国"新小说"的后现代主义特征》，《求索》2010 年第 6 期。

第三节　反真理和叙述迷宫：后现代小说的特征

后现代主义文学既然出现，虽然它什么都要解构，都要摧毁，且没有统一的规则和文学纲领，但它总是要有一定的外在表现的，所以其主要特征还是可以做出一些概括。而中国的"后现代小说"则完全可以严丝合缝地嵌入西方后现代写作的"模具"之中。

不可知论

"不可知论"是否认人类对外部世界的认识能力和改造能力，甚至认为人类的认识全是错误的，表现为反理性、反终极价值、反意义等。实际是否定几千年来人类文明的成果，简直是要回到无知无能无识的石器时代。这是后现代理论的最根本的毁灭性思考，从根本上否定了人类发展的价值和人类在自然世界的存在意义。

后现代主义认为一切人类文明流传下来的、传统意义上的崇高的事物和信念都是"话语"，都是有某种利益指向的说辞，是历史化的产物，并非永恒的不变的，就是说取消了现实主义时代的理性和真理。其背后的预设就是，经济的发展暴露了人类文明的虚伪性和自私性，客观世界和人自身都被异化了，历史失去了期待中的公正和自由，帝国主义下的资本集团掌控了整个社会，公平和正义越来越远，而且这个畸形的社会体系不可改变。后现代主义作家由现代主义作家的痛苦思考和迷茫虚无转而"醒悟"，原来公正和文明是不可能的，只能是不平、争夺和弱肉强食，因此拒绝再对重大的社会、政治、道德、美学等问题进行严肃认真的思考，进而拒绝给世界以意义，形成反理性、反理想、反意义的后现代主题。

中国后现代文学中的反理性一维，马原是先声，洪峰是追随者。对意义的消解，实际就是在解构人类的理性体系，本来在人类世界已经非常符合因果律的事件，现在突然又变成人类无法控制的未知世界，这是一种人为的模糊化和反理性化。马原的《虚构》（1986）在主题上即有意破除因果律，主人公"马原"被派往一个精神病院执行任务，非正常的地方让行动者行为与思想更怪异——其实，隐含作者"马原"直接将行动者"马原"定位成了一个精神病患者，一切都是精神病患的意淫。那个叫"马原"的汉人为何和如何陷入此阵也是一笔糊涂账——作家、隐含作者、叙述人、行动者全部都被命名为"马原"，也是解构策略之一。洪峰的《极地之侧》（1987）写一个人按照梦的指引到中国最北部去寻找一个似曾相识的人，一个可能有过爱情或者有其他重大的关系的女人，历经梦呓般的各种波折，真的找到了这个女人，意外的是，见面后此女却否认认识主人公。一切都没有原因，就那么梦一般的茫然。余华的《十八岁出门远行》则影响最大，是此类"后现代小说"中比较典型的文本。十八岁的少年出门去体验社会，结果却是一个不可知的世界。叙事的终点很关键，"我"要做"正确"的事情却被打得晕头转向，愤怒过后他平静了下来，居然钻进残破的驾驶室去睡觉，还觉得"心窝"很"暖和"：

> 我打开车门钻了进去，座椅没被他们撬去，这让我心里稍稍有了安慰。我就在驾驶室里躺了下来。我闻到了一股漏出来的汽油味，那气味像是我身内流出的血液的气味。
>
> 外面风越来越大，但我躺在座椅上开始感到暖和一点了。我感到这汽车虽然遍体鳞伤，可它心窝还是健全的，还是暖和的。我知道自己的心窝也是暖和的。我一直在寻找旅店，没想到旅店你竟在这里。我躺在汽车的心窝里，想起了那么一个晴朗温和的中午，那时的阳光非常美丽。

不但很"暖和"，还想起了往日一个阳光灿烂的中午。大孩子心情的突然反转很意外，似乎他就那么轻易地认可了这个不可知的世界。结局应该说体现了余华一贯的聪明，他的小说总会有这样旁逸斜出的意外的句子或段落。这一句加上去，会让接受者更迷茫，禁不住会想：到底是主人公出了问题还是余华出了问题？或者是接受者自己出了问题？就是说，这篇小说用正统的现实主义叙事模式讲述了一个超现实主义的故事，重点是意外的、不合常理的事件和结局。而叙述人居然对这个结局安之若素。看完这小说，大家最想问的其实是一个问题：这篇小说想说什么？直到今天，还是有众多读者对马原、洪峰和余华的此类小说不知所云。

其实很简单，就是刻意营造的不可知论，特别是对理性和因果律的否定。主体的破碎感造成余华们有意放弃了因果的追寻，让世界停留于不可知的表层。

余华此时还有一类"反小说"，即对于固有文类的颠覆，"一种更深刻的颠覆活动出现了——主题性颠覆变成了文类性颠覆"，"一九八八年一月的《河边的错误》可以被读成是反公案－侦探小说；一九八八年十二月的《古典爱情》是反才子佳人小说；而一九八九年三月的《鲜血梅花》可视为武侠小说的颠覆"。[1]《古典爱情》(1988)、《鲜血梅花》(1989)等作品是对古典爱情小说和武侠小说的模仿，正是典型的后现代戏拟之作，他有意打破了读者的阅读预期，《古典爱情》中期待中的才子佳人的圆满爱情因为姑娘的死亡而成为一种意料之外的失望，《鲜血梅花》中少侠的不断错过和延宕导致亲手复仇落空，读者的心理预期再次被打破，整个文本成了一个后现代式的骗局。这一方面属于后现代解构策略中的反情节行为，以日常生活的平淡解构了英雄叙事或文人传奇。另一方面，在"反文类"的同时，余华也表现了世界不可知的另一面：世界是一个无法有所作为的未知空间，任何美好的期待都会被无情的现实击碎。如《河边的错误》(1988)通过一个为民除害的警官为

---

[1] 赵毅衡：《非语义化的凯旋——细读余华》，《当代作家评论》1991 年第 2 期。

了避免疯子不断杀人而枪杀了疯子，但法律却规定疯子杀人不受惩罚，但正常人杀疯子却必须承担刑事责任，所以警官必须装疯才能活在世上，诉说着世界更荒谬的一面：个体面对茫茫世界是何等的渺小，无论做出"正确"还是"错误"的选择都要被不可知的力量摧毁。这种不可知论的背后是对人类价值体系的解构，人类以为"正确"的价值，恰恰在产生"错误"的结果，以此颠覆了人类社会对价值的定义，因果链背后的更深层价值体系也被否定。

没有了因果联系的故事的又如何组织情节？看下余华的另一篇小说或者能发现一些蛛丝马迹。《四月三日事件》（1987）和《十八岁出门远行》发表于同一年，描述一个中学生觉得周围的人都想害他，甚至街上的每一个人都像是同谋：

> 他走上几步，对准他的脸又是一脚，这人痛苦地呻吟一声，便倒在地上。"告诉我，你们想干什么？"他问。
>
> 这人呻吟着回答："让张亮他们把你带到马路中央，用卡车撞你。""这我已经知道。"他说。
>
> "若不成功就由你父亲把你带到那幢建筑下，上面会有石头砸下来。""接下去呢？"他问。那人仍然靠在梧桐树上，这时他的手伸进了胸口的口袋，随后拿出一支香烟点燃抽了起来。
>
> 肯定是他（他想）。但是他一直没有决心走上去。他觉得如果走上去的话，所得到的结果将与他刚才的假设相反。也就是说躺在地上呻吟的将会是他。那人如此粗壮，而他自己却是那样的瘦弱。此刻那人的目光不再像刚才那样心不在焉，而是凶狠地望着他。于是他猛然发现自己在这里站得太久了。
>
> "你知道吗？"白雪说。
>
> 他完全没有意识到自己竟然走到白雪家门口了。记得

是两年前的某一天，他在这里看到白雪从这扇门里翩翩而出，正如现在她翩翩而出。白雪看到他时显然吃了一惊。

他发现她有些不好意思，但却是伪装的。

白雪的卧室很精致，但没有汉生的卧室整洁。他在椅子上坐下来时，白雪有些脸红了，脸红是自然的。他想白雪毕竟与他们不一样。这时白雪说："你知道吗？"

白雪开门见山就要告诉他一切，反而使他大吃一惊。

"昨天我在街上碰到张亮……"

果然她要说了。"他突然叫了我一声。"她刚刚恢复的脸色又红了起来，"我们在学校里是从来不说话的，所以我吓了一跳……"

他开始莫名其妙，他不知道白雪接下去要说些什么。

"张亮说你们今天到我家来玩，他说是你，朱樵、汉生和亚洲。还说是你想出来的。他们上午已经来过了。"

他明白了，白雪是在掩护张亮他们上午的行动。他才发现白雪比他想象的要复杂得多。

一个未成年人，不但对成年人世界不信任，对同学们组成的未成年人世界也充满了恶意的猜疑，总觉得同学们要合伙杀掉他，同学们所有的话所有的行为甚至细微的表情都被导向一个杀人陷阱。大街上很多和他无关之人的一个无意的行为也会被想象成同谋。这使主人公更像一个精神病患者。整篇读下来，主人公的思考方式和想象的方式非常熟悉，熟悉得让人很不舒服。很明显，余华在模仿鲁迅影响了中国文坛一个世纪的《狂人日记》，王彬彬就将《四月三日事件》与《狂人日记》联系在了一起："这篇小说很自然地令人想到鲁迅先生的《狂人日记》，我们不妨也拿看待《狂人日记》的眼光看待它。"[①]但余华却模仿得相当不成功：

---

① 王彬彬：《余华的疯言疯语》，《当代作家评论》1989 年第 4 期。

"你怎么没和他们一起来？"白雪问。

他此刻不知说什么好，只是十分悲哀地望着她。于是他看到白雪的神态起了急剧的变化。白雪此刻显得惊愕不已。他想：她已经学会表演了。

仿佛过去了很久，他看到白雪开始不知所措起来。她的双手让他感到她正不知该往何处放。

"你还记得吗？"这时他开口了，"几天前我走在街上时看到了你。你向我暗示了一下。"

白雪脸色涨得通红。她喃喃地说："那时我觉得你向我笑了一下，所以我也就……怎么是暗示呢？"

她还准备继续表演下去（他想）。但他却坚定地往下说："你还记得离我们不远有一个中年人吗？"

她摇摇头。"是靠在一棵梧桐树上的。"他提醒道。

可她还是摇摇头。"那你向我暗示什么呢？"他不禁有些恼火。

她吃惊地望着他，接着局促不安地说："怎么是暗示呢？"

他没有答理，继续往下说："从那以后我就发现自己被监视了。"她此刻摆出一副迷惑的神色，她问："谁监视你了？"

"所有的人。"她似乎想笑，可因为他非常严肃，所以她没笑。但她说："你真会开玩笑。""别装腔作势了。"他终于恼火地叫了起来。

她吓了一跳，害怕地望着他。

从这个叙事片段来看，男主人公有着强烈的被迫害妄想症，和鲁迅的"狂人"类似。但其模仿狂人思维的不成功之处在于，叙述人安排了正常人的正常行为作为对比，如他的同学白雪，说话和做事从接受者来看都是正常的，叙述人不断地通过这样的暗示，提醒读者这个主人公是不正常的，甚至不惜在挺恰当的自由转述体后面加上带括号的"（他想）"，直接标志出是主人公的心理活动，不但破坏了自由转述体的正常效果，也摧毁了主人公之所以变成"狂人"的价值，实际是一种叙事的失败。他本想制造更多的迷惑性的情节，但虚构能力不足，直接把他的主人公给出卖了。或者是，此时的余华是在《十八岁出门远行》的思维模式的鼓动下，开始了对鲁迅这一世纪经典文本的模仿，因为其背后正有某个主题恰好延续了《十八岁出门远行》的不可知论，所以余华会让未成年人成为主题的承载者，但指向和技巧的不成熟造成了余华在叙事建构时的游移，正常人视点的出现摧毁了他努力建构的不可知论。而鲁迅在《狂人日记》中没有给正常人表现的机会，所以狂人的所为不易被认为是反常行为，即使我们能感觉到狂人思维的不正常，也会善意地将其理解为是旧制度的压迫。而《四月三日事件》中的男中学生则不然，压迫他的原因不明，但仅仅是一个精神病患就已经足够摧毁他疯的价值了。因为其精神病式思考的背后几乎没有任何更深的意义，如同一个孩子把妈妈正常的短暂消失当成世界上最大的事情一样。或者可以说小说中加入了后现代的成分，就是世界的不可知，对于未成年人，世界的所有关系更是无法把握。如果从这个角度来理解，那么余华这篇小说就会很让评论家们惊喜。从文本的深层结构来看，因为批判主题的缺席，既不关涉人性也不关涉民族国家，文本的内核从现代主义变成无中心的后现代主义。但由于叙事的失败，对鲁迅的《狂人日记》的模仿变成了一个少年对成人世界的浅薄戏仿，成为不可知论下的单一指向的文本话语建构。鲁迅式的大叙事的自我分裂的痛苦、历史批判和民族批判全然无表现，和《十八岁出门远行》一样，更像一个无所事事的未成年人的臆想。再看另一篇，这种感觉会更明显，《西北风呼啸的中午》同样出自

1987 年的余华之手，但其更粗浅，从文本的细部进入，同样会发现其主题的缺失，一个人某个中午被一个不认识的胖子拉去参加一个不认识的人的葬礼，如果这样的故事也叫体现了哲学化的不可知，那后现代也太浅薄了，它更应该是一部低劣的悬疑小说的一部分。这缘于文字编码过程中深层结构的浅层化，即试图用过于粗浅的叙述承载过于沉重的思想。

余华们的不可知论之作之所以变成缺乏深度的故作悬念的失败文本，是因为不可知论在中国没有理论的支持，也没有现实作为对应物。他们看似后现代式的反抗，只是表层的，其实有着多重叠加的功利目的，远没有上升到哲学思考高度的可能。何况，他们的所作所为，所有的激进的实验都还笼罩在中国意义的现实主义规则之下。所有的激进实验的深层结构都隐蔽地指向一个默认的"前现代"意识形态。

"元小说"和"元叙述"

后现代主义文学不仅仅反"旧的"传统，而且直接拿自己开刀，反对小说本身，与鲁迅所说的"长蛇自噬"类似。在体裁或文体上，后现代小说对传统的小说、诗歌和戏剧等形式乃至"叙述"本身进行解构。因此，后现代主义文学也是一种"破坏性"的文学，即某种意义上的后现代式"反文学"。小说的主要特征是叙事，后现代小说则必然摧毁叙事。中国"后现代小说"中最常见的方法是马原《西海无帆船》中那种突然出现的奇异段落："马原先生在这篇小说里尽他妈的胡扯蛋。到现在为止，姚某人成了他的木偶了"，"马先生本人从未到过西部无人区，我可以作死证。所有的细节都是不确实的"等。

《西海无帆船》本来一直用很正常的现实主义手法讲述叫陆高和姚亮的两个汉族男人在西藏的经历，前二十二节几万字篇幅，讲得中规中矩，还有和西藏姑娘的激情艳事，但在第二十三节突然加入了上述内容，在当时绝对惊世骇俗，直接摧毁了小说的真实性。给当时的中国评论家们带来了巨大的冲击，以至无法把马原归类，有的只好归为"伪现代派"，有的干脆造了一个新流派，叫"新潮小说"。

"当然，信不信都由你们，打猎的故事本来是不能强要人相信的。"《冈底斯的诱惑》的开头便是这样一句话，对故事的真实性做了很暧昧的阐述，由此可见作者的狡猾之处，言下之意便是无论读者相信或是怀疑文本的真实性，都与作者不相干，因为作者自身对于文本是否真实根本无所谓。《冈底斯的诱惑》的阅读，会让读者产生强烈的晕眩感，恰恰是因为它的真实性和虚构性难以把握，这就是马原的"叙事圈套"①之一。首先，小说自身就存在"漏洞"：

> 可我一直闹不清楚，姚亮为什么要说——《海边也是一个世界》呢？我不明白这个也字是什么意思。莫非姚亮早知道陆高将来要上大学？知道你大学毕业要到西藏？知道注定还有一个关于陆高的故事：《西部是一个世界》？不然为什么姚亮要说：海边（东部）也是个世界呢？姚亮肯定知道一切。天呐，姚亮是谁？

叙述者"我"自己提到是姚亮使"我"认识了陆高，可是居然发出了"天呐，姚亮是谁？"这样的疑问来，似乎根本不认识姚亮，这样的故意的矛盾设置毋庸置疑会让读者瞠目结舌。同样地，在第四节中：

> 应该明确一下，姚亮并不一定确有其人，因为姚亮不一定在若干年内一直跟着陆高。但姚亮也不一定不可以来

①　吴亮：《马原的叙述圈套》，《当代作家评论》1987 年第 3 期。

西藏工作啊。不错，可以假设姚亮也来西藏了，是内地到
西藏帮助工作的援藏教师，三年或者五年。就这样说定了。

　　叙述人故意把姚亮的身份搞得扑朔迷离。看得出，小说在一
边讲故事一边摧毁文本内部人物的真实性，使接受者无法融入叙事
化的阅读快感之中。这应该是中国小说几乎从未出现的新特点。而
马原此时的最大特点就是消解小说的真实性，这种消解直接指涉小
说的自身法则，像《拉萨河女神》《冈底斯的诱惑》《西海无帆船》
《海边也是一个世界》《涂满古怪图案的墙壁》《虚构》和《总在途
中》等，他会在小说中是模是样地插上一段马原自己的话或是小说
人物与读者说的"悄悄话"，我说过，马原似乎很"懒"，他懒得为
作品的主人公费心思取个另样的名字，这几部作品的主人公几乎都
是"陆高"和"姚亮"，马原还有意在叙述中插入一些"警告"读
者要有一个清醒的头脑的话，那就是：千万别相信马原的"鬼话"，
他在编故事骗人。陆高和姚亮实际已成了马原可以随意调用的符
号，它们代表了中国"后现代"最初的不确定性；在小说的叙述语
言中突然插入"坦白地"承认自己在编小说的话语，看似诚实，实
际上有故弄玄虚之嫌，这种故弄玄虚对读者来说很讨厌，对评论家
来说却是一种值得理论化的新发现。
　　其实马原用的是后现代手法。此种直接摧毁叙事的"叙事"即
被称为"元叙述"或"元叙事"，用这种手法的小说就称为"元小
说"。这个"元"，汉语的意义本是"元初"或"源头"之意，"元"
自《周易》时启用，"道"之源，《春秋繁露》有"元者为万物之
本"之说，在专指后现代之"元"的时候，则"元小说"是关于小
说的小说，是关注小说的虚构方式及其创作过程的小说。传统小说
往往关心的是人物、事件，是作品所叙述的内容；而"元小说"则
更关心作者本人是怎样写这部小说的，小说中往往喜欢声明作者是
在虚构作品，喜欢告诉读者作者在用什么手法虚构作品，更喜欢交

代作者创作小说的一切相关过程，小说的叙述部分往往在谈论正在进行的叙述本身，并使这种对叙述的叙述成为小说整体的一部分。说到底，还是要归结到后现代的"解构"核心，"元小说"就是解构小说的小说，即从根本摧毁小说的虚构，进而摧毁这种虚构的幻象给读者带来的阅读快感，使小说的存在失去意义。

这种"独创感"曾让马原很有成就感，虽然他一开始对评论界的反响颇感意外，并做了"有限"辩解，但他其实相当得意："我是个从小阅读小说的人，差不多把这世界上绝大部分好的小说都读过，我知道还没有一个人像我这么写，不管是法国人、西班牙人或美国人，都没这么写过。"[①] 话语中充满着踌躇满志之感。其实，这种"元叙述"在 1749 年菲尔汀的小说《汤姆·琼斯》中就有端倪，也类似中国古典小说中说书人与听众的直接对话。真正的后现代"元叙述"或"元小说"，西方也早就出现。它最早出现在劳伦斯·斯特因的《项狄传》（1759—1767）之中，虽然不是故意摧毁叙述，却是在对叙述行为本身的不断的讨论中破坏了读者的接受。后来约翰·巴斯《迷失在游乐园中》（1968）、卡尔维诺《寒冬夜行人》（1979）、朱利安·巴恩斯《福楼拜的鹦鹉》（1984）等著名作家的作品中都有"元叙述"的部分，稍晚的伊恩·麦克尤恩《赎罪》（2001）中也有直接摧毁自己的叙述的真实性的"元叙述"段落。再者，乔伊斯的后现代创始之作《芬尼根的守灵夜》中就已经有了强烈的"元小说"特色，人物的角色和身份不定，虽然没有刻意说出小说是编造的，基本人物的身份的高度自相矛盾已经从根本上破坏了小说的叙事规则，让读者失去所有的信任和接受的意愿，如文本中男主人公的主要身份是都柏林一个小酒店的老板，叫 H.C. 伊尔维柯，简称 HCE，不过正如他名字的简称正是"此即人人"（Here Comes Everybody）表明的，在不同卷、不同章和不同段落中，主人公的身份也各不相同，有时他是向爱尔兰传播基督教的圣帕特里

---

① 许敏、马原：《西藏把我点燃》，《新世纪周刊》2006 年第 15 期。

克，有时是率领盎格鲁－诺曼人征服爱尔兰的"铁拳"，有时又是清教革命中血腥镇压爱尔兰保王党人的克伦威尔。ALP 这个名字专指 HCE 的妻子，ALP 也是所有的女性，也指夏娃、伊西丝等。这种有意而为的自我解构小说叙述的行为，比那种直接说出虚构的方式及过程的"元叙述"更能破坏读者的阅读。明显的是，乔伊斯远比马原高明，一个是雍容典雅地用深刻且晦涩的文学和哲学思想来摧毁，一个是直接在现实主义叙事的缝隙塞进些后现代的"小伎俩"。

当然马原小说的"元叙述"段落有不同的特征，他的"独创"在于，小说作家都尽量避免自己的名字出现在小说中，除非是以自己（或自己的名字）作为小说主人公（或主人公的名字）的小说，但是马原却不同，如在《西海无帆船》《涂满古怪图案的墙壁》等小说中马原既不是小说主人公，也不是小说中的一个角色，却成了上帝或恶魔一般强大的神秘存在，一切皆在他的巨手之下生生息息，小说里的角色也频频提起马原的名字，此时的马原是造物主一般的高高在上又无所不在；再者，小说更忌讳的是小说中的角色直接攻击作者，但马原也这样做了，陆高不断被姚亮揭穿身份，提醒读者陆高就是马原本人，《西海无帆船》《涂满古怪图案的墙壁》都有此类"元叙述"。他的小说《旧死》中似乎把"元叙述"用得更熟练，不像《西海无帆船》中在大量的"正常"叙述中间突然插上一小节，这篇变成了双线叙事，一条线是讲述正常的现实主义式的故事，另一条线是一个平行的叙述，隐含作者直接与读者对话，详细地解说叙述人建构故事的过程。《虚构》采取了第一人称叙述，讲述"我"在麻风病院的神奇经历，叙述人同时在叙述中不断地"揭露"他正在建构的话语世界完全是他的想象，是完全虚假的。在《死亡的诗意》中，马原一边提供纪实性质、"绝对真实"的片段，一边有意暴露其虚构性的背景。这种情景几乎遍布在马原的小说中，他向读者坦言相告，自己以制造叙述的圈套为乐，同时居高临下并不无嘲弄地呼唤那些遵守现实主义阅读规则的观众。马原对小说自身的消解确实是一开始便达到了相当深的程度，这种直接交流话语就像我国元曲的现场表演中会有一些插科打诨，由于戏中的几个角色常由一人串演，小丑拿一个刚演了恶霸又串演小听差的角色开玩笑道：别看他现在老实，刚才那丑事全是他干的。马原的"自我暴露"话语已游离于小说之外，从外部瓦解了小说的真实性。

从这个角度看，马原的小说是更典型的"元小说"，解构感似乎比西方的"元小说"更纯粹。其实，从自我摧毁的做法来看，这种小说也能称为"伪小说"，而马原正是中国"伪小说"的肇始者。如前文一直强调，马原小说之所以与刘索拉、残雪等人的"伪现代派"小说不同，正在于对小说自身的消解，这也正是后现代小说的鲜明特征之一。马原不但直接摧毁小说的虚构性，同一人物的身份随意变化也很类似乔伊斯的《芬尼根的守灵夜》中主人公身份的随意变化，马原的早期作品中便出现了陆高和姚亮，这两个人在小说《海边也是一个世界》中出现之后，便屡屡成为马原小说的主人公，而且每部作品中的角色和经历各自不同，马原还经常以一个叙述者的身份声称姚亮和陆高不一定存在，这种消解小说真实性的人为策略使马原与莫言、残雪等人划开了鲜明的界限。所以，马原出现最早，但他却属于"后现代小说"派，莫言、残雪出现较晚，他们却属于"现代派"——典型地体现了中国引入西方文学流派在时间上的"混乱"。文本的互文是后现代消解小说本身的主要策略之一，同一人物在不同的小说中出现，但从其性格、言行甚至简短的外貌描写上都可看出这一人物的明显矛盾性，按理性去解释只能认为他们不是一个人，名字成了一个任意的符号，能指和所指完全断裂；从一般的传统接受者而言，此种情况出现在同一个作家的作品中则很让人不舒服了，从接受美学来看，有意地摧毁故事的幻象会让读者形成一种拒斥心理，因为作家这种行为会被读者认为是一种欺骗，而且是明目张胆的欺骗；小说最基本的特征和价值就是编故事，读者需要很"真"的虚构，以让他们无意中被吸引，以投入感情主动地"接受"欺骗，从而获得一种精神上的安慰或是消遣。但是马原的小说由于时时将"欺骗"摆在桌面上，让读者无法投入，以至读者们很"恼火"，干脆拒绝阅读，这就使作品的存在失去了意义。而这正是后现代作家所要达到的目的之一，他们的作品成为后现代"文本"之后，便仅仅是一种文字存在，一种语言符号的随意组合，它不需要意义，因此它也拒绝阐释。这就是后现代小说走向极端的重大特征之一。它已不仅仅为了实验一种新的小说的可能性，而是陷入了无边的消解之中。

整体来看，马原叙事的后现代特色似乎只有这一招，没有"元叙述"，他的解构游戏就不复存在，变成了平庸的现实主义文学。西方后现代的其他的解构文本的方式他似乎不太擅长（当然他也有《零公里处》这样的后现代梦呓式小说，但不多），成了真正的"一招半式闯江湖"，期待能以此"一招定天下"，一招使用太多就会失去作用，甚至适得其反。南帆曾经指出，马原小说无视暴露技巧的禁忌，在故事中公然穿插叙述行为，炫耀编造故事的手段，展示种种衔接故事的齿轮和螺丝钉，所有这一切，都造成故事的"夹生感"，实际是让评论者和读者都很不舒服，南帆还是肯定了他的意义，马原意欲表达和提醒人们的正是"任何'真实'无非叙事策略所形成的效果"。[①] 可以说，"元小说"强调了虚构的过程，并把小说的建构过程也当成了小说的一部分，但同时也使小说不再成其为"小说"。这也是整个后现代理论的目的和悖论。

叙述迷宫

从罗兰·巴特《文本的快乐》（1973）提出的语言游戏说来看，小说的生产和接受流程中都强调作家的创作快乐和读者的接受快乐，是一种表演操作和体验过程，而不必在乎体验的高下之分，甚

---

① 南帆：《文学的维度》，《当代作家评论》1998 年第 4 期。

至将之与"色情游戏"做对比。① 相对于内容，后现代主义作品更注重表达的是"叙述话语"本身。话语和语言结构，成了后现代主义文学的艺术传达基础，表现出无选择性、无中心意义、无完整性，甚至是"精神分裂式"的表述特征。作品中出现了冗长曲折的句子，语无伦次的语词、对话独白、重复、罗列等。后现代理论家把后现代主义创作中的随意性、不确定性、无选择性的表现方法，归纳为六条原则，即矛盾（文本中的各种因素互相冲突悖离）、变更（对同一文本中叙述的事，可以更换不同的可能性，变更内容、情节）、断裂（作品叙述前后丧失必然性，没有因果关系）、随意（文本的随意组合，如可以任意拆装组合的"活页小说"等）、过度（有意识过度夸张性地运用某种修辞手法）、短路（情节内容在发展进程中突然中断，让读者参与对文本的阐释、解析与再创作）。每一种手法一旦被后现代"征用"，则发生天翻地覆的变化。如"矛盾"手法被后现代收编后则成为人为制造的能指与所指的断裂，而且达到能指的无限滑动，意义则不可捉摸。从话语来看，则是后句推翻前句，符号的能指程度更高，致使整个文本的叙述人如荒天巫师，在符号与意义间不可调和。贝克特的小说《无法命名者》的结束语是个绝妙好例："你必须讲下去。我不能讲下去，我愿意讲下去。"到底是讲还是不讲？库特·冯尼格的《猫的摇篮》里的宗教是建立在这样的基础上的："令人伤心的是必须粉饰现实，同样令人伤心的是实在无法粉饰现实。"后现代主义文学中的人物在性别上也会模棱两可的，例如布力吉德·勃罗菲的作品《在运输中》的一个叙述者记不清自己是男性还是女性。在约翰·巴思的小说《牧羊郎加尔斯》中，主人公及其所爱者在回答"你是男人还是女人？"时，总是说："又是，又不是。"贝克特的《华特》中的矛盾修辞更加复杂，矛盾的指向都不固定，读者可能要跨越很多句子才能找

---

① 有学者翻译成"色情活动"，见黄晞耘《罗兰·巴特：业余主义的三个内涵》，《外国文学评论》2005 年第 3 期。

到其矛盾的指向点，如花费一页半的篇幅进行如下无聊又可怕的叙述："至于他那两只脚，有时每只脚都穿一只短袜，或者一只脚穿短袜，另一只脚穿长袜，或一只靴子，或一只鞋，或一只拖鞋，或一只短袜和靴子，或一只短袜和鞋子，或一只短袜和拖鞋，或一只长袜和靴子。或一只长袜和鞋，或一只长袜和拖鞋。"

中国"后现代"作家中，孙甘露是作为一个语言符号的极端实验者而崛起于文坛的。孙甘露的"先锋小说"是正宗的语言游戏，而且游戏得才华横溢。最有代表性的是《访问梦境》《信使之函》《岛屿》等，尽管通篇卒读却不知所云，但其每一小节却都是语言精美又极具意境的朦胧诗。也就是虽然空无一物，但幽雅而潇洒，纵使所指支离破碎，能指还是在挺诗意地做语言的魔女之舞。在他的小说中，能指和所指的完全崩溃使所有意义成为一场虚无，纯语言符号化的文本已在德里达式的解构性语言游戏中将读者拒之门外，游戏的所有快感已只属于文本的编织者。如在《信使之函》中，一段段精美的语言华丽而雍容，但组合在一篇长达两万字的小说中却没有了意义的确切指向，形成让人感叹的语言迷宫，所有的只是一片精致而诗意的虚无：

诗人在狭长的地带说道：在那里，一枚针用净水缝着时间。

信使在无须吟诵的时候降至这个难以吟诵的丰沛之地，信使必须穿过时代的郊区才能步入唾面自干的城市。

耳语城的人民在傍晚的余光中轻轻挥动他们健康的手臂，信使立刻就看出，这是一次季节的综合，是一次感受的速写，是一次性爱的造句作业……

另外对"信"的无限阐释也已彻底消解了信的原初意义：

信是私下对典籍的公开模仿、信是一次遥远而飘逸的触动、信是锚地不明的航行、信是心灵创伤的一次快意复制、信是理智的一次象征性晕眩、信是时光的一次暧昧的阳痿……

能指无限扩张着诱人的诗意，而意义却在语词的狂欢中烟消云散，理性和意义在语言游戏中已不复存在。由词语本身制造的叙述迷宫也是最早出现在乔伊斯的《芬尼根的守灵夜》里，其中谈到一封母鸡不断刨掘的信，这只母鸡在钟声敲响十二点的时候，寻遍整个曲曲折折的世界，寻找一张非常大的信纸，这句话如果根据乔伊斯制造双关的方式来读的话，也可以解为这只母鸡"在钟声敲响十二点的时候，寻遍所有复杂多义的词语，寻找一张像上帝一样大的信纸"。而且在《芬尼根的守灵夜》中，乔伊斯就曾直接把该作品称为"信"。不知孙甘露当时有没有受到乔伊斯的启发，孙甘露的"信"确实达到了极高的解构境界，同时又保持了惊人的诗意，可称为中国"后现代派"中制造语言迷宫的"能指之王"。

后现代小说在叙事建构和接受效果上都存在着不连贯性。现代主义作品则因为有强大的主题的存在，理性和逻辑还是重要的指标，如《荒原》是连贯的，评论者和读者或多或少能辨认出它的思想和哲学基础；而后现代主义文学则摧毁几乎所有的理性痕迹和连贯性。这方面的一个常见的情况是，一篇小说以极简短的互不衔接的章节、片段来组成，并从编排形式上来强调各个片段的独立性。由此后现代主义作品的创作和阅读成了一种破裂的无中心无主题的行为，如约翰逊的活页小说，任读者去拼凑阅读的次序，从哪一页读起都可以。

克劳德·西蒙[1]的《弗兰德公路》（1960）在叙述迷宫方面更

---

[1]　克劳德·西蒙（Claude Simon，1913—2005），法国后现代小说家代表。代表作品有《弗兰德公路》《历史》《农事诗》等，1985年获得诺贝尔文学奖。

有其过人之处。以 1940 年春法军在法国北部接近比利时的弗兰德地区被德军击溃后慌乱撤退为背景，主要描写三个骑兵及其队长痛苦的遭遇。小说以贵族出身的队长德·雷谢克与新入伍的远亲佐治的会晤开始，以德·雷谢克谜一般的死亡结束，所有的叙事又是由佐治战后与德·雷谢克的年轻妻子科里娜夜宿时所引发的回忆、想象所组成。《弗兰德公路》也有一种时间的迷宫，人类对同一事件的不同时间的想象被处理成平行空间的存在，形成一种共时的艺术观，时间或历史在不断的重复中变成人类意识中的空间化的同时存在。由此也造成基本线索不断被破坏，会给极少数愿意进行阅读活动的认真读者造成呼吸困难的现实感觉，因为西蒙太不考虑读者的感受了，在让人头痛的阅读中，许多超级长的段落里还经常会碰到括弧，这个括弧可不是就几个字，它可以无限大，大到你在寻找括弧的尽头的时候，你却又会发现，这个括弧里居然还有另一层括弧，简直成了无穷无尽的二次元、三次元，甚至还有四次元，这样层层嵌套的括弧，有时能长达一页甚至两页！对此，作者本人也承认他是故意的，而且自己也经常深陷 N 次元的自我搏斗之中，"我工作了几乎一年还不知这一切怎样结构。我想有一种同时性的组合，但不知怎样才能达到目的。……我回到巴黎时，突然找到一个办法……用彩色铅笔。对，我给每个人物、每个主题定一种颜色。就这样，我把整体组成，如同一幅画。我能把这本书看完，也是找到了对策——我把括号内的文字都加上下划线，括号内的括号，就用双线。不然我没法弄得清脉络"。[①]

　　洪峰是马原的第一个追随者，用类似《弗兰德公路》的方式制造叙述迷宫和语言迷宫。他的早期先锋之作《瀚海》的主要特点是作者本人作为一个独立存在直接切入作品，与阅读者直接对话，依然消解得潇洒而随意，属于"元小说"范畴。到了《极地之侧》，

---

① ［法］克劳德·西蒙：《弗兰德公路》，林秀清译，漓江出版社 1987 年，第 268—269 页。

洪峰的先锋性便达到了一个新的高度，它是洪峰的后期先锋之作，此时余华、苏童、格非等青年先锋派已出现在文坛，相比之下，洪峰和孙甘露与第二批"后现代"作家有着更多的相似之处，尤其是洪峰的这篇《极地之侧》，小说的后现代文本化已初步完成：实事和虚构的杂糅、叙述语言的迷宫化、时空的错乱和混杂、小说叙述事件总体指向的零散化等等都已出现。这篇小说里出现了余华、苏童、格非的"先锋小说"里经常出现的寻找主题，或者说是对贝克特的等待主题的戏拟。"戏拟"源于法国后现代理论家德里达的解构主义理论，最初是小说文本的语言游戏说，他以游戏和零散化来解构小说的意义，使小说成为语言符号的随意组合体，与加达默尔的游戏不同，加达默尔是借语言游戏寻求文本的新意义，而德里达是摧毁意义，对经典的滑稽性模仿就具有了一种明显的解构效果。小说对寻找主题的戏拟本身就是制造叙述迷宫的强大工具，因为寻找可以是万向的且永远没有结果的。《极地之侧》中从头到尾都是一片模糊，为了一个他自己都不知道是不是见过面的女子四处奔波，在寻求的片段之间穿插着不知发生在何年何月的莫名其妙的经历，还不时插入几个颇具宿命色彩的神秘故事，甚至像迟子建、马原、何立伟这些颇有名气的作家和有关的一些小事也被漫不经心地塞进杂乱无章的叙述之中，再加上洪峰最初的先锋手段，自己有事没事插上几句他如何如何编这个故事的很"诚实"的话，整个寻求迷离而滑稽，贝克特的人类在异化下精神迷失的等待和企盼被放逐于无意义的语词和事件的堆砌之中。

而余华的《此文献给少女杨柳》（1989）则是此种精心地仿制后现代小说的中国样板。

在分析《此文献给少女杨柳》之前，先看下写于同一年的《往事与刑罚》（1989），同样也是余华炮制的叙述迷宫的典型，不过稍稍简单些，理清其制造混乱的各种方法相对容易。《往事与刑罚》这个叙事迷宫是借时间来完成的。这篇作品的行动者连名字都没有，随便使用了集体名词"陌生人"和"刑罚专家"。两个人生活在两个时代，九十年代的陌生人与六十年代的刑罚专家相遇，在此叙述人故意将两个时间拼接在一起，制造了一场时间交错的混乱叙事。这种混乱时间可能来自魔幻现实主义的启发，也可能来自博尔赫斯的迷宫的启发：

> 一九九〇年的某个夏日之夜，陌生人在他潮湿的寓所拆阅了一份来历不明的电报。然后，陌生人陷入了沉思的重围。电文只有"速回"两字，没有发报人住址姓名。陌生人重温了几十年如烟般往事之后，在错综复杂呈现的千万条道路中，向其中一条露出了一丝微笑。翌日清晨，陌生人漆黑的影子开始滑上了这条蚯蚓般的道路。

很神秘的氛围营造。两个行动者一开始就以诡异的方式出现在第一段。"在错综复杂呈现的千万条道路中，向其中一条露出了一丝微笑"，看似很诗意的组合，实际熟悉西方后现代小说的评论者和读者一眼就看出这句直接来自和乔伊斯同时的后现代小说鼻祖博尔赫斯，博尔赫斯《交叉小径的花园》对时间进行分割重组，以制造迷宫，在余华这儿，"交叉小径"被扩张成"千万条道路"，这千万条道路明显不是真的空间化的道路，而是时间，每条路都通向一个历史，每个历史都是不同的。但这并未比博尔赫斯有更深的意义，也谈不上创意，其源头是理论物理学的前沿成果，包括爱因斯坦相对论下的可逆时间和量子理论下的多重宇宙。因此，时间成了这个迷宫的关键。

这个错乱的叙事时空造成的迷宫效果，实际比博尔赫斯《交叉小径的花园》和品钦的《万有引力之虹》都要简洁得多。仅有的两个行动者，不涉及重大历史事件，仅是两个人的刑罚癖好或自虐迷恋。1990年的陌生人与死于1965年3月5日的刑罚专家在不知哪个时间点相遇，陌生人在寻找发生于 1958 年 1 月 9 日、1967 年 12 月 1 日、1960 年 8 月 7 日、1971 年 9 月 20 日的四段往事，由于时间被空间化，陌生人其实像沿着花园的几条交叉小径走向前方，只是前方不是地点，而是时间，他的目的是要通过这四个私人事件走向 1965 年 3 月 5 日。在此，时间又替代事件，成为一件实物，刑罚专家用四种不同的刑罚处死了 1958 年 1 月 9 日、1967 年 12 月 1 日、1960 年 8 月 7 日、1971 年 9 月 20 日，并且要求陌生人帮他完成凝聚自己十年心血的、最得意的刑罚，即把人体腰斩后并把半截上身放在玻璃上，让受刑者在自己的鲜血中慢慢体会死亡。刑罚专家最后决定将那个最完美的腰斩刑罚留给自己，然而，刑罚专家却遗忘了一个必然会导致失败的漏洞，即十个小时后他会被一颗准确的子弹打碎脑袋。三日之后，刑罚专家对自己施用了最糟蹋"刑罚"之名的刑罚——上吊自杀，结束了自己的生命，并认真写上日期：1965 年 3 月 5 日。空间在此被置换成时间，或者时间被转换成了空间，时空的混乱代表着语言方向上能指与所指的人为割裂；而且时间也不是连续的，碎片化的情节使理性的链条更难缝合成一个完整的故事。叙述迷宫也因此产生，并不断自我扩张。

回到源头，对比下博尔赫斯。《交叉小径的花园》最显著的特征即是由后现代时间造成的叙事迷宫。小说中基本事件是存在的，且也能理出基本符合理性的逻辑线索。中国博士余准做了德国间谍，遭到英国军官马登的追踪。他躲入汉学家斯蒂芬·艾伯特博士家中，见到了小径分岔的花园。余准杀害了艾伯特博士，以此通知德军轰炸位于艾伯特的英军炮兵阵地，虽然余准当时被英国军官马登逮捕，但后来又逃脱了。实际上博尔赫斯意不在此，重在传说中艾伯特博士建造了一个有交叉小径的花园，这个"花园"实际是一部小说，物理学的多重宇宙假设被最先挪用到文学之中：一个人走在一条花园小径上，前面出现一个三岔路口，对他来说，有三种选择，不管选择哪种走法都可以，但是，他会发现他在做选择的那一刻，分裂出了三个自己，走向了三个方向。每当他做出选择的时候，都会分裂出做出其他选择的自己。每一种可能性，都对应着一个存在着的行动个体。个体在过去、现在和未来时间里做出的选择，是独一无二的，都是一个完整且独立的宇宙。

更复杂的是，这种设想是借想象中的中国云南总督写的小说表现了出来，这个云南总督又是主人公余准的曾外公，这种双重写作和人物身份的复杂都更加增强了小说的迷宫感。而且不但是西方的量子物理学，中国的文化也被引入了小说，中国式的亭子、中国的古乐和中国的建筑、陶瓷及《永乐大典》。中国博士余准与艾伯特的交谈过程中提到了中国的《红楼梦》，所以还有一种可能，"余准"这个名字的正确翻译应该是《红楼梦》中"贾雨村"的"雨村"二字，又可意为"语存"，多重交叉宇宙与《红楼梦》中的"太虚幻境"可能也有关系，即"太虚幻境"变成了中国式的多重宇宙想象；主要行动者的名字如果来自"贾雨村"也更有后现代意味，与中国式多重宇宙又有了一层重合的阐释可能；当然不用中国小说作为后现代的催化点也行，这个名字本身也是后现代文本的一个多重阐释点，同样也可以作为多重宇宙中的一个或几个宇宙分支。总体上看，博尔赫斯总是力图让《交叉小径的花园》呈现出更多的意义指向，更加复杂化、碎片化、抽象化，避免一元化和真理化，表现出多元性和不确定性。

时间一直是博尔赫斯的重点，这篇小说当然也如此。时间的错乱感来自多重宇宙，而多重宇宙不只是体现在"小说中的小说"中，早在第一叙事时空中时间就已经错乱，行动者的每一个选择都已经预先进入了多重宇宙之中。主人公雨村、语存或余准无意中或有目的地进入一座中国式的建筑，房主艾伯特博士的话语中已经明显具有了多重宇宙的时间飘忽之感："在这些时间里，您存在，而我不存在；在那些时间里，我存在，而您不存在；在另一些时间里，您和我都存在。在这个时候，我得到了一个好机缘，所以您来到了我这所房子；在那个时候，您走过花园，会发现我死了；在另一个时候，我说了同样的话，然而我却是个错误，是个幽灵。"主人公余准/雨村/语存进入或不进入花园，有目的或无目的进入花园，这些已经形成了 N 个平行宇宙，成为多重宇宙的一个或几个部分存在着，进入截然不同的 N 多个体或集体的历史。那么，余准杀死或者不杀艾伯特，也是多重宇宙的可能之一。

余华的小说中，时间同样飘忽不定，多重宇宙的影子时隐时现。叙述人其实可以是任何人，刑罚专家和陌生人都可以是叙述人的化身，因为在多重宇宙中他可以出现在任何时间，可以在各种可能中穿梭，多重宇宙甚至可以互相渗透，由此造成一个人物的多个时间性的分身，这些分身在混乱的时间中彼此粘连，互相对话，就此造成了一个相对于博尔赫斯的原创更复杂的或者更混乱的叙述迷宫。更进一步，如果无视余华那些来自西方的叙述"伎俩"，从"老旧"的现实主义规则去理解文本，那么就会明白，小说中的叙述人其实是一个精神病患者，死于 1965 年 3 月 5 日是他的臆想，或者那是他变疯的日子，从那时起，他就以为自己死了，他以另一个肉体活着，所谓的四个时间，不过是他精神病状态下的对往事的扭曲化的记忆。所谓刑罚和死亡都是不存在的。一切成了精神病患者到一个青年作家的文字游戏：

刑罚专家让陌生人知道，当他的上身被安放在玻璃上后，他那临终的眼睛将会看到什么。无可非议，在接下去出现的那段描叙将是十分有力的。

"那时候你将会感到从未有过的平静，一切声音都将消失，留下的只是色彩，而且色彩的呈现十分缓慢。你可以感觉到血液在体内流得越来越慢，又怎样在玻璃上洋溢开来，然后像你的头发一样千万条流向尘土。你在最后的时刻，将会看到一九五八年一月九日清晨的第一颗露珠，露珠在一片不显眼的绿叶上向你眺望。将会看到一九六七年十二月一日中午的一大片云彩，因为阳光的照射，那云彩显得五彩缤纷。将会看到一九六〇年八月七日傍晚来临时的一条山中小路，那时候晚霞就躺在山路上，温暖地期待着你。将会看到一九七一年九月二十日深夜月光里的两颗萤火虫，那是两颗遥远的眼泪在翩翩起舞。”

看着这种相当成熟且充满诗意的文字和冷酷且血腥的意象，可以想见在背后操纵一切的隐含作者的狡黠而空虚的眼神。

从八十年代小说发展史来看，余华并不是第一个刻意建构这种叙述迷宫的。洪峰和孙甘露都是马原之后、余华之前较早的先锋作家。马原有些小说中的故事结局类似，比余华更早地有着人为的不确定性，不给一个明晰的结局，却故意给出一系列的假设，也是后现代小说在不可知维度上的创新之法。《冈底斯的诱惑》《旧死》等小说皆有此种多重假设的结局。如《冈底斯的诱惑》中对小说人物顿珠、顿月的最后结局没有做一个确定性的交代，却对结局的“可能性”做了几点猜测；《旧死》对朋友海云的乱伦事件的所有可能性做了相当全面的猜测性陈列。在叙述过程中，本是小说进行中的叙事话语，到结尾却突然插入作者同读者的直接交流话语，好像在写一部纪实性作品似的对无法继续追踪表示出遗憾，于是就有了几种道听途说而来的假设。这种直接交流话语的切入与假设性结局的杂糅，加深了不确定性的印痕。这种特意安排的情节的不确定性，也是制造叙述迷宫的方法之一。

而余华的《此文献给少女杨柳》是制造叙述迷宫最经典的中国后现代文本，不但人物众多，而且变幻得最复杂，可以说，这是余华最见功力的后现代文本，表现出余华对后现代“混乱”的超强驾驭能力。在形式上，余华的“先锋小说”很少采用一个模式，每一篇小说几乎就是对一种后现代技法的借鉴或是自己的尝试，一种技法只用在两三篇短文本之中。[①] 以时间为中心的后现代文本就是《此文献给少女杨柳》与《往事与刑罚》。《此文献给少女杨柳》分为四大段，十三小节。初稿时余华把章节的名称和顺序安排为1、2、3、4、1、2、3、4、1、2、3、1、2，章节命名的循环就已经很"后现代"，不但循环，且呈递减式阶梯排列。可能编辑不太习惯这样的章节排列，发表时被编辑改成1至13的排列形式，这让余华很不以为然，结集出版时才又改回来循环式的结构。为了更好地分析文本，现采用余华的本意，以循环式文本作为样本来分析。

这个时间游戏很复杂，至少包括三层故事：我的故事，外乡人和杨柳的故事，炸弹的故事。一开始就把物理时间转换成了心理时间，用5月8日这个时间点把没关系的几个事件拼接到一起，有几个重点情节被反复叙述，然后每次又在原来的基础上改动这个情节，比如外乡人被前置了十年的记忆，几个不同的少女杨柳存在于不同的叙述时空，而炸弹又是由外乡人转述沈良讲述过的关于谭良和炸弹的故事，现实、幻想和梦境统统被混淆在一起，时空错杂混乱，逻辑上矛盾百出，已经不能用现实主义时期的真和假来判断。

这也是后现代的常用"伎俩"。一个故事被精心地分成四个单元，各个单元分成几小节，其中各单元之间互相交叉，单元之内和之外的各个事件都相互粘连，其文本结构以（1、2、3、4）（1、2、3、4）（1、2、3）（1、2）的循环方式排成一个叙述迷宫，各个单元之内情节的聚合又错乱纷杂，余华又故意隐去了不少零件，致使整个

[①] 几乎所有的后现代作家都能在余华作品中找到对应。可参见学术界对余华和外国作家与思潮的比较研究方面的成果，如方爱武的《生存与死亡的寓言诉指——余华与卡夫卡比较研究》，《外国文学研究》2006年第3期；张璐的《余华与罗伯·格里耶》，《世界文学评论》2008年第2期；倪玲颖的《受容与变容——论博尔赫斯对余华创作的研究》，《徐州师范大学学报》2009年9月第5期；闫加磊的《从前后期创作看外国文学对余华的影响》，《淮北职业技术学院学报》2010年第4期；马雅楠的《福克纳和余华小说恶的主题比较研究》，《学理论》2013年第5期；王瑛帆的《卡夫卡、余华小说寓言化的比较研究》，2013年吉林大学硕士毕业论文等。

文本山重水复，文本的意义便缭绕在这山水之间。在这里，余华以精心布置的"混乱"结构遮蔽了文本的意义，意义成为附属之物。

小说的叙事时间和故事时间的安排很有后现代的时间观特色。小说把事件时间分成几个部分，并不断扩充每个时间段的内容，又不停地更换它们的顺序，给人一种时间上的错乱感。小说中有一个有意思的现象，"我"处在1988年，而外乡人和穿黑夹克的年轻人则是处在1998年，作者把三个处在不同时空里的人放在同一个空间平面上进行对话，每一个叙述者都对上一个叙述者的故事进行补充，在过去和未来两个时空里穿梭，瓦解了时间的线性存在，把时间碎片化，余华称之为用"碎片整理出一个又一个的事实"[1]。断裂、扭曲、重复的时间，错杂的场景变换，制造了一个更庞大的叙述迷宫，显示了余华高超的叙述技巧。

这篇小说与博尔赫斯的作品《两个博尔赫斯的故事》有异曲同工之妙。在《两个博尔赫斯的故事》中博尔赫斯安排了作家的不同年龄段的形象之间的对话。余华同样仿制，所以在小说中会出现了两个时间宇宙中的"我"：1988年的"我"和两个1998年的"我"，即外乡人和穿黑夹克的年轻人。将一个常规叙事人的自我对话、心理历程暗暗地分成几个不同时空中的二次元式叙述人来讲述故事，通过这些叙述人在循环结构中的随意转换，不仅增强了故事的神秘感和晦涩感，也使小说的情节更加复杂纠结，结构更加有量子物理学的无序感，使小说更具后现代性。小说第一单元即第一部分"1、2、3、4"节写"我"和外乡人相遇，被告知炸弹和少女的事情，第二单元即第二部分"1、2、3、4"节写"我"在5月8日的奇遇和"我"跟踪一个年轻人，被告知少女和炸弹的事，第三单元即第三部分"1、2、3"节讲述叙述人感到少女存在和碰到沈良，被告知炸弹的事，第四单元即第四部分"1、2"节讲述"我"和杨柳父亲的谈话以及碰到年轻人并被告知炸弹的事。仔细地切分下来，也只

---

[1] 余华：《没有一条道路是重复的》，上海文艺出版社2004年，第151页。

有研究者和评论家才会发现其中的"奥秘",使其叙事伎俩水落石出。小说中实际存在着这样一个后现代"奇点"结构①,即"我"和少女杨柳及炸弹间的曲折关系。叙事"奇点"初次膨胀,则变成四个分支(三个主要人物以 A1、B1、C1 表示,其变种以 A2、A3、A4、B2、B3、C2……表示):(1)主要叙述人 A1 在 1988 年 5 月 8日发现一个少女杨柳 B1 出现在自己的意识之中;(2)A2 到上海就医,少女杨柳 B2 车祸后捐出眼球给 A2;(3)A3 出院后到少女杨柳 B3 所在的城市烟,途中遇到老人沈良 C1,被告知炸弹的故事;(4)A4 遇到 C2,听 C2 讲少女 B4 和炸弹的故事。

　　小说的情节看似复杂,但所有的事件都不过是这个叙事"奇点"的各种排列组合,即文章的结构是后现代"奇点"结构的衍生和膨胀,而且和宇宙的"奇点"特色一样,可以无限制地膨胀,因为它不要什么规则,只要隐含作者愿意,乱七八糟的情节和史前怪兽的肢节一样可以疯狂地四处延伸并无限扭曲。在小说中,余华把时间作为小说的向度,把一个其实很清晰的情节重复了四遍,每一遍都刻意地设置了自相矛盾之处。如在第一单元,叙述人讲述了除第一分支的其余三个分支,而对于 5 月 8 日发生的事则没有叙述;在第二单元中,叙述从"奇点"中的第一分支开始,到第四分支结束,是四个单元中最完整的;在第三单元中,余华只选取了"奇点"结构的前三个分支,截去了结尾;在第四单元中,我们只能看到"奇点"的第四分支,而第三分支只有一小部分。这样,余华通过对后现代"奇点"的剪切和截取,把现实主义意义上的一个线性时间里的故事重复叙述了四遍;再者,通过详细分析能够看出,小说文本虽然分成四个单元,前两个单元都从第一分支开始,以第四分支结束,但是在"奇点"结构中,如果不管时间一维,实际上接

---

① 有研究者用"母题"来分析,见吕作民《时间和虚构的真实——解读〈此文献给少女杨柳〉》,《社会科学战线》2010 年第 3 期。母题由于是一个主题结构,与后现代的反主题不符,似乎要有一个更有发散性且解构性的词来概括。

受者无法根据一贯的现实逻辑或理性思维找到哪一部分才是事件的开始。即这个时间性的故事完全可以不需要现代线性时间，文本的起点和终点都是任意的，叙事可以随时开始，随时结束，任何一个分支的情节点都可以是起点，也可以是终点，形成一个人为的循环。所以，从常规的现实主义或现代主义的预期读者来看，这篇小说是余华最混乱的文本。

如果从"现实主义"的"正常"人类思维进行再解读，究其实，与《往事与刑罚》一样，《此文献给少女杨柳》的主要叙述人"我"自始至终都是一个精神病患者①，因此会在日复一日的自闭的生活中幻想出有意淫功能的少女杨柳。而且语无伦次，矛盾百出。从1988年5月8日的半个月之后，"我"上街给幻想中的杨柳买窗帘时被一辆解放牌卡车撞到，送入小城烟的医院，8月14日，一个名叫杨柳的患白血病死亡的少女把眼角膜捐献给了即将失明的"我"，文本中出现了多个杨柳："被解放牌卡车撞死的杨柳"和"死在家里从未去过上海却和自己有一样目光的杨柳"。同样也出现了多个"我"，叙述人把1998年的"我"分裂成为外乡人和穿黑夹克的年轻人，让各个分身与1988年的自己相遇、交谈。而和炸弹有关的谭良和沈良也很可能是同一个人，叙述人又把谭良的故事和自己的经历混杂在一起，回忆出这样一个天马行空的空中楼阁式的故事。实际上，当我们这样分析其叙事的蛛丝马迹的时候，就已经上了余华的当。他如此精心地布置一个时间和空间迷宫，就是要摧毁理性和意义，就是要读者看不懂。他的目的不在于讲故事，而在于如何编织一个让人看不懂的叙事迷宫。去发现余华小说的故事的理性线索本就是徒劳的，甚至是错误的，这正中了他的圈套。

而且，从隐含作者的建构角度来看，余华本人也特别强调把此小说的结构安排成四段的形式，这样就显示了这四段并置的关

---

① 陈戎：《余华小说〈此文献给少女杨柳〉的叙述艺术分析》，《西江月》2013年第11期。

系，也就是说余华希望读者或者期待游戏的评论家相信，这并置的四段故事在时间上是同时发生的，人物是相等的。这样的手法就是量子物理学多重宇宙理论的文学式再现。而且余华还说："将同一个人置身到两种不同时间里，又让他们在某一个相同的时间和相同的环境里相遇，毫无疑问这不是生活中的现实，这必然是文学中的现实。"[①] 很显然，余华借用博尔赫斯这一手法，是"尝试地使用时间分裂、时间重叠、时间错位等方法以后，收获到的喜悦出乎预料"[②]。

余华说过是卡夫卡教会他怎么样进行自由自在的叙述。《此文献给少女杨柳》正是余华在自由创作过程中的一篇实验品，他运用如此复杂而精巧、张扬而独特的叙述技术来表现自己对现实主义的反叛，这确是一种创新、一种抵抗，但"这种过分重视叙述技巧的行为也是他尚未从一个技术大师转变成一个艺术大师的表现"[③]。小说中，余华站在叙述迷宫之外，用独特的方式把想象和真实融合，将空间和时间打破，但仅仅为了"后现代"而"后现代"，也拉低了文学性一维。

如果再延伸到后现代思想的解构指向，文本的写法与中国当代社会的关系和余华的目的有了后现代式的联系。余华之所以把小说的时间进行错位、重叠、分裂，使小说的逻辑结构不可捉摸，正是如后现代评论家们期待那样，作家成功地借助时间的不确定和由叙事循环造成的逻辑的混乱，完成了对现代社会确定性的解构，向现代社会发出了质疑。余华正是看到了这一点。他说："我的所有努力都是为了更加的接近真实"，"当我发现以往那种就事论事的写作态度只能导致表面的真实以后，我就必须寻找新的表达方式。寻找

---

① 余华：《没有一条道路是重复的》，作家出版社 2008 年，第 184 页。

② 余华：《没有一条道路是重复的》，作家出版社 2008 年，第 175 页。

③ 陈戎：《余华小说〈此文献给少女杨柳〉的叙述艺术分析》，《西江月》2013 年第 11 期。

的结果使我不再忠诚所描绘事物的形态，我开始使用一种虚伪的形式。这种形式背离了现状世界提供给'我'的次序和逻辑，然而却使我接近了真实"。[①]余华正是用了虚伪的形式，用各种时间的变换手法，力图去表达他对这个世界的真实感受——当然，这个"真实"是余华感觉中的真实还是现实主义的真实还是后现代的真实，在后文还有讨论。

另一个后现代文本《偶然事件》在故事的建构方式上与《此文献给少女杨柳》相似，以时间和重复的事件来制造迷宫，精心地且有意地设置一个拒绝读者的叙事迷宫。小说的中心情节是一个咖啡馆的杀人故事，男人杀死与妻子偷情的男人。整个故事讲得像迷宫一样，同样的故事和同样场景在不同的场合和时间及空间下，不断地重复，而且有意重复得一字不差，但人物又明明变了，带来巨大的接受难度。其实，如果进行一个艰难的现实主义或古典叙事式还原，这个故事线索大致也能梳理出来。先是第一个杀人事件，咖啡馆里，一个男人杀死了另一个男人，然后杀人者非常淡定地走到外面，让老板打电话报警，自己站在外面，看着天空悠闲地等待警察的到来。之后是一个叫陈河的男人给另一个叫江飘的男人写信，信的内容是讨论杀人事件、偷情、婚外恋与道德和责任问题，"信"成了小说的重要部分。实际上，信是一个男人写给与自己妻子偷情的男人的。信中同时不断分析咖啡馆的杀人事件的原因，得出被杀者的死因其实是被杀者诱骗了杀人者的老婆。叙事的终点，和叙事的起点完全一致，陈河用同样的手法，同一地点同一姿势杀了偷情者江飘，并以同样的话让老板打电话报警。整个叙事故意省略了很多情节，接受的难度多数由此而来。但叙事结束，再回味整个故事的建构，却并不显得高明，接受者很明显能感受到叙述人是故意语无伦次，混乱的表象不过是玩弄技巧的结果，虽然故事设置得相当精巧，但明显不是为读者写作，它考验的并不是一般接受者的耐心

---

① 余华：《虚伪的作品》，《上海文论》1989 年第 5 期。

和侦破能力，而是与评论家之间的猜谜与解谜游戏，读者作为第三方被直接忽视了。这种方式，也是拒绝读者的后现代方式之一。

因此，从接受角度来说，读者从文本建构的初始便被拒绝在文本之外。此种后现代先锋之作实际是为一些文学评论家和研究者而写的，普通读者连抓住其中的基本意义尚且困难之极，又何谈欣赏。对于一般读者来说，即使想进行善意的主动阅读，怕是通读一遍的耐心都没有，别说解读了。因为这样的文本毫无阅读的快感，只有文体实验价值。

对于其他的中国"后现代"小说家，也正因为后现代小说有意剥去了小说中的现实的理性部分，并致力于制造叙事迷宫，最大程度上拒绝读者，所以成了从形式到内容上的后现代，这是对于第二批"后现代"作家余华、苏童、格非等人而言的，中国第一批"后现代"作家马原最初的追随者洪峰、孙甘露也可归于此类。洪峰《极地之侧》和孙甘露《访问梦境》等也有某些叙事迷宫的特色，不过不是重点。而第二批"后现代"作家的迷宫建构意识更鲜明。如苏童的后现代先锋之作有《数一数屋檐下有几个人》《水神诞生》等，第一篇小说从名字上就有人为制造叙事迷宫的意图。格非的此类后现代迷宫式作品更多，除了最早的几篇"先锋小说"如《青黄》《迷舟》《大年》《褐色鸟群》是他的后现代文体实验之作，致力于对理性的解构和世界不可知的阐发，他的另一类"先锋小说"，如《敌人》《雨季的感觉》《风琴》《背景》《锦瑟》《边缘》等都是被人为拆解为混乱的叙述迷宫。他最常用的后现代技法便是"洗扑克牌法"，一个传统的小说相当于一副新扑克牌，每一张牌都代表着一个被分割出的情节碎片，各个情节都按照时空发展的严格顺序排列，开端、发展、高潮到结局一切都井然有序；当这副扑克牌被一双手几次大洗，然后杂乱无章地堆在一起的时候，便形成了一个后现代秩序。后现代秩序便是没有秩序。一般情况下，读者别想轻易地欣赏一个完整的故事，他必须时时将那些片段在记忆中摊开，以寻找一个个参差不齐的拼接点。如果先锋们无意中（一般情况下是故意）丢掉了其中的几片，那么，读者便只得将此当成一个或大或小的遗憾（后现代一点是文本的模糊度或空缺产生的意义张力）了。不过，格非从整体创作倾向上来看，虽然他的创作技法和某些观念相当后现代，但是他仍然在讲故事，他的叙述迷宫是试图将故事讲得更曲折点，他似乎与博尔赫斯进行小说作法实验的动机有某些相似之处，某种程度上是为了尝试一种新的写法，以给已被穷尽了的小说作法注入一些新鲜空气。

相对于余华和苏童，格非的"后现代小说"更能与博尔赫斯的小说建立一一对应的关系。[①] 各种博尔赫斯发明的建造叙事迷宫的方法，格非几乎全部学了来。如多重文本结构，经常是文本中另有多个文本，文本间或者有互文关系，或者看似无关，实际另有深意，大大增强了迷宫感，博尔赫斯会对昔日的经典进行再改写，或采用《圣经》中记载的故事、历史资料、哲学讨论等为素材，为后现代文本呈现出多重文本的表层叙事特征，如《特隆·乌克巴尔，奥而比斯·特蒂乌斯》《接近阿尔莫塔辛》和《永生》等小说都有此特征。格非的《青黄》与《夜郎之行》明显与《特隆·乌克巴尔，奥而比斯·特蒂乌斯》和《永生》相似，《青黄》的情节围绕《中国娼妓史》中"青黄"的内涵展开，一重文本是"我"去麦村去调查，另一重文本则是史书中描述的意义，同时还有第三重文本，"我"综合各信息重构了另一重意义。这样，与"青黄"有关的阐释和故事就在《中国娼妓史》的记载、"我"的叙述以及"我"叙述中的叙述之中来回穿梭，从而"青黄"一词的意义就在不断的重复中无限模糊，真实与现实也不断被解构，文本的终点是"我"回到图书馆查到一个关于"青黄"的词条，居然是一种"多年生玄参科草本植物"，然后一切终结，变成一个后现代式无深度无中心

① 季进：《作家们的作家——博尔赫斯及其在中国的影响》，《当代作家评论》2000年第 3 期。

的表层式的迷宫游戏。这一切如同"特隆",博尔赫斯正是基于对"镜子和性交一样,因为它们都使人口增殖"这一句名言的寻找,才发现了一个虚幻的时间"特隆",类似童话中的"咕咚"。这个故事以现实主义作为叙事起点,如《青黄》对"青黄"一词的迷惑,专著《中国娼妓史》的准确页数如第427页,"特隆"世界的发现也是在对《英美百科全书》的看似极真实的搜索开始的,随着叙事的推进,居然慢慢变成后现代文字游戏。还有循环结构。博尔赫斯的此类经典为《圆形废墟》:一个明显的精神病患者在一个圆形废墟前强迫自己做梦,目的居然是在梦中像上帝一样造一个人,并把他带到现实。数次梦与现实的交织,不知何为梦,何为现实,他终于在无数次的梦中造了一个男孩,并教他各种知识,甚至他很担心孩子会离他而去,他更怕孩子知道自己是梦的产物,后来,一场大火来临,他想到魔法师说过只有火才能辨真伪,他似乎明白了自己也是一个梦,于是在大火中走向梦中的死亡。这个文本在梦和现实的时间中随意出入,加上博尔赫斯深奥的思想和哲学化的语言,梦与现实不断循环,而且在大火之后,这个人与梦还可能重新出现,永无终点。格非的《锦瑟》也是非常类似的循环结构,中国的道家著名公案庄周梦蝶与李商隐的梦幻经典锦瑟年华成为此篇后现代小说的中国本土意象来源。与博尔赫斯相合,就形成一个中国特色的循环结构的后现代小说。

当然这种生硬的且脱离了人类社会的基本理性的小说,存在着无法绕开的缺陷。不少研究者都注意到了这个问题,对"迷宫"游戏的热衷"既给读者带来了一种新颖的阅读方式,也因其故弄玄虚的色彩让读者望而生畏",而格非本人对此似乎毫无意识,或许对于他来说,"迷宫"不仅仅是一种智慧、一种叙述方式,而且是他本人精神存在的一个家园,于是在格非小说的叙述结构里,"我们瞥见了博尔赫斯的影子,他在镜子后静默地看着这个中国人,他在迷宫的穿行里傲然等待着他的后继者,可惜的是格非远没有达到博尔赫斯的境界"。①

实际上，整个后现代文学都存在这种问题，去掉了西方作家深厚的哲学和历史内涵及文化修养，中国的"后现代"作家们的语言和故事就缺乏灵气，在"后现代"轰动一时的1987年，其故事性也乏善可陈。但是由于"后现代"青年作家直接移植了博尔赫斯的结构，他们这种浅层次的模仿正好戳中了一大批"后现代批评家"们的痒点，让作家和评论家们一起大快朵颐，砍得血肉横飞，十足过瘾。但时过境迁，这些"后现代"作品三十年后重读，除了各种后现代技巧的嫁接和极端化和偏执化的处理，思想上却苍白如斯，这种分裂让人很难感觉到这样的"文学"有多少文学性可言。

"零度写作"与余华第一次重大转折的话语特征

后现代小说的生产和接受上还有一个非常重要的特征没有提及，因为涉及余华的创作的重大转折，所以专门设一节来讲。就是后现代"零度写作"问题。

零度写作，来源于法国文学理论家罗兰·巴特1953年发表的一篇著名的论文《写作的零度》。"零度写作"多指作者在写作中摒弃任何主观色彩的介入，完全是机械地陈述，即将澎湃饱满的感情降至冰点，让理性之花升华，写作者从而得以客观、冷静、从容地抒写。这与左拉的自然主义似乎有相似之处，同样是科学且绝对客观地描述现实，不加任何情感，实际上，自然主义与后现代有着本质区别，前者属于实证主义范畴，背后与卡夫卡一样，仍然有真理的追求，描述的目的是为了展示真实或者规律。而在后现代主义的"零度写作"之下，是反对现实主义和现代主义关于深度的"神话"，拒绝真理和意义，也拒斥孤独感、焦灼感之类的深沉意识，

---

① 季进：《作家们的作家——博尔赫斯及其在中国的影响》，《当代作家评论》2000年第3期。

将其彻底平面化。在后现代文学中，写作消解了内容，而转向"写作"自身。作家仅仅把话语、语言结构当作自己为所欲为的领地，写作成为一种纯粹的表演、操作。

从古典小说传统和现实主义小说传统来说，讲一个完整且引人入胜的故事是最基本的要求，但乔伊斯的后现代创始之作《芬尼根的守灵夜》却是一个没有故事的故事，上百万字的文本虽然由许多故事组成，整体看来却没有完整地讲完任何一个故事。如文本第一卷讲述叶尔委克的一次犯罪，这个罪行就像人类始祖亚当被从伊甸园驱逐和芬尼根跌落墙头一样，都是人类堕落的象征。但是，到了第二卷，乔伊斯却好像"忘了"第一卷讲的什么，在没有任何铺垫的情况下，叙述人开始讲叶尔委克的孩子的故事，两个孩子"闪"和"肖"占据了叙事的中心，成为主要行动者。而且"闪"和"肖"的故事几乎与父亲叶尔委克没有任何联系，两个兄弟时而一起探索母亲的秘密，时而以妹妹艾丝为轴心，相互竞争，直到"肖"的胜利和"闪"的流亡又把"闪"挤出叙述之外。此卷最后，叙述又回到了叶尔委克一家睡觉的场景，夫妻的恩爱和孩子的梦中惊呼似乎把读者带到了现实，叙述却就此模糊地终结，甚至直到全书的终点，一般读者也不知道谁是整个叙事的主要行动者，不知道叶尔委克的罪行和"闪"与"肖"的争斗有什么意义。

这样的小说，和克劳德·西蒙的《弗兰德公路》一样，可以是叙事迷宫，可以是文字游戏，也可以是一种"零度写作"，"零度"在此时意味着人类存在原初的混沌，而非经过理性过滤的现实主义或现代主义式的理想化文本。如西蒙明确表达了摒弃思想的理念——重要的不是你想了什么，而是你看到了什么[①]，行动者角度的心理活动也是多变的、没有标准的，即此种后现代创作展示人类意识复杂无序和事件的无逻辑性。乔伊斯《芬尼根的守灵夜》在

---

① ［法］克劳德·西蒙：《弗兰德公路》，林秀清译，漓江出版社 1987 年，第 268—269 页。

"零度写作"上表现了世界大师级深厚的文学功底、惊人的创造性和对复杂混沌的人类的生活的描摹能力。

余华在这方面也模仿得相当不错，而且具有了"中国特色"和余华的个人特色。可以这么说，余华是中国"后现代"小说家中一直较为突出的一个，也是迄今为止成就最高的一个，这要归于他的"先锋小说"一开始就是较为奇特的一种。他从来没有致力于消解语言，不像孙甘露达到了能指与所指的彻底断裂，余华的语言符号的意义一直传统而稳定，能指和所指能在传统的对应关系上获得基本的统一；也不像马原那样让角色和作者直接在作品中互相攻击，摧毁小说，他的叙述迷宫仍然把作者置于保护之下，维护了作者最基本的尊严。余华的先锋性在于对传统理性意义的解构，包括对传统小说主题和传统认知观念的消解。余华在"后现代"小说家中的独特性表现在，即使在写作《十八岁出门远行》《北风呼啸的中午》《四月三日事件》这样的消解理性的作品的时候，余华和极端的先锋实验也是若即若离的，他的最显著的特色，是文本中弥漫的血腥和暴力。

《世事如烟》《现实一种》《往事与刑罚》《难逃劫数》《死亡叙述》等小说中，余华将世间的丑恶和暴力用血淋淋的语言细腻地铺排出来，他详细地描写每一个暴力作用下的场面，鲜血总在悠闲地流淌，翻开的皮肉和痛苦扭曲的面孔总那么灿烂而辉煌，而作家本身却在文本之外不动声色地欣赏，一切都冷静得可怕。《世事如烟》中人物的名字让位于几个阿拉伯数字，都在这个世界上卑微、愚昧而肮脏地活着，算命先生以救人为借口寻少女"采阴补阳"，老妇与孙子乱伦并有孕，有人以出卖自己的女儿为生，最后一个自杀的小女儿的尸体也被卖个好价钱，以成全一富户为夭折的儿子举行的"冥婚"；《往事与刑罚》中，各种刑罚被诗意而精细地描述，一个腰斩的刑罚被想象得尤其辉煌；《一九八六年》中一个在"文革"中被逼疯的历史教师在大街用各种刑罚表演了血淋淋的自残；《难逃劫数》中，小男孩被残酷地杀死，妻子用硝酸将丈夫毁容，丈夫又砸碎了妻子的脑袋；《死亡叙述》中，撞死小孩的司机被小孩的父母用抓钩活活刨死。这些描述一方面揭示人类以自我为中心的残暴本性，另一方面又显示了作家本身对血腥暴力的超常冷静，从作家本体角度来看，这是个相当值得探讨的深层心理问题。

狂暴残忍的血腥意象的高密度出现，或者是另一种余华式的"零度写作"或"零度叙事"。余华的"零度叙事"代表作《现实一种》中的暴力和鲜血令人触目惊心。小男孩皮皮无意中将堂弟摔死后，叔叔山峰一脚踢死了皮皮，爸爸山岗便用更残忍的方式令亲弟弟山峰活活笑死，山岗被枪毙，山峰的妻子又把山岗的尸体"捐献"给医生做人体解剖，小说在医生对山岗尸体的娴熟的肢解中结束。一场家庭内部的屠杀，冲掉了所有的温情和纯净，漠然存在的只是血淋淋的杀戮和令人胆寒的死亡。《现实一种》中，有这样两段"血的描写"：

> （皮皮）走到近旁蹲下去推推他，堂弟没有动，接着他看到堂弟头部的水泥地上有一小摊血。他俯下身去察看，发现血是从脑袋里流出来的，流在地上像一朵花似的在慢吞吞开放着。
>
> 皮皮趴在那里，望着这摊在阳光下亮晶晶的血，使他想起某一种鲜艳的果浆。他伸出舌头试探地舔了一下，于是一种崭新的滋味油然而生。接下去他就放心去舔了，随后舌尖上出现了几丝流动的血，这血使他觉得更可口，但他不知道那是自己的血。

把孩子的无知和血腥联系在一起，再到孩子的嗜血，背后是难以想象的冷酷，和让人不寒而栗的隐含作者。

在《一九八六年》（1986）中，余华描写了一个在"文革"时期遭受迫害的"疯子"，在"文革"结束十年之后对自己施展古代五种酷刑——墨、劓、荆、宫、大辟。既是个人的暴力，更是那段历史的暴力，那是极端压抑和疯狂的极"左"时期对一个正常人的摧残，及那种暴力在个体意识中留下的残酷的烙印。《古典爱情》中用了极重的笔墨描写了饥荒年代被卖为食物的活人被称为"菜人"，他们被活生生地削骨剥肉做成菜肴，血腥的笔调恣肆着残忍的唯美，那每一处的血腥场面都像一幅精致的工笔画，却充满了刻意的嗜血之感。同时的另一篇《命中注定》中写了陈雷三十年后的死亡与三十年前的事件的神秘联系，是不可知论与"零度"残酷的结合：

> 从伙伴的来信上，刘冬生知道那天晚上陈雷是一人住在汪家旧宅的，他的妻子带着儿子回到三十里外的娘家去了。陈雷是睡着时被人用铁榔头砸死的，从脑袋开始一直到胸口，到处都是窟窿。陈雷的妻子是两天后的下午回到汪家旧宅的，她先给陈雷的公司打电话，总经理的助手告诉她，他也在找陈雷。他妻子知道他已有两天不知去向后吃了一惊。女人最先的反应便是走到卧室，在那里她看到了陈雷被榔头砸过后惨不忍睹的模样，使她的尿一下子冲破裤裆直接到了地毯上，随后昏倒在地，连一声喊叫都来不及发出。

陈雷三十年后被人用锤子砸死，却没有给出原因。另一方面却插叙了三十年前他在同一院子外砸死了很多燕子，叙述人非常隐晦地安排了神秘的联系，与当时传出的陈雷的惨叫声相联系，是一个重要的灵异化的暗示。除此之外就再没有什么线索，叙述人故意省略了很多情节的连接点，像《十八岁出门远行》一样人为地破坏了因果关系，造成神秘的表象。实际看来又没多大意思，倒是残酷的血窟窿是余华此时的典型风格，他的注意力似乎并不在于惊悚和探案，更在于陈雷浑身的血洞和他妻子吓出的尿。

此时的重磅文本是 1988 年二十九岁的余华分别在《北京文学》和《收获》发表《现实一种》《世事如烟》等重要作品。这几个中篇小说把一种冷酷的叙事发挥到极致。所有角色都可能残酷且悲惨地死去，叙述人超常的冷静似乎重现且超越了西方的后现代之"零度写作"。余华曾说《现实一种》等三篇作品"记录了我曾经有过的疯狂暴力和血腥在字里行间如波涛汹涌般涌动着，这是从噩梦出发抵达梦魇的叙述"[①]。那是一种非人间的恶魔般的诅咒。

《难逃劫数》是一个连环死亡叙事。先是一个男人杀死撞破偷情的男孩：

> 广佛走到他跟前，站了片刻，他在思忖着从孩子身上哪个部位下手。最后他看中了孩子的下巴，孩子尖尖的下巴此刻显得白森森的。广佛朝后退了半步，然后提起右脚猛地踢向孩子的下巴，他看到孩子的身体轻盈地翻了过去，接着斜躺在地上了。广佛在旁边走了几步，这次他看中了孩子的腰。他看到月光从孩子的肩头顺流而下，到了腰部后又鱼跃而上来到了臀部。他看中了孩子的腰，他提起右脚朝那里狠狠踢去。孩子的身体沉重地翻了过去，趴在了地上。现在广佛觉得有必要让孩子翻过身来，因为广佛喜欢仰躺的姿态。于是他将脚从孩子的腹部伸进去轻轻一挑，孩子一翻身形成了仰躺。广佛看到孩子的眼睛睁得很大，但不再像萤火虫了。那双眼睛似是两颗大衣纽扣。血从孩子的嘴角欢畅流出，血在月光下的颜色如同泥浆。广佛朝孩子的胸部打量了片刻，他觉得能够听听肋骨断裂的声音倒也不错。这样想着的时候，他的脚踩向了孩子的胸肋。接下去他又朝孩子的腹部踩去一脚。

---

① 余华：《两条人生道路》，南海出版社 1998 年，第 216 页。

丑妻因嫉妒将英俊的丈夫毁容，然后丈夫杀掉了妻子，毁容过程和杀妻过程都极尽血腥场景的展示：

　　　　于是东山那张破烂的脸像是要燃烧似的扭曲了。这时露珠似乎听到了一种奇怪的声音，她看到东山朝自己走了过来，于是那声音也就越来越清晰。当她看到东山随手拿起一只烟缸时，她终于听清了那是父亲咳嗽般的笑声，这笑声的突然来到使她大吃一惊，这时那个烟缸已经奔她前额而来了，她看到烟缸如闪电一样划出了一道白光，她还没失声惊叫，前额就已经遭到了猛烈一击。她双腿一软倒了下去，脑袋后仰靠在了床沿上。
　　　　东山随手操起烟缸向露珠头顶砸去时，他没有听到烟缸打在她脑壳上的声音，那时露珠的失声惊叫掩盖了这种声音。露珠的惊叫让东山感到是一条经过附近的狗的随便叫声。随后露珠的身体像一条卷着的被子一样掉落在地。那个时候东山才发现烟缸已经破碎，碎片掉在地上时纷纷响起刚才关门时那种"砰"的声响，但是东山对这种过于轻微的声音十分不满。他现在心中的嫉恨需要更为强烈的声响来平息。于是他操起近旁的一把凳子，猛地朝露珠头上砸去，凳子的两条腿断了，刚才床的"嘎吱"声短暂地重现。他听到露珠窒息般地呻吟了一下，同时他看到露珠脑袋歪过去时眼皮微微跳动了一下。这情形使东山对自己极为恼火。于是他又操起了另一把凳子，可是他马上觉得它太轻而扔在了一旁。接着他的眼睛在屋内寻找，不一会他看中了那个衣架，但是当他提起衣架时又觉得它太长而挥舞不开。然后他看到了放在墙角的台扇，台扇的风叶已经取掉。他走过去提起台扇时马上感到它正合适。他就用台扇的底座朝露珠的脑袋劈去，他听到了十分沉重的"咔嚓"一声，这正是他进屋时钥匙转动的声音，但现在的咔嚓声已经扩张了几十倍。这时露珠的脑袋像是一个被切开的西瓜一样裂开了。东山看着里面的脑浆和鲜血怎样从裂口溢出，它们混合在一起如同一股脓血。灯光从裂口照进去时，东山看到了一撮头发像是茅草一样生长在里面。

被人算计而整容失败的女人的死：

> 沙子的表妹在那天里同样走了彩蝶走的那条路，因为其间她在美发店前看了一会广告，所以当她走到那座建筑前时，刚好目睹了彩蝶跳楼时的情景。
>
> 她告诉沙子彩蝶是头朝下跳下来的，像是一只破麻袋一样掉了下来。彩蝶的头部首先是撞在一根水泥电线杆的顶端，那时候她听到了一种鸡蛋敲破般的声音。然后彩蝶的身体掉在了五根电线上，那身体便左右摇晃起来，一直摇晃了很久。所以彩蝶头上的鲜血一滴一滴掉下来时也是摇摇晃晃的。

整个文本都是性恶与血腥的残酷展示。这篇小说是余华精心布局且精雕细刻的残酷样本，不少地方述而不作，真的表现出了超常的冷静；语言极具张力，把"零度叙事"发挥得淋漓尽致。但总体来看绝不是复调。一切尽在叙述人或隐含作者的全权掌控之中，仔细分析，里面只有一个人的声音，就是余华化身的那个隐含作者。所有的人都笼罩在一种极度的性恶爆发之下，背后正是隐含作者的设计。他把一种恶毒灌注到所有的行动者心中，让其行动中只有报复、杀戮和死亡。其实，篇名就是一种恶毒的宿命。

《往事与刑罚》（1989）则把残酷与历史相联系，直接把历史上的刑罚与血腥的自虐结合，形成后现代式的惊悚样本：

> 刑罚专家让陌生人知道：他是怎样对一九五八年一月九日进行车裂的，他将一九五八年一月九日撕得像冬天的雪片一样纷纷扬扬。对一九六七年十二月一日，他施予宫刑，他割下了一九六七年十二月一日的两只沉甸甸的睾丸，因此一九六七年十二月一日没有点滴阳光，但是那天夜晚的月光却像杂草丛生一般。而一九六〇年八月七日同样在劫难逃，他用一把锈迹斑斑的钢锯，锯断了一九六〇年八月七日的腰。最为难忘的是一九七一年九月二十日，他在地上挖出一个大坑，将一九七一年九月二十日埋入土中，只露出脑袋，由于泥土的压迫，血液在体内蜂拥而上。然后刑罚专家敲破脑袋，一根血柱顷刻出现。一九七一年九月二十日的喷泉辉煌无比。

残酷的叙事与新鲜的血肉，让人形成强烈的不适，但余华的叙事话语却偏偏有一种诗意——一种让人作呕的诗意，达到了恶心的陌生化效果。这种诗意意味着什么？

前文说过，在《往事与刑罚》的诗意和残酷的怪异组合的背后，暗藏着隐含作者的狡黠而无聊的眼神。这个眼神穿越1965年和1989年，直指1990年，时间变成鲜血滴落在巨大的餐桌上，然后是鲜艳的肉块翩翩而落，坐在餐桌旁的，是一群饥肠辘辘的中青年评论家。这样的大餐余华炮制了很多，像《死亡叙述》《现实一种》《一九八六年》《古典爱情》和《世事如烟》等小说都涉及了残酷的场景，充满了有意铺排的肆意的血腥和暴力，故意炫耀对血腥和伤口的强大忍耐力和畸形的嗜好，将血腥展示提升到了一个又一个高度。

但究其实，余华的这些血腥之作又是"伪零度"。和《十八岁出门远行》把后现代变形为懒惰式的或者掩耳盗铃式的"不可知"类似,余氏"零度写作"故意把人性丑恶化,人性中必然存在的善良一面被完全阉割,只片面强调人类的嗜血,这种做法已经违反了"零度"原则,因为这样做高度违背了现实。正如洪子诚所说:

> 因为它们对于"内容""意义"的解构,对于性、死亡、暴力等主题的关注,归根结蒂,不能与中国现实语境,与对于"文革"的暴力和精神创伤的记忆无涉。笼统地说在"先锋小说家"的作品中寻找象征、隐喻、语言,寻找故事的"意义"都将是徒劳的——这种书写,并不是事实。[1]

"零度"不意味着扭曲和遮蔽,而余华有意简化了现实,把复杂的人类生存和人性本质化为一种。"零度写作"强调由词句的独立品质所带来的多种可能性和无趋向性,然而在余华那里这种无趋向性一开始就被狭隘地理解和使用了。有评论者直接拿其来对比鲁迅:"理解鲁迅为解读余华提供了钥匙,理解余华则为鲁迅研究提供了全新的角度。"[2]早在八十年代就有声音认为"在整个中国文学中,余华是一个最有代表性的鲁迅精神的继承者和发扬者"。[3]还有更特别的视点,认为余华以"血的精神分析"为线索,从鲁迅《药》中作为"祭品的血"到《现实一种》中作为"物品的血",再到《许三观卖血记》中作为"商品的血",反映了鲁迅和余华两代中国知识分子对生命理解的变化。[4]也有评论者认为余华和鲁迅是不同的,余华以对"人之死"的后人道主义观念的建构和执守,有效质疑和颠覆了以鲁迅为代表的"立人"的现代启蒙话语,并以这

---

① 洪子诚:《中国当代文学史》,北京大学出版社 1999 年,第 338 页。

② 赵毅衡:《非语义凯旋——解读余华》,《当代作家评论》1991 年第 2 期。

③ 李劼:《论中国当代新潮小说》,《钟山》1988 年第 5 期。

④ 张闳:《血的精神分析——从〈药〉到〈许三观卖血记〉》,《上海文学》1998 年第 12 期。

种后现代主义式的"人的观念"宣告了现代的"启蒙虚妄"。[①] 这其实是在夸余华超越了鲁迅。其他把鲁迅与余华作比的更多，基调差不多都是肯定余华。[②] 在当时看来，可能很有道理，但在余华几经转折之后，就会发现他远没有鲁迅的境界。其实，只从余华此时的描写来看，对人类充满了恨，这种简单到极致的生命观已经很有问题了。那些谙熟鲁迅的评论者难道没看到鲁迅的爱吗？鲁迅的爱是宏大的国家民族关怀，还包括对小人物的关怀，哪曾有过如此简单粗暴的单向情感？把余华与鲁迅相联系，并指向对极"左"历史的批判，更像是一些评论者的另一种后现代式的发散性阐释。或者是由于评论家们过于强大的主题关怀，反而离题更远，即现实主义的努力却导向了后现代主义的结果，同时违背了现实主义和后现代主义的初衷。正如余华自己所说，"对先锋文学的所有批评都是一种高估"[③]。它应该是对某些自说自话的批评家的莫大讽刺。同时，也从根本上摧毁了余华自己精心建构的"零度写作"，变成一种单向的暴力展览和血腥叙事。

第四节 "围城"之困：第一次转折的深层动因何在？

单独看这些小说，我们已经够惊讶一个作家有如此冷静且残酷的心了，如果回忆一下余华在此之前的风格，我们的体验会一下升

<hr>

① 耿传明：《试论余华小说中的后人道主义倾向及其对鲁迅启蒙话语的解构》，《中国现代文学研究丛刊》1997 年第 3 期。

② 将余华与鲁迅做比较研究很受当时研究者的青睐。如张梦阳的《阿 Q 与中国当代文学的典型问题》，《文学评论》2000 年第 3 期；贺智利的《试比较鲁迅和余华的小说创作》，《黑龙江教育学院学报》2002 年第 1 期；王吉鹏、赵月霞的《论鲁迅和余华小说的精神同构性》，《内蒙古师范大学学报》2003 年第 5 期；吴小美的《鲁迅之于余华的"资源"意义》，《中国现代文学研究丛刊》2013 年第 12 期；王佩的《鲁迅、余华文学创作之比较》，2013 年中南大学硕士毕业论文等。

③ 王侃、余华：《我想写出一个国家的疼痛》，《东吴学术》2010 年创刊号。

级为极度震惊：1987 年之前的余华的文学世界是内敛且温暖的，为何会有如此变化？这就是余华创作的第一次重大转折：从幼稚的温暖到黑暗的血腥。

1984 年的余华的《竹女》和《星星》虽然算不上成熟，但基调明显是一种有社会主义现实主义特色的集体化的温情和想象。早期的小说不少还有童年的趣味，多数是一些日常小事，如《老师》更像一篇习作，或者直接模仿自中学课本选入的鲁迅的《藤野先生》，记录了老师的一些琐事，类似中小学生的记叙文，谈不上有小说意义上的情节，连鲁迅《朝花夕拾》那种散文都难算上，因为太随意，且对社会人生的观察太简单了，如小说中记录了这样的事件："老师常替我缝补衣服，每次老师替我补了衣服，我都是兴高采烈地跑回家，让妈妈看，可妈妈总是很平常地说一声：'知道了。'那时我心里很委屈，觉得妈妈这样是不对的。"或许这种情感是二十多岁的余华的真实记忆，事情很小，也比较真实，就是平常人的善良，老师对学生的关心，与另一个成年人对此种小小善良的"习惯"之后冷淡，但读来却不像小说，文本中的叙述一点即走，情节不够完整，也谈不上深度和广度。总之，余华初期创作都是人之常情的题材和主题，并受社会主义性善论的影响，给人感觉初期作品的背后是一个清浅而单纯的余华。但是，四年之后的余华太让人意外了，所有的小说似乎都变成了西方惊悚电影的桥段，仿佛体内深潜的恶魔有朝一日解除了封印突然苏醒，于是 1988 年的余华从一个单纯的孩子突然变成一个虐待狂和自虐狂，甚至是电锯杀人魔。作为结果，从 1984 年的《星星》到 1988 年的《现实一种》，余华彻底大变脸，社会主义现实主义式的单纯变成毫无顾忌的血腥场面的展示。1988 年的余华，到底发生了什么？或者说，是谁唤醒了那个潜伏的恶魔？

早有评论者直指这个问题："《星星》与《现实一种》之间，有一道不可思议的鸿沟。余华是怎样跨过这道鸿沟的？从温馨到冷酷，作家怎样在短短不到四年的时间里就走完了一段本来是十分漫长的旅程？在这'突变'的后面，我们可以洞悉到怎样的时代心态变迁的轨迹？"①看下余华这四年间的经历，1985年到1986年，余华的生活并没有大的变化，仍然生活在海盐，《星星》的发表和获奖让余华成功地由一个地位"低下"的牙医变成了一个体面的文化人，在县文化馆做起了不用天天上班的清闲工作。再过一年，1987年2月的余华到北京鲁迅文学院培训四个月，应该是相当大程度上开阔了他的视野，类似去海外镀了个金。这些对他的创作影响应该不是很大。而此时余华已经抛弃了《星星》式的社会主义温暖式的创作，写出了声震文坛的《十八岁出门远行》。

从余华的自述性话语来看，导致余华发生重大转折的是他的阅读和成名欲望，他曾经迷恋的川端康成，1986年之后的他发觉这已经成了一种限制，未及而立之年的余华被最初的成功激励着，力图汲取更多的营养，获得更大的进步。短暂的困惑之后，年轻的余华遇到了卡夫卡。余华曾多次讲述阅读卡夫卡给他带来的震撼，另外更重要的还有博尔赫斯。正是这种阅读改变了他对文学的基本观念，也改变了他的文学写作方式。而正是因为阅读卡夫卡等人的现代主义小说，才让他突破川端康成的局限而进入了另外一个天地。从这些文字中，我们也能够从一个侧面发现余华最初的文学观念以及写作方式等。比如他说："当我写作《世事如烟》时，其结构已经放弃了对事实框架的模仿。表面上看为了表现更多的事实，使世界能够尽可能呈现纷繁的状态，我采用了并置、错位的结构方式。但实质上我有关世界结构的思考已经确立，并开始脱离现状世界提供的现实依据。我发现了世界里一个无法眼见的整体的存在，在这个整体里，世界自身的规律也开始清晰起来。"②也可以说，余华初期的写作中，他实际上是按照中学掌握的记叙文写作技巧和川端康

① 樊星：《人性恶的证明——余华小说论》，《当代作家评论》1989年第2期。
② 余华：《虚伪的作品》，《上海文论》1989年第5期。

成的语言感觉进行叙事的，比如《看海去》，应该是余华初期创作习作，虽然力图像真正的作家一样讲述一个好的故事，并有深刻的社会洞察力，但呈现给八十年代读者的却是好人好事记录和展览、少男少女粗浅的多愁善感、自以为深刻的鸡汤文式的小哲思等。究其根源，八十年代初的余华之所以热心地写这些题材和主题，主要还是受意识形态化的中学语文教育和"社会主义现实主义"传统文学观念的影响。但《竹女》明显有不同的东西：

> 那镇很小，百十米长的两条街，中间夹着一条从静水湖伸过来的小河流。桥倒是不少，有五座，都是石拱桥，桥面高出两旁的屋顶。那些屋子看上去都像是陷在地里。镇上有米庄、有鱼行、有当铺；还有豆腐店、酒店、药店。麻雀虽小，五脏俱全，凡是城里有的，这儿全有。酒店的生意最兴隆，柜台上挂着块牌匾，上面写：太白遗风。只要是男人，都愿在此喝上点，价钱也不贵，花上他八文、十文铜钱便喝得心满意足了。那药店叫康寿堂，生意要差些。街上常有个穿绸服的人荡来荡去，这人是地保，地保靠收税养着。地保收税从来不收那些开店设铺做大生意的，这些人全有来头。他是收那些卖烧饼、卖渔网、卖梨膏糖的税，也收"野鸡"的税。这儿的"野鸡"都是从城里淘汰下来的，全四五十岁了。她们穿着有补丁的花花绿绿的衣服（这些衣服还是她们年轻时在城里接客那阵置的），倚在门框上，向来来往往的男人卖弄风情。男人只消花二三十文铜钱，就可尽情地野了。集镇上的风气很差，婆婆不让竹女来卖鱼，这也是一个原因。

《竹女》作为1984年的余华创作的短篇小说，走的是早期余华一贯的路线，既有川端康成的细腻的情感扑面而来，又与1980年前后汪曾祺的风格神似，大肆铺排风景和异人异事，以至冲淡了情节，使小说跨入了散文化一脉。从文风上，模仿川端康成的痕迹更明显："开始起风了，静静的湖面荡起了波浪，竹女与鱼儿睡在船舱里，好似睡在微微晃动的秋千里。水浪有节奏地拍打着小船，和着这两人均匀的呼吸声，构成了这淡淡的、柔和的夜。两人都在做梦。鱼儿的梦是在水里游着，他梦见许多肥肥的鱼一起涌来，涌向他的渔网。竹女的梦则是在天空里飞，如小鸟。"看似很美，却未有汪曾祺的文字功底，明显是启蒙式的粗浅描写，其内容上与汪曾祺和川端康成一致，都是要表达一种美丽的、启蒙式外来者视点下的江南小镇的风景，但并无深意，缺乏汪曾祺和川端康成对民族文化的深切理解和语言的精练与神韵，所以"小说不论是在内容上还是在写作方法上，都没有什么突破，代表了中国 20 世纪 80 年代初期短篇小说的整体风格和水平。小说结尾处出现的老人应该就是竹女的父亲，但婆婆竟没有认出来，最后老人黯然离去，这样安排虽然有了悲苦的效果，但并不真实，至少从阅读的角度来说，让人感觉很不自然"[①]。评论中提到的"不自然感"，正是 1984 年的余华并不成熟的特色的表现，他还没掌握如何自然顺畅把自己的情感与文学性的表达相结合，与老年汪曾祺和川端康成相比自然有太多不足。

注意，《竹女》的重点是温情。结局虽然很朦胧且文笔有点不成熟，但竹女和抛弃了她的父亲之间却没有恨，只是淡淡的怀念，甚至还有温暖，文中特意提到了父亲离她而去时留下的银镯子。含蓄且如此温情的 1984 年的余华为何如此快地走向了另一个极端，以至 1988 年的余华完全否定了这种温情，把人性完全归于了丑恶？从如此温情到毫无征兆的血腥展示，我们还是要再一次地问：1988 年的余华到底发生了什么？

几年之后的余华对此还真有一个解释："人家作品里多愁善感

---

① 高玉：《论余华的早年阅读与初期创作及其关系》，《浙江师范大学学报》2016 年第 3 期。

很好的一些东西，写到我这儿大概就有点恶心了，我就没这种东西，所以把握不好。"①余华此种自我判断与以后的多次自我"反水"风格一致，总是能不遗余力地自我"批判"，否定以前的自我，似乎类似鲁迅的"自我否定—生成"的进化循环。其实，也不是简单的"恶心"，以点遮面是余华一贯的言说风格。在余华人生经历中，当然还有温情之外的另一面，简单的生活之外还是有暴力的、血腥的和苦难的经历，他的出生年代让他在儿童时代和少年时代亲眼目睹了"文革"的血腥和残酷。"'文化大革命'开始时，我念小学一年级，'文化大革命'结束时，我高中毕业。我的成长目睹了一次次的游行、一次次的批斗大会、一次次的造反派之间的武斗，还有层出不穷的街头群架。在贴满了大字报的街道上见到几个鲜血淋淋的人迎面走来，是我成长里习以为常的事情。这是我小时候的大环境。小环境也同样是血淋淋的。"②更重要的就是这个"小环境"——儿时在医院里的血腥见闻。余华的家庭决定了他从小和医院结缘："那时候，我一放学就是去医院，在医院的各个角落游来荡去的，一直到吃饭。我对从手术室里提出来的一桶一桶血肉模糊的东西已经习以为常了，我父亲当时给我最突出的印象，就是他从手术室里出来时的模样，他的胸前是斑斑的血迹，口罩挂在耳朵上，边走过来边脱下沾满鲜血的手术手套。"③

余华长大成人后又学医，准备子承父业，1979 年，十九周岁的余华被安排到浙江宁波一所医院的口腔科进修（这段经历应该是《鸽子，鸽子》现实基础），这段时间还有一段他一生难忘的经历："那个时候宁波刚好枪毙了一个二十一二岁的犯人，枪毙完了以后，就把死去的犯人往隔壁小学里一个油漆斑驳的乒乓球桌上一扔，从上海来、从杭州来的各个科的医生就在那瓜分，什么科都有。什么

① 余华：《说话》，春风文艺出版社 2002 年，第 52 页。
② 余华：《我们生活在巨大的差距里》，十月文艺出版社 2015 年，第 4 页。
③ 余华：《余华作品集》（三），中国社会科学出版社 1995 年，第 381—386 页。

挖心的、挖眼睛的，那帮人谈笑风生，挖惯了。我回去以后三个月不想吃肉，很难受。这就是现实。"①不用多想，这个经历一定是《现实一种》的现实依据，最后山岗被枪毙后再被医生肢解，小说里的场景描写和余华这段回忆极其相似。或者正是新的文学观念、新的欲望和新的方式激活了余华青少年时期关于暴力、血腥和死亡的记忆，从而开辟了其创作的全新的道路。

当然，从事医生职业的人从进入医学院开始就会经历这样的血腥的"屠夫"式的场面，外科医生更是可能每天都要像屠夫杀猪宰羊一样切割数个甚至十数个人类的肉体。但并不是每个医生都因此那么痛恨周围的一切，更不会把一切都打上暴力和血腥的色彩，那么，只做过很短时期牙医的余华为什么会产生那样的血腥叙事和"暴力美学"呢？这不是群体的共性，而某些个体在"主体"建立过程中的独特性，在外部某些原因的刺激下，产生了一个变异个体。

或者，只有到了后面的第二次和第三次重大转折，这个问题才能有清晰的线索。多次变化才能发现规律，如果发现不了常规的"规律"，那么无规律就是他的"规律"。因为，在他转折的背后可能没有必然的有逻辑的理由，而是有着隐秘方向的人性和欲望起到了关键作用。说到底，就是余华与生俱来随时代而动的敏锐。

第五节　中国"后现代小说"的生产机制

后现代主义文学是对现代主义文学的继承、超越和悖离，它们都以非理性主义为基础，表现出激烈的反传统倾向。相比之下，现代主义文学在摒弃传统文学以"反映论"为中心的创作原则之后，

---

① 余华：《我为什么写作》，见王尧、林建法主编《当代著名作家讲演集》，郑州大学出版社2005年，第82页。

又试图建立起以"表现论"为中心的新规则和范式。而后现代主义则把反传统推向极端，不仅反对现实主义旧传统，也反对现代主义新规则，否定作品的整体性、确定性、规范性和目的性，主张无限制的开放性、多样性和相对性，反对任何规范、模式、中心等等对文学创作的制约。甚至试图对小说、诗歌、戏剧等传统形式乃至叙述本身进行解构。在后现代主义文学和艺术中，"美学"范畴被无限扩大，街头文化、俗文学、地下文化、广告语、消费常识、生活指南等，经过精心包装，都登上了文学艺术的神圣殿堂。而且，文化被技术化、工业化之后，原来由文学家、艺术家个人创造的难以复制的文化精品，在录音、录像、激光盘特别是数据化的大量复制生产之下，不再是阳春白雪，而成为人人可以任意享用的日常消费品，"盗版"这一后现代消费行为的低成本猖獗更是让大众能免费且方便地享用亿万计的艺术成果——很难说它是一种进步还是堕落。科学技术的发展，改变了文化在社会生活中的地位和人的文化意识，求异、叛逆、趋利、混沌等后现代文化心理导致了广泛的"反文化""反美学""反艺术"倾向。而中国的后现代文化从二十世纪八十年代起，也一步一步地与世界接轨。

中国评论界对"后现代作家"或"先锋作家"的划定基本如下：首先是马原，然后是一批稍晚成名的作家，如残雪、孙甘露、余华、苏童、格非、洪峰、叶兆言、北村等人，到今天，这种看法已基本上为人们普遍接受[1]，其中更以马原、孙甘露、余华、苏童、格非、洪峰为典型。陈晓明则有更深的洞见，较早地在这一批"先锋小说"身上贴上了一个"后现代主义"的标签，基本成为能与西方后现代相接轨的更恰当的称号[2]，他理解的"后现代小说"的基本特征为："文学写作根源于个人的经验，那些苦心孤诣构造

① 洪子诚：《中国当代文学史》，北京大学出版社 1999 年，第 335—345 页。
② 陈晓明：《无边的挑战——中国先锋文学的后现代性》，时代文艺出版社 1993 年，第 298 页。

的叙事方式，那些想入非非的符号之流，那些无所顾忌的诗性祈祷，确实创造了我们时代最尖锐的艺术感觉方式。"①在结语中，作者把"先锋小说"的特征概括为：一、尽可能地拓展了小说的功能和表现力。二、强化了感觉与语言风格。三、注重叙事策略。四、多用反讽与对"自我"的怀疑。五、后现代主义式的价值立场。当然这种界定由于年代问题，相对于乔伊斯和博尔赫斯的小说，对后现代的理解还是有些不够全面和深入。在吴亮的《回顾先锋文学》中，"先锋文学"被划分为"早期"与"后期"，它将"寻根文学""现代派"以及"先锋小说"囊括在一起，他界定的早期的先锋作家主要有马原、韩少功、莫言、残雪、刘索拉、张承志等人，后期的先锋作家主要有洪峰、苏童、格非、孙甘露、北村等人，认为他们消解了1985年"先锋文学"的"寓意、深度、隐喻、象征、反抗"等精神向度和美学风格，"它开始在平面滑动并向过去的各种文本觅取素材，挪用、回收那些曾经被抛弃的传统，沿袭旧小说的模式，佯作高深，意义的抽离，字词的刻意讲究，写作所能借取的材料在数量上不断增长"。②吴亮所指的"后期先锋"，与陈晓明所界定的"后现代文学"基本相合。实际上，直到今天，"后现代文学"的定义仍然处在不断的变动之中，很难将这个概念明确化或唯一化，整个社会的经济和政治结构、消费主义的欲望机制及文化运作程序，都不断修改着"后现代文学"这个概念。

"后现代小说"在中国的产生，有一个比较特殊的特征，就是它不像"意识流"和"现代派"是作家们出于创新的需要"自学"而成，没有理论家的特意引导，"后现代小说"的产生并非作家的自发，更多的是评论界和知识界一群精英运作的结果。特别是在八十年代中后期，批评界对于"语言"的发现，直接催生了以语言

---

① 陈晓明：《无边的挑战——中国先锋文学的后现代性》，时代文艺出版社1993年，第40页。

② 吴亮：《回顾先锋文学》，《作家》1994年第1期。

游戏为特征的"后现代小说"的推广与大范围的炮制。当时语言学发展，结构主义给评论界和理论界带来了极大的冲击，甚至形成了一个专门的说法，叫做"语言本体论"。八十年代中期的中国批评界所发现的语言学和文体学的理论工具仍旧来自西方的结构主义语言学和语言哲学。现在可以看得很清楚，如果"先锋小说"的写作没有批评理论上的支持，它不会造成那么强劲的声势。正是批评界对文学语言的关注，使当时的一个看法十分流行，即文学的重心应该从"写什么"的问题转向到"怎么写"的问题上来。在1984年到1985年间，这个问题在小说文体批评中就已经初露端倪，人们从"寻根文学"那里就已经意识到了语言文体在小说中的重要地位。汪曾祺、阿城、何立伟、贾平凹、张承志、史铁生、莫言等人的作品在语言本身就表现出不同以往的文学质感，这方面汪曾祺的散文化小说是始作俑者，之后阿城、何立伟等从古典诗词寻找灵感，莫言则把感觉化的语言与西方的意识流等手法结合，都让中国读者在看惯了"典型论"及"反映论"的社会主义现实主义作品之后，体会到了文学的另一种写法。从八十年代的语境来看，对写法和文体的重视，确实让人们和评论家感觉到"文学回到文学本身"的效果，即文学终于从政治绑架下被解救，能够用自由的丰富多彩的语言来表达无论集体还是个体的精神状态、欲望、心理及相关的存在环境。

高行健在《现代小说技巧初探》中对统治文坛近百年的社会思想式评论提出了批评："如果一部小说有十篇文学评论，这十篇都以十分之八九的篇幅来谈论作品的思想性，余下之一二，笼统地提一提艺术技巧之得失，还不如用八九篇来谈思想性，一两篇来谈艺术。"[1]高行健从语言和文学性角度对叙述语言、人称等等问题简洁、明了地谈出了自己的看法。黄子平也强调了"文学语言学"的重要性，一是有针对过去那种重"本质"不重"形式"的文学社会学批评的不满，一是有建设文学理论的内在要求，比如，他对"语

---

① 高行健：《现代小说技巧初探》，花城出版社1981年，第9—10页。

言性既然是文学的根本特性"的看法的理解是，语言学分析是"最先进的"，同时是科学的，可以形成"模式化"。[①] 这种分析方法的巨大作用与前瞻性黄子平可能没有意识到，一年之后，评论界就一下子发现，文学形式分析或语言学分析不仅是对"文化寻根"的超越，也是对"现代派"的超越，而且会与"后现代小说"有着惊人的契合度。

语言学问题因其所具有的所谓的科学性，很快就刺激和衍生出了一系列有关语言、存在、语言活动的社会、文化乃至政治意义的流行观念，在二十世纪八十年代后半期乃至九十年代初，这些观念都吸引了整个文化界的关注，各种有关语言学的著作和译本相继出版，构成了当时人们展开文学阅读的一个庞杂的知识背景。[②] 当时，对西方语言学理论的译介相当丰富。其中，影响较大的"文化：中国与世界"编委会编译的"现代西方学术文库"中，与结构主义和语言学有关的译著不下六种，如雅克布逊的《语言学与诗学》、达米特等人的《语言哲学名著选读》、卡西尔的《语言与神话》、罗兰·巴特的《符号学原理》、穆卡洛夫斯基的《结构、符号与功能》和艾柯等人的《结构主义与符号学》等等。主要正是这个知识背景和环境极大地支持了"先锋小说"写作和批评，使它们成为1985年以后当代文学中最受关注的写作实践。

文学的语言或形式转向，背后是一个后现代式的思维方式，即怀疑真实，即真理和真实的概念在语言符号的能指与所指的任意滑动下变得可疑，从而"真实"的信念破除。[③] 在"真实"被预先规定好的时代，文学在"反映论"的约束下，对"真实"的表现，常常变成了对意识形态化了的理想现实的歌唱与赞美，而这被看成是

---

① 黄子平：《得意莫忘言——关于"文学语言学"的研究笔记之一》，《上海文学》1985 年第 11 期。

② 汪跃华：《别无选择的寻找》，2001 年华东师范大学博士论文。

③ 李洁非、张陵：《"再现真实"：一个结构语言学的反诘》，《上海文学》1988 年第 2 期。

文学的最高真实。索绪尔的结构主义语言学把语言区分为语言和言语，语言符号区分为所指与能指，语言和意义之关系不但不是与生俱来的，反而随意而定，甚至是随时可变的，因此，语言和文学的"再现真实"的功能面临后现代式的破灭。

实际上，语言学背景支持的是评论家们，而非小说家，然后是评论家积极地引导小说家。和"寻根文学""现代派文学"相比，"先锋小说"/"后现代小说"之所以成为1987年之后该"现代性"话语的文学载体，结构主义语言学带来的解构性的思维是最为根本的原因。还有其他方面的中国特色的因素在起作用，比如"先锋小说"作家们相对年轻，他们的历史记忆、社会经验相对匮乏，因而在写作上自然更多地避实就虚，选择结构、叙述形式等作为写作的切入口，并通过语言学理论把这种实践叙述为写作的根本目的；长久以来，官方意识形态所形成的庸俗社会学式的写作与批评，已经不适应文学现代化想象，这也要求"先锋小说"把创新作为努力摆脱庸俗社会学写作的重要选择。而另外，可以明确看出的一点是，"先锋小说"借助语言学理论所形成的创作理念，自觉地满足了现代化知识生产的那几个规则的要求，在这个意义上，也可以说，"先锋小说"是这一套知识生产出的一个产品。再有一个更复杂的因素就是，"先锋批评"的倡导，使"先锋文学"逐渐地走向一种观念式的写作："先锋批评"只从观念的角度来关注"先锋文学"，从形式、结构、语言叙事层面去进行"文本分析"，把"先锋文学"叙述为一项制作语言标本的奇异工作，如当时随处可见的对孙甘露、马原、格非等人的写作所做的这种形式分析，陈晓明的《无边的挑战——中国先锋文学的后现代性》是这一类批评中的代表。另外，在指出"先锋文学"的形式化写作的特征的同时，也应看到，在余华、残雪、莫言等作家的作品中，他们对历史的关注、对人性复杂性的挖掘，都达到了相当的深度，只是，那种先在的关于"先锋"的观念，对他们的创作，无形中还是产生了一种牵制。

不过，不像"伪现代派"有一个来自西方的、主题基本统一的现代主义作为参照，"后现代主义"进入中国之时，在西方亦是一个外延极其含混或者极具包容性的概念。但是，很具有中国特色的是，笼罩在"现代派"身上的那套"发展"话语或"现代化语法"，同样牢不可破地笼罩着"先锋小说"或"后现代文学"，作为一个波澜壮阔且复杂多样、毫无固定规则的、反叛性的世界性思潮，在中国仍然被要求服务于文学和政治的双重现代化发展目标，九十年代初围绕着"后现代主义"出现的"中国有没有出现后现代主义"的争论更可看作是八十年代关于"现代派"争论的同义反复①，当然多数是另一批后知后觉的评论家们在自寻话题，与对"伪现代派"的批评相对照，会发现中国评论界的乱与杂。

　　"先锋小说"的产生是后现代扩张的第一步。从此时起，中国文学进入一个"后现代化"的文化生产机制之中。中国的"后现代文学"与"寻根文学""现代派"是产生于同一语境中的不同的文学探索形式，而且"后现代文学"是在"寻根"与"现代派"不能提供更多的资源和动力之后，才在一群评论家的刻意运作之下由马原所处的边缘进入中心。1988年，《收获》第6期推出了"先锋小说"专号，集中发表了余华、苏童、格非、孙甘露等青年作家的作品，这是他们的一次集体亮相，宣告"后现代"一派进入文坛的中心。这样，从文学生产机制来看，期刊的大力推介与"后现代"的崛起紧密联系，成为评论者与作家的共谋事件。这其实是一个文化圈的内部运作，是一个为"圈内人士"量身打造的文学"流派"，且有强烈的意识形态指向。比起自发的"伪现代派"，一直少受批评的"后现代派"之"伪"要更严重。本身的贫乏及后继无力也是意料之中的事。"在某种意义上可以说，先锋小说意味着中国当代文学的'纯文学'诉求的完成，也意味着文学与社会现实之间形成的互动关联的纽带被成功地剪断。更重要的是，先锋小说对于自己

---

① 汪跃华：《别无选择的寻找》，2001年华东师范大学博士论文。

所创造的新现实所携带的意识形态始终是缺乏历史自觉的。它似乎认为自己只需要完成'解构'的任务就可以了，而忘记了'任何一种解构都是建构'。就其叙述主体来说，先锋小说特别突出要将个人（'主体'）从占统治地位的现实主义语言秩序中'解放'出来，但他们从未意识到这个从80年代的政治集体话语中'解放'出来的带有鲜明的个人主义色彩的被欲望驱动的个体，将如何自如地游弋在市场主义的意识形态中。"①

实际，在对"后现代主义"争论开始之时，八十年代那种解构式"后现代小说"已经基本从文坛消失，缺乏思想的形式难以为继，"'先锋小说家'很快分化，他们的创作也不再作为有突出特征的潮流被描述"②。

所以，九十年代初评论界的"后现代"讨论已经不是那些催生了"后现代小说"的杂志期刊和评论家的创意行为，而是再一次炒剩饭，此时，"后现代小说"已经成为历史，留下一帮人热火朝天地打死老虎。对于"后现代"先锋们，一切已经回归现实，人类的本性、中国社会的发展状态都要求作家们重新面对现实，而非虚无和解构，所以，王朔大红于文坛，"新写实"出现，"后现代"作家基本全部转型。社会需要作家为抽空了的所指重新输血，为能指重新定位，否则，"后现代小说"写作就真的只好坠入到主体被碎片化的狂欢中。③

莫言的存在见证了这一历程，同时他又一直超越这些"潮流"和"机制"。莫言在评论界的定位从一开始也是混乱的，与八十年代的复杂与混乱同步。1985年的《透明的红萝卜》被归为"现代派"并不冤枉，几乎完美的"意识流"与传统文化的结合震惊了文学界，归为"现代派"在当时应该是一种肯定。但莫言的手法确实

---

①　贺桂梅：《先锋小说的知识谱系与意识形态》，《文艺研究》2005年第10期。

②　洪子诚：《中国当代文学史》，北京大学出版社1999年，第339页。

③　汪跃华：《别无选择的寻找》，2001年华东师范大学博士论文。

太前卫了，每篇都有惊世骇俗之处，同在 1985 年，莫言在《收获》第 5 期发表中篇《球状闪电》，在《钟山》第 1 期发表中篇《金发婴儿》，在《人民文学》第 12 期发表中篇《爆炸》，当年直接被归为"现代派"实在是太低看莫言了，1985 年的莫言已经呈现出复杂的面貌，从手法上看，莫言一出则已一步跨入了"后现代"之列。再往后，从《红高粱》到《丰乳肥臀》，这些后现代式的前卫手法仍然存在，但没谁敢再随意给莫言贴上"后现代"或者"伪现代派"的标签了，因为他太稳定了，而且太复杂，包容性远超同时代作家，也由此一直超越任何命名，成为独一无二的"中国莫言"。

余华和莫言不同。余华呈现出非常明显的转变轨迹。从川端康成式古典式忧伤到"后现代小说"都相继走入个体的"困境"之后，九十年代的余华又最早摆脱了后现代文学实践，回到现实主义一脉，而且一下名扬世界，不再只是评论家手中的、可操作性很强的后现代"标本"，而是在大众和评论界各方面都获得了巨大的成功。就是说，好作家会不断超越评论。从其弱点来看，纵观余华的整体创作，其中有一个比较稳定的东西，就是那种个体特色的恶作剧感，这使得他一直上升不到哲学高度，而停留在浅显的游戏化的解构"伎俩"之中。如 1987 年开始对理性的解构便就有一种故作神秘的意向，这源于余华把握时局的聪明，成名作《十八岁出门远行》也掺杂了这种聪明，或者说是"小聪明"，说是"小"是因为像《十八岁出门远行》的核心事件即抢水果事件及被打事件，从小说本身来看应该有理由，只是"他"（小说人物）不知道，就是说不是"没有"，而是"我""不愿"或"懒得"去找，所以，汽车为什么被抢又被拆坏，只是"我"放弃了寻找原因，即使原因可能就在附近，而且肯定存在于时间或空间上的某点。行动主体不愿去寻找，这就造成了小说人物实际上的浅薄和精神上的苍白，神秘就成了做作，因为余华们缺乏塑造哲学化的"不可知论"及其他后现代意味的文学情节的能力。这种感觉的产生与中国年轻的"后现代"

小说家缺乏思想和历史的深厚基础直接有关，乔伊斯和博尔赫斯简直都是历史学家、思想家、哲学家和文学家的综合，《万有引力之虹》的作者品钦这样的后来者也对历史和科学、军事非常熟悉，所以西方后现代小说家写出的作品有着非常深厚的内涵和复杂性，而中国的"后现代"作家只剩下了技巧，就造成了一个结果：与其说《十八岁出门远行》是一篇后现代小说，倒不如说是一篇古龙式的悬疑武侠小说，那篇更有古龙色彩的《西北风呼啸的中午》，看完给人的感觉更是像矫揉造作的侦探小说的开始部分，理由不是没有，而是被作者以并不高明的方式隐藏了。就是说，像洪子诚批评的那样，余华缺乏的是真正的事实，余华从进入"后现代"之始就暴露了文学情节建构与现实批判相对应的乏力，"先锋派的写作是没有关于历史、现实和人类生活特别独到深刻的认识论基础的，他们仅仅是依靠艺术表现方法的革命性。当他们的写作从这里撤退之后，他们就暴露了思想方面的贫困。先锋派表达的那些对人类生活境遇的怪异、复杂性和宿命论式的表现，在很大程度上得力于形式方面探索。那些超乎寻常的对人类、生活境遇的表现，其实是艺术形式的副产品"[①]。此时余华的长处其实在于他非常善于为某一类人写作。从这一点上看，余华的小聪明不是坏事，在中国当代文坛他还是具有一流的讲故事能力的，这和他的小聪明一起，让他的作品总能被数量众多的读者和评论家接受并大力赞扬。或者应该赞美下余华的"小聪明"。

但经历了后现代的解构式思维的余华们继续走下去，就会是对市场和欲望的拥抱。"'先锋批评'与'新潮作家'们宣告与此前文学彻底断裂，用'怎么写'的形式革命作为他们话语突围的策略，其实也暗含了为市场经济的发展，排除'文革'与极'左'话语的意味"，"与其说是一份自觉的文化反抗，不如说是别一种有效的合

---

① 陈晓明：《先锋派之后：九十年代的文学流向及其危机》，《当代作家评论》1997年第 5 期。

法性过程"，"'非意识形态'行为却又在另一层面与新意识形态达成了合谋关系"。① 这一点从《兄弟》和《第七天》商业上的成功能看出些端倪。十几年后，2005 年的余华非常"完美"地演绎和证明了这一"合谋"。

余华曾说："艺术家是为虚无而创作的，因为他们是这个世界上仅存的无知者，他们唯一可以真实感受的是来自精神的力量，就像是来自夜空和死亡的力量。在他们的肉体腐烂之前，是没有人会告诉他们，他们的创作给这个世界带来了什么。"② 其实这段话仍然可以拿来质问中国当代作家们，不是质问作为"泛他者"的别人，而是包括余华的作家们。文学创作的价值到底是什么？文学实践本身的价值是什么？证明自己为人还是证明自己为非人或者是超人？还是其他更复杂的价值向度？

余论　中国"后现代小说"的意义及走向

从后现代小说几个创始者在中国的命运，也能看出中国"后现代小说"背后的阴影。可能因为乔伊斯的巨作《尤利西斯》的耀眼光芒掩盖了他最后一本后现代长篇小说《芬尼根的守灵夜》，而贝克特也因为 1953 年《等待戈多》的世界扬名而被忽视其 1939 年的后现代风格的长篇小说《莫菲》，反而是博尔赫斯那本短篇集《交叉小径的花园》发扬光大。一个关键的原因在于，长篇小说需要宏大的结构、深刻的思想、丰富的经历和文化积累，且创作过程很长，发表或出版的周期更长，对于快速成名很不利。而短篇因其"短"而带来各种快餐式的方便，一是西方后现代的短篇小说好

---

① 戴锦华：《隐形书写：90 年代中国文化研究》，江苏人民出版社 1999 年，第126 页。

② 余华：《河边的错误》，长江文艺出版社 1992 年。

翻译，便于快速地出版和流通；二是对读者来说篇幅短阅读时间也短，便于接受；三是对于作家来说好模仿好操作，而且短篇不容易融入深刻思想，所以只留下技巧，在读者看来也非常正常，这正符合了中国一帮年轻的急于成功的无名作家们的欲求。而那时的中国文坛，正太需要西方的洋快餐来弥补理论和创新之缺了。所以中国的"后现代小说"不但绝没有乔伊斯那种近百万字的鸿篇巨制，连十几万字的长篇都没有，全是几千到几万字的短篇和中篇。中国"后现代"作家的长篇小说出现都是现实主义转向之后的事情，无一例外。真是应了自我世俗定位的张爱玲的那句话：出名要趁早。这也决定了中国"后现代小说"的急功近利和必然的貌合神离。仅仅两三年后就断然抛弃"后现代主义"而转向"落后"上百年的现实主义，也是因为已经靠"后现代"成名，可以老老实实地写砖头厚的"真理大书"以名垂文学史了。虽然不能完全否定这种功利的后现代文学实践的意义，但这种结局也不能不是一种讽刺。

从二十世纪九十年代的发展态势来看，"后现代"小说家之后都相当命运多舛，虽然在一群有能力呼风唤雨的评论家和极具权威的重磅刊物的推送下迅速成名并积累了大量的文学资本和人际资源，但进入"后后现代"之后，"后现代"的弊端就显现了出来，当解构和摧毁成了思维惯式之后，社会转型再次发生之时就会自动解构那个"解构化"的自我，从而无所适从，"先锋小说"总体上的以形式和叙事技巧为主要目的的倾向，在后来其局限性日见显露，而不可避免地走向形式的疲惫"[1]。

"'先锋文学'在中国是一个具体所指的文学概念。在 80 年代后期至 90 年代前期，它曾在夹缝中艰难地生存，最终作为有力的文学潮流，终于完成了一场声势浩大的中国文学革命的策动。当'先锋文学'确立自己在社会文学结构中的合法性地位，度过了'苦难的历程'并被社会普遍接受以后，'先锋文学'的使命即告终

---

[1] 洪子诚：《中国当代文学史》，北京大学出版社 1999 年，第 339 页。

结。"① 由此看来，"先锋文学"的终结是历史的必然。"先锋文学"成功之日，就是"先锋文学"转型与退场之时。它既然成了文坛新贵，就必须要有下一个先锋派来冲击，或者自己对自己发动一场战争，创造新的先锋。正如余华在他的自述里所说："我们今天的文学已经和世界文学趋向和谐，我们的先锋文学的意义也在于此……今后的文学不会是 20 世纪的现代主义，现代主义到今天已经完成了，已经成为了权威，成为了制度，成为了必须被反对的现行体制，否则文学就不会前进。"②

陈晓明认为先锋派的实验突然而短暂，在九十年代随后几年，先锋派差不多放弃了形式主义实验。一方面，先锋派的艺术经验不再显得那么奇异，另一方面艺术的生存策略使得先锋们倾向于向传统现实主义靠拢。于是，故事和人物又重新在"先锋小说"中复活。③ 文明的前进不是靠摧毁，而是要建设，面对强大的发展诉求和大众的真理化的精神需要，"后现代"不可能成为渴望现代化的中国社会的驱动力，问题在于怎么改变那种思维，半数以上的"后现代"作家面对"后后现代"，不知所措，只得在突然被抛弃的失落下完全放弃了后现代手法，似乎由此完成了自我摧毁后的自我放逐，但却再也找不到一种适合的文学形式，如同邯郸学步的过度注意，把最基本的行走规则都神经性遗忘，"后现代"小说家们连怎么写最简单的小说都不会了，或者在后现代式精神癔症之下强行写作，但写出来都是平淡如水，似乎解构之维也同时伤害了自身，也同时解构了文学的才华，以致写出的作品无人问津。还有另一种"后现代"作家是彻底转型，一下主动且清醒地摆脱了后现代的绝对否定式思维，极快地走入大众和主流的怀抱。速度之快，让人瞠目结舌。这点主要体现在第二批"后现代"作家余华们那儿，可能

---

① 孟繁华：《九十年代：先锋文学的终结》，《文艺研究》2000 年第 6 期。

② 余华：《余华谈先锋派》，《当代作家评论》1996 年第 1 期。

③ 陈晓明：《先锋派之后：九十年代的文学流向及其危机》，《当代作家评论》1997 年第 5 期。

第二批"后现代"作家比第一代"后现代"作家马原们年轻了一代，年轻人经历的时代不同，对"文革"没有深刻的体会，八十年代的改革开放或思想自由之风又很快直接影响他们，个人历史上又无老一代革命的基因，因此形成了较高的思想的灵活性，应变能力较强，会寻找更适合自身发展的生存环境，一旦整个社会价值指向发生重大变化，立刻没有任何心理障碍地转向了现实主义创作，并取得相当辉煌的成功，类似孙悟空大闹天宫之后再保唐僧西天取经，由叛逆之魔回归佛道正途，被正统神界接纳，因而终成正果，成为一代名佛。后现代文本实验的经历反而成了"光辉的污点"，类似大闹天宫和孙悟空的尾巴。就是说，虽然解构性的"后现代小说"已经从中国文坛基本消失了，但并不意味着创作这些小说的作家们就完全失败了，至少他们已经因此一举成名，如果能继续创作，一般还能继续各领风骚。另一方面，他们带来的并有所创新的后现代先锋手法已经被广大作家接受。不少后来的作家时不时会用碎片拼接、"元叙述"、精神病式话语等方式进行叙事，似乎和现实主义手法一样，成了很自然而然的写作技巧，八十年代的各种纠结全部消失了，解构似乎已经历史化为一个内涵被遗忘的空洞的仪式，就如古代工匠代代相传的古老工艺，不必问为何存在及如何存在，它已经沉淀为前辈留传下来的成功技巧之一。

如果时间轴再往后延伸，进入九十年代的文学地图，我们会发现"后现代文学"确实并未完全消失不见，而是以另一种文学样式延续了下来。"我更愿意用另一种说法，即，先锋作家在前一时期的意义已经完成。这不单是指昔日富有凝聚力的先锋团体业已解体，作家们都各奔东西了，更重要的还在于，在这样一个转型时代，先锋作家在各自的艺术转换中，显示出了不同的超越自身的能力。"[①] 实际上，"先锋文学"或"后现代文学"的影响是巨大的，如"后现代派"退场之后登场的九十年代"新生代"的崛起

---

① 谢有顺：《先锋就是自由》，山东文艺出版社 2004 年，第 69 页。

以及"新生代小说"的命名都与二十世纪八十年代的"先锋小说"有承继关系。"新生代"作家对终极价值的怀疑，对存在意义的逃避，对现实和此在生存活动与场景的专注，对个人日常经验书写的热衷，这些都显示了他们对"先锋小说"与新写实小说的双重继承性。[①] 这个延续关系可以从正反两个不同的维度来认识："一方面，新生代小说是 80 年代先锋小说的自然延续和发展"。"先锋小说"的观念革命作为一种既有成果为"新生代"作家所继承，他们对禁忌的破除解除了"新生代"作家的文化思想负担；"先锋小说"的艺术实验成果作为一种既成的文学事实垫高了"新生代"作家的艺术起点；"先锋小说"的艺术局限为"新生代小说"提供了可贵的借鉴与警示，在体验性叙事的增强、"现实失语症"的克服、西方话语模式向个人话语模式的转化等方面，"新生代"小说家都是在克服"先锋小说"的艺术失误的基础上朝前迈进的。"另一方面，新生代小说家又是在反抗先锋小说家的意义上走上文坛的"。他们既反抗"先锋小说"本身（比如形式主义的美学），又更不满"先锋"小说家由此获得的光荣与地位。"新生代"小说家认为"先锋"小说家已经失去了他们诞生之时的革命性与反叛性，他们已经被现行的文学秩序招安并已成为秩序的一部分。作为笼罩在"新生代"作家头上的一种压抑性的阴影，他们理应被弃置、被超越。[②]

这正是世纪末后现代主义的一个必然走向。本来，后现代主义从一诞生之初就有两个走向，解构式的走向和世俗化走向，所以从开始就有蓄意打破精英文学与大众文学、精英文化与大众文化的界限之一极，此后发挥了巨大的作用，可以说是相当革命性地突破了精英与大众的界限，也可以说是被大众文化与经济逻辑"收编"或"招安"，出现了明显的向大众文学和各种"亚文学"靠拢的倾

---

① 张清华：《精神接力与叙事蜕变——论"新生代"写作的意义》，《小说评论》1998
　　年第 4 期。

② 吴义勤：《自由与局限——新生代小说家论》，《文学评论》2007 年第 5 期。

向。有些作品干脆以大众的文化消费品形式出现，试图模糊文学与非文学的界限。后来出现的卫慧等人明显是消费主义的先声。一些作家的为影视写作应该属于另一种通俗性的后现代消费主义式创作，则更是强迫自己有意识地媚俗，因为影视写作就要考虑票房和收视率，没有经济效益就意味着作家的失败。余华可谓是这批"后现代"作家中转型最成功的典型，他的《活着》及《兄弟》等现实主义作品在文学上与商业上的双重巨大成功，意味着由孤独的先锋而全力拥抱大众。而且余华在先锋之后、通俗之下也并未完全放弃后现代那些卓有价值的技巧，比如，《偶然事件》的叙事终点对开端那种文字上刻意的一字不差的重复，本是为了解构故事，制造叙述迷宫，这成为当时余华式独特的叙事策略之一，十年后，这种叙事重复技巧复制到了《许三观卖血记》之中，让其通俗化的叙事更有效果。之前的重大转型之作《活着》中这种故意的重复叙述几乎不存在，但第二部即大量出现，马克思说一个历史事件第一次出现是悲剧，第二次出现就是喜剧，后现代先锋时期与后现代消费时期的余华却不合此规，重复叙事不但第二次出现而且还有第三次第四次，那可就不是简单的重复了，更不仅仅是悲剧或喜剧。它至少是某种文学样式的巨大成功。它应该是一种回归后现代自我的、高度个体化和原子化的投射，背后是消费主义的强大身影。同时，也意味着后现代的某些成分在消费时代的永恒存在。

先锋时代之后不管怎么变化，先锋时代都是余华一生的辉煌时刻。二十多年以后，五十岁的余华在回顾"先锋文学"时说："我认为先锋文学最多是大学毕业，甚至是中学毕业"，"先锋文学没什么了不起，它还是个学徒阶段"，"可以这么说，'寻根''先锋''新写实'标志着中国文学的学徒阶段结束了。仅此而已"。[1]

---

[1] 王侃、余华：《我想写出一个国家的疼痛》，《东吴学术》2010 年创刊号。

第三章　余华的第二次大转折：
后现代到底层时代

　　本章应该还是从余华的后现代时期开始，这对于无论是 1987 年的余华、1989 年的余华还是 1992 年的余华都非常重要，当然对 2005 年的余华同样有效。时间对余华是非常重要的精神突变节点。1989 年的余华对自己前两年的写作做了一个总结，这是余华初步功成名就之后第一次对自己的评判。以后，和余华在《偶然事件》里的重复叙事一样，他对自己的评判一次又一次上演，而且叙事模式上基本一致，应该说是修辞上基本一致，这是文体问题，而非主题问题，内容上则是相反的。即否定过去，肯定现在，展望未来。基本成了一个与官方电视台、报纸、网媒的新闻头条类似的"发布会"式的叙事模式。

　　在《虚伪的作品》中，1989 年的余华说："我在一九八六年、一九八七年里写《一九八六年》《河边的错误》《现实一种》时，总是无法回避现实世界给予我的混乱。那一段时间就像张颐武所说的'余华好像迷上了暴力'。"①

　　看来，此时的余华似乎认识到了自己的意识或潜意识中有着巨大的心理症结存在，但是他自己并不清楚这个症结是什么，他也并未对此有什么分析，更没有反省，而把其当成是自然的事情，此时此刻的此在都是积极阳光，反思只属于过去。另外在这段自我陈述中，他使用了"混乱"这个词，混乱意味着面对现实世界的无力，

---

① 余华：《虚伪的作品》，《上海文论》1989 年第 5 期。

强调了自己之弱；第二层意思还有对自己的心理状态的否定，即自己其实无法控制自己，思考和行为都不在理性控制之下。余华后来曾经把"先锋文学"称为"学徒阶段"①，也是证实了他对包括他自己在内的整个"先锋文学"的断然否定。确实，后现代小说背后的那个叙述人，按照人类社会的理性规则来看，都属于精神病患者。不知在什么力量的推动下，余华在1989年很爽快地承认了他的"混乱"。如果说那种"混乱"非常强大的话，那么直到余华的第一部长篇小说《呼喊与细雨》中，那种混乱仍然在延续。此时，是1991年，距离《十八岁出门远行》在《北京文学》发表已经五年。就是说，这五年中，那种混乱始终纠缠着他，让他无法释怀。究竟是什么东西这样牢牢地抓住他，即使是文学上的不菲成功也不能让他有丝毫放松？

如果说，1984年以前的余华因为不满牙医的肮脏、低收入又无地位的工作而混乱，这种混乱给余华带来了关键性的推动力，他由牙医余华变成了作家余华，但1984年8月，在县委领导的直接过问下，余华正式调入海盐县文化馆，从当时对文化和宣传的重视来看，那是个与县委宣传部直接相关的部门，有钱有闲又有点权。但是，1989年的余华却仍然处于"混乱"之中。为什么还是混乱？

第一节　转折之前：《呼喊与细雨》的恶叙事

先看下1991年仍然深陷"混乱"之中的余华的作品。性恶展览是《呼喊与细雨》（后更名为《在细雨中呼喊》）最鲜明的主题结构，与1987年前后那个充斥着性恶论的余华没多少差别，只是叙事方式有了些变化，1990年前后的余华开始认真地以现实主义式的手法讲述正常的故事。这是一个儿童视角的成长故事。这个成长似乎

---

① 王侃、余华：《我想写出一个国家的疼痛》，《东吴学术》2010年创刊号。

又不具有现实意味，作为儿童的叙述人"我"的思考从叙事起点到叙事终点都没有多少变化，"成长"感不强。因为整部小说的基调就是所有人都是恶的，"我"作为一个主要行动者，其功能似乎就是在行动中经历并展示各种人的各种恶。

《呼喊与细雨》并不看重情节，以"我"的经历为主要线索，以感觉的流动回忆碎片化的往事，父母、祖父、三兄弟，所有人之间的关系很少有温暖，都是阴暗而龌龊，《呼喊与细雨》中那些现实主义式的性恶展示，处处透露着人与人之间不是自私就是偏爱，不是破坏就是嫉妒，不是家庭暴力就是通奸。小说在形式层面最明显的特色是有一个儿童视点的故事内叙述人，"我"讲述的就是他自己的故事，他在家庭中排行老二，曾经被领养，在养父母王立强和李秀英家中生活了几年，从养父那儿得到了人生中最宝贵也最少有的温情，但这个好男人却因为婚外恋而杀死了举报人的孩子然后自杀——这个在整个叙事世界中唯一有着人类之爱的男人却也是个道德上有缺陷的人。养父死后，养母体弱又神经质，遗弃了他，他只得又费尽周折一个人回到了自己亲生父母的家，但从此也与父母和兄弟们有了严重的隔阂，一家五口人，他是最孤独最痛苦的一个，被所有人当成怪物，甚至出了事情，不但家庭里，整个村庄都没人愿意帮他。下面是一个非常典型的情节：

> 在我走后，哥哥强行用镰刀在弟弟脸上划出了一道口子。当弟弟张嘴准备放声大哭时，哥哥向他作出了解释，然后是求饶。哥哥的求饶对我不起作用，对弟弟就不一样了。当我走回家中时，所看到的并不是哥哥在接受惩罚，而是父亲拿着草绳在那棵榆树下等着我。
>
> 由于弟弟的诬告，事实已被篡改成是我先用镰刀砍了弟弟，然后哥哥才使我满头是血。
>
> 父亲将我绑在树上，那一次殴打使我终生难忘。我在

遭受殴打时，村里的孩子兴致勃勃地站在四周看着我，我的两个兄弟神气十足地在那里维持秩序。

　　这次事情以后，我在语文作业簿的最后一页上记下了大和小两个标记。此后父亲和哥哥对我的每一次殴打，我都记录在案。时隔多年以后，我依然保存着这本作业簿，可陈旧的作业簿所散发出来的霉味，让我难以清晰地去感受当初立誓偿还的心情，取而代之的是微微的惊讶。

　　这是全书第一章开始不久后的一个诬陷事件，主观化的叙事充满了被亲生父母"送给"别人的伤害，和被遗弃再回来后成为所有亲人的敌人的孤独和恐惧，那种恨在最亲的人衬托下更让人心惊。哥哥肆无忌惮地撒谎并布置骗局，昭示了"我"的环境的恶劣和无助，更昭示了自己的亲哥哥和亲生父亲那原罪般的无法消除的自私和暴力。隐含作者就此一开始就定下了"我"的环境的高度性恶化的基调，"我"到哪儿都是个被人嫌弃的人，"我"拥有的只是丰富而敏感的感觉，而性恶和恨使"我"一次比一次脆弱，一次比一次使作品的整体更加阴暗。同样展示性恶，《呼喊与细雨》与八十年代的"先锋小说"相比的变化是，小说中人物的死亡都比《难逃劫数》中那样的血腥展示正常多了，让人感觉更加贴近现实。而《现实一种》之类太过刻意，反而可能让读者对叙述人或隐含作者很不认同，因此很容易把1987年前后的余华式"性恶叙事"当成不可靠叙述。在"性恶展示"的细节上，也与先锋时代有了质的变化，《一九八六年》《死亡叙述》重在对肉体破损的伤口和鲜血的物理式详细展示，如同一个屠夫或一个外科医生，给人带来极不舒服的感觉，是恶心、惊悚和厌恶；《呼喊与细雨》却不是，上面明明涉及至少两次伤口，叙述人却似乎对皮肉和鲜血没了兴趣，转而描写事件，通过人物的行为来表现肉体伤害背后的心理伤害，这样写很符合大众读者的期待，给小说人物的是同情、愤慨和伤感。

叙事方式的变化也更明显，余华开始一本正经地讲大部分人都能看懂的故事了，但又并非传统的现实主义手法，而是被普鲁斯特式的浅层"意识流"改造过的现实主义，比王蒙的《春之声》之类的意识流小说要传统得多。谢有顺认为该小说的一个显著变化是"大量启用了心灵语言"[①]，吴义勤认为小说采取了"预言式叙述和分析式叙述"[②]，实际是由于"我"的第一人称视点使得叙述过程可以随时跳跃和省略，还可以方便地加入"我"的感觉，并可以随意地穿越时空，从1990年的"我"回视小时候的"我"，且不时地加入很能烘托性恶主题的评价。这样的写法，很像鲁迅式"彷徨体"叙事模式[③]，由于第一人称"我"的存在，使叙述人能非常方便地在两个或多个叙事时空之间穿梭，进行各种叙述干涉，极有力地增强了叙事效果。不可否认，在这点上余华也相当成功。叙事模式的现实主义风格的转变，在增强了现实性的同时，也增加了小说的感染力。就是说，在接受效果上，一般的读者更愿意接受《呼喊与细雨》这样的风格，不但故事性强而且有现代个体所需要的自恋式的伤感和无助。应该说这是余华有意识的转向，他不再是特意地为一群评论家写作，而是要争取更多的大众。其背后，很可能就是以池莉《烦恼人生》和方方《风景》为代表的"新写实"毫无征兆也没有炒作地大红于文坛。

整体来看，由于性恶论的笼罩，手法上的变化似乎还不能作为

---

① 谢有顺：《绝望审判与家园中心的冥想——再论〈呼喊与细雨〉中的生存进向》，《当代作家评论》1993年第2期。

② 吴义勤：《切碎了的生命故事——余华长篇小说〈呼喊与细雨〉试评》，《小说评论》1994年第1期。

③ 鲁迅小说有着双重叙事时空并存的"彷徨体"叙事模式，"我"的故事与别人的故事穿插互文，如《在酒楼上》等小说建构了以"我"和对立物分别为主体的第一叙事时空和第二叙事时空，意义上的深层指向分别是作为启蒙者鲁迅的国民性批判和作为文学家鲁迅的绝望辩证法。启蒙与文学的矛盾投射为叙事时空的分隔，意味着自我与非我、自我与对立物/异质物间的矛盾与搏斗。可参见本人《鲁迅小说的双重叙事时空与竹内好的判断》，《学术论坛》2016年第10期。

余华重大转折的标志。从沉重的话语感上来看,《呼喊与细雨》也没有突破之前那种性恶叙事范围。叙述人总是剔除了正常的家庭关系的其他情感,只留下了恶:

> 我参加高考并没有和家里人说,报名费也是向村里一个同学借的。一个月后我有了钱去还给那位同学时,他说:
>
> "你哥哥已经替你还了。"
>
> 这使我吃了一惊。我接到录取通知后,哥哥为我准备了些必需品。那时我的父亲已经和斜对门的寡妇勾搭上了,父亲常常在半夜里钻出寡妇的被窝,再钻进我母亲的被窝。他对家中的事已经无暇顾及。当哥哥将我的事告诉父亲,父亲听后只是马马虎虎地大叫一声:
>
> "怎么?还要让那小子念书,太便宜他啦。"
>
> 当父亲明白过来我将永久地从家里滚蛋,他就显得十分高兴了。我母亲要比父亲明白一些,在我临走的那些日子,母亲总是不安地看着我哥哥,她更为希望的是我哥哥去上大学。她知道一旦大学毕业就能够成为城里人了。
>
> 走时只有哥哥一人送我。他挑着我的铺盖走在前面,我紧跟其后。一路上两人都一言不发。这些日子来哥哥的举动让我感动,我一直想寻找一个机会向他表达自己的感激,可是笼罩着我们的沉默使我难以启齿。直到汽车启动时,我才突然对他说:"我还欠了你一元钱。"
>
> 哥哥不解地看着我。我提醒他:"就是报考费。"
>
> 他明白了我的意思,我看到他眼睛里流露出了悲哀的神色。我继续说:"我会还给你的。"

"我"作为一个曾经被推出家门又被迫回家的准弃儿,一切都是灰色的,所有的直系亲属,父亲、母亲、哥哥,都对他要么是冷漠，要么是厌恶。他利用恢复高考的机会"偷偷地"考上了大学，对于农村是件可以一举变成城里人的、光宗耀祖的大事，整个家庭的反应却很意外：亲生父亲不但没什么愉悦的心情，反而觉得自己儿子不应该有这好命；母亲却一直担心二儿子考上大学会伤害哥哥，对"我"考上大学没什么喜意；就哥哥对他还算好，但临别"我"的一句话揭穿了哥哥的潜意识，哥哥的悲哀意味着他对城里的向往，他曾经对城里人奴颜婢膝，就是想借与城里的同学的表面光鲜关系，在村邻面前获得些阿Q式的满足，弟弟上大学后也要成城里人了，他想努力巴结弟弟，希望能得到更多的别人艳羡的目光，"我"说要还钱给他，已经彻底打击了他的自卑和渺小的潜意识。整体看来，在一个"准弃儿"的眼中，所有人的行为都是恶的，没有一个人对他有真正的善意。但从叙事世界的建构来看，呈现给读者的文本都是经叙述人的眼睛和感觉过滤的。那个过滤器，就是性恶论，所有与恶有关的才被留下，或者说所有人的行为都被特意打上了恶的印记。人类社会和个体行为的复杂指向被高度简化了，实际上在真正的现实中，叙述人的父母兄弟未必都对他毫无善意，只是多少年以后，他非要以这种姿态讲述他的故事。从文本的生产来看，就此认为1990年的余华化身的那个隐含作者也积极参与了这个建构并不过分。所以可以说，从内在的主题结构上，《呼喊与细雨》没有质的变化，那个充满了仇恨的叙述人仍然咬牙切齿地把恶加给一切，或者叙事上的明显变化可以算是重大转折前的过渡。

当1989年的余华以"混乱"来概括先锋时期的余华的精神状态时，《呼喊与细雨》还没诞生，此时的余华强调的还是世界的不可知，《呼喊与细雨》的叙事线索中清晰的理性色彩和儿童面对成人世界的无力，似乎仍然在延续一种处于现代主义和后现代主义之间的面对世界的不可掌控的"混乱"。但是，如果就此认为这种"混乱"是天才常有的对天地间不可知的强大之物的敬畏，那似乎又言之过早了。

对于余华的自我言说，莫言也进了圈套。1991年，莫言在《清醒的说梦者——关于余华及其小说的杂感》一文中引述《虚伪的形式》中最具思辨的一个小段落，发出感叹："其实，当代小说的突破早已不是形式上的突破，而是哲学上的突破。余华用清醒的思辨来设计自己的方向，这是令我钦佩的，自然也是望尘莫及的。"①看来，余华成功地以较为学术化的随笔"吓倒"了莫言，莫言最不擅长学院派的语言，总是"土里土气"，但莫言在文学创作上一直极其稳定地保持超一流的水平，其实不必那么谦虚。余华的自我陈述并不能直接与其创作水准挂钩，《呼喊与细雨》同样如此。从复杂性和深刻性上来讲，余华的小说从来没达到过风靡世界的童话《小王子》的高度。

前面一直强调，本文不把《呼喊与细雨》当成余华变化的节点，似乎有些可疑。从叙事上看，余华的第一部长篇《呼喊与细雨》确实已经基本是"现实主义"手法，像第一人称的自传体小说。当时的评论界也有不少评论者认为写作《呼喊与细雨》时的余华有了明显的变化，有评论者用"底层时期"来概括1991年发表的《呼喊与细雨》以及随后几年中发表的《活着》与《许三观卖血记》，这有一定的道理，如果是从主要人物的身份和叙事方式的变化来看，似乎可以这样归类。

陈思和《余华：由"先锋"转向民间之后》中用"先锋向民间的转向"来概括余华此次的创作转型②，而此观点后来也影响了诸多研究者。此时余华的作品确实具有"民间性"和"平民性"或者"底层性"，作品中的主人公都是底层人物，经历着社会和生活加

---

① 莫言：《清醒的说梦者——关于余华及其小说的杂感》，《当代作家评论》1991年第2期。

② 陈思和：《余华：由"先锋"转向民间之后》，《文艺争鸣》2000年第1期。

给他的一切苦难，在苦难的余味中挣扎，完成底层生命的轮回。显然，余华这一时期的《活着》等作品多了许多善良人性，即使在苦难之中，也有温情的时刻流露——比如许三观为了自己的孩子一路卖血。亲情开始在余华的作品中占据了主导位置，这与他先锋时期的作品形成了明显的对比。

其他研究者也以"苦难"和"温情"为关键词来总结这几部"底层"之作①，"从《呼喊》是'苦难中的温情'到《活着》推崇'温情地受难'"，形成了余华小说的新母题的生成及其变异②，余华"通过平凡的故事对爱的真谛、力量和意义做了重新建构"③，此时"主题发生了变化，即由咀嚼苦难并沉浸于其中走向了对苦难的超越与升华"④，这些评论者都把温情和苦难视为余华小说中贯穿始终的主题。这同时也带来了对余华第一阶段"先锋小说"暴力主题的重新认识："正是由于余华对'真实'的理解发生了变化，在历史的层面上展开叙述，因此使得文中具有了'人情味'"，"余华在八十年代的创作中，历史意识不明确，'真实'本身也显得较为抽象，体现为看法的'真实'，因为作家不是以人物的日常生活经验来表达自己的看法，当时余华有意排斥日常生活经验，视其为肤浅的表面真实，而注重视象内在的真实性联系，因此，他最后呈现的是一些非常抽象夸张的判断。在九十年代的创作中，历史的真实以具体的事实形态呈现出来，在人们的日常生活层面展开，也因为人们经验的不断重复而不断延伸。在历史与现实的时间流中，不再有人为的对历史的割断"。⑤

① 郜元宝：《余华创作中的苦难意识》，《文学评论》1994 年第 3 期。

② 夏中义、富华：《苦难中的温情与温情地受难——论余华小说的母题演化》，《南方文坛》2001 年第 4 期。

③ 郅庭阁：《从混沌到澄明——余华小说的一种解读》，《文学评论》1998 年第 2 期。

④ 齐红：《苦难的超越与升华——论余华小说中的"苦难"主题》，《当代文坛》1999 年第 1 期。

⑤ 汪跃华：《记忆中的"历史"就是此时此刻》，《当代作家评论》2000 年第 4 期。

如果以小说中的主要行动者的身份来判断，《呼喊与细雨》之后的三部长篇小说确实集中描写了底层人物和他们的苦难及对苦难的忍受。如果换个角度，从主题上讲，或者从作家／隐含作者的心理状态上来看，《呼喊与细雨》与后两部小说《活着》和《许三观卖血记》明显不同，以"温情"来概括三部作品，显然有问题，温情只大量地存在于后两部，《呼喊与细雨》几乎全是性恶展示，仅有的唯一的温情承载者（养父）却走向了杀人之路，也是全书唯一的走向犯罪道路的人，就是说，即使偶尔有温情，也必然与反道德和病态相联系，从而解构了温情。

从余华自己的叙述当中，我们可以看出他这一时期风格转变的自我评判："我以前小说里的人物，都是我叙述中的符号，那时候我认为人物不应该有自己的声音，他们只要传达叙述者的声音就行了，叙述者就像是全知的上帝。但是到了《在细雨中呼喊》，我开始意识到人物有自己的声音，我应该尊重他们自己的声音，而且他们的声音远比叙述者的声音丰富。因此，我写《活着》和《许三观卖血记》的过程，其实就是对人物不断理解的过程，当我感到理解得差不多了，我的小说也该结束了。"[①]正如评论界所总结的，余华从《呼喊与细雨》开始尊重自己笔下人物的声音，尽可能让他们开口说话，而不是自己变成说一不二的"上帝"，余华也因此从叙事方式上进入了新的创作时期，但此时余华更强调的是《活着》和《许三观卖血记》的重要性。从内在精神上看，余华本人似乎也不认为《呼喊与细雨》有了质的变化。和他的"先锋小说"相比，《呼喊与细雨》最多是长篇和短篇的分别。因为如前所说，1990年前的余华很多作品的先锋性与后现代的关系也不是那么密切，除了特意表现"不可知论"的《十八岁出门远行》和《西北风呼啸的中午》，他都在抨击和诅咒人的性恶，正是这些强大的、纵横交织的

---

① 余华：《我只要写作，就是回家——与作家杨绍斌的谈话》，《当代作家评论》1999年第1期。

性恶力量构成的无边大网，才让人们感觉世界不但是不可作为的，而且是强大的、恐怖的反人类的力量。而《呼喊与细雨》也承继了这一点，而且将性恶表现得更日常化，更贴近普通人的生活，比如小学教师以从精神上折磨学生为乐、"父亲"不给"祖父"饭吃以希望"祖父"早死等，所以大量读者和评论界都没有感觉到余华有了什么变化，只是篇幅更长，社会容量更大，把"恶"展示得更加细致而已，如陈晓明所说："《呼喊与细雨》是一部绝望的心理自传，其'绝望'不仅在于写出了'绝望的'生活记忆，并且它自我证实为一次'绝望的'写作。对于文学现状来说，它并不是一次革命性的突破，所有的艺术手法和风格特征余华早都表现过，充其量这是一次彻底的温习和全面的炫耀。"[1]

与陈晓明相呼应，《余华文学年谱》总结说《活着》被批评界普遍认为是余华的转型之作，因为"他在这部作品中表现出来的现实态度和情感含量，使批评界认为他已摆脱了先锋文学落幕后的困顿，并在仍处困顿的先锋作家群中脱颖而出"。[2] 对于余华自己来说、他也不认为《呼喊与细雨》有了重大变化，而是直接将之当作"先锋"之作："先锋作家是指我在《活着》之前的一部长篇，是我的第一部长篇——《在细雨中呼喊》。"[3] 即直接把《呼喊与细雨》和"先锋"画了等号，而对于《活着》，他自己却认为有一个从内到外的巨大变化：

> 马尔克斯在面对《百年孤独》的时候的处理的方式，还有《没有人给他写信的上校》的处理方式完全不一样。这对我的写作意义非常重大，让我知道当一个题材吸引我

---

[1] 陈晓明：《无边的挑战——中国先锋文学的后现代性》，时代文艺出版社 1993 年。

[2] 王侃：《余华文学年谱》，《东吴学术》2012 年第 4 期。

[3] 余华清华开讲谈《活着》：它是我的一本"幸运之书"，新浪读书 2016 年 9 月 23 日。

的时候，我首先要做的是去寻找最适合这个题材的一种表现方式，当然这个前提是努力把自己过去的、自己已经很熟悉的、自己已经非常娴熟的那种叙述手段给忘掉，用一种空白之心去面对一个新的题材，这是《活着》对我写作上的意义。①

明显在说《活着》与以前的创作手法决裂，所以，无论是从作家本人的意图、感觉上讲，还是从文本本身的主题指向上讲，《呼喊与细雨》与之前的"后现代小说"都是一脉相承的，叙事方式的变化对主题并没有根本性的影响。从意义层面来看，要说《呼喊与细雨》的余华有意识地要写底层人物了，那也不全是，余华这样选择行动者更可能是因为从底层人物身上能发掘更多的性恶，且与国民性有隐秘的关联，这就与底层的苦难更远，还是重在人类的精神状态，从余华的着力点来看就是性恶论的延伸。所以，无论是作家本身的创作感觉还是文本自身的呈现，《呼喊与细雨》都不能说是余华创作生涯的重大转折，应该说是一个先锋大于传统的过渡之作。关于影响，《呼喊与细雨》与之前"后现代先锋小说"相比，同样受众寥寥，仍然只有一批评论家跟在后面摇旗呐喊，但应者无几，和"先锋小说"同构，仍然存在于圈内的运作。

总之，就在极端压抑的长篇小说《呼喊与细雨》发表后一年，余华的《活着》发表，风格突然发生了一个真正的巨大的变化，从里到外，从精神到叙事，完全和以前不同了。1989年所称的那种"混乱"也突然间烟消云散，不留一点痕迹。也只有在《活着》发表后，无论是读者还是评论界，都一下子感到了余华的巨大变化。而余华本人，也对此变化尤其重视并多次提及。由此，也形成了1992年余华的创作生涯中的第二次重大转折。

---

① 余华清华开讲谈《活着》：它是我的一本"幸运之书"，新浪读书2016年9月23日。

那一年，余华三十三岁，风华正茂。

第二节　第二次重大转折：《活着》的博爱时代的温情

1992 年发表的长篇小说《活着》，不但意味着余华创作生涯的第二次重大转折，而且是余华最成功的一部作品。余华每每提及此书，都像沈从文提起《边城》，惊为人生的奇迹，女神降临一样的炫丽和梦幻：

> 当时这部小说发表的时候，我根本没有想到 24 年以后，这部作品对我个人来说是如此重要，差不多是我所有的作品中，起码是在中国，它是最受欢迎的一部作品，我一直说它是我的"幸运之书"，如果没有这本书的话，恐怕很多人并不知道我，很多读者是读了这本书以后，又去读了我其他的作品，才开始慢慢了解我。这确实是我的一本"幸运之书"。①

更让《活着》走向世界的，是张艺谋主持改编并导演的同名电影。据说，《活着》的第一个读者就是张艺谋，当年张艺谋一口气读完了这部小说，并激动到整晚失眠，他盛情邀请余华将《活着》改编成电影剧本，并就此展开合作。②《活着》最初发表在《收获》1992 年第 6 期，为篇幅七万字的中篇小说，次年由长江文艺出版社发行了单行本，篇幅并未发生改动。应张艺谋的邀请后，余华将《活着》改编为电影剧本，增写五万字，形成近十二万字的长篇

---

① 余华清华开讲谈《活着》：它是我的一本"幸运之书"，新浪读书 2016 年 9 月 23 日。

② 参见王斌《活着·张艺谋》，人民文学出版社 2011 年。

小说，收入由中国社会科学出版社出版的《余华作品集》，之后又由南海出版公司出版了单行本。因此《活着》存在两种文本形态，一为七万字的中篇小说，另一种为增写后的十二万字篇幅的长篇小说。《活着》在发表和出版的最初几年里处境寂寞，但随着电影《活着》1994年荣获当年法国戛纳电影节评委会大奖和最佳男演员奖，长篇版《活着》有了良好的宣传效应并有了更多的外译，然后名动世界。长篇版本的《活着》已成为当代小说的经典之作，市面上流传的、人们评论的都是长篇版的《活着》，而将中篇版彻底遗忘，张艺谋的电影功不可没。

迄今为止，这部小说被翻译成英文、法文、德文、意大利文、西班牙文、荷兰文、韩文、日文等在国外出版，并为余华收割了多到数不清的各种各样的荣誉：

1990年获得香港"博益"15本好书奖。

1994年获得台湾《中国时报》十本好书奖。

1998年获得意大利格林扎纳·卡佛文学奖最高奖项。

2004年获得法兰西文学和艺术骑士勋章。

入选香港《亚洲周刊》评选的"20世纪中文小说百年百强"。

入选中国百位批评家和文学编辑评选的"九十年代最有影响的10部作品"。

1994年张艺谋拍摄了电影《活着》，获多项世界大奖。

2006年播映朱正导演的三十三集电视连续剧《福贵》。

2012年9月上演孟京辉执导的话剧《活着》。

余华的国际声誉也因为《活着》而来。而创作《活着》的时代，也是余华内心最柔软最温情的时代。对于此时自己的变化，余华对自己的评判似乎也是最"诚恳"的时候。在《虚伪的作品》发表数年后，余华在《活着》前言中改变了说法，把那种"混乱"改为"紧张"：

长期以来，我的作品都是源出于和现实的那一层紧张关系。我沉湎于想象之中，又被现实紧紧控制，我明确感受着自我的分裂，我无法使自己变得纯粹，我曾经希望自己成为一位童话作家，要不就是一位实实在在作品的拥有者，如果我能够成为这两者中的任何一个，我想我内心的痛苦将会轻微得多，可是与此同时我的力量也会削弱很多。

　　事实上我只能成为现在这样的作家，我始终为内心的需要而写作，理智代替不了我的写作，正因为此，我在很长一段时间是一个愤怒和冷漠的作家。①

用"紧张"代替"混乱"，似乎更强调了面对现实的无力感，而且，同样是在说他面对现实的无力，他的语气却发生了一个微妙的变化，他将此称为"自我的分裂"，似乎已经不再赞同那种紧张。接着那段"紧张论"，余华在《活着》前言中接着说：

　　前面已经说过，我和现实关系紧张，说得严重一些，我一直是以敌对的态度看待现实。随着时间的推移，我内心的愤怒渐渐平息，我开始意识到一位真正的作家所寻找的是真理，是一种排斥道德判断的真理。作家的使命不是发泄，不是控诉或者揭露，他应该向人们展示高尚。这里所说的高尚不是那种单纯的美好，而是对一切事物理解之后的超然，对善与恶一视同仁，用同情的目光看待世界。

　　正是在这样的心态下，我听到了一首美国民歌《老黑奴》，歌中那位老黑奴经历了一生的苦难，家人都先他而去，而他依然友好地对待世界，没有一句抱怨的话。这首歌深深打动了我，我决定写下一篇这样的小说，就是这

① 余华：《余华作品集》(二)，中国社会科学出版社 1995 年，第 344 页。

篇《活着》，写人对苦难的承受能力，对世界乐观的态度。写作过程让我明白，人是为活着本身而活着的，而不是为活着之外的任何事物所活着。我感到自己写下了高尚的作品。①

从这段话看来，此时的余华对自己以前的小说观不但不赞同，而且进一步用"敌对"这个词替换了"紧张"，这意味着他曲折地把自己的以前归为一个"错误"的观念，就是说，他以此在的感觉否定了以前的感觉："作家的使命不是发泄，不是控诉或者揭露，他应该向人们展示高尚。"余华随时都有的"真诚"又发挥了作用，他不以以前的"错误"为忤，紧接着就又自豪地宣布："我感到自己写下了高尚的作品。"②

在《活着》出现以前，余华的小说在冷漠和愤激中带着强烈的价值判断，这种道德感如同愤世嫉俗者的一贯表现。从《活着》开始，愤激与价值判断基本都消失了。这都源于紧张的消失，而且是在一年内突然消失。

究竟又是什么使余华在如此短的时间内发生了如此巨大的变化？

我们先看余华以后的变化是什么。

对比两部长篇的开头。《活着》的十二万字版本是国内外的通行版本，本书的分析以十二万字版本为样本，《呼喊与细雨》后来更名为《在细雨中呼喊》，相差不大，以《呼喊与细雨》为准。

《呼喊与细雨》：

> 1965 年的时候，一个孩子开始了对黑夜不可名状的恐

---

① 余华：《余华作品集》（二），中国社会科学出版社 1995 年，第 344 页。

② 请先原谅用加引号的"错误""真诚"来修饰此时的余华，如果 1992 年的余华就此沿着《活着》的温情之路走下去，那么绝不会引起相当多评论者及读者的恶感，到了《兄弟》，就能明白余华的"真诚"是何等的让人失望了。

惧。我回想起了那个细雨飘扬的夜晚，当时我已经睡了，我是那么的小巧，就像玩具似的被放在床上。屋檐滴水所显示的，是寂静的存在，我的逐渐入睡，是对雨中水滴的逐渐遗忘。应该是在这时候，在我安全而又平静地进入睡眠时，仿佛呈现了一条幽静的道路，树木和草丛依次闪开。一个女人哭泣般的呼喊声从远处传来，嘶哑的声音在当初寂静无比的黑夜里突然响起，使我此刻回想中的童年颤抖不已。

我看到了自己，一个受惊的孩子睁大恐惧的眼睛，他的脸形在黑暗里模糊不清。那个女人的呼喊声持续了很久，我是那么急切和害怕地期待着另一个声音的来到，一个出来回答女人的呼喊，能够平息她哭泣的声音，可是没有出现。现在我能够意识到当初自己惊恐的原因，那就是我一直没有听到一个出来回答的声音。再也没有比孤独的无依无靠的呼喊声更让人战栗的了，在雨中空旷的黑夜里。

《活着》：

我比现在年轻十岁的时候，获得了一个游手好闲的职业，去乡间收集民间歌谣。那一年的整个夏天，我如同一只乱飞的麻雀，游荡在知了和阳光充斥的村舍田野。

……我曾经遇到一个哭泣的老人，他鼻青眼肿地坐在田埂上，满腹的悲哀使他变得十分激动，看到我走来他仰起脸，哭声更为响亮。我问他是谁把他打成这样的，他手指挖着裤管上的泥巴，愤怒地告诉我是他那不孝的儿子，当我再问为何打他时，他支支吾吾说不清楚了，我就立刻知道他准是对儿媳干了偷鸡摸狗的勾当。还有一个晚上我打着手电赶夜路时，在一口池塘旁照到了两段赤裸的身体，一段压在另一段上面，我照着的时候两段身体纹丝不动，只是有一只手在大腿上轻轻搔痒，我赶紧熄灭手电离去。在农忙的一个中午，我走进一家敞开大门的房屋去找水喝，一个穿短裤的男人神色慌张地挡住了我，把我引到井旁，殷勤地替我打上来一桶水，随后又像耗子一样窜进了屋里。这样的事我屡见不鲜，差不多和我听到的歌谣一样多，当我望着到处都充满绿色的土地时，我就会进一步明白庄稼为何长得如此旺盛。

很明显，《呼喊与细雨》只有一个叙述人"我"的存在，一开始就把一个阴暗恐怖的儿童的世界带到读者面前，而且这个阴暗指向充满了性恶的成人世界，"我"明明是在以一个成人的身份回忆儿时的生存状态，却感觉不到有一丝温暖和光明，全部是负面情绪的累积，似乎"我"的一生都生活在人类性恶爆发的悲惨世界之中。而到了《活着》，余华的叙事世界突然轻松了起来。前后作品中两个叙述人，都是"我"，但简直判若两人。《活着》的"我"不但那种对世界的仇恨和恶毒消失了，而且居然笑嘻嘻又声情并茂地讲起了乡间趣闻。这个叙述人还一改往日的沉重和愤激和苦大仇深的形象，居然变得非常"低级"和"色情"，和男人们从未成年起就私下里最爱讲黄色小笑话一样，他非常刻意地把一切事件都要与男女性事扯在一起，制造一种色情化的轻松且猥亵的非正式氛围，甚至在乡间采风时，夜间在田地里野合的男女也被轻松而又宽容地拉到读者的面前，场景展示和电影画面一样真切又猥琐，才有了赤裸的肉体和大腿上的蚊虫相映成趣，就此，人世间似乎突然间流光溢彩。

对比两部长篇小说中的叙述干涉行为，从《呼喊与细雨》到《活着》，作家高密度的主观介入忽然消失，《呼喊与细雨》中那种笼罩一切的个人意志退后，《活着》中穿起故事的叙述人成为一个放松的旁观者，叙事干涉的次数与强度都大大减少和降低，造成了一种冷静客观的效果，"小说在历史动荡的背景上以貌似冷漠的语调，织就了一幅人性的挂毯。其冷静的风格使读者与福贵同甘共苦，当好运垂顾他时，我们会欣然微笑，当他遭受厄运打击时，我们又会黯然神伤"[①]。虽然风格"冷静"，但效果非凡，时刻牵动着读者脆弱的神经。

余华本人也特意对 1992 年前后自己的创作理念和叙事模式的巨大转变做了特意说明：

> 《活着》的写作让我完全做了一个改变。最早写《活着》的时候，我是用第三人称，以一个旁观者的角度，和我以前先锋文学的叙述是一样的，用一个比较冷静，又比较抒情，语言很精美的方式去写这么一个故事。但是不知道怎么回事，就是写不下去，写了大概有一万多字以后，发现自己写不下去了，怎么写都写不下去。但这个题材又始终吸引着我，我就想换一个方式，因为那时候我已经写过一些作品了，已经有写作上的经验，我知道如果用这样的方式写，如果很不顺的话，一、可能这个题材并没有那么成熟。二、这个题材已经成熟了，但是你的写作角度可能出问题了。所以我尝试着换一个角度，试试看，就让那个福贵用第一人称的方式，就是讲述自己的故事的方式写，很顺利就写完。[②]

余华用了"完全""改变"这样一种决绝的修辞，这意味着，当余华那 1992 年的隐含作者试图建构另一种故事的时候，其实他的内心已经发生了巨大的变化，这个变化是什么，其实他自己最清

---

① 美国合众国际社，2003 年 8 月 19 日。

② 余华清华开讲谈《活着》：它是我的一本"幸运之书"，新浪读书 2016 年 9 月 23 日。

楚，只是他不好明说，他只能将巨变下的情感压在心底，表面的自我言说中将之指向自己的"转变"。这个转变在余华的个人历史中确实是划时代的。从小说的整体来看，在《呼喊与细雨》中，"我"的敏感多思、亲人的歧视、环境的贫穷和恶劣使"我"的视野中只有"恶"的存在，所以在"我"幼小的心灵中，家庭之外的成人世界有更多的"恶"压抑着自己。叙述人通过"我"的儿童视点，将人生的丑恶通过一个个事件从容不迫地、一点点地呈现在读者面前。到了《活着》，1992年的余华相对的隐含作者对待生活和苦难的态度却来了个大转弯，性恶叙事变成了不断被温情和热泪装点的苦难叙事，女儿、女婿、儿子、孙子和妻子，亲人们一个个死去，只留在他一个人在世间咀嚼失去所有亲人的痛苦。小人物间真正的爱与温暖，在不断到来的死亡压迫之下愈加强烈，时时催人泪下。余华曾经在维也纳大学进行演讲，当时，学校挑选了《活着》的一个片段让余华朗读。余华读一段，旁边的翻译也跟着读一段。读着读着，余华情不自禁地掉下眼泪，最后带着颤抖的哭腔读完了整个片段。"那一次之后，我就和所有人说我再也不读《活着》，他们邀请我读，我都会叫别人代读。"[1]余华本人在写作的过程中和后来重读作品中也时时被自己的虚构感动到流泪，可算一个奇迹。

温情母题与死亡母题：完美的叙事建构

如余华自己所说，《活着》确实是一个奇迹，小说中虚构了很多成功的情节，表现出了余华建构叙事的过人才华，这样的叙事效果在当代文坛也少有几个人能达到。

可以说，"温情"是《活着》的母题，也是余华最大的成功。

苦难后的温情在余华作品中并不是第一次出现，在余华创作

---

[1]　余华：《我的写作关注社会底层》，《南方日报》2014年4月29日。

的第一阶段"习作"时期就已经存在过。《竹女》是余华早期创作中一篇比较优秀的短篇小说,不合八十年代小说的主流,但今天看来,它恰恰承接"五四"文学传统,是对人情、人性和人类之爱的表现,超越了八十年代。小说师承沈从文、汪曾祺一路,在手法上充分借鉴和学习川端康成,描写很细腻很诗化,语言表达富于情感,比如:"开始起风了,静静的湖面荡起了波浪,竹女与鱼儿睡在船舱里,好似睡在微微晃动的秋千里。水浪有节奏地拍打着小船,和着这两人均匀的呼吸声,构成了这淡淡的、柔和的夜。两人都在做梦。鱼儿的梦是在水里游着,他梦见许多肥肥的鱼一起涌来,涌向他的渔网。竹女的梦则是在天空里飞,如小鸟。"优美如童话般的笔法,语言也很简洁、形象,比如描写老渔夫夫妇之间没有多少话:"他们一天里说的话,远不如所捕的鱼多。"然后描写竹女和鱼儿夫妇之间也是没有多少话:"他俩刚一认识,就好像已经把所有的话都说完了。"很类似沈从文《边城》翠翠和爷爷间那种善良的"无言"状态。

小说已经显示出余华后来小说的某种端倪:写苦难,特别是苦难后面的温情。竹女出生时就陷于苦难,逃难到鱼儿家和嫁给鱼儿并没有改变命运,仍然生活在贫穷和艰难之中,属于底层人,但她的心灵纯洁,物质上的贫乏并不妨碍她精神上的安宁,特别是婆媳之间的关爱怜惜,非常感人。小说结尾处出现的老人应该就是竹女的父亲,但婆婆竟没有认出来,最后老人黯然离去,这样安排虽然有了悲苦的效果,背后仍然是穷人的温情,物质的匮乏更衬托出温情的苦涩与无奈。

《活着》则把底层小人物在苦难下的温情无限放大,各种方法的使用都是为了表现温情。

1. 白描。

白描手法是中国古典小说最常用的手法之一,实际西方文学也经常使用,和后现代的"零度叙事"也有很多相似之处。白描手法的特点有：不写背景，只突出主体；不求细致，只求传神；不尚华丽，务求朴实。余华在运用白描时随意自如，在绘景时，简笔勾勒，就能把景物描写得生动传神、充满意蕴。在刻画人物时，几句话、几个动作，就能画龙点睛地揭示人物的个性特征、精神世界。从而收到以少胜多、形象生动、以形传神的文体效果。

叙述人正是通过通俗易懂且很少有修饰的白描，达到了"很好"的叙事效果。

1.1. 自我分裂式白描。

即通过讲故事时的"我"与以前的"我"的穿插叙事，来达到温情的顺利推进或转化。如福贵真正的悲剧，是从输光家产开始的。本来是个巨大的错误，一个败家子的行为，几乎给家庭带来了灭顶之灾。但小说的母题是温情，不能让谴责盖过了温情，于是就通过福贵的强烈自责来取得预期读者的原谅。

下面的文本片段是输光家产后的反应，描述得轻松又精彩，这和叙事时间上的倒叙有关，回忆性叙述意味着看透一切之后再回看人生，一切都云淡风轻，重在人生之诚。

　　我就这样迷迷糊糊地走到了城外，有一阵子我竟忘了自己输光家产这事，脑袋里空空荡荡，像是被捅过的马蜂窝。到了城外，看到那条斜着伸过去的小路，我又害怕了，我想接下去该怎么办呢？我在那条路上走了几步，走不动了，看看四周都看不到人影，我想拿根裤带吊死算啦。这么想着我又走动起来，走过了一棵榆树，我只是看一眼，根本就没打算去解裤带。其实我不想死，只是找个法子与自己赌气。我想着那一屁股债又不会和我一起吊死，就对自己说：

　　"算啦，别死啦。"

　　这债是要我爹去还了，一想到爹，我心里一阵发麻，这下他还不把我给揍死？我边走边想，怎么想都是死路一条了，还是回家去吧。被我爹揍死，总比在外面像野狗一样吊死强。

就那么一会儿工夫，我瘦了整整一圈，眼都青了，自己还不知道，回到了家里，我娘一看到我就惊叫起来，她看着我的脸问：

"你是福贵吧？"

……两个女人一起把我抬到床上，我躺到床上就口吐白沫，一副要死的样子，可把她们吓坏了，又是捶肩又是摇我的脑袋，我伸手把她们推开，对她们说：

"我把家产输光啦。"

叙述非常从容，语言接近底层的日常口语，没有任何矫饰，直接从行动和心理展示福贵的悔恨和恐惧，很好地达到了预期的叙事效果，让接受者深陷其中，对福贵既怒其不争，又哀其不幸，充斥其间的忏悔感让大部分现实读者都能原谅他的败家行为。这种自我分裂式白描还有一个非常重要的作用，就是由老年福贵的情感不断地为几十年前的福贵追加注解，这个注解（如上面的忏悔）就是为年轻的福贵的错误增加被原谅的砝码。分裂式的白描在整部小说中经常出现，如开始赌钱时福贵打家珍，讲故事的福贵就不断在讲述中谴责年轻的福贵，这就提前化解了预期读者对他的厌恶，保住了温情的基础。

1.2. 反衬式白描。《活着》中会通过不同的人物的行动和语言来加强温情。

下一个片段写福贵败家直接导致父亲的死亡之后，一家陷入赤贫的困顿之中，接着母亲又生了重病，福贵一家的生活雪上加霜，与温情相辅相成的苦难逐渐叠加，叙述人却时刻有足够的"残忍"让他们一家更悲惨：福贵在给母亲买药的路上却被国民党抓了壮丁，成了一名士兵，后来国民党兵败，福贵作为俘虏被释放，回到家乡已经解放，母亲却已经病死。

> 我总算回到了家里，看到家珍和一双儿女都活得好好的，我的心放下了。他们拥着我往家里走去，一走近自家的茅屋，我就连连喊：
>
> "娘，娘。"
>
> 喊着我就跑了起来，跑到茅屋里一看，没见到我娘，当时我眼睛就黑了一下，折回来问家珍：
>
> "我娘呢？"
>
> 家珍什么也不说，就是泪汪汪地看着我，我也就知道娘到什么地方去了。我站在门口脑袋一垂，眼泪便刷刷地流了出来。
>
> 我离家两个月多一点，我娘就死了。家珍告诉我，我娘死前一遍一遍对家珍说：
>
> "福贵不会是去赌钱的。"
>
> 家珍去城里打听过我不知多少次，竟会没人告诉她我被抓了壮丁。我娘才这么说，可怜她死的时候，还不知道我在什么地方。我的凤霞也可怜，一年前她发了一次高烧后就再不会说话了。家珍哭着告诉我这些时，凤霞就坐在我对面，她知道我们是在说她，就轻轻地对着我笑，看到她笑，我心里就跟针扎一样。

这一段从侧面描写解放前福贵的母亲的死，穷人的"命贱"特色在此初步体现，这已经是福贵的第二个家庭成员的死亡，第一个是父亲，第二个是母亲，父亲同样死于解放前，被福贵输光家产气死，并非外人所为。这次应该是间接死于战乱兵祸，还是属于旧中国的死亡，这样的小人物之死在战争年代根本不值一提，但从后现代之后个体的膨胀来看，就给人们带来无限的遗憾。特别那句"我娘死前一遍一遍对家珍说：'福贵不会是去赌钱的。'"从反面衬托出福贵失母的痛苦，更重要的是母亲对他这个不肖子的信任，更加强了福贵的悔恨感和自责情绪，温情特色更明显。这次母亲的死亡同时还有另一个悲惨事件，就是女儿成了哑女，一场发烧轻易让她失去了说话的能力，对于一个穷人家的姑娘，这样的残疾几乎是致命的，因为，她可能没有了嫁人的资格，或者只能被"次品"男人当"垃圾"捡走。这个相对平缓的温情情节背后其实压下了一个重大伏笔：美丽的乡村哑女的不幸命运。

2. 叙述层次的推进。

2.1. 生存艰难到温情。

解放后不久，福贵因为饥饿而把哑巴女儿送给了城里人做养女也是"小"悲剧之一。被领养一段时间后，女儿凤霞突然自己跑回了家，福贵送女儿回养父母家的路上非常不舍，情感描述得非常到位：

> 我是吃过晚饭送凤霞回去的，凤霞没有哭，她可怜巴巴地看看她娘，看看她弟弟，拉着我的袖管跟我走了。有庆在后面又哭又闹，反正凤霞听不到，我没理睬他。
>
> 那一路走得真是叫我心里难受，我不让自己去看凤霞，一直往前走，走着走着天黑了，风飕飕地吹在我脸上，又灌到脖子里去。凤霞双手捏住我的袖管，一点声音也没有。天黑后，路上的石子绊着凤霞，走上一段凤霞的身体就摇一下，我蹲下去把她两只脚揉一揉，凤霞两只小手搁在我脖子上，她的手很冷，一动不动。
>
> 后面的路是我背着凤霞走去，到了城里，看看离那户人家近了，我就在路灯下把凤霞放下来，把她看了又看，凤霞是个好孩子，到了那时候也没哭，只是睁大眼睛看

我，我伸手去摸她的脸，她也伸过手来摸我的脸。她的手在我脸上一摸，我再也不愿意送她回到那户人家去了。背起凤霞就往回走，凤霞的小胳膊勾住我的脖子，走了一段她突然紧紧抱住了我，她知道我是带她回家了。

回到家里，家珍看到我们怔住了，我说：

"就是全家都饿死，也不送凤霞回去。"

家珍轻轻地笑了，笑着笑着眼泪掉了出来。

这段体现了余华在《活着》中表现出的较典型的叙事的条理性，第一层次，先是写哑巴女儿的无言与作为弱小者的无助，父母其实是为了活着而抛弃了她，她养父母对她一定不怎么好，她才偷跑回家，她不想离开亲生父母，但她又知道，她成了哑巴，相对于家庭，特别是后来的弟弟，她是毫无用处的，她已经看惯了这个男尊女卑的社会中女孩被无情地抛弃或轻慢地对待，她对自己的命运无法把握，她面对成人世界特别是男权世界，虽然她不懂，但她可怜的一点人生经验也教会她只能无奈地顺从，有泪也不敢流，特别是在被送回养父母家的路上，"一点声音也没有"，没有声音其实正代表她最大的痛苦和绝望。然后，第二层次是隐含作者操纵着福贵，让情节急转直下，临到那家城里人的家门口，他看到了女儿的无泪的眼睛，他的心突然被震动了，他下一个行动是背起女儿往回走。女儿明白了之后的反应是在背后"突然紧紧抱住了我"，此时，温情一下爆燃……第三层次，福贵回到家对家珍说"就是全家都饿死，也不送凤霞回去"，最后一句，家珍"笑着笑着眼泪掉了出来"是最精彩之节点，表现了小人物的善良和对女儿的深深的爱。这个指向人类情感之亲子之爱，如同动物对亲生后代的天然亲近感，人类更是如此，血缘在人类社会所有关系中当居首位，特别是中国的父母，对儿女的情感更是无言而深沉。而在余华笔下，隐含作者的叙事在不动声色中更是大大强化了那种亲情的感染力，平淡而含蓄的语言与穷人的卑微而伟大的情感形成了极端的矛盾修辞，却又以高超的叙述技巧把矛盾变成情节的良性催化，在巨大反差中形成了同样巨大的对接受者的震撼力。

2.2. 政治批判到温情。

下面的叙事片段的表层是通过孩子的所为表达对极"左"时期的嘲讽，这种嘲讽仍然能非常自然地转向一种温情的书写。这段描写了"大跃进"时期的"大锅饭"，即村庄的公共食堂，无条件没收了农民所有的生产资料和几乎所有的生活资料，"实现"了社会主义"公社化"，农民的吃饭也在公共食堂解决。但在物质贫乏的前提下，农民的"自私"之心仍在惯性中存在，在孩子那儿表现得更直接，被收归生产队的羊在有庆眼中还是自己的羊，他宁愿不吃免费的大锅饭也要给羊割草：

> 村里食堂一开张，吃饭时可就好看了，每户人家派两个人去领饭菜，排出长长一队，看上去就跟我当初被俘虏后排队领馒头一样。每家都是让女人去，叽叽喳喳声音响得就和晒稻谷时麻雀一群群飞来似的。队长说得没错，有了食堂确实省事，饿了只要排个队就有吃有喝了。那饭菜敞开吃，能吃多少就吃多少，天天都有肉吃。最初的几天，队长端着个饭碗嘻嘻笑着挨家串门，问大伙：
> "省事了吧？这人民公社好不好？"
> 大伙也高兴，都说好，队长就说：
> "这日子过得比当二流子还舒坦。"
> 家珍也高兴，每回和凤霞端着饭菜回来时就会说：
> "又吃肉啦。"
> 家珍把饭菜往桌上一放，就出门去喊有庆。有庆有庆的喊上一阵子，才看见他提着满满一篮草在田埂上横着跑过去。

这孩子是给两头羊送草去。村里三头牛和二十多头羊全被关在一个棚里，那群牲畜一归了人民公社，就倒楣了，常常挨饿，有庆一进去就会围上来，有庆就对着它们叫：

"喂喂，你们在哪里？"

他的两头羊在羊堆里拱出来，有庆才会把草倒在地上，还得使劲把别的羊推开，一直侍候自己的羊吃完，有庆这才呼哧呼哧满头是汗地跑回家来，上学也快迟到了，这孩子跟喝水似的把饭吃下去，抓起书包就跑。

用简单的行动和对话场景描述出农民对"大跃进"的否定。首先是在福贵眼中，吃"大锅饭"并不是共产主义想象中的光明和意气风发，而是"看上去就跟我当初被俘虏后排队领馒头一样"，一切被收归公有之后，福贵作为一个贫农，感到的不是快乐，而是重新一无所有，所以会感觉像俘虏或乞丐在领饭。其次，有庆的反应更带着未成年农民对生产资料的本能情感，孩子由于太真切太本能化，他的行为更是充满了人与"自己"之物的那种温情。别人在吃免费的大锅饭，他却想着"自己的"羊，不管它已经被强行收缴到生产队的羊圈里，他还是像对自己的亲人一样。第三，隐含作者安排了一个非常精彩的细节：有庆面对生产队羊圈里的二十多头羊，他却能认出自己的羊，非要等自己的羊出来才拿草出来，并确保自己的羊吃完草才走。虽然是孩子气的"小自私"，但非常可爱，他放弃了孩子最爱的"吃"，去给羊割草，成全了两头家畜的"吃"，可谓是一种超越人类的温情。这样，通过一个孩子的关注对象的转移，完成了温情的转化、催化和加浓，有庆的行为更使得福贵的温情叙事击中接受者内心最柔软的一块，同时完成了对荒谬时代的反讽。

2.3. 疾病到温情。

隐含作者的强大还在于苦难总能符合逻辑地一个一个地接踵而

来。"大跃进"到水深火热的"大煮钢铁"之时，妻子家珍又得了软骨病，无药可治且去日无多：

　　城里医生说家珍得了软骨病，说这种病谁也治不了，让我们把家珍背回家，能给她吃得好一点就吃得好一点，家珍的病可能会越来越重，也可能就这样了。回来的路上是凤霞背着家珍，我走在边上心里是七上八下，家珍得了谁也治不了的病，我是越想越怕，这辈子这么快就到了这里，看着家珍瘦得都没肉的脸，我想她嫁给我后没过上一天好日子。

　　家珍反倒有些高兴，她在凤霞背上说：

　　"治不了才好，哪有钱治病。"

　　快到村口时，家珍说她好些了，要下来自己走，她说：

　　"别吓着有庆了。"

　　她是担心有庆看到她这副模样会害怕，做娘的心里就是想得细。她从凤霞背上下来，我们去扶她，她说自己能走，说：

　　"其实也没什么病。"

　　这种病对于农民是致命的，大病来临之时，底层的通常做法是默默地等待死亡的到来。大病对生病者还有一个沉重的心理负担，劳动能力的丧失是件可悲的大事，特别是赤贫的家庭，失去劳动能力就意味着没有了存在的意义和价值，所以家珍自从知道自己生了重病就把自己当死人看待了。此时，无论对于个人还是对于家庭，死都是最大的解脱。家珍确实一心想死，但谁知她生了必死的病又老是不死，让她更觉得自己是废人，更对不起家人。从中国的道家文化来看，核心观念"无为"反映在底层人物那儿主要表现在知足常乐和生存第一，不能"乐"，则先"生存"。家珍的状态就典型地体现了这种卑微的善良，让人感到不是真正的"废"，而是整本书的核心组成部分，一个不可或缺的增强型功能节点，农村小人物的生命价值：当成了无用之物，该如何存在？换言之，在道家的无为与穷人的无用不可能共通的时候，一个农村妇女该如何对待自己的生命？当然，福贵作为叙述人，他一直笼罩在温情叙事之下，他必然给妻子以关怀和理解，必须不会是挖苦和打击。果然，福贵是满心的愧疚，尤其是他对家珍隐瞒了一个事实，他实际已经从医生那里得知家珍可能只剩几个月的生命，他心中更是觉得对不起妻子，自责"她嫁给我后没过上一天好日子"，与此相衬且增强了叙事效果。最后一句是家珍极力地淡化自己病的严重性，不想让儿子看到和知道自己的病情，宁愿就这样等待死亡的到来。所以，会有后文中温情的另一种积聚方式——家珍已经病得不能走路也要在饥饿时出去挖野菜，以证明她能活那么久是因为自己还有点"小用"：

> 她不答应，挂着树枝往屋外走，我抓住她的胳膊一拉，她身体就往地上倒。家珍坐到地上呜呜地哭上了，她说：
>
> "我还没死，你就把我当死人了。"
>
> 我是一点办法都没有。女人啊，性子上来了什么事都干，什么话都说。我不让她干活，她就觉得是在嫌弃她。

"无用"到小农的"小用"，此时生存占据了主要。道家只能是文明在底层群体潜意识中积淀的忍耐和知足，所以，家珍只能在"无用"之时，努力地争取"有用"的机会，以减少自己废物式的存在给家庭带来的负担。所以她哭也要挣扎着出去做一点活，表现了温情之下面对苦难的强大的生存愿望，一种努力"活着"的姿态。而福贵的反应则从正常的穷苦小人物角度展现正向温情，他要让妻子在家休息，他不责怪她，但他发现自己的同情让妻子更痛苦，他就只得给她展示"活着"的机会。最后一句实际是福贵作为叙述人对叙事的干涉，应该是老年福贵在讲述的过程中加入的评价，是几十年之后的回看往事，看似抱怨妻子不听话，实际有种幸福感在话语之后，似乎在"秀恩爱"，为自己能娶到这样知礼善良的妻子而自豪，在沉重之外加了属于"现在"的温情，让气氛轻松些，同时并未减弱温情叙事的感染力。就此，患难之时夫妻间的相濡以沫得以非常自然且深切地表现。

3. 叙事高潮的精良建构。

3.1. 叙事极限。

不断地面临苦难，却不断有更大的苦难到来。他们最钟爱的儿子在献血时被抽血而死，因为献血对象是县长的老婆，且是独特的血型，唯独有庆的血型相符，因此为了挽救县长老婆的生命，有庆在医院几乎被抽光了血，直接死亡。福贵没地方反抗，他知道在小人物面前权力的巨大和可怕，他只能哭着抱儿子的尸体回家，他的痛苦却如山一般让他无法喘息：

> 那天晚上我抱着有庆往家走，走走停停，停停走走，抱累了就把儿子放到背脊上，一放到背脊上心里就发慌，又把他重新抱到了前面，我不能不看着儿子。眼看着走到了村口，我就越走越难，想想怎么去对家珍说呢？有庆一死，家珍也活不长，家珍已经病成这样了。我在村口的田埂上坐下来，把有庆放在腿上，一看儿子我就忍不住哭，哭了一阵又想家珍怎么办？想来想去还是先瞒着家珍好。我把有庆放在田埂上，回到家里偷偷拿了把锄头，再抱起有庆走到我娘和我爹的坟前，挖了一个坑。
>
> 要埋有庆了，我又舍不得。我坐在爹娘的坟前，把儿子抱着不肯松手，我让他的脸贴在我脖子上，有庆的脸像是冻坏了，冷冰冰地压在我脖子上。夜里的风把头顶的树叶吹得哗啦哗啦响，有庆的身体也被露水打湿了。我一遍

遍想着他中午上学时跑去的情形，书包在他背后一甩一甩的。想到有庆再不会说话，再不会拿着鞋子跑去，我心里是一阵阵酸疼，疼得我都哭不出来。我那么坐着，眼看着天要亮了，不埋不行了，我就脱下衣服，把袖管撕下来蒙住他的眼睛，用衣服把他包上，放到了坑里。我对爹娘的坟说：

"有庆要来了，你们待他好一点，他活着时我对他不好，你们就替我多疼疼他。"

有庆躺在坑里，越看越小，不像是活了十三年，倒像是家珍才把他生出来，我用手把土盖上去，把小石子都捡出来，我怕石子硌得他身体疼。埋掉了有庆，天蒙蒙亮了，我慢慢往家里走，走几步就要回头看看，走到家门口一想到再也看不到儿子，忍不住哭出了声音，又怕家珍听到，就捂住嘴巴蹲下来，蹲了很久，都听到出工的吆喝声了，才站起来走进屋去。凤霞站在门旁睁圆了眼睛看我，她还不知道弟弟死了。

这一节层次清晰又步步推进地展现了他十三岁的儿子惨死后，福贵只能独自面对的巨大悲伤。叙述人，或者应该是隐含作者，又表现了一贯的渲染细节的能力，把温情一点点都化成眼泪，叙述人的泪，隐含作者的泪，再到读者的泪，做到层层眼泪都毫无违和感——那么多眼泪，每次都那么恰到好处，这可是大部分作家都做不到的。而且，别以为这样就到了余华叙事的极限，更强大的温情叙述还在后面。

3.2. 极限的极限。

下面是余华迄今为止所有创作中最催人泪下的温情桥段，包括评论家在内的绝大部分人每每看到此段都无法忍住眼泪。

引用的片段有点长，但值得细看。这个最经典的温情场景发生在儿子有庆死后，福贵不敢告诉妻子，因为儿子是中国传统文化中真正的"后代"，男丁是家族的骄傲和传宗接代的合法工具，儿子的死亡远比女儿的死亡更让农民痛心，如同萧红《生死场》中王婆死了女儿还津津乐道自己的"坚强"，死了儿子却马上自杀一样。福贵偷偷地埋掉了儿子，却骗妻子说儿子还在住院，他自己却每天都在煎熬中独自承受失子的巨大痛苦：

接下去的日子，白天我在田里干活，到了晚上我对家珍说进城去看看有庆好些了没有。我慢慢往城里走，走到天黑了，再走回来，到有庆坟前坐下。夜里黑乎乎的，风吹在我脸上，我和死去的儿子说说话，声音飘来飘去都不像是我的。

坐到半夜我才回到家中，起先的几天，家珍都是睁着眼睛等我回来，问我有庆好些了吗？我就随便编些话去骗她。过了几天我回去时，家珍已经睡着了，她闭着眼睛躺在那里。我也知道老这么骗下去不是办法，可我只能这样，骗一天是一天，只要家珍觉得有庆还活着就好。

有天晚上我离开有庆的坟，回到家里在家珍身旁躺下后，睡着的家珍突然说：

"福贵，我的日子不长了。"

我心里一沉，去摸她的脸，脸上都是泪，家珍又说：

"你要照看好凤霞，我最不放心的就是她。"

家珍都没提有庆，我当时心里马上乱了，想说些宽慰她的话也说不出来。

第二天傍晚，我还和往常一样对家珍说进城去看有庆，家珍让我别去了，她要我背着她去村里走走。我让凤霞把她娘抱起来，抱到我背脊上。家珍的身体越来越轻了，瘦得身上全是骨头。一出家门，家珍就说：

"我想到村西去看看。"

那地方埋着有庆，我嘴里说好，腿脚怎么也不肯往那地方去，走着走着走到了东边村口，家珍这时轻声说：

"福贵，你别骗我了，我知道有庆死了。"

她这么一说，我站在那里动不了，腿也开始发软。我的脖子上越来越湿，我知道那是家珍的眼泪，家珍说：

"让我去看看有庆吧。"

我知道骗不下去，就背着家珍往村西走，家珍低声告诉我：

"我夜夜听着你从村西走过来，我就知道有庆死了。"

走到了有庆坟前，家珍要我把她放下去，她扑在了有庆坟上，眼泪哗哗地流，两只手在坟上像是要摸有庆，可她一点力气都没有，只有几根指头稍稍动着。我看着家珍这副样子，心里难受得要被堵住了，我真不该把有庆偷偷埋掉，让家珍最后一眼都没见着。

家珍一直扑到天黑，我怕夜露伤着她，硬把她背到身后，家珍让我再背她到村口去看看，到了村口，我的衣领都湿透了，家珍哭着说：

"有庆不会在这条路上跑来了。"

我看着那条弯曲着通向城里的小路，听不到我儿子赤脚跑来的声音，月光照在路上，像是撒满了盐。

这一段精彩到简直无法进行结构式或符号式的分析，浑然一体，语言简易通俗，却达到了完美的效果。如果非要大煞风景地进行切割，还是余华那高明的叙事层次，行动者福贵不外乎做了几件事：一、儿子死亡后隐瞒事实；二、为了隐瞒每天假装去医院；三、从城里回来就坐在儿子坟上独自悲伤；四、半夜后回家用谎言面对妻子；五、福贵发现家珍其实早就知道儿子已经死了；六、福贵看着妻子哭坟。失子、隐瞒、假装、谎言、真相都是民间故事和现代小说常用的功能，余华此处更像在民间故事的意义上使用这些功能，简洁而有力，具有很强的可重复性，类似母题素，所以也千万次地出现在其他民间故事和现代小说中。但余华的组合非常成功，其催泪效果几乎很少有类似叙述与之相比。特别是最后一句，"我看着那条弯曲着通向城里的小路，听不到我儿子赤脚跑来的声音，月光照在路上，像是撒满了盐"，月光在福贵那儿不像雪，而像盐，雪是诗意，对穷人是寒冷，而盐是生活，是存在，所以他会以盐来比喻月光；更让人感动的是，这时的"月光"和"儿子"两个意象诗意地联系在一起，接受效果上达到无论谁多次看到此处，都可能一次次地潸然泪下不能自已。此种叙事效果是绝大部分作家都梦寐以求的，却只能望洋兴叹，而余华一个简单的比喻就达到了。余华能如此成功的秘密就在于他超强的叙述能力和组织情节、铺排场景的天赋，这是文学才华问题，基本是不可重复的。换一个比余华更有才华的作家，比如莫言，他的作品中就从来没有过如此催人泪下的场景——当然莫言汪洋恣肆的语言是不管别人的感觉的——其他作家就更不用说了。

这一段的叙事效果基本达到了余华的叙事极限。余华也多次表示《活着》是他最喜欢的作品，2014 年的余华曾说《活着》发表已经二十二年，但他一直心有余悸，不敢完整地重读一遍："哪怕是朗读其中的片段，每读一遍，我都会哭一遍。"[①]

4. 叙事频率。

叙事频率指叙事时对事件的重复率，是隐含作者对叙事时间和故事时间的调度，通过对时间和事件关系的掌控达到某种叙事效果。

小说中，幸好福贵还有个女儿，让他们失子之后还有些安慰。这个美丽的哑巴女儿后来很幸运地嫁了城里人，他虽然有点残疾，

---

① 余华：《我的写作关注社会底层》，《南方日报》2014 年 4 月 29 日。

有歪脖子病，但对女儿很好。女儿嫁人后，福贵夫妻的温情更是"腻人"：

> 每次回到家里，我都要坐在床边说半晌，凤霞屋里屋外的事，她穿什么颜色的衣服，家珍给她做的鞋穿破了没有。家珍什么都知道，她是没完没了地问，我也没完没了地说，说得我嘴里都没有唾沫了，家珍也不放过我，问我：
> "还有什么忘了说了？"
> 一说说到天黑，村里人都差不多要上床睡觉了，我们都还没吃饭，我说：
> "我得煮吃的了。"
> 家珍拉住我，求我：
> "你再给我说说凤霞。"

从叙事频率来看，这个片段称为"概述"，通过一次叙述概括了发生了 N 次的事件，叙事时间远小于故事时间。福贵经常去看望凤霞，但家珍生病不能走远路，所以每次看望女儿都只能听福贵回来说，每次都是一遍又一遍地问，另一个就一遍又一遍地回答，其中被省略的重复不计其数，非常真切且毫无做作地写出了两个人对女儿的爱。其他场景也使用了多次这样的概述，如福贵一次又一次回忆儿子的死亡。

女儿出嫁时女婿二喜的反应也是通过叙事频率来表现的：

> 后来过了好多年，村里别的姑娘出嫁时，他们还都会说凤霞出嫁时最气派。那天凤霞被迎出屋去时，脸蛋红得跟番茄一样，从来没有那么多人一起看着她，她把头埋在胸前都不知道该怎么办，二喜拉着她的手走到板车旁，凤霞看看车上的椅子还是不知道该干什么。个头比凤霞矮的

二喜一把将凤霞抱到了车上，看的人哄地笑起来，凤霞也咪咪笑了。二喜对我和家珍说：

"爹，娘，我把凤霞娶走啦。"

说着二喜自己拉起板车就走，板车一动，低头笑着的凤霞急忙扭过头来，焦急地看来看去。我知道她是在看我和家珍，我背着家珍其实就站在她旁边。她一看到我们，眼泪哗哗流了出来，她扭着身体哭着看我们。我一下子想起凤霞十三岁那年，被人领走时也是这么哭着看我，我一伤心眼泪也出来了，这时我脖子也湿了，我知道家珍也在哭。我想想这次不一样，这次凤霞是出嫁，我就笑了，对家珍说：

"家珍，今天是办喜事，你该笑。"

二喜是实心眼，他拉着板车走时，还老回过头去看看他的新娘，一看到凤霞扭着身体朝我们哭，他就不走了，站在那里也把身体扭着。凤霞是越哭越伤心，肩膀也一抖一抖了，让我这个做爹的心里一抽一抽，我对二喜喊：

"二喜，凤霞是你的女人了，你还不快拉走。"

二喜太老实，看凤霞哭就不敢走，结果凤霞一次又一次哭，实际是增加双方的痛苦。善良和懦弱造成了无意中的伤害。直到福贵的提醒终结了这一温情与尴尬的重复。叙述人同样以一次叙述概述了数次重复事件，叙事频率仍然是集约化。详细的叙述一般只有一次。

其他事件如亲人一个又一个死亡，属于用 N 个场景分别叙述发生了 N 次的故事，每次都基本是叙事时间等于故事时间，事件的细节基本不重复，重复的是"死亡"这个整体事件。

这也是余华的高超之处，总能把温情和死亡在不断重复中表现出新意，从而不至于让读者厌倦，也昭显了余华才华输出的稳定。

5.打破接受预期。

《活着》名为"活着"，实际从头到尾充满了死亡。《活着》最核心的情节建构是一个又一个死亡事件的到来，叙述人具体地毫不避讳地详细地描述死亡，每一次死亡都以场景铺排其过程，而且常常是在人物看似最幸福的时候走向死亡。从人类的普遍人性来看，人们总是期待幸福，但小说偏偏让人看到的是不停歇的死亡。相信读者读到每一个悲惨的死亡，都会在心中祈祷：悲剧就此打住吧，给这个可怜的人留一点幸福吧……但是，隐含作者却总是残酷地打破读者的美好期待，而且无一例外。

前三次死亡事件分别是父亲、母亲、儿子。第四次死亡就到了哑巴女儿。女儿怀孕了，一家人都在满满的幸福笼罩之中，但在临产时却遇上了天大的不幸，女儿大出血而死：

> 谁料到我一走凤霞就出事了，我走了才几分钟，好几个医生跑进了产房，还拖着氧气瓶。凤霞生下了孩子后大出血，天黑前断了气。我的一双儿女都是生孩子上死的，有庆死是别人生孩子，凤霞死在自己生孩子。
>
> 那天雪下得特别大，凤霞死后躺到了那间小屋里，我去看她一见到那间屋子就走不进去了，十多年前有庆也是死在这里的。我站在雪里听着二喜在里面一遍遍叫着凤霞，心里疼得蹲在了地上。雪花飘着落下来，我看不清那屋子的门，只听到二喜在里面又哭又喊，我就叫二喜，叫了好几声，二喜才在里面答应一声，他走到门口，对我说：
>
> "我要大的，他们给了我小的。"

第五次死亡。凤霞死后不到三个月，家珍也死了。家珍死前的那些日子，还常对福贵表示今生无悔的温情：

"福贵，有庆、凤霞是你送的葬，我想到你会亲手埋掉我，就安心了。"

她是知道自己快要死了，反倒显得很安心。那时候她已经没力气坐起来了，闭着眼睛躺在床上，耳朵还很灵，我收工回家推开门，她就会睁开眼睛，嘴巴一动一动，我知道她是在对我说话，那几天她特别爱说话，我就坐在床上，把脸凑下去听她说，那声音轻得跟心跳似的。人啊，活着时受了再多的苦，到了快死的时候也会想个法子来宽慰自己，家珍到那时也想通了，她一遍一遍地对我说：

"这辈子也快过完了，你对我这么好，我也心满意足，我为你生了一双儿女，也算是报答你了，下辈子我们还要在一起过。"

第六次死亡。女婿之死。被水泥板砸死。

第七次死亡。外孙之死。福贵的最后一个亲人也死了，因为吃太多毛豆而死。这种事情在大跃进时代并不是少见之事，莫言和其他作家的作品都有过饥饿年代撑死人的情节。对于一个自控力较差的孩子，这种情况更有可能发生：

苦根是吃豆子撑死的，这孩子不是嘴馋，是我家太穷，村里谁家的孩子都过得比苦根好，就是豆子，苦根也是难得能吃上。我是老昏了头，给苦根煮了这么多豆子，我老得又笨又蠢，害死了苦根。

苦根死得太轻描淡写。不是死本身不可能，而是过程和前面的死相比太过平淡，场面不够"惨烈"，电影版和电视剧版苦根都没有死，似乎更合理一些。但是，不死光，又不会有最后那个孤身一人的福贵。且听隐含作者的吧，不然震撼力要减弱很多。

全部亲人终于全死了。回顾整个叙事过程，这些死亡都合情合理。但从叙事建构来看，这种巧合又太过戏剧化。它不仅是福贵的苦难的重复，更是打破读者预期的重复，死亡总是在最快乐的时候到来，给福贵和读者带来巨大的双重打击。而隐含作者则在背后安排了这一切悲剧。简言之，从叙事的建构来看，福贵的亲人不死光，余华是不会停的。好一个恶魔……安排了那么残酷又引人入胜的死亡叙事。

　　死亡"完成"之后，时间当然要回到老年福贵，苦难和死亡时代已经终结，亲人犹在的日子永远地属于了时间的另一端，而依然活着的福贵可以时时在过去和现在之间穿梭，时间感意味着存在，而福贵就存在于亲人在与不在的时间之间：

> 　　这辈子想起来也是很快就过来了，过得平平常常，我爹指望我光耀祖宗，他算是看错人了，我啊，就是这样的命。年轻时靠着祖上留下的钱风光了一阵子，往后就越过越落魄了，这样反倒好，看看我身边的人，龙二和春生，他们也只是风光了一阵子，到头来命都丢了。做人还是平常点好，争这个争那个，争来争去赔了自己的命。像我这样，说起来是越混越没出息，可寿命长，我认识的人一个挨着一个死去，我还活着。

　　福贵活了下来，他很庆幸。从人物角度而言，正如老子所谓"坚强者死之徒"，即太刚易折，越是太强或太"有用"的人，越容易早亡。福贵犟脾气的爹死了，特殊血型的有庆死了，当权者春生死了，多忧多难的家珍死了，努力地活着的凤霞和二喜死了，贪嘴的外孙死了，唯有面对生死逆来顺受的福贵活了下来。在以生存为核心的中国乡村，"活着"的确是一大主题，由于小人物无权无财，只能选择苟活，没有资格去在乎荣辱得失，只要存在即可，此谓之底层的"生存伦理"。

从另一方面来看，福贵的自我总结也似乎很有老庄之风。但是，如果进一步从另一个角度思考，却发现这种庆幸却是一种残酷：他为之"庆幸"的，正是他还活着。他的亲人都死了，一个都不剩，就他独活，他就活得那么快乐那么舒心吗？再者，从小说的建构来看，死去的那么多亲人都是好人，一生为善却都不得善终，真应了那句老话：好人常短命，恶人活千年。为什么会这样？或者是1992年的余华领悟到了，要想真正打动读者，就要让善良的人不得善终，越是好人，结局越要悲惨，与沈从文《边城》结局的安排有异曲同工之处，即看似顺人性而为，实则反人性而动，人为地安排一个意外的大悲剧。但从接受角度来看，两部作品反而都成为两个作家一生最成功的作品，赢得的是一致的且经久不衰的赞扬。

其实，这背后是隐含作者对人性的巧妙利用。好人越没有好报就越打动人，因为它更能激起人类本能的恐惧、同情和对比下的幸运感、轻松感，太顺利的剧情就淡而无味了。人为的矛盾制造正是成功的秘诀。

双重叙述人的游离

《活着》一开始的叙述人是一个采集民间故事的小青年，那正是余华自己的影子。余华在县文化馆工作期间曾受命下乡采风。"在当初调入海盐县文化馆时，余华曾花了两三年时间很认真地领着任务，游走在海盐县的乡村之间，并经常坐在田间地头像模像样地倾听和记录农民们讲述的各种民间歌谣和传说。而《活着》开头出现的那个整天穿着'拖鞋吧嗒吧嗒，把那些小道弄得尘土飞扬'的民间歌谣搜集者，也正是这样一个人物。"①

① 洪治纲：《悲悯的力量——论余华的三部长篇小说及其精神走向》，《当代作家评论》2004年第6期。

对于 1992 年的余华发生的巨大变化，从小说本身来看，其叙事表层的表现在于双重叙述人和双重叙事时空的存在，和鲁迅的《故乡》《祝福》等经典小说类似。或者可以说，正是为了更客观，《活着》中才出现了双重叙述人，即"我"这个第一人称叙述人出现了两个，一个是作为文化工作者的"我"，一个是作为福贵的"我"，由此产生了两个故事层面，第一个是无名的第一叙述人"我"与第二叙述人福贵相遇的故事，第二个是福贵讲自己的故事。和鲁迅的"彷徨体"叙事模式相似，产生了至少两个叙事时空，给叙述人灵活地调度叙事的空间、进行不动声色的叙事干涉提供极大的便利。首先从叙事表层来看，两重叙事时空的存在拉开了叙事距离，"我"讲述的不一定是"我"的故事，只是"我"在听或者"我"在看，使第一叙述人与故事主体之间隔了一个第二叙述人福贵，第二叙事时空里的叙述人福贵与作品中的主要行动者合一。福贵在第二叙事时空讲述自己的历史，一切都在福贵的视野中得到展现。由于自我叙述常有明"忏悔"暗"自我辩解"的特点，可能是造成了《活着》对人生的整体态度与《呼喊与细雨》不同的原因之一——人总不可能将自己描写得丑恶无比，不然就丧失了真实性，而《呼喊与细雨》重在讲述"别人的"丑恶。另一方面，第一人称叙述更容易让读者走入小说人物的内心世界而产生亲近感。简言之，双重叙述人很好地解决了转折时期余华内部的分裂问题，第一叙述人只是无关的旁观者，不干涉第二叙述人的任何活动，从而成功地从性恶论转向性善论，把温情渗透到每一个符号之下。

对于《活着》，双重叙述人的存在是个非常巧妙的安排。但这种安排和温情与死亡的悖论一样，同样是双刃剑。

双重叙述人的存在会直接造成不可靠叙事。"不可靠叙事"也称"不可靠叙述"，最初由美国修辞叙事学创始人韦恩·布斯提出，他在《小说修辞学》中指出："当叙述者所说所作与作家的观念（也就是隐含作者的旨意）一致时，我称他为可靠的叙述者，如果不一致，则称之为不可靠的叙述者。"① 按照布斯的观点，当某个事实通过人物叙述传递给读者时，读者需要判断究竟是否为客观事实，是否为人物的主观性所扭曲。同时，布斯指出"我"作为叙述者和作为人物的双重身份在叙事进程中何时重合、何时分离也是分析不可靠叙述的重要标准。从更大的方面来判断，隐含作者本人也会由于时代、教育水平、社会身份、道德水平等方面的原因出现偏差，从而使整个文本都成为不可靠叙述。

　　双重叙事时空的存在决定了两个叙事时空的真实性或可靠性的不同，一般有一个是充满臆想和不确定性的不可靠叙事，即其叙述的内容很可能是错误的，至少是不确定的、与事实有距离的，其叙述人对叙述内容的判断更是有问题。一般来说是第一叙述人所在的第一叙事时空相对客观，第一叙述人可能参与了故事，如鲁迅的《祝福》，也可能不参与故事，与主要故事线索没有关系，如《活着》，第一叙述人实际只是一个听故事者；第二叙事时空从叙事结构上讲一般是各种转述，即使表面是第一人称叙事，实际上也由第一叙述人听来并转述，不可避免的是转述过程可能出现偏差，如鲁迅的《孤独者》；另一个因素是，第二叙述人本身与隐含作者并无对应关系，其身份常常就不可靠，其他如知识水平、道德层次、社会地位等都可能造成他的叙述的主观程度很高，甚至可能是高度扭曲的，《活着》的第二叙述人福贵就非常典型，所以，第二叙事时空更有不可靠叙事的特点。

　　在这个双重叙事时空中，第一叙述人是作为民间采风者的政府工作人员"我"，他的叙述多数是客观的，他的客观来自于他叙述的世界和他没有直接利益关系，他只是个外来者和观光者，所以第一叙事时空在整个文本中只是一个附件或引子，并不是叙事内容的主体。而第二个叙事时空则不同了，第二叙述人是历尽沧桑的贫苦农民福贵，同时他也是整个故事的核心行动者，他凭记忆讲述自己

---

① ［美］布斯：《小说修辞学》，付礼军译，广西人民出版社 1987 年，第 236 页。

的一生，并不时做出评价，话语中不自觉地使用各种修辞。第一叙事时空中的"我"在第二叙事时空中只是作为一个听众存在，变成一个记录者、转述者和传播者，这种叙述的不平衡就造成了文本的主要叙事实际是福贵掌控的，但他在小说中的身份是不可靠的。首先他是一个地主的儿子，从小吃喝嫖赌不务正业，生存观念、家庭观念、道德准则上都出了问题，且因为赌博输光所有家产才由地主一夜之间变成赤贫，所以他的讲述肯定会有问题。而且他还没读过多少书，对中国传统文化的接受完全凭本能和环境的浸染，从家庭教育上看，他输光所有家产后，其母亲说了一句"上梁不正下梁歪"，可见从福贵的父辈开始，就已经如此吃喝嫖赌。这样一个"三观"有问题的人，他对传统文化的被动接受必然也是有问题的，中国儒道文化对福贵的正面影响几乎可以忽略不计，所以，他所讲述的故事中的那些隐含的判断和修辞随时都可能是错误的或与事实不相符的，一般接受者只凭简单的生活经验就能判断出福贵这个底层人物哪儿又出了问题。

从福贵这个不可靠的人物入手，进行不可靠叙事的分析，能够更好地析出小说的修辞和文体效果。如福贵赌博最辉煌之时，龙二正算计着设一个大骗局，把福贵的房子和土地全部一锅端。这时，妻子家珍就在赌场门口跪着，求他回家：

> 家珍又扯了扯我的衣服，我一看，她又跪到地上。家珍细声细气地说：
> "你跟我回去。"
> 要我跟一个女人回去？家珍这不是存心出我的丑？我的怒气一下子上来了，我看看龙二他们，他们都笑着看我，我对家珍吼道：
> "你给我滚回去。"
> 家珍还是说："你跟我回去。"

我给了她两巴掌，家珍的脑袋像是拨浪鼓那样摇晃了几下。挨了我的打，她还是跪在那里，说：

"你不回去，我就不站起来。"

现在想起来叫我心疼啊，我年轻时真是个乌龟王八蛋。这么好的女人，我对她又打又踢。我怎么打她，她就是跪着不起来，打到最后连我自己都觉得没趣了，家珍头发披散眼泪汪汪地捂着脸。我就从赢来的钱里抓出一把，给了旁边站着的两个人，让他们把家珍拖出去，我对他们说：

"拖得越远越好。"

家珍被拖出去时，双手紧紧捂着凸起的肚子，那里面有我的儿子呵，家珍没喊没叫，被拖到了大街上，那两个人扔开她后，她就扶着墙壁站起来，那时候天完全黑了，她一个人慢慢往回走。后来我问她，她那时是不是恨死我了？她摇摇头说：

"没有。"

我的女人抹着眼泪走到她爹米行门口，站了很长时间，她看到她爹的脑袋被煤油灯的亮光映在墙上，她知道他是在清点账目。她站在那里呜呜哭了一会，就走开了。

家珍那天晚上走了十多里夜路回到了我家。她一个孤身女人，又怀着七个多月的有庆，一路上到处都是狗吠，下过一场大雨的路又坑坑洼洼。

从第二叙述人来看，他一心沉迷于赌博，怎么可能知道家珍被他打走后做了什么，他偏偏知道了，而且在忏悔。当然也可以解释，可以说这个是听家珍后来说的，也可以说是听别人说的，也能算一个合理的理由。隐含作者运用自由转述体总有太多建构叙事的方便。其实下面发生的很多事，都是后面的事实确证了他的想法的错误。

片段中加入了讲述时老年福贵的感觉，如打了家珍之后，福贵骂自己"我年轻时真是个乌龟王八蛋"，家珍"叫我心疼啊"，是老年福贵对青年福贵的否定，直接抒发了老年福贵对自己以前所作所为的愧疚，同时进一步加深了家珍的正面形象。后来家珍得了软骨病，医生说会越来越重，在这样的诊断下，家珍的悲剧就此开始。家珍曾经有一天突然精神很好，福贵自己思索可能是"回光返照"，以为家珍就要死了。不久家珍又慢慢能下床帮忙家务，福贵又以为家珍的病从此就好了，后来又出现了反复，家珍其实走不了长路，也做不了重活，只是出于家庭的责任，她强迫自己起来出点力。由于都是从福贵这个叙述人口中讲出，这些其实都是福贵的判断和想法。在这些叙述中，福贵的视点决定了这只是从他微薄的人生经验出发做出了本能化的判断，其实正是隐藏式的不可靠叙事。最终家珍还是死了，但她非常顽强地活过了儿子的死和女儿的死，这都是出乎福贵意料的，这其实意味着福贵之前的判断全部是错的。而在子女双亡的悲痛之中，妻子的去世让福贵倍受打击，后来女婿的死和外孙的死更出乎福贵的意料。特别是女婿死后，他与外孙的幸福生活一度让他以为会从此幸福下去，外孙被撑死显然是最意外的死亡方式。福贵的叙述的不可靠性更加明显。

尽管是不可靠叙事，但也是人之常情，毕竟不是与隐含作者直接相对的第一叙述人在讲故事。而且，由第二叙述人讲述，这种不可靠性很强的叙事不但没有削弱虚构的力量，反而增强了文本的效果，让接受者在意外情节到来之时受到更大的震撼。或者，这也是《活着》成功的秘诀之一。

再者，越是不可靠叙事，其背后的隐藏情感和意义指向越丰富，如福贵被人设局输掉了全部家产时，老父亲被他气死，妻子又被岳父用刻意羞辱他的方式，像当年结婚时八抬大轿送她来一样，同样在喜庆的锣鼓声中，在众目睽睽之下接回了娘家。他痛受打击，深深地忏悔自己以前的错，变成了一个连自食其力的能力都没有的破产农民，然后他适应了贫穷式的劳动，且对劳动的感觉是相当自豪的：

    人要是累得整天没力气，就不会去乱想了。租了龙二的田以后，我一挨到床就呼呼地睡去，根本没工夫去想别的什么。说起来日子过得又苦又累，我心里反倒踏实了。我想着我们徐家也算是有一只小鸡了，照我这么干下去，过不了几年小鸡就会变成鹅，徐家总有一天会重新发起来的。

    从那以后，我是再没穿过绸衣了，我穿的粗布衣服是我娘亲手织的布，刚穿上那阵子觉得不自在，身上的肉被磨来磨去，日子一久也就舒坦了。前几天村里的王喜死了，王喜是我家从前的佃户，比我大两岁，他死前嘱咐儿子把他的旧绸衣送给我，他一直没忘记我从前是少爷，他是想让我死之前穿上绸衣风光风光。我啊，对不起王喜的一片好心，那件绸衣我往身上一穿就赶紧脱了下来，那个难受啊，滑溜溜的像是穿上了鼻涕做的衣服。

片段中第一节描述劳累的感觉，以福贵的第一人称描述得确实很形象，不管穷人富人，都可能累到那个程度，穷人种田劳作富人爬山娱乐都可能有如此疲惫的感觉，累的生理反应和影响非常符合一般的日常经验，表现了福贵变成自食其力的劳动者之后那种道德的自我肯定，读者也对其累后的"踏实"感非常欣慰。但下一段，写穿丝绸衣服的感觉就未必可靠了。佃户王喜送的旧绸衣，就是全球化时代所说的"真丝"衣服，在福贵的视点中，穿上居然很难受。老实说，真的做过食不果腹的穷人的人一定明白，什么样的皮肤穿真丝衣服都是舒服的，绝不会因为历经劳动的磨难就不再适应太柔软的丝绸，倒是自给自足的农家自织的粗布衣穿上真的非常

150

粗糙，与皮肤的磨砺感实在让人难受。福贵这段讲述的内容，要么是错误的，这个错误很可能来自隐含作者没有裸身穿丝绸衣服的体验，从文本内部来看，福贵出身地主，南方又盛产蚕茧，他穿丝绸的衣服非常容易，绝不会对丝绸产生如此误判。或者，这种对丝绸的不适和厌恶感是第二叙述人福贵的夸张，丝绸其实并不是让他的身体不舒适，而是让他的内心不舒适，家庭因为他败落之后，他心怀愧疚，觉得自己不配穿丝绸衣服，才会对丝绸产生了心理障碍式的厌恶。如果真的认为福贵的皮肤因为劳动而不适应高档真丝衣服了，那就错了。这其实是福贵的心理扭曲后的现实，是典型的不可靠叙事。

经济上的沦落却使福贵从此获得道德的高位，他有了责任感和反省自己的能力。妻子从娘家自己回来后，他对她的态度也发生了根本的转变：

> 家珍是城里小姐出身，细皮嫩肉的，看着她干粗活，我自然心疼。家珍听到我让她去歇一下，就高兴地笑起来，她说：
>
> "我不累。"
>
> 我娘常说，只要人活得高兴，就不怕穷。家珍脱掉了旗袍，也和我一样穿上粗布衣服，她整天累得喘不过气来，还总是笑盈盈的。

这是福贵在第二叙事时空以叙述人的身份表达对妻子的情感，直接抒发了福贵对自己以前所作所为的愧疚，及对家庭弥漫的温情，而家珍一贯的贤惠形象也在劳动中得以加强，这也使她之后所承受的苦难更让人同情。福贵的"心疼"是真心实意的可靠叙述，还是事后自夸式的不可靠叙述，读者自有判断。

第一叙述人的作用似乎很微不足道。他只是一个听者，左右不了情节。但每到情节的关键节点，总会有第一叙述人的加入，作为一个听故事者，他要对福贵的故事做出回应，以表示对讲故事者的尊重，并保持和激发讲故事者的讲述情绪，另外还要对故事和福贵本人做出评价，指向预期读者，这似乎成了他的责任：

　　和福贵相遇，使我对以后收集民谣的日子充满快乐的期待，我以为那块肥沃茂盛的土地上福贵这样的人比比皆是。在后来的日子里，我确实遇到了许多像福贵那样的老人，他们穿着和福贵一样的衣裤，裤裆都快耷拉到膝盖了。他们脸上的皱纹里积满了阳光和泥土，他们向我微笑时，我看到空洞的嘴里牙齿所剩无几。他们时常流出混浊的眼泪，这倒不是因为他们时常悲伤，他们在高兴时甚至是在什么事都没有的平静时刻，也会泪流而出，然后举起和乡间泥路一样粗糙的手指，擦去眼泪，如同弹去身上的稻草。

　　可是我再也没遇到一个像福贵这样令我难忘的人了，对自己的经历如此清楚，又能如此精彩地讲述自己。他是那种能够看到自己过去模样的人，他可以准确地看到自己年轻时走路的姿态，甚至可以看到自己是如何衰老的。这样的老人在乡间实在难以遇上，也许是困苦的生活损坏了他们的记忆，面对往事他们通常显得木讷，常常以不知所措的微笑搪塞过去。他们对自己的经历缺乏热情，仿佛是道听途说般地只记得零星几点，即便是这零星几点也都是自身之外的记忆，用一两句话表达了他们所认为的一切。在这里，我常常听到后辈们这样骂他们：

　　"一大把年纪全活到狗身上去了。"

　　福贵就完全不一样了，他喜欢回想过去，喜欢讲述自己，似乎这样一来，他就可以一次一次地重度此生了。他的讲述像鸟爪抓住树枝那样紧紧抓住我。

福贵第一次遭受重大的苦难，第一叙述人发表了一大通看法，表现了对福贵的生存韧性的赞叹。"裤裆都快耷拉到膝盖了"，是指福贵们的老年生殖器的状态，是第一叙述人之后一贯关注下半身的小幽默，有点扎眼，但基本还好。当然第一叙述人在此主要强调了福贵的乐观和独特，以及他惊人的记忆力，特别是对苦难的记忆及优秀的讲故事能力。在这儿，他更想强调的是福贵的言说欲望。而其他的老人，早就对一切麻木，对过去基本闭口不谈。

上一段还看不出违和感，下一段可就未必了。恶霸龙二设局骗走了福贵所有的家产之后，风光了好几年，革命到来，解放军镇压地主老财，龙二因财产过多和为恶当地被枪毙。福贵深感老天助他，如果家产不被骗走，被枪毙的就会是他。第一叙述人的叙述又适时插了进来：

> 福贵的讲述到这里中断，我发现我们都坐在阳光下了，阳光的移动使树荫悄悄离开我们，转到了另一边。福贵的身体动了几下才站起来，他拍了拍膝盖对我说：
> "我全身都是越来越硬，只有一个地方越来越软。"
> 我听后不由高声笑起来，朝他耷拉下去的裤裆看看，那里沾了几根青草。他也嘿嘿笑了一下，很高兴我明白他的意思。然后他转过身去喊那头牛：
> "福贵。"

"我全身都是越来越硬，只有一个地方越来越软。"劫后余生的不恰当的幽默，实际仍然关注生殖器。如此惊心动魄的个人历史，居然以黄色小笑话来总结。似乎玩笑开大了，太"后现代"了。难道这是作为"后现代先锋小说"作家的余华在《活着》中的残留？

第一叙述人与第二叙述人似乎就不在一个频道。虽然这样的玩笑确实有了轻松气氛的效果，但太过分了，隐含作者完全可以安排别的方式来减轻上述的苦难叙事带来的沉重感和压抑感。

再有，儿子有庆遭抽血过多惨死后，第一叙述人的加入：

> 那天下午，我一直和这位老人待在一起，当他和那头牛歇够了，下到地里耕田时，我丝毫没有离开的想法，我像个哨兵一样在那棵树下守着他。
>
> 那时候四周田地里庄稼人的说话声飘来飘去，最为热烈的是不远处的田埂上，两个身强力壮的男人都举着茶水桶在比赛喝水，旁边年轻人又喊又叫，他们的兴奋是他们处在局外人的位置上。福贵这边显得要冷清多了，在他身旁的水田里，两个扎着头巾的女人正在插秧，她们谈论着一个我完全陌生的男人，这个男人似乎是一个体格强壮有力的人，他可能是村里挣钱最多的男人，从她们的话里我知道他常在城里干搬运的活。一个女人直起了腰，用手背捶了捶，我听到她说：
>
> "他挣的钱一半用在自己女人身上，一半用在别人的女人身上。"
>
> 这时候福贵扶着犁走到她们近旁，他插进去说：
>
> "做人不能忘记四条，话不要说错，床不要睡错，门槛不要踏错，口袋不要摸错。"
>
> 福贵扶着犁过去后，又扭过去脑袋说：
>
> "他呀，忘记了第二条，睡错了床。"
>
> 那两个女人嘻嘻一笑，我就看到福贵一脸的得意，他向牛大声吆喝了一下，看到我也在笑，对我说：
>
> "这都是做人的道理。"
>
> 后来，我们又一起坐在了树荫里，我请他继续讲述自

己，他有些感激地看着我，仿佛是我正在为他做些什么，他因为自己的身世受到别人重视，显示出了喜悦之情。

有庆作为穷人家的孩子，十几岁就成了官僚谄媚者的牺牲品，第二叙述人在平淡的叙述中隐蔽地包含了对权力的痛恨，虽然没有直接的情感表达，但叙述人用非常夸张的手法让他被抽光了血，文本的效果却不让人觉得夸张，而是对人类社会的权力之害更加痛恨，但人类社会的权力本质又让人们只能对此敢怒不敢言，从而对福贵这个不幸的人更同情。最后一段却把第二叙述人的感激建立在讲述这一行为上，听众的产生是他今天的幸福，死去的亲人是在被"消费"，还是在一种有意义的回忆中被加强或恢复他们的存在？再者，第一叙述人总是关注下半身，这次也毫无例外用大量篇幅说起一个毫无关系的喜欢寻花问柳的男人，还借福贵介绍人生经验"床不要睡错"。感觉上第一叙述人的关注点有点 low，似乎福贵的苦难叙述对他没一点影响，他作为一个年轻人，就只想那腰下半尺。难道读者感觉不到是隐含作者人为操纵才造成了这个后果吗？先放下这个疑问，继续往下看。

第一叙述人的加入：

"家珍死得很好。"福贵说。那个时候下午即将过去了，在田里干活的人开始三三两两走上田埂，太阳挂在西边的天空上，不再那么耀眼，变成了通红一轮，涂在一片红光闪闪的云层上。

福贵微笑地看着我，西落的阳光照在他脸上，显得格外精神。他说：

"家珍死得很好，死得平平安安，干干净净，死后一点是非都没留下，不像村里有些女人，死了还有人说闲话。"

坐在我对面的这位老人，用这样的语气谈论着十多年前死去的妻子，使我内心涌上一股难言的温情，仿佛是一片青草在风中摇曳，我看到宁静在遥远处波动。

死亡后居然是温情。不觉得第一叙述人的感觉又错位了吗？特别是最后一句，"我看到宁静在遥远处波动"，"宁静"在"波动"……好吧，哪个语文老师教的？其实，这是诗的语言，符号组合的陌生化效果产生了诗意。但，这种"拽"出来的诗意，放在这儿合适吗？又是"后现代"的残留？感情的碎片与拼接？从整部小说的风格来说，第一叙述人的情商就一直不在线。或者他就像金庸笔下的经典形象——发生天大的事也只关注吃和玩的周伯通。

最后再看一段，叙事终点，就是整本书的结尾，整个故事的最后结局。第一叙述人的修辞更耐人寻味：

我听到老人对牛说：

"今天有庆、二喜耕了一亩，家珍、凤霞耕了也有七八分田，苦根还小都耕了半亩。你嘛，耕了多少我就不说了，说出来你会觉得我是要羞你。话还得说回来，你年纪大了，能耕这么些田也是尽心尽力了。"

老人和牛渐渐远去，我听到老人粗哑的令人感动的嗓音在远处传来，他的歌声在空旷的傍晚像风一样飘扬，老人唱道：

少年去游荡，中年想掘藏，老年做和尚。

炊烟在农舍的屋顶袅袅升起，在霞光四射的空中分散后消隐了。

女人吆喝孩子的声音此起彼伏，一个男人挑着粪桶从我跟前走过，扁担吱呀吱呀一路响了过去。慢慢地，田野趋向了宁静，四周出现了模糊，霞光逐渐退去。

我知道黄昏正在转瞬即逝，黑夜从天而降了。我看到广阔的土地袒露着结实的胸膛，那是召唤的姿态，就像女人召唤着她们的儿女，土地召唤着黑夜来临。

最后是一个安宁祥和的结局。在那么沉重的苦难叙事之后，能有这些淡泊，真是让人感觉如释重负，甚至心旷神怡，因为苦难终于结束了。虽然，苦难并没有真正消失，它仍然无时无刻不在人间重演，但对于福贵，我们庆幸的是他终于熬过了苦难，达到了活着之道老之境。

最后一段那种欣赏性的语言，是典型的现代风景描写，其承载的现代主体的个体情感似乎已经超越了同情，特别是最后一句"我看到广阔的土地袒露着结实的胸膛，那是召唤的姿态，就像女人召唤着她们的儿女，土地召唤着黑夜来临"，召唤什么？那么轻松美好的个体化的诗意，又意味着第一叙述人没怎么在乎过福贵的苦难，或者说，福贵的故事内容就从未真正进过他的耳朵。小人物的死亡叠加却结成一种无关的诗意，这背后其实是一种强烈的优越感。它应该来自两个叙述人身份的强烈差别。这个过程中，隐含作者是最大的阴谋制造者。

实际上是，在隐含作者的上帝之手的操控下，福贵无论经历多少苦难，却在字里行间流露出过多的幸运甚至幸福之意，感觉这个叙述人太容易幸福了，亲人全部死光他却只留下自己独活的幸福感。从文本细节上看，再大的苦难都被处理成温情，如权力和兵祸、天灾，其他一些日常生活的必有烦恼，如家庭的酸甜苦辣、夫妻间的龃龉、邻里的纷争，也全部被过滤掉，这只滤网只准一种能通过，人类把它命名为"温情"——正如《呼喊与细雨》的滤网"性恶"。特别一些苦难中用十倍的"刻意"渲染出的温情化细节，感觉不是善意，而是残酷，人生的苦难在温情之下更加有一种残上加残的残忍之意。其实，重点不是苦难，而是温情，第一叙述人的温情，那个情商一直不在线的第一叙述人，或者只关注男女之艳情，或者呆若木鸡地沉湎于自己的诗意之中，每一个细节都投射了1991年余华本人发生的巨大的变化。

转折动因

前面提到余华从1991年的极端性恶论突然转为1992年的极端性善论，一年之间发生这种变化怎么说都太突然了。特别《活着》中那个与隐含作者相对应的第一叙述人的对外界的轻描淡写，与《呼喊与细雨》中那个充满仇恨的恶意的叙述人相比，反差实在太大。

从隐含作者的对文本全权控制来看，仅仅叙述角度的变化不应该造成作品整体思想上如此巨大的转变，因为写作者仍然是余华本人，这背后应该与文本的主题结构有关，特别是文本的深层结构，这是一个必须由隐含作者的巨大变化才能支撑的重大转折。

这些原因，包括作家个人生活状态的变化、社会地位的变化等，特别是心理状态的巨大变化。这些都是不可臆测的，但又常常会对作品的整体面貌产生巨大的影响。比如爱而不得的人看世界会有一种悲壮色彩，对人也会有神经质式的敏感，如果爱情的归宿得到解决，常会使人宽容、理解，把精力投入到事业上去，看社会不再自我悲剧化。那种悲壮，也常常是恶毒的根源。从余华的早期作品来看，在《难逃劫数》《死亡叙述》《一九八六年》《现实一种》和《世事如烟》等"先锋小说"中，分明能感觉到一个咬牙切齿的声音：我让你死！我让你死！！果然，里面的人物一个个在仇恨中杀人或被杀，没有一滴眼泪，只有恶毒的诅咒。

在《活着》前言中，余华推翻了以前的创作观和世界观，而将《活着》的创作自评为"高尚"。这正说明，余华的内心确实发生了巨大的变化。

既然鹊起的名声都无法帮助余华消除与现实之间的紧张，可见，那个紧张是无比强大的；那么，那个迅速地将紧张消弭于无形的原因肯定是更加强大的。

《活着》发表十五年之后，一家报纸对余华的采访或许揭示了他转变的真正原因所在：

"我的初恋就是我现在的太太！"余华没有想像中的忸怩，回答干脆。

"难以置信。"我说。

"要说让我第一次动心的，那是《虎口脱险》的女主角。尤其是她透过列车玻璃向外看的目光。呀，让我着迷！"说罢，余华哈哈大笑。他并不避讳曾经一段失败的婚姻："1984年我结婚了。但没有爱情。这是由于当时的某些环境造成的，没有办法。"

"1991年，我遇到了现在的太太，当时她是舞蹈演员，那是我第一次恋爱，我的初恋。"余华将手机宝贝一样递到我面前："你看！"

手机屏保，是余华的太太和儿子的合影。[①]

那真正的原因所在，或许正是余华找到了真正的爱情。这要从余华的婚姻说起。

现实中婚姻状态的巨变正是余华前两次重大转折的更强大的现实基础。1985年3月，二十五岁的余华与当时的海盐县文化馆文秘干部潘银春女士结婚[②]，这应该是余华如愿以偿地变成一个文化工作者之后的另一大喜事。但之后的好几年，余华从未在任何文字中提过他的妻子和他的婚姻状态。结婚第二年，余华就和卡夫卡相遇，然后就写出了一系列表现世界无法把握的作品，如《十八岁出门远行》《西北风呼啸的中午》，实际代表着他对这个外部世界失

---

① 张薇薇：《和余华玩"真心话大冒险"》，《杭州日报》2006年3月27日。

② 洪治纲：《余华评传》，郑州大学出版社2005年。

望，之后《四月三日事件》《一九八六年》《现实一种》《世事如烟》更是表达了一种血腥的仇恨，那种语言暴力的过于膨胀让人感觉暴力之源不在文本中的人物那儿，而是隐含作者，他把自己的恨变成血腥充斥了所有的人物和文字。为什么这样？在现代一夫一妻制婚姻制度之下，人类的第一次婚姻通常是不幸的，两个已经初步形成独立"主体"的成年人，突然之间毫无距离地日复一日地相顾相看，那本来是人类社会形成以来个体最期待的幸福感，但两个相对坚硬的存在空间的互相挤压碰撞，可能产生无数悲剧的碎片，而且男人们还有一个婚姻的"围城"——钱钟书的和人类社会的，这个实际上的男权化的作品和男权化的婚姻观，把婚姻说成是爱情的坟墓，实际上是男人自谓的"坟墓"，爱情和欲望的满足之后常常是深深的失望，现实中的一切都会打破男人们脆弱的浪漫的幻想。最珍贵的"浪漫"想象的破灭一般会造成最深切的痛和绝望。于是，余华的写作变成了一种"突破文本与生活界限的冲动"[①]，这种"突破"和"冲动"可以是文学世界的，也可以是现实世界的，更可能两者相辅相成，共同催化了一个年轻男人的思维的突变。所以，习惯于写作的余华就以仇恨来统摄了他这一时期的所有作品。余华从未提过他的这次婚姻，这本身就很奇怪。一个喜欢用文字来表达情感的人，居然只字不提人生那么重大的事件，是因为什么？我们只能猜测。他的第二次婚姻到来时他才提了一下第一次婚姻。按说，与同单位的一个姑娘结婚，即使是媒人介绍，也应该是双方见面多次，至少是你情我愿，应该属于"半自由"恋爱。但结果却是六年后，1991年三十二岁的余华与潘银春女士离婚。失败的婚姻常常是性格不合所致，这都是婚前无法预料的事情。余华对第一次婚姻的评价是"1984年我结婚了。但没有爱情。这是由于当时的某些环境造成的，没有办法"，和鲁迅把与朱安的婚姻称为"慈母误进的毒

---

① 汪晖：《无边的写作——〈我能否相信自己〉序》，《当代作家评论》1999年第3期。

药"很有相似之处——另外，上段话中余华应该记错了结婚时间，或者把双方家庭认可的时间记成了结婚时间。其"没有爱情"的原因，余华不愿多提，我们也就此打住，深究也无益，反正已经离了。我们知道的是，如上面所说，将近离婚的余华，就是1991年的余华，即将写作《活着》的余华，居然才遇到自己的"初恋"。

然后，1992年的余华与作家班同学陈虹女士结婚，按余华所说，当时陈虹应该是总政的舞蹈演员，后来做了诗人。余华认为，第二任妻子陈虹对自己后来的创作产生了非常重要的影响。[①]而且不得不提的是，1992年之后的余华不但频繁提及第二次婚姻，在各种散文随笔和访谈中骄傲幸福地提起家庭的幸福，而且第二次婚姻应该直接导致了余华的第二次重大转折，那就是《活着》这部相当伟大的作品的产生。

这样去寻找一个作家发生巨大变化的根源，似乎有些索隐派之风，但是，对于一个年轻人，哪还有比爱情更重要的东西？似乎也只有它能够造成事业上的成功都不能减轻的痛苦。爱情的力量的确是无穷的。世界著名存在主义哲学家海德格尔也有一个年轻的情人，她就是当今世界成就卓著的女学者汉娜·阿伦特。阿伦特和海德格尔的师生恋在二十年代中期推动了海德格尔完成《存在与时间》，造就了这一世界哲学史上的里程碑式的著作，五十年代后，海德格尔因为与纳粹的亲密关系陷入低谷，这个情人又帮助他走出了政治阴影，重新进行哲学思考和写作。[②]海德格尔作为存在主义哲学大师，他认为人存在的终极目的在于寻找幸福，而最大的幸福又要到爱情里去寻找。可见汉娜·阿伦特对他的影响是何等重大。其实，爱情对于人的力量，体现在任何人身上都是一样的生理反应，只不过产生的影响不同而已。一个物理学家可能发明出星际

---

① 王侃：《余华文学年谱》，《东吴学术》2012年第4期。

② 参见［美］阿丽斯贝塔·爱丁格《阿伦特与海德格尔》，戴晴译，春风文艺出版社2000年。

能源，一个作家可能写出伟大的作品，一个农民可能提高粮食的产量，一个钳工可能做出完美的工件，一个清洁工可能是把大街扫得更干净。

爱情的缺失会造成一种绝望——对于年轻人尤其如此——继而延伸成为对命运的不满，看世界的时候就会形成一种悲壮、冷酷或者愤世嫉俗的风格，最不乐观的是形成一种恶毒的诅咒型心理。[1] 很不幸，在此之前余华就酷似最后一种。但爱情来临的时候，一切就不同了。所以，1991 年的余华脱胎换骨。按余华的行事方式，人变作品必然剧变，因为他是一个毫无缓冲区的人。1992 年的第二次重大转折时期的余华，随着爱情第二春来了个一百八十度大逆转，把 1991 年前"无爱"时代的余华的所有思考都甩出了自己的战车，仿佛中国文坛突然出现了同名同姓同貌且同年同月同日同时出生的另一个余华。第三阶段的余华的突然转向是文坛的天大好事。可以说，余华的文学成就主要集中在这个 1992 年至 1996 年的爱情第二春的时期。爱情带来了急剧的转折，也带来了新的人生哲学和创作理念。因为爱情的到来给了他无限的幸福，而先锋时代的文体和技巧实验也让他的创作走向成熟，而此时对文学的恰到好处的敬畏使他走向文学创作的巅峰。1992 年的余华不仅一夜之间发现了悲悯众生的生存哲学，而且毫不延迟地放弃了装腔作势的对人性的焦虑和片面的极端式性恶标签，体现出作家高度的人文主义关怀。

也许，我们应该感谢命运给了余华真正的爱情，不然，如果他一直在世界不可知的绝望中描述自己内心的阴暗，放射出恶毒的诅咒，那可不是人类之福。那也就不会有《活着》这样相当伟大的作品了。

---

[1] 　金庸的武侠小说中对此有较典型的反映，他小说里失去了爱情的女人会变成恶毒的杀人不眨眼的女魔头。《神雕侠侣》里的李莫愁，《天龙八部》里的王夫人、秦红棉，《侠客行》中的梅姑，《射雕英雄传》里的瑛姑等。虽然金庸在塑造次要人物上有极端化、脸谱化的习惯，但对抓住最鲜明的特点还是非常准确的。

第三节　余华与小人物：福贵到许三观

温情泛滥到冷静和冷酷

还有一个问题：为何如此恨意弥漫的《呼喊与细雨》中人物基本都正常地活着，死亡的只是正常老死的祖父和婚外恋自杀的养父，"坏人"和"恶人"们却全都好好地活着，但在《活着》中，那么充满了爱，亲人却全部死光——就是说，充满着"恶"的作品，人都不死，充满爱的作品，人却全死了。为什么？在余华笔下，爱、恨、生存与死亡是不平衡的，按一般逻辑，恨带来死亡，爱带来的应该是存在，但在《活着》中与爱伴随的为什么是死亡和消失？

1. 泛滥的温情。

《活着》中死亡的悲情持续叠加，受到诅咒一般非要死到只剩一个人才会停止。虽然看上去符合整个小说情节的发展，但在现实中这些事件几乎不可能如此集中地发生在一个人的身上。一方面这可以归于余华的神来之笔，建构了如此成功的文学经典，另一方面，如果从现实中分析，有些经历又是如此的不可思议。这些不可思议之点，也使余华的建构暴露出越来越多的破绽。某种程度上可以说，《活着》仍然延续着余华"先锋文学"的叙述圈套。

如福贵的女婿之死，一贯的从容且精彩的场景描写，但其中也有不太与语境相合之处：

> 他们看到二喜时，我的偏头女婿已经死了，身体贴在那一排水泥板上，除了脚和脑袋，身上全给挤扁了，连一根完整的骨头都找不到，血肉跟糨糊似的粘在水泥板上。他们说二喜死的时候脖子突然伸直了，嘴巴张得很大，那

是在喊他的儿子。

　　苦根就在不远处的池塘旁，往水里扔石子，他听到爹临死前的喊叫，便扭过去叫：

　　"叫我干什么？"

　　他等了一会，没听到爹继续喊他，便又扔起了石子。直到二喜被送到医院里，知道二喜死了，才有人去叫苦根：

　　"苦根，苦根，你爹死啦。"

　　苦根不知道死究竟是什么，他回头答应了一声：

　　"知道啦。"

　　就再没理睬人家，继续往水里扔石子。

　　注意，一个悲惨的死亡事件中，在写孩子的反应时却出现了不该有的幽默，似乎故意渲染孩子对父亲死亡的冷漠。原因或者是孩子不知道父亲已死，才如此冷漠，或者是还不懂死是什么意思，才有如此反应。但此处如此写，的确是破坏整体的悲惨气氛。而且叙述人此时暧昧起来，似乎不是福贵在讲故事了，而是出现了和隐含作者直接相对的第三叙述人，进行第三人称客观叙事，与福贵的悲伤腔调差别太大了。更典型的游离场景是最后买牛。福贵辛苦积攒了好多年的钱，终于够买一头牛了，他越来越老，亲人又全部死亡，他太需要一个劳动帮手了，他买牛的经历却太让人惊讶了：

　　苦根死后第二年，我买牛的钱凑够了，看看自己还得活几年，我觉得牛还是要买的。牛是半个人，它能替我干活，闲下来时我也有个伴，心里闷了就和它说说话。牵着它去水边吃草，就跟拉着个孩子似的。

　　买牛那天，我把钱揣在怀里走着去新丰，那里是个很大的牛市场。路过邻近一个村庄时，看到晒场上转着一群人，走过去看看，就看到了这头牛，它趴在地上，歪着脑袋吧哒吧哒掉眼泪，旁边一个赤膊男人蹲在地上霍霍地磨着牛刀，围着的人在说牛刀从什么地方刺进去最好。我看到这头老牛哭得那么伤心，心里怪难受的。想想做牛真是可怜。累死累活替人干了一辈子，老了，力气小了，就要被人宰了吃掉。

我不忍心看它被宰掉，便离开晒场继续往新丰去。走着走着心里总放不下这头牛，它知道自己要死了，脑袋底下都有一摊眼泪了。

我越走心里越是定不下来，后来一想，干脆把它买下来。

出于同情，而倾其所有积蓄，买一头将死的老牛，对于经历过那么多生存性的低层级苦难的农民，是绝不可能发生的。为了活着而奋斗的农民，非常明白生命的层次。这儿的生命层次，是指食物链的高与低。在饥饿年代可能吃死人肉的情况下，这样的同情在农民看来是最愚蠢的事情。农民不会为了与牲畜的感情而忘了自己的艰难处境，他们更会遵守世俗的"天道"，人各有命，动物也各有命，在此仅能维持"活着"而不是"吃饱"的情况下，农民和其他小人物最可遵循的天道就是，动物是人类的食物。由于本小说主打温情，如果仅看此例可能不会觉得有什么不对的地方，我们就再看福贵在另一个事件中的表现，对比之下则会感觉到某些问题了。

福贵给母亲买药的路上被抓了壮丁，成为国民党军队的一个士兵，后来兵败，被解放军围困，饥寒交加，非常悲惨，好容易有飞机来空投一点食物，根本就不够，大家都拼命地抢食物和衣服，福贵比较弱，抢不过别人。后来他想了一个好办法，别人只顾叠罗汉一样压成堆抢东西时，他不抢食物，专扒那些人的鞋子：

后来我们就不去抢大饼了，用上了春生的办法。抢大饼的人叠在一起时，我们就去扒他们脚上的胶鞋，有些脚没有反应，有些脚乱蹬起来，我们就随手捡个钢盔狠狠揍那些不老实的脚，挨了揍的脚抽搐几下都跟冻僵似的硬了。我们抱着胶鞋回到坑道里生火，反正大米有的是，这样还免去了皮肉之苦。我们三个人边煮着米饭，边看着那些光脚在冬天里一走一跳的人，嘿嘿笑个不停。

　　这明显是福贵的视点和感觉，抢不过食物就去扒其他士兵的鞋子，夏天还没什么，冬天没鞋对于人类可是极大的痛苦，很明显暴露了福贵对同类的同情不够，福贵这样做其实剥夺了很多人的脚的温暖，要知道，生米不必煮熟就可以充饥的，不必非要烧掉一大堆士兵的鞋。而且他很清楚，那些士兵和他一样，也是被抓来的穷人，但他看到那些可怜的士兵在冬天里光着脚痛苦地跳着走，他居然"嘿嘿笑个不停"。相对于他上文对牛的同情，简直判若两人。或者，从隐含作者的建构方面也能有更深入的思考。

　　通过这两段有关同情心的场景描述的对比，能发现福贵绝不是那种同情心泛滥的人，为了一口吃的，他能让很多个和他一样的穷人赤脚走在冬天里。这样的人会同情一头要死的牛吗？如果他因为信佛之类的原因而对所有动物而不是人类有这种同情心的话，那么他该更同情每天都被宰杀的猪羊，他会在平时刻意关注那些将死的家畜。但他明显没有。总体上看，一直不是福贵同情心泛滥，而是余华的那个隐含作者。上面两个叙事片段的对比可以作为隐含作者温情泛滥的有力证据。上文说过，余华那个隐含作者的最稳定的性格特征之一，就是在现实感觉和文学建构之间没有缓冲区，处于文本建构时间的余华会毫不犹豫地把彼时彼刻的情感加入到文本的字里行间。所以，在《活着》中，死亡不是证明人存在的伟大，而是证明着他的幸福，他的伟大的只属于个体的爱情。他让自己的爱情成功地感动了世界。

这样也可以理解，为什么第一叙述人每次出现，总感觉他和第二叙述人的情感不在同一个频道，福贵那么悲惨的讲述，在他眼中总变成悠闲的风景和无关的旁顾，最多是平淡的感慨。余华的"残酷"也表现在这里。没有爱的时代，他大写人性之恶，编排残酷至极的血腥场面。有了爱，他不再血腥，但他却让人物走向"温情"的死亡。而《活着》作为余华最成功的作品，它还是另一层面的接受美学的问题，或者正指向人性的恒久缺陷。

2. 生存与虚荣。

不管怎么说，《活着》都是余华最成功的作品。几年之后，1995年，余华又一部相当成功的长篇小说《许三观卖血记》出版，也是在评论界引起广泛关注，并翻译成多国文字。这次，叙事模式又发生了变化，或者说是回到了以前，即双重叙述人消失了，只有一个客观的第三人称叙述人，而且是与整个故事和人物角色都毫无关系的外部叙述人，即余华的隐含作者转化为客观的、全知的叙述者，叙述语言极其简单，大量的信息来自人物对话，情节也靠人物对话来推进，叙述者的功能简化到只在必要的时候才出来做一些"剪接"的工作，整部小说简直成了话剧式的东西。这可能是作家努力抛弃"主观"、尽量达到"客观"的结果。此时，当然也不存在《活着》中的双重叙事时空，情商不在线的第一叙述人的消失，也避免了很多叙述上的漏洞。或者说，1995年的余华在甜美爱情和婚姻之中幸福了几年之后，温情已经平淡化为日常的天伦之乐，已经不再需要一个故作温情的叙述人来加强自己的幸福感。

与《许三观卖血记》的相对客观相比，被温情绑架的《活着》还有其他诸多的不合情理之处，只要仔细体会下文本的细节，不但明显，而且随处可见。下一段是福贵嫁女儿时的描述，他对二喜提了一个"小小的"要求，表现了隐含作者对人情人性把握的准确与叙述的精确：

（二喜）就着肩膀向凤霞翘了翘，我知道他是在看凤霞。他低声问我和家珍：

"爹，娘，我什么时候把凤霞娶过去？"

一听这话，一听他叫我和家珍爹娘，我们欢喜得合不上嘴，我看看家珍后说：

"你想什么时候就什么时候。"

接着我又轻声说：

"二喜，不是我想让你破费，实在是凤霞命苦，你娶凤霞那天多叫些人来，热闹热闹，也好叫村里人看看。"

二喜说："爹，知道了。"

从表层看是表现小说一贯的温情，从整体情节看也确实给接受者以温暖感。但在实际上，这个小小的要求却给二喜之后的生活带来沉重的负担。叙述人虽然轻描淡写一带而过，却也暴露了人类社会的虚荣风气给底层小人物带来的负面影响。或者可以说底层的道家生存下的儒家因素，人类群体积累起的虚荣文明和伪饰文明。在没有资格奢侈的时候偏偏为了一时的面子去浪费，结果就是二喜之后几年的困窘的还债生活。而叙述人的暗示却是，为了女儿的面子、父母的面子，这样值得。但是，真的值得吗？最终的问题是，用温情粉饰这一切，是不是矫枉过正了？为什么不能复杂些？

相对于《活着》，《许三观卖血记》中对底层的同情感减少，讽刺加浓。那种催人泪下的温情感几乎丧失，整体的基调近于干硬的冷叙述：

许玉兰嫁给许三观已经有十年，这十年里许玉兰天天算计着过日子，她在床底下放着两口小缸，那是盛米的缸。在厨房里还有一口大一点的米缸，许玉兰每天做饭时，先是揭开厨房里米缸的木盖，按照全家每个人的饭量，往锅里倒米，然后再抓出一把米放到床下的小米缸中。她对许三观说：

"每个人多吃一口饭，谁也不会觉得多；少吃一口饭，谁也不会觉得少。"

她每天都让许三观少吃两口饭，有了一乐、二乐、三乐以后，也让他们每天少吃两口饭，至于她自己，每天少吃的就不止是两口饭了。节省下来的米，被她放进床下的小米缸。原先只有一口小缸，放满了米以后，她又去弄来了一口小缸、没有半年又放满了，她还想再去弄一口小缸来，许三观没有同意，他说：

"我们家又不开米店，存了那么多米干什么？到了夏天吃不完的话，米里面就会长虫子。"

许玉兰觉得许三观说的有道理，就满足于床下只有两口小缸，不再另想办法。

许玉兰那样精打细算的苦日子，才是城镇贫民的常态。不是因为天灾人祸而举债，是不符合底层的生存伦理的，《活着》中二喜为了娶妻举债，当然是常见之事，但笼罩于温情下的处理，类似自欺欺人，总不如《许三观卖血记》中这样描写更符合底层生存的现实，叙述人似乎对这一切漠不关心，好像为了写而写，而且隐含着嘲讽感，且没有善意。特别是最后一句"许玉兰觉得许三观说的有道理，就满足于床下只有两口小缸，不再另想办法"，"满足于"的修辞效果是指许玉兰得过且过，不再多想省粮食的办法，和《活着》相比虽然冷漠得相当可怕，但从另一方面来看反而更有客观和真实的效果，因为很多底层小人物的生存状态就是如此，刻意的肯定或否定都是多余。

3. 谅解与温情。

《呼喊与细雨》中的农民，"我"的父亲在饥饿状态下就已经胡作非为，道德状态低下，打孩子、嫖寡妇、不孝，看不出有任何人类应有的善良一面，而"我"对父亲和哥哥的恨更让人触目惊心，考上大学后对哥哥有意侮辱，更是显示连家庭之内的基本的谅解都没有了。而《活着》中相反，小人物们去尽丑恶，连人性最基本的、必然存在的本恶也被披上了柔软的温情之纱，余华在此阶段确实表现了最大的关切和贯注了最大的善意，福贵的儿子因为县长春生的老婆被抽光血而死，家珍曾说一生都不原谅春生，但春生在"文革"中落难之时，家珍还是表达了对他的谅解：

> 我们两个都怔了一下，家珍又叫了一声，春生才答应。我们走到门口，家珍在床上说：
> "春生，你要活着。"
> 春生点了点头，家珍在里面哭了，她说：
> "你还欠我们一条命，你就拿自己的命来还吧。"
> 春生站了一会说：
> "我知道了。"
> 我把春生送到村口，春生让我站住，别送了，我就站在村口，看着春生走去，春生都被打瘸了，他低着头走得很吃力。我又放心不下，对他喊：
> "春生，你要答应我活着。"
> 春生走了几步回过头来说：
> "我答应你。"
> 春生后来还是没有答应我，一个多月后，我听说城里的刘县长上吊死了。一个人命再大，要是自己想死，那就怎么也活不了。我把这话对家珍说了，家珍听后难受了一天，到了夜里她说：
> "其实有庆的死不能怪春生。"

这也是温情表现之一，在仇人落难时的对杀子之仇的谅解。但最后一句家珍所说的"其实有庆的死不能怪春生"，不怪春生应该怪谁？这种谅解方式又是没有指向的，儿子被抽血抽死，不指向当事人春生，指向帮凶吗？指向看客吗？叙述人福贵和发出者家珍明显不具有这种思考的深度，但就那样谅解了。其实，这更多的是中国传统道家思想影响下的包容与无为在底层潜意识中的积累与日常表现，这种潜移默化的影响发挥作用之时，就是在仇人落难时的同情，再形成一种前嫌尽释的彻底的谅解。

许三观的观念中却不太有这样无原则的温情。许三观多次殴打许玉兰，实际是家庭暴力，但叙述人安之若素，邻居们也习以为常，因为大家都在做同样的事情，饿了，生气，打老婆，饱了，无聊，打老婆。温情让位给小人物生存的藏污纳垢。许三观先是知道许玉兰婚前与人通奸，后来又发现大儿子居然也不是他的，并给他带来倾家荡产的麻烦之后，他是如此教育他的两个亲生儿子的：

> 许三观把二乐和三乐叫到跟前，对他们说：
>
> "我只有你们两个儿子，你们要记住了，是谁把我们害成这样的，现在家里连一只凳子都没有了，本来你们站着的地方是摆着桌子的，我站着的地方有两只箱子，现在都没有了，这个家里本来摆得满满的，现在空空荡荡，我睡在自己家里就像是睡在野地里一样。你们要记住，是谁把我们害成这样的……"
>
> 两个儿子说："是方铁匠。"
>
> "不是方铁匠，"许三观说，"是何小勇，为什么是何小勇？何小勇瞒着我让你们妈怀上了一乐，一乐又把方铁匠儿子的脑袋砸破了，你们说是不是何小勇把我们害的？"
>
> 两个儿子点了点头。
>
> "所以，"许三观喝了一口水，继续说，"你们长大了

要替我去报复何小勇，你们认识何小勇的两个女儿吗？认识，你们知道何小勇的女儿叫什么名字吗？不知道，不知道没关系，只要能认出来就行。你们记住，等你们长大，你们去把何小勇的两个女儿强奸了。"

自己的妻子在婚前与其他男人怀了孩子，造成养了十几年别人的儿子的后果，许三观就是一个普通的小人物，他可不会去谅解，而是去想方设法报复，各种方法都失败后，他的最终解决现在仇恨的方式，居然是留给未来，不是君子报仇十年不晚的坚韧，而是非常龌龊，许三观居然让儿子长大后强奸何小勇的两个女儿。其实，这才是人类的常态，底层小人物由于生存状态和教育水平的限制更容易以暴制暴。许三观的选择，其实更衬托了福贵和家珍的造作，当然根源仍然在于隐含作者的建构。

4. 抽象化与《许三观卖血记》。

如果只从作品叙述语言来看，余华的《现实一种》（1988）也是相当客观的作品，兄弟因为孩子的失手杀人而互相残杀，小说冷酷而血腥地描写亲兄弟的杀戮，但整篇的结构和意义指向却在述说一个抽象的"人性本恶"观念。从《活着》到《许三观卖血记》，小说人物也有着一个抽象化的过程，从福贵的苦难的个体性、特殊性到许三观的苦难的普遍性、大众性；《许三观卖血记》的抽象与《现实一种》等早期小说的抽象也不同，《现实一种》《河边的错误》的抽象是为了阐述性恶无边、存在荒谬等观念，《呼喊与细雨》为了铺排日常生活中人性丑恶，即使有那种从表面上看起来属于底层群体的人物也是高度抽象化的，是为了作者的观念服务的，也就是说，早期的"底层"面目是模糊的，而且必须代表人类的抽象的性恶，不必非是底层的身份，而是"间接伤害"，随便被安排了一个底层身份。而《许三观卖血记》的抽象在于描写一类人的生活，就是城镇小人物。余华似乎在由爱情进入平凡的婚姻之后，恢复了先锋时代的冷酷或冷静，生活的复杂又使他有一定的深入体悟，因此能够把哲学家式的思考与客观观察结合，开始从平凡的生活中发现规律或某些"本质"。最明显的表现是，那种苦难中的故作温情很少出现了，而更多的是小人物在重压之下的人格扭曲与对家人的日常式的"残酷"。如许玉兰婚前有过性行为，许三观知道后非常郁闷，在家"拷问"许玉兰：

> 许三观把许玉兰拉起来，又掴了一记耳光，他骂道：
>
> "你这个婊子，你还说你没有偷汉……"
>
> "我是没有偷汉，"许玉兰说，"是何小勇干的，他先把我压在了墙上，又把我拉到了床上……"
>
> "别说啦！"
>
> 许三观喊道，喊完以后他又想知道是怎么回事，就说：
>
> "你就不去推他？咬他？踢他？"
>
> "我推了，我也踢了。"许玉兰说，"他把我往墙上一压就捏住了我的两个奶子……"
>
> "别说啦！"
>
> 许三观喊着给了许玉兰左右两记耳光，打完耳光以后，他还是想知道是怎么一回事。
>
> 他说："他捏住了你的奶子，你就让他睡啦？"
>
> 许玉兰双手捧着自己的脸，眼睛也捧在了手上。
>
> "你说！"
>
> "我不敢说，"许玉兰摇了摇头，"我一说你就给我吃耳光，我的眼睛被你打得昏昏沉沉，我的牙齿被你打得又酸又疼，我的脸像是被火在烧一样。"
>
> "你说！他捏住了你的奶子以后……"
>
> "他捏住了我的奶子，我就一点力气都没有了。"
>
> "你就跟他上床啦？"

"我一点力气都没有了，是他把我拖到床上去的……"

许三观拷问许玉兰和其他男人的做爱细节，充满着痛苦、矛盾和好奇，时常让人忍俊不禁。对于许三观本人，文本中的他可不像福贵那么充满温情了，而是相当狠毒，折磨起妻子来有着流氓式的下作，而且从叙事方式来看，整部小说中已经没有第二叙述人的存在，隐含作者操纵的那个叙述人在故作毫无表情地讲述故事，情绪的缓冲消失，且是第三人称叙事下许三观被讲述，也确实给了读者"客观"的效果。

第三人称叙述人：零度叙事

虽然从《活着》到《许三观卖血记》的叙事内容变化了很多，但是余华八十年代的后现代叙述特色不可能全部抛弃，肯定有所变有所留，如不管是《现实一种》还是《许三观卖血记》，都采取了一种冷静的旁观态度进行叙述，类似余华后现代时期的"零度写作"，但对于余华那个隐含作者，和先锋时代一样，都不能真正地客观，表面的"零度"之下其实带着情绪，或者是嘲讽或者是否定。

前面说过，从《活着》到《许三观卖血记》在叙事模式上的最大变化就是双重叙述人的取消，不再有双重叙事时空的存在，只有一个隐含的文本外叙述人，上帝一般高高在上地观察、讲述。说是"隐含叙述人"，是因为小说情节的推动和事实的陈述大部分是通过人物对话和行动来实现的，从叙事表层来看，小说的叙述人完全隐藏在幕后，他没有塑造另一个身份可变的叙述人来代替隐含作者或人物角色说话，而是通过安排人物的一颦一笑、一言一语来制造必要的叙事效果；其次，隐含作者／叙述人很少直接表达自己的价值判断，他的叙述人在叙述的过程中一直保持冷静甚至冷漠的态度，从而类似后现代小说的"零度叙事"。从文本的主要行动者许三观来说，他是个简单的小人物，生存于社会最下层，无经济权，无政治权，无话语权，就是为了一口饭活着，为了养活家人他会蝇营狗苟不顾道德，他有时候行事不合逻辑，他有时候愚蠢，有的时候鲁莽，有的时候善良，有的时候凶恶，但隐含作者／叙述人从来不评价，甚至不干涉，没有给他否定或赞扬。隐含作者的这种不评价，显示了他的叙事态度，并非宽容，而是故意的"零度"，这样可使作品看上去更真实可信。叙述人如果过分强调自己的立场，一方面从作者编码角度看会使隐含作者控制了人物，丧失了丰富性，另一方面，从解码角度看会使读者失去选择的自由，人物的简单化和道德的固化容易损害作品的真实感。

　　第三人称叙述人把自己的价值判断和立场尽力隐藏起来，并不代表他没有立场。退一步说，没有立场也是一种立场，何况余华本人的写作风格已经决定了他不可能没有立场。在叙述人叙事过程中，他的立场已经包含在了修辞植入、符号选择、叙事方式等表现形式当中。在《许三观卖血记》中，隐含作者和叙述人都尽可能不进行叙事干涉，让行动者自己来"表演"。从现实中的智商等级来看，许三观其实是一个教育水平低下、智商稍低于平均水平的小镇工人，行事简单，很少有心计，与鲁迅的阿Q形象有相似之处，经常会给人"缺心眼"的感觉，即智商有明显缺陷，比如，他面对任何不合理的事情时，都能异想天开地搞出一套能让自己相信的逻辑。比如他是这样劝老丈人把许玉兰嫁给自己的：两人都姓许，生孩子的话也姓许，两家都占便宜，既承父姓又随了母姓，嫁给何小勇的话只会姓何，女方就吃大亏了。面对生活的挫折他又找到了一套解决方法——卖血，整部小说就是详细地叙述许三观几次卖血的原因和过程，每次都严格遵循一套通过"作弊"以多卖血的土"程序"。

　　许三观从年轻到年老，经历了若干次卖血，历程达几十年，这些年间，人们对卖血这一事件的看法从农村到城市发生了很大的变化，但在许三观那儿从来没有变过，就是帮自己和家人渡过难关；人类生存民族国家之类宏大命题从来都与他无关，他只是用各种方式应对现实中的苦难，而且是被动的、狼狈的、充满血泪的，一次又一次地卖血，他对这个世界毫无反省，也谈上不认识的变化，更谈不上现代人的"成长"，体现了受中国道家思想影响的小人物对苦难的逆来顺受。

许三观的简单和隐含作者的冷眼旁观形成了鲜明的对比。隐含作者安排了一切，让许三观经历各种苦难出各种丑，却用一种完全客观的语调把情节叙述出来，把许三观的形象似乎由许三观自己"呈现"出来。许三观越天真，逻辑越幼稚，隐含作者就越"阴险"地达到了嘲笑他的目的。比如前两次卖血，许三观每次都认真地模仿阿方他们说"二两黄酒，温一温"，不过是因为卖血老手阿方说黄酒能补血，而且要温的才好，于是许三观虔诚地遵守卖血"规则"，但许三观是夏天卖血，温度很高了，这种愚蠢式的模仿很让人发笑。虽然叙述人在一旁沉默着装无辜，实际已经暴露了许三观的智商。就此，隐含作者凭借他上帝般的权力，不断地把各种事实推给行动者，逼其不断地应对各种事件：大儿子一乐养了十几年才发现居然是妻子的前男友的；无意中一次婚外情，却被女方丈夫逼着赔钱，不得不花钱做乌龟王八；大跃进时代城镇也闹饥荒，他们一家人要活下去；别人的儿子一乐居然生了大病，他还要给他治病等等。

所有的事件，隐含作者都隐藏在一边，几乎让人感觉不到他的存在，他化身的叙述人也一言不发，刻意制造了自己与人物之间的距离，又更好地保持自己的权威，达到了"零度叙事"的效果。

如在"文革"时，许玉兰因为被人贴大字报揭发婚前性行为而被批斗，儿子都不肯给被打成"破鞋"并关押的许玉兰送饭，许三观却坚持要送饭。当然他并不是聪明到看得清政治风暴的迷雾，也未必是比三个儿子要清醒，而是他的性格中有一种坚定的成分，就是他的原则，他坚持的家庭责任和夫妻间患难时相濡以沫的情感。具体的场景描写中，许三观的机智甚至表现出了与《活着》类似的温情：

> 有几个人看到许玉兰坐在凳子上吃饭，就走过来往许玉兰手上的锅里看了看，问许三观："你给她吃些什么？"
>
> 许三观赶紧把许玉兰手上的锅拿过来给他们看，对他们说："你们看，锅里只有米饭，没有菜；你们看清楚了，我没有给她吃菜。"
>
> 他们点点头说："我们看见了，锅里没有菜。"有一个人问："你为什么不给她在锅里放些菜？全是米饭，吃起来又淡又没有味道。"
>
> 许三观说："我不能给她吃好的。"
>
> "我要是给她吃好的，"许三观指着许玉兰说，"我就是包庇她了，我让她只吃米饭不吃菜，也是在批斗她……"
>
> 许三观和他们说话的时候，许玉兰一直低着头，饭含在嘴里也不敢嚼了，等他们走开去，走远了，许玉兰重新咀嚼起来，看到四周没有人了，许三观就轻声对她说：
>
> "我把菜藏在米饭下面，现在没有人，你快吃口菜。"
>
> 许玉兰用勺子从米饭上面挖下去，看到下面藏了很多肉，许三观为她做了红烧肉，她就往嘴里放了一块红烧肉，低着头继续咀嚼，许三观轻声说：
>
> "这是我偷偷给你做的，儿子们都不知道。"

叙述人虽然一句评价都没有，是典型的余华式"零度叙事"，但却能从文本内部解码出隐含作者隐藏的情感和价值指向。这段明明是在说"文革"中挨批斗不准吃饭，许三观将之替换成了"不准吃菜"，那些"造反"人士居然还真被绕进去了，认可了许三观的"惩罚"，且很"善意"地建议许三观给她点菜。等那些人一走，许三观却偷偷地告诉许玉兰，米饭下不但有菜，还有肉。这样的安排，可以看成隐含作者的噱头，如《活着》中的第一叙述人经常关注下半身一样；也可以看成小人物幽默地面对苦难的温情，许三观此举和福贵一样，表现出一种小人物特有的温暖，并让接受者产生对人性之善的敬意。

再有，同样是一个温黄酒的情节，许三观从被动地模仿，变成主动地教后来的卖血者，到最后吃猪肝喝酒变成了卖血的目的，隐含作者似乎在渐渐放弃对许三观的控制，让人物获得更多的主动性，相比前半部讽刺意味大大减少，或者其目的就是加强读者对许三观的同情感，如同对《活着》一样，大众的同情才让许三观这个形象有站得住脚的理由和价值。特别是后来对不是自己的亲生儿子的一乐的大病，近于老年阶段的许三观又一次卖血，表现了一个小人物对家庭的勇敢担当，"零度叙事"之下给了许三观这一形象以强大且感人的正面价值。就此，许三观的价值观与读者所持的普遍价值有了越来越多的重合的地方，从而获得了越来越多的接受和认同。

当然卖血毕竟不是好事，对身体伤害很大。许三观老了之后，发现了这个问题，他曾经对船家两兄弟这样介绍卖血："我年轻的时候也这样想，我觉得这身上的血就是一棵摇钱树，没钱了，缺钱了，摇一摇，钱就来了。其实不是这样，当初带着我去卖血的有两个人，一个叫阿方，一个叫根龙，如今阿方身体败掉了，根龙卖血卖死了。你们往后不要常去卖血，卖一次要歇上三个月，除非急着要用钱，才能多卖几次，连着去卖血，身体就会败掉。你们要记住我的话，我是过来人……"这种"智慧"，只是单纯的生活经验，与"成长"和智商都没关系，但这也能算是许三观不曾有过的反思活动了。隐含作者安排他介绍经验给船家两兄弟，也是表达对陌生人的善意，和对许三观的正面肯定。

总之，《许三观卖血记》里的隐含作者或叙述人有着高超的叙述技巧。他既生动地刻画了一个某些地方让读者发笑的人物，又没有将这种反讽进行到底使作品落入无意义的笑料当中。他适时地给了人物情感的自由，这就是他隐含的价值判断——他认同许三观用自己朴素的方式对抗生活的不幸。

1. 白描手法的运用。

《活着》把白描手法运用得出神入化，但《许三观卖血记》中距离更远，情感更加趋近"零度"。

布斯曾说："与一个在不起作用的作者陪伴下的叙述者打交道，所产生的最重要的印象，就是情感上距离的渐渐缩小。"[1]这句话中，"不起作用"的作者即是指"零度"叙述人，布斯认为，叙述者采用了完全客观的眼光，那么人物与读者之间更容易产生理解和同情。因为读者接受叙述时是在对隐含作者创造的虚构世界做出反应，正如那些人物一样，所以如果叙述者不加评判，那么读者更容易接受人物的价值选择，因而产生同情。其实，布斯的前提是，要是一部优秀的文学作品才可能产生这样的效果，一个叙事能力和文学才华很低的作家，怎么都不可能成功。《许三观卖血记》正是一部相当出色的作品，布斯的理论也正好能从一个角度证明此作品的成功。《许三观卖血记》中无论是场景展示还是概述，叙述人都不但基本不做任何价值判断，甚至连描述性的形容词也很少使用。

如对大跃进时期城镇居民饥饿状态的描述，让人触目惊心：

> 许三观一家人从这天起，每天只喝两次玉米稀粥了，早晨一次，晚上一次，别的时间全家都躺在床上，不说话也不动。一说话一动，肚子里就会咕咚咕咚响起来；就会饿。不说话也不动，静静地躺在床上，就会睡着了。于是

---

[1] ［美］布斯：《小说修辞学》，华明等译，北京大学出版社1987年，第305—306页。

> 许三观一家人从白天睡到晚上，又从晚上睡到白天，一睡
> 睡到了这一年的十二月六日……

　　这种不做任何评价的描写，比从心理角度刻画其苦其恨及其面对灾难的无奈效果要好得多。再如描写六十岁的许三观想再去卖血，只为证明自己年轻，且还想吃次猪肝，但年轻的血头不但不让他卖，还侮辱了他，他很伤心地当众哭了：

> 许三观开始哭了，他敞开胸口的衣服走过去，让风呼
> 呼地吹在他的脸上，吹在他的胸口；让混浊的眼泪涌出眼
> 眶，沿着两侧的脸颊刷刷地流，流到了脖子里，流到了胸
> 口上，他抬起手去擦了擦，眼泪又流到了他的手上，在他
> 的手掌上流，也在他的手背上流。他的脚在往前走，他的
> 眼泪在往下流。

　　这段写许三观哭没有写他哭得多伤心，只写眼泪怎么流，许三观怎么擦，不用任何调动情绪的语词。但是许三观的悲伤引起的同情并不少，他悲伤的原因很直接——"他想着年轻血头的话，他老了，他身上的死血比活血多，他的血没人要了，只有油漆匠会要"，没有情绪性的描写，仅仅用了两个定语"死"和"活"，修饰了整部作品的核心，把心理活动变成了"外化"的白描，突出了对许三观的人生最重要的东西——"血"，对读者的冲击力比通篇描写许三观内心要更大。其后这句话里剩下的就是纯粹的叙述——许三观的一套逻辑：家里每次灾祸都是靠卖血，今后他的血没人要了，再有灾祸怎么办——这时读者已经完全进入了许三观的逻辑当中，体会到了他的悲伤，作品的情绪渲染已经成功了。这应该是"零度叙事"或白描手法的巨大成功。

2. 对话体的运用。

《许三观卖血记》在叙述方面的另一特殊之处在于，它的故事层面绝少动作、场景、人物内心描写，而基本上完全由对话组成。事实上，不仅其对话形式的多样极为罕见，这些对话在文本中的作用也非常特殊。或者这也是"余氏零度叙事"的特色，与《活着》的某些段落很相似，《许三观卖血记》运用得更加贴近生活，也更近最自然的客观。

在占文本百分之八十以上的对话中，有一般文本中常见的人物对话，更有大量的以第一人称直接引语表现出的人物语言。如果说，人物的对话是静态的，是对场景的描摹、对人物性格的展现，那么，这一文本中的直接引语，则因与叙述者对人物行为的客观陈述紧密缝合在一起，部分取代了叙述者而呈现出某种动态性。它的作用不仅在于展现场景，更成为人物行动的原因、事件不断绵延展开的动因，从而使整个文本成为由人物语言、人物的反应、事件的不断展开构成的一个巨大的"对话体"，人物语言则在这个"对话体"中发挥核心作用。如许三观去看望有老年痴呆症的爷爷：

（他爷爷）问他："我儿，你的脸在哪里？"

许三观说："爷爷，我不是你儿，我是你孙子，我的脸在这里……"

……

他爷爷问："你爹为什么不来看我？"

"我爹早死了。"

……

爷爷说："我儿，你身子骨结实吗？"

"结实。"许三观说，"爷爷，我不是你儿。"

上面所引的不少片段其实都是对话，且不用再多列举。这些对话的话语主体都由故事中的具体人物充当，描摹生动，充满个性，以至于虽然缺乏对话环境、人物神态和动作等"语境"，老人的痴呆和重复与许三观的那种"缺心眼"式的简单任性却已宛然在目。显然，这种私人对话可以鲜明地表现出人物的性格和特征。同时，这个片段也代表着余华叙事的"重复"手法的新变化，人物的对话中经常有特意的重复，如上段中"爷爷，我不是你儿"即是叙述人突出人物性格的常用方法。

第四节 《许三观卖血记》的问题：干硬的嘲讽

《许三观卖血记》中最精彩的场景之一，就是饥饿年代许三观发明的"嘴烧肉"，可以与《活着》中的有庆之死的场景相媲美。大跃进时期城市里也没了粮食供应，许三观一家没东西吃，饿得一天到晚在床上躺着以节省粮食，许三观生日这天，为了庆祝，许三观发明了用嘴"烧肉"来过瘾，类似望梅止渴，为了完整，引文很长，但很有必要：

> 这天晚上，一家人躺在床上时，许三观对儿子们说：
> "我知道你们心里最想的是什么，就是吃，你们想吃米饭，想吃用油炒出来的菜，想吃鱼啊肉啊的。今天我过生日，你们都跟着享福了，连糖都吃到了，可我知道你们心里还想吃，还想吃什么？看在我过生日的分上，今天我就辛苦一下，我用嘴给你们每人炒一道菜，你们就用耳朵听着吃了，你们别用嘴，用嘴连个屁都吃不到，都把耳朵竖起来，我马上就要炒菜了。想吃什么，你们自己点。一个一个来，先从三乐开始。三乐，你想吃什么？"
> 三乐说："我想吃肉。"

"三乐想吃肉，"许三观说，"我就给三乐做一个红烧肉。肉，有肥有瘦，红烧肉的话，最好是肥瘦各一半，而且还要带上肉皮。我先把肉切成一片一片的，有手指那么粗，半个手掌那么大，我给三乐切三片……"

　　三乐说："爹，给我切四片肉。"

　　"我给三乐切四片肉……"

　　三乐又说："爹，给我切五片肉。"

　　许三观说："你最多只能吃四片，你这么小一个人，五片肉会把你撑死的。我先把四片肉放到水里煮一会，煮熟就行，不能煮老了，煮熟后拿起来晾干，晾干以后放到油锅里一炸，再放上酱油，放上一点五香，放上一点黄酒，再放上水，就用文火慢慢地炖，炖上两个小时，水差不多炖干时，红烧肉就做成了……"

　　许三观听到了吞口水的声音。"揭开锅盖，一股肉香是扑鼻而来，拿起筷子，夹一片放到嘴里一咬……"

　　许三观听到吞口水的声音越来越响。"是三乐一个人在吞口水吗？我听声音这么响，一乐和二乐也在吞口水吧？许玉兰你也吞上口水了，你们听着，这道菜是专给三乐做的，只准三乐一个人吞口水，你们要是吞上口水，就是说你们在抢三乐的红烧肉吃，你们的菜在后面，先让三乐吃得心里踏实了，我再给你们做。三乐，你把耳朵竖直了……夹一片放到嘴里一咬，味道是，肥的是肥而不腻，瘦的是丝丝饱满。我为什么要用文火炖肉？就是为了让味道全部炖进去。三乐的这四片红烧肉是……三乐，你可以慢慢品尝了。接下去是二乐，二乐想吃什么？"

　　二乐说："我也要红烧肉，我要吃五片。"

　　"好，我现在给二乐切上五片肉，肥瘦各一半，放到水里一煮，煮熟了拿出来晾干，再放到……"

二乐说："爹，一乐和三乐在吞口水。"

"一乐，"许三观训斥道，"还没轮到你吞口水。"然后他继续说："二乐是五片肉，放到油锅里一炸，再放上酱油，放上五香……"

……

　　"文革"前受农村"大跃进"的影响，城市也没了粮食，没饭吃，以至"一家人已经喝了五十七天的玉米粥"，饥饿与对菜和肉的渴望可以想象，所以，为了解决饿和馋的问题，许三观发明了"嘴烧肉"，应为余华的神来之笔，设想得确实非常精彩，叙事时间与故事时间合一的场景描述类似舞台表演，人物的表情和菜的色香味都栩栩如生如在眼前。之后，读者会更同情底层小人物的悲惨命运，虽然是渡过苦难的人生小"智慧"，但也太可怜了。

　　不过，从另一方面看，这样的场景看似设置巧妙，表现了很好的想象力和叙事能力，但在现实生活中，这种场景几乎不可能发生。因为谁都知道，这样的想象只会使胃蠕动更活跃更频繁，饥饿感更强，胃部的不舒服只会加剧，最终让自己更痛苦。稍微有过饥饿经验的人都不可能做这样的蠢事。而为了加强效果，叙述人居然加上一句更离谱的想象，"说着许三观高兴地哈哈大笑起来"，没几个人会在胃疼难当的时候吃毒药让自己更痛，还能哈哈大笑。特别是在十天半个月内不可能得到充足食物的情况下，如此玩弄小聪明更不啻饮鸩止渴。

　　对比下《活着》中对饥饿的描写，就知道温情笼罩下的饥饿与"零度叙事"笼罩下的饥饿的差别：

　　　明知道没有野菜了，家珍还是整天挂着根树枝出去找野菜，有庆跟着她。有庆正在长身体，没有粮食吃，人瘦得像根竹竿。有庆总还是孩子，家珍有病路都走不动了，还是到处转悠着找野菜，有庆跟在后面，老是对家珍说：

"娘，我饿得走不动了。"

家珍上哪儿去给有庆找吃的，只好对他说：

"有庆，你就去喝几口水填填肚子吧。"

有庆也只能到池塘边去咕咚咕咚地喝一肚子水来充饥了。

《活着》中就温情多了，属于正常的饥饿描写，喝水获得暂时的吃饱感是一般人都有的经验，喝水充饥对经常挨饿的小人物更是常有的行为，而且事实上喝水确实能够及时减少饥饿和胃极度收缩造成的痛苦。余华此时非常克制，没有做任何发挥，小聪明没有介入，没故作幽默设想出一些"巧妙"噱头，因而也避免了把同情变成讽刺。《许三观卖血记》中的嘴炒菜场景则虚假多了，即使许三观被设置成一个智商有点问题的人，这种基本的生活经验他总是有的，他不可能相信不吃东西就能饱，也不会不知道"嘴烧肉"在饥饿几个月后的后果。其实，面对无法避免的苦难，底层人物最本能的做法是，尽可能用各种方法来减轻痛苦，"嘴烧肉"正是加重痛苦的相反行为。所以，这样的行为其实是隐含作者的小聪明介入的结果，其叙事效果则变成了对许三观代表的小人物的嘲讽。

这就涉及余华第二次转折时的底层问题。

余论　隐含作者的精英身份与对底层的态度

从反映底层人物或弱势群体（有意或无意中）这点来看，也是在《呼喊与细雨》这种"现实主义"作品中，真正的底层才开始出现。"我"的"父亲"孙广才就是一个典型的底层：政治上毫无权力，经济上常常填不饱肚子，文化上（精神上）无表达自己的能力；另一方面就是重重压迫下的扭曲人格，贪婪、自私、好色、不孝、无责任感、无进取心等。

有一点是相当清楚的，余华并不是有意识地去反映底层。"我是从底层出来的，所以我只能写自己相对熟悉的事情。我真的不知道如何去描写上流社会的人，我无法理解他们。"[①] 从生活状态和社会地位上看，余华从来没有作为真正的底层存在过。医生家庭和医生身份使他一直比底层的生存状态要充裕得多。所以，余华的底层只是他看到的底层，而不是他自己的个体亲身经验。与其说他关心底层，倒不如说他只熟悉一些小人物，在寻找小说素材时，他只有关于小人物的记忆，更重要的是，先锋时代余华笔下人物的身份都是模糊的，高度抽象的后现代观念使其重点在极端化的人性，当转向现实主义时，就必须给人物一个清晰的身份，那就是他相对熟悉的底层人物。而且底层的生存条件决定了他们的状态和心理都更容易极端。在余华的愤激时代，他大力描写底层的肮脏与丑陋，《呼喊与细雨》是集大成者，那时的余华正在绝望中寻找一个突破口，描述底层人物更容易发现丑恶的东西，写起来更"过瘾"，于是底层被描写得尤其丑恶。

到《活着》，作品对底层的态度也随着对人生态度的变化来了个大转弯。在幸福来临之后，《活着》集中描写底层的苦难，那时，爱情的甜蜜刚刚来临，强大的幸福感统治了一切，底层受到的压迫和苦难成为叙述的焦点，底层人物几乎完全成了被压迫者，作品很少涉及底层自身的扭曲。底层更容易招来苦难，苦难更容易衬托 1991 年的余华的幸福，然后出现了《活着》中那个充满温情却亲人全死光的福贵。然后是写底层小人物的苦难让余华无意中发现了一个快速凝聚读者注意力的言说之物，一条成功吸引众多粉丝的

---

① 　余华：《我的写作关注社会底层》，《南方日报》2014 年 4 月 29 日。

捷径，于是，产生了第二部现实主义风格的底层小说《许三观卖血记》。与《活着》不同的是，《许三观卖血记》变得复杂，写到工人的各个方面，从自私、好利、好色、好暴力、本能地否定他人、目光短浅、胆小怕事、无进取心，到节俭、有同情心、对家庭的责任感、能看出国家意识形态的虚假性等，可谓是中国社会二十世纪五十年代到九十年代初城镇底层的典型。在这部小说里，余华难能可贵地写到了各种社会权力对许三观这种底层小人物的压迫和剥削，从一个小小的血头、儿子下放地的大队干部到国家性政治运动中的各种耀武扬威者，都能从他身上榨出油水来，许三观的不断卖血，就是这种底层小人物消极对付各种压迫的办法。作品对底层人物自身的扭曲也有了更多的反映①，应该说，作家能"客观"地描写这一切，足见作家对底层的关心。但如上文所说，字里行间已经加入了越来越多的对底层人物的嘲讽。

《许三观卖血记》之所以有如此变化，或许正是和余华本人的变化直接相关。余华在爱情满意婚姻幸福后的四年，对人类之"泛爱"看起来已经减弱，就渐渐形成另一种冷漠。由于《活着》的巨大成功，他在冷漠中加入了《活着》的关注小人物的一维，就成了滑稽且下作又偶尔善良的许三观。要说家庭还有温暖的存在，那也是人性中善良一面的正常表现，而且，在整部小说中，这种善良已经比日常生活中的一般人表现善良的机会大大减少了。尽管"余氏零度叙事"给余华带来了不小的成功，其叙事效果确实与众不同，但也带来了不少负面效果，一个显著的特点就是，小说的叙述简化到了生硬的地步，以至会给人造作之感，甚至会无限损害作品中的人物形象。比如许三观与何小勇争夺许玉兰成功之后，许玉兰的父亲让她去告诉何小勇，许玉兰感到不好意思或感到这样做有点残酷，她父亲说："你就去对他说，你要结婚了，**新郎叫许三观，新**

---

① 关于《许三观卖血记》中对底层人格的阴暗面的反映，本人在《吃饱之后怎样》中有详细论述，参见《当代作家评论》2000年第4期。

郎不叫何小勇。"看似简单的"重复",实际却给人漫画化的感觉,两个"新郎"的出现非常不自然,因为平常人们很少这样说话,在非常情况下如得意忘形或故作幽默的时候才会有这种句式出现,不必要的重复使人感觉这是权力在握式或者无赖式的话语,用在毫无权力的底层人物身上给人的印象则是底层是愚蠢而简单的。这种特点未必是底层自身具有的,而是隐含作者通过叙述人在他的叙述中把这种感觉加给了底层小人物。

其实,这也是余华的叙事话语的另一个缺陷,即语言缺乏辨识度。从余华与其他作家的文学话语的对比来看,余华的语言当然是有着高度辨识度的。但从他自己作为全能上帝创作的那么多小说来看,其内部的话语高度缺乏辨识度,即无论谁说的话,都有很高的相似度,可能都是一个模式。在第一部长篇小说《呼喊与细雨》中,叙述人充满了对底层人物或人性本恶的轻视,人类的种种丑态被一点点地铺排开来,就在这种"从容不迫"中,作品经常会有一种阴暗的"诗意"。比如作品结尾,"我"从养父母家重新回到自己贫穷的家,家中正逢一场大火,父亲向围观的人说:

> 你们都看到大火了吧,壮观是真壮观,只是代价太大了。

这句话相当有"诗意",但这"诗意"很有问题。作为一个底层人物,父亲没受过什么教育,他能说出如此"诗意"又幽默的话吗?况且,一个农民在飞来横祸面前有可能如此"诗意"吗?倒更像是作家化身的那个隐含作者取代了人物说出的话——满含着冷漠的上帝的嘲讽,和矫揉造作的幽默。

《许三观卖血记》更是如此,由于小说的对话占了作品八成以上篇幅,特别是大量的直接引语都是叙述人的言说方式。只看对话,就会发现,小说中的所有行动者都一个腔调,没有区别性特征，老舍那种凭说话都能判断出是哪个人物的高度区别性特征在余华这儿是不存在的，《红楼梦》那种高超的有区别性的对话更不用说了，如果在"余氏零度叙事"之下，你会发现王熙凤和林黛玉说出的话没什么区别。这意味着隐含作者的包容性不高，所有的人都写成一个人，这样的写法确实值得反思。

从整部《许三观卖血记》的最后一句话我们也能看出些东西来，结尾老年许三观卖血不成后大哭一场，之后对许玉兰说：

> 这就叫屌毛出得比眉毛晚，长得倒比眉毛长。

从现实条件来看，许三观六十岁了，卖血不成实际很正常，而且几十年过去了，原来的老血头换成了一个年轻血头，年轻血头不认识他，那种熟人的表面的客气自然就没有了，所以说了很多难听的话讽刺他，让许三观六十岁的自尊大受伤害，以至在大街上不顾颜面地嚎啕大哭。许玉兰如何"安慰"许三观的也很值得思考，她当即破口大骂年轻血头：

> 他的血才是猪血，他的血连油漆匠都不会要，他的血只有阴沟、只有下水道才会要。他算什么东西？我认识他，就是那个沈傻子的儿子，他爹是个傻子，连一元钱和五元钱都分不清楚，他妈我也认识，他妈是个破鞋，都不知道他是谁的野种……

许玉兰的所谓"安慰"不是与人为善（不必和年轻人一般见识之类），而是以恶攻恶，而且只敢过"嘴瘾"，典型的阿Q精神胜利法，不但低劣，且如此恶毒，又如此猥琐。但其效果却好得出奇：许三观的心情果然变好了许多，很解气地说出了上述"粗话"。这是一句未必是底层人物才有的"粗话"，同地域内所有人无论是工人农民院士市长教授总裁，在急眼时和不爽时都可能说这样的话出来，意思大致是年轻人不知道尊重老年人，"文雅"点的说法是"老子吃的盐比你吃的米多""老子走的路比你走的桥多"。小说中安排如此结尾，不禁让人叹息：在漫长的"苦难叙述"之后，底层小人物竟没有一点"提高"，《活着》中那个道家无为式的大度老人哪儿去了？或许，余华用这句话来到达叙事终点，暗示了两个问题：

一方面，通过这样的结尾描述了一个恒定不变的底层：经历再多的苦难，都只是苦难，他们只是挨过，却无任何精神面貌的改变，没有思考也没有"提高"，一切都被本能地处理，然后一切照旧——或者可以说，这一方面正是鲁迅大力批判的"国民性"的恒久延续。包括《呼喊与细雨》中"父亲"孙广才掉在粪坑里淹死，尸体涨得像猪一般，也像是作家的有意安排：如此底层，只能死，而且只能有如此肮脏的死法——在这时的作家心中，或许此种人物无启蒙和拯救的必要。

另一方面，作家虽称这部小说是写"平等"的小说（韩文版自序），但从作品中却看不出"平等"的意思来，"平等是现代政治制度化的产物，追求平等是现代意识的体现"，《许三观卖血记》中许三观所追求的"平等"实际上是一种自私的狭隘的原始平均主义，残留着人性之恶。[1] 许三观内心从没平等过，他也没被平等对待过，他教育儿子也没表现过任何平等的意识，倒是另一种声音非常让人震撼：底层就是底层，他们的素质就是低的。那种暂时平淡的、《呼喊与细雨》中很直露的对底层的轻蔑又显示出来。

总体看余华的第二次重大转折，《活着》和《许三观卖血记》代表了余华迄今为止的最高文学成就，叙事技巧与思想达到了最好

---

① 王达敏：《一部关于平等的小说——余华长篇小说〈第七天〉》，《扬子江评论》
2013 年第 4 期。

的结合。

另一方面，余华从成为一个作家开始，就已经与底层拉开了距离，作品中底层的出现与变化代表着精英身份与弱势群体的关系的龃龉。与隐含作者的常变相应，文本中的底层形象也随其感觉发生晴雨表般的变化。大多数时候是文本中有着底层身份的人未必做底层应该做的事，这与余华一贯的形象建构规则相合，文本中的人物形象直接是隐含作者状态的投射。

到了2005年的《兄弟》，底层的形象就沿着精英的思路进一步变化，即在后工业时代被彻底边缘化。底层小人物懦弱无能每况愈下，新富阶层为非作歹却又飞黄腾达。

或者此可称为余华的第三次重大转折，余华创作生涯的第四阶段开始了。

第四章　后现代之欲望化一极：
消费主义下的《兄弟》之殇

　　《兄弟》出版于 2005 年，为《许三观卖血记》十年后，总结其规律，余华长篇小说创作时间间隔越来越长，《许三观卖血记》和《活着》之间的距离是三年，《活着》与《呼喊与细雨》的距离只有一年。但时间距离长不代表会手生，《兄弟》一出便吸引众多人的注意，至少从商业上讲，余华越来越成功了，《兄弟》一出版就有上海书城一日签售千余本的辉煌纪录[①]。这部小说还是余华最长的长篇小说，分为上部和下部，上部十七万字，下部三十三万字，上下部字数相差近一半，销量超过百万册，据说英文版在美国销量有五十万册，是余华前所未有的商业成功。

　　同时，我要说，余华同样在《兄弟》中表现出了他卓越的叙事才能。

　　余华应该是想在《兄弟》中讲一个非常吸引人的故事，内容上像《活着》一样有温情，又像"先锋小说"时代那样有批判力度，同时语言上又必须像《活着》一样平易，这样就既有力量又感动人，就能有和《活着》一样庞大的世俗读者群，兼有极好的专业口碑。很幸运的是，这几方面的大部分余华都做到了：平易的语言，社会化的故事，血和眼泪，满足了各类世俗大众的文化消费需要，确实值得称赞；而且从叙事能力来讲，余华讲故事的能力有增无减，以

---

① 徐颖、艾家静：《余华〈兄弟〉书城签售再刮"余旋风"》，《新闻晨报》2006 年 3 月 20 日。

简单的口语化的语言制造了一场成功的语言狂欢和后现代消费主义式的感官盛宴，还是很值得大力肯定的。但余华在一个很重要的地方输掉了——这一方面对已经越来越成功的他似乎越来越不重要了。

这个输掉的一面，就是纯文学的要求和标准。对于任何被称为"文学"的文本，商业上的成功并不能代表文学上的成功。在此意义上，《兄弟》还创造了余华创作生涯上的另一个纪录，即最受批评家厌恶和背负了最多骂名的小说。销量和否定，成为2005年的余华的两个极端。可能主要原因在于，叙述人在语言狂欢中破绽过多，有论者对《兄弟》中的逻辑漏洞感到吃惊："《兄弟》只剩下过程的平面化的延长，不合理不可能情节的充实，人工制造的细节的增加。可以说，我们从《兄弟》中看到的叙事逻辑是满目疮痍，令人难以置信的。"①这不是一个批评者的观点，几乎是众多评论家的共识。很多论者认为，二十世纪后几年的余华太过辉煌，在国内乃至国际得到的荣誉太多，以至忘了自己首先是一个作家，自己写的东西都懒得动脑筋推敲了，以致情节和细节上出现过多破绽。

由于本书的主旨是纯文学批评，所以还是要在余华的商业成功之外，分析其文学性上的失败表现在哪儿——很多时候，分析失败比分析成功更有意义。整体来看，这部小说的上部还是一个"文革"故事，带着小人物的卑微和苦难，好似又回到了《活着》的死亡叙述，小人物一个个悲惨地死掉，伴随死亡的是温情。在一年之后出版的下部，讲述了以"偷看屁股"成名的李光头发家并成为一方GDP创造者的故事。

先看《兄弟》上部开篇，似乎有些异样：

> 我们刘镇的超级巨富李光头异想天开，打算花上两千万美元的买路钱，搭乘俄罗斯联盟号飞船上太空去游览一番。李光头坐在他远近闻名的镀金马桶上，闭上眼睛开

---

① 马跃敏：《兄弟：余华的困境与歧途》，《当代文坛》2006年第3期。

始想象自己在太空轨道上的漂泊生涯，四周的冷清深不可测，李光头俯瞰壮丽的地球如何徐徐展开，不由心酸落泪，这时候他才意识到自己在地球上已经是举目无亲了。

他曾经有个相依为命的兄弟叫宋钢，这个比他大一岁、比他高出一头，忠厚倔强的宋钢三年前死了，变成了一堆骨灰，装在一个小小的木盒子里。李光头想到装着宋钢的小小骨灰盒就会感慨万千，心想一棵小树烧出来的灰也比宋钢的骨灰多。

叙事的起点应该和《活着》一样，采用了倒叙手法，时空的打乱导致一开始就已经是结束，就是说，一开始我们就知道了整个故事的结果，这意味着吸引读者的不再是结果，而是过程和细节，这一点，叙述人或者作为隐含作者的余华一点也不担心。说这个叙事起点有点"异样"，是因为全书的叙事起点就定位了一个"流氓巨富"的形象：有情有义又有钱。不过从后文所展开的此人的所作所为来看，这个起点并不能算是可靠叙事。这个片段用了一个词来形容兄弟的关系："相依为命"，那可是言不由衷。这个富翁不但无恶不作，还在兄弟宋钢落难之时抢了他的妻子，直接导致了宋钢自杀。如果这段话就是李光头视点的隐性独白，那么这个词的出现就是李光头流氓习性不改，作恶多端还给自己涂脂抹粉颠倒黑白。如果这段是叙述人发出的，那么控制叙述人的隐含作者的价值观一定出了问题——或者变成了后现代式的价值多元主义。

说是后现代，此时余华的风格已经不是先锋时代的后现代，二十世纪八十年代的后现代是摧毁的解构的革命的后现代，而九十年代的后现代是后现代的另一极，是世俗化的后现代，是消费主义的后现代，是欲望化、物质化、无中心、道德多元的后现代。此时的后现代的典型特点之一，就是过于关注个体的欲望，并直接与金钱相联系。

第一节　欲望消费之极致："屁股叙事"

对于评论家来说，不得不评价一部有重大缺陷的作品是双向的伤害。它带来的不仅仅是双向的失望，更还有双向的贫乏。

《兄弟》遭到如此强烈的、经久不息的批评，并非是没有原因的，曾经对余华大力赞扬的批评家们不可能在某人号召下突然集体倒戈，而是《兄弟》的讲述方式和内容太让人瞠目结舌了。《兄弟》叙事建构的核心催化点之一为"屁股"，叙事一开始就是从下半身开始的。主角李光头一出现就以一次偷看了五个女性的屁股而轰动刘镇。时年十四岁的李光头，子承父业，去偷看公厕隔壁女人屁股被当场抓住；一位作家和一位诗人，一边自称超鲁迅郭沫若赶李白杜甫，一边押着这孩子洋洋得意地在镇上绕圈；一位被这孩子看过屁股的女人当着满街的人对她丈夫大叫："我的屁股从来只让你一个人看，现在让这小流氓看了，这世上见过我屁股的就有两个人了……"派出所警察接案后不是积极处理"罪犯"，而是想方设法从这小孩嘴里打听那几个屁股的样子，因为这五个屁股中有一个是刘镇第一美女林红的。这个孩子不但无罪还因而得福，显示了惊人的经济头脑，以"屁股讲述"换吃的，于是，整个小镇的男性居民都愿意为这孩子买一碗三鲜面，来换取他的描述……

"屁股"是比"乳房""长腿"之类更直接的性符号，小说从"屁股"开始，且贯穿始终，就已经不再是被重重伪饰的"力比多"，不再是隐秘的潜意识，而是直接上升到意识表层，变成了后现代消费主义时期的直接消费对象。如果说，李光头"成长"中的"屁股"相当于拉康式的"主体"得以形成的重要工具，那么，在成年人眼里李光头言说中的"屁股"则是赤裸裸的性欲望的广场式展览。

而且要注意的是，让批评家们真正厌恶的是叙述人进入了李光头的视点，从他的角度让读者看到了五个女人的屁股，进而形成了下面五十万字的长盛不衰的下半身叙事。这着实让批评家们不满："中国社会从来不存在《兄弟》中展示的逻辑和画面，中国人性饥渴的表现从来是隐蔽的、难以察觉的，从不会如此浅显，浅显得让人目瞪口呆。"①

这个"意淫"的叙述人已经不再是《活着》中偶尔关注一下下半身的那个无所事事的第一叙述人，而是"认真"地以一个只关注下半身的小流氓为主角，精心策划李光头的"屁股"表演，勾起了形形色色的人们对屁股的各种各样的关注方式与想象方式。而且设定了包括警察和文化人在内的全部人的无聊与下作，制造了"全民色情"的幻象。即小说文本本身与主要行动者李光头同构，或者隐含作者全权建构的"屁股叙事"成就了文本内外的窥视欲和成名欲。某种程度上，叙述人的身份与福楼拜的《包法利夫人》类似，后者以一个"不道德"的叙述者建构了一个文学史上划时代的不可靠叙事，当时也招来了很多批评和咒骂。但《兄弟》的不可靠叙事更有冲击力且更有后现代感——或者不能与福楼拜相提并论，因为隐含作者明显没有福楼拜的严肃性和批判意识。

　　李光头小小年纪就知道了自己的价值所在，他明白了自己虽然臭名昭著，可自己是一块臭豆腐，闻起来臭，吃起来香。他知道自己在厕所里偷看到的五个屁股，有四个是不值钱的**跳楼甩卖价，可是林红的屁股不得了，那是价值连城的超五星级的屁股**。李光头后来之所以能够成为我们刘镇的超级巨富，因为他是个天生的商人。他十四岁的时候就拿着林红的屁股跟人做起了生意，而且还知道讨价还价。他只要一看到那些好色男群众的亲热嘴脸，只要有人搂着他的肩膀，只要有人拍着他的肩膀，他就知道他们

① 　马跃敏：《兄弟：余华的困境与歧途》，《当代文坛》2006 年第 3 期。

都是想到自己这里来打听林红的屁股秘密。

这段似乎看不出隐含作者的态度，一直在以李光头的视点讲述屁股的价值。但此时却扯出另一个贯穿始终的人物的价值，即小镇第一美女林红。林红以屁股始，以屁股终，最后成为一个妓女，开了一个生意兴隆的妓院，成为后现代性符号衍生的经典事件。就此，人们在后现代消费主义时代消费别人、消费自己、消费一切，而主要的消费商品之一就是色情消费，变成大众化的全民狂欢式色情表演。

第二节 《活着》与先锋同在：
温情叙事与血腥叙事的拼接

如果没有下部，《兄弟》上部除了细节上的诸多破绽，其整体口碑还是不错的，温情叙事与血腥叙事的渲染相当成功，不少普通读者都表示是在泪中读完小说。从主题结构上看，整部小说的特点就是分裂和拼盘化。《活着》的温情，先锋时代的血腥和性恶叙事，《许三观卖血记》故作冷漠的语言，每个时期的余华的辉煌都被拼接到了这部小说之中。

血腥的"文革"叙事：先锋时代的血与恶重现

《兄弟》的上部中不仅有以李光头为主的"屁股叙事"，还有以他的继父宋凡平和生母李兰为主的温情叙事和血腥的"文革"叙事。

先看"文革"叙事。"文革"在余华的作品中在先锋时代就已经存在，那时是抽象的叙事，如《一九八六年》《往事与刑罚》，极尽残酷之能事。《活着》和《许三观卖血记》中从一个角度，即限于小人物的视点来描写"文革"。《兄弟》中是从各阶层的较广视野来展现"文革",形成现实主义式的"文革"叙事,又有余华的苦难叙事的特点。

> 我们刘镇打铁的童铁匠高举铁锤,喊叫着要做一个见义勇为的革命铁匠,把阶级敌人的狗头狗腿砸扁砸烂,砸扁了像镰刀锄头,砸烂了像废铜烂铁。
>
> 我们刘镇的余拔牙高举拔牙钳子,喊叫着要做一个爱憎分明的革命牙医,要拔掉阶级敌人的好牙,拔掉阶级兄弟的坏牙。
>
> 我们刘镇做衣服的张裁缝脖子上挂着皮尺,喊叫着要做一个心明眼亮的革命裁缝,见到阶级兄弟阶级姐妹要做出世界上最新最美的衣服,见到阶级敌人要做出世界上最破最烂的寿衣,不!错啦!是最破最烂的裹尸布。
>
> 我们刘镇卖冰棍的王冰棍背着冰棍箱子,喊叫着要做一个永不融化的革命冰棍,他喊叫着口号,喊叫着卖冰棍啦,冰棍只卖给阶级兄弟阶级姐妹,不卖给阶级敌人。王冰棍生意红火,他卖出一根冰棍就是发出一张革命证书,他喊叫着:快来买呀,买我冰棍的都是阶级兄弟阶级姐妹;不买我冰棍的都是阶级敌人。
>
> 我们刘镇磨剪刀的父子两个关剪刀,手举两把剪刀喊叫着要做两个锋芒毕露的革命剪刀,见到阶级敌人就要剪掉他们的屌,老关剪刀话音刚落,小关剪刀憋不住尿了,嘴里念念有词地"剪剪剪""屌屌屌",冲出游行的队伍,贴着墙角解裤子撒尿了。

这段是黑色幽默式的对"文革"的嘲讽,表现在下层那儿是一切政治运动都是可笑的,表现在善良人那儿是正常的生活被严重破坏，表现在恶人那儿是去破坏别人的生活的大好时机。整体语言简单直白，不断重复，类似《许三观卖血记》中的重复叙事，"阶级兄弟"和"阶级敌人"每类人都以同样的句式重复一遍或很多遍，极具荒诞感。这就是余华叙事的力量之一，简单和重复。李敬泽曾在《警惕被宽阔的大门所迷惑》中说："小说家余华的神秘力量在于，他在根本上是简单的，他一直能够拎出简明、抽象、富于洞见的模式，告诉我们，此即人生。如同真理是朴素的，余华的简单总是能够令人震撼。"①李敬泽的评价很有文学感觉，简单的两个字概括出了余华成功的秘诀之一。不要忽视了关键一点，他这段话是针对余华的《活着》和《许三观卖血记》的，他对《兄弟》很失望，这点下文会有提及。《兄弟》中的简单与《活着》中的简单，那可是冰火两重天，不可同日而语。《兄弟》上部对"文革"的描写还有过度之嫌。上面对"文革"的描写就比较典型。虽然是乌合之众，但描写得太同一化了，数人一面，说话的方式都毫无差别。这就是叙述人和其背后的隐含作者的问题。所有人都是假革命，把革命当成闹剧，都被描写成借运动牟私利，如许三观一样的小人物把"文革"当成公报私仇的大好时机，流氓无产者则把运动当成自己出人头地随意整人的好日子。但是，"文革"不只是有这样的人，还有另一种人，另一种对待"文革"的态度，如不少红卫兵很可能有真正的革命激情，把"文革"写成只有流氓是有问题的。如果一个普通人把"文革"说成单一的阴暗和性恶爆发还可以理解，一个优秀的作家居然也如此看待"文革"，那就是作家本身的眼界所致。大部分中国人都对"文革"没有好感，因为它给中国带来了巨大的灾难，但我们要认识到的是，"文革"确实有复杂的一面，至少有一部分人在开始确实有"革命"理想，不是所有人都为了一己私利。八十年代初期的知青小说对"文革"已经有了相对复杂的反思，如梁晓声、张承志和王蒙等，像余华这样的描写，对象全是不

---

① 李敬泽：《警惕被宽阔的大门所迷惑》，《新京报》2005 年 8 月 19 日。

知"文革"为何物的下层小人物，都变成了利用"文革"肆无忌惮地发泄人性之恶，这样的描写违背了作家反映现实的复杂性的原则，别说"复调"式的人物自由发展了。

再看下面这段重复叙事：

> 昨天来游行的人今天又嘻嘻哈哈地来了；昨天来贴大字报的人今天又在往墙上刷着糨糊；昨天高举铁锤的童铁匠今天还是高举铁锤，又在喊叫着要再砸烂砸扁阶级敌人的狗头狗腿；昨天高举钳子的余拔牙今天还是高举钳子，又在喊叫着要拔掉阶级敌人的好牙；昨天叫卖冰棍的王冰棍今天还是背着冰棍箱子，跟着游行队伍敲敲打打，喊叫着要把冰棍卖给阶级兄弟阶级姐妹；昨天脖子上挂着皮尺游行的张裁缝今天的脖子上还挂着皮尺，喊叫着要给阶级敌人做出最破最烂的寿衣，他又喊错啦，又急忙改成了裹尸布；昨天手举剪刀的老关剪刀今天还是手举剪刀，在空中咔嚓咔嚓地剪着阶级敌人虚幻的屌，昨天贴墙根撒尿的小关剪刀今天又站在那里解裤子了；昨天唾沫横飞的、咳嗽的、打喷嚏的、放屁的、吐痰的和吵架的，今天一个不少全在大街上。

这段把前面描写的乌合之众的各种表现又讲述了一遍，不只是重复，而且是重复的重复，把上面一段的重复的部分再特意抽取出来重复，形成三重式的重复叙事，感觉虽然能够加强了一种荒谬感，但也有多余感，因为这样使用重复手法只是把同一群人写得更滑稽、更单一，没有更深的意义。再者，这段话表面类似莫言的泥沙俱下的语言，"屌""尿""屁"乱飞，但仍然只是简单的重复，缺乏莫言的复杂性和深度，只能算是浮浅的市井话语。

对"文革"的同类描写，《活着》和《许三观卖血记》中也有，如《活着》中的对"文革"的描写：

> 城里的文化大革命是越闹越凶，满街都是大字报，贴大字报的人都是些懒汉，新的贴上去时也不把旧的撕掉，越贴越厚，那墙上像是有很多口袋似的鼓了出来。连凤霞、二喜他们屋门上都贴了标语，屋里脸盆什么的也印上了毛主席他老人家的话，凤霞他们的枕巾上印着：千万不要忘记阶级斗争；床单上的字是：在大风大浪中前进。二喜和凤霞每天都睡在毛主席的话上面。

《活着》中的"文革"的描写也是把政治空间投射到小人物的生存空间，表现了小人物对这一浩大的政治运动的民间式感觉。由于小人物视野的限制，他们从一个非常狭窄的角度评判周围的一切，这一段则一方面充分表现了余华在苦难叙事中的幽默才能，能恨能爱，可温情可恶毒，似乎隐含作者有着过山车式的性格，实际更多地表现了他叙事能力的强大；另一方面，叙述人针对"文革"的幽默很克制，没有恶毒之感，特别是最后一句"二喜和凤霞每天都睡在毛主席的话上面"，两个不幸的小人物，特别还是两个残疾人，却幸福地与一个大人物联系在了一起，真的给人苦难中的温暖感和喜感。而且这种场面只出现了一次，典型的叙事压缩，发生了多次的事件只说一次，其效果反而远远比上面《兄弟》中重复的两段要好，因为《兄弟》中把发生了 N 次的事件进行多次重复，不是增强而是削弱了叙事效果，过多的简单化的重复会让接受者厌恶，且易于把这种评判的狭隘性指向隐含作者，反而投射了隐含作者政治和历史想象空间的狭小。

不看细节的话，《兄弟》中对"文革"的描述成功之处就是正面描写"文革"血腥的一面，众多小人物也参与到这种恶的大潮之中。余华在先锋时代就因为对人类性恶的极度描写而名动评论界，此时用通俗的语言写来，更是恶到极致，同时也简单到极致。最典型的事件就是上部的主要人物宋凡平之死。这个温柔的好男人、好父亲的地主出身被人揭发，因而遭到批斗。一开始的批斗还只是常规的游街和简单的肉体折磨，宋凡平又忍耐力很强，一切逆来顺受。后来，宋凡平为了维持在孩子面前的"面子"，对李光头说"地主"是"大'地'上的毛'主'席"，李光头无知中暴露给了造反派，从而使批斗升级，宋凡平升格为诬蔑毛主席的罪犯，受到了更残酷的折磨。后来，当他要逃到上海去找他深爱的李兰时，招来了更惨重的后果，不但未成功，反而被造反派活活打死。被打死的场面展示中，叙述人极尽残酷之能事，把苦难叙事与充满了血淋淋的鲜血和皮肉的场景结合，余华残酷展示的能力再一次提升。死亡场景一共包括四次毒打三次血腥的昏死。

【一打】第一轮被毒打：

> 六个戴红袖章的人挥舞着木棍，像六头野兽似的追打着他，一直追打到了售票窗前。这时的宋凡平觉得自己阻挡木棍的右胳膊疼得快要裂开来了，他的肩膀也挨了无数次打击，他的一只耳朵似乎已经被打掉了，他终于在乱棍的围追堵截里接近了售票窗口，他看到里面的女售票员吓得眼珠子快从眼睛里瞪出来了，**他脱臼的左胳膊这时神奇地抬起来了**，阻挡雨点般的乱棍，他的右手伸进口袋摸出钱来，从售票窗口递了进去，对里面的女售票员说："去上海，一张票。"女售票员脑袋一歪栽倒在地，吓昏过去了。

逃跑被发现并被追杀，宋凡平第一次被打就已经非常悲惨，左胳膊被打断，一只耳朵被打掉。耳朵由于结构和材质及所在位置，被棍棒打掉是非常困难的，可见被毒打之惨烈。

【二打】第二轮被毒打：

他脱臼的左胳膊掉了下去，他忘了用胳膊去阻挡打来
的木棍，乱棍瞬间砸在了他的头上，宋凡平头破血流倒在
了墙脚，六根木棍疯狂地抽打着他，直到木棍纷纷打断。
然后是六个红袖章的十二只脚了，他们的脚又是踩，又是
踢，又是蹬，连续了十多分钟以后，躺在墙脚的宋凡平一
动不动了，这六个戴红袖章的人才停住了他们的手脚，他
们呼哧呼哧喘着气，揉着自己的胳膊和腿脚，擦着满脸的
汗水走到上面有吊扇的椅子上坐了下来，他们累得一点力
气都没有了，歪着脑袋看着躺在墙脚的宋凡平，他们嘴里
还在骂骂咧咧："他妈的……"

第二次被毒打，头被打烂，宋凡平昏死过去。打人者的木棍全
打断，几个人都累得直喘气。可见打人者肆无忌惮，打死人就没当
回事。从一个侧面反映了"运动"来临时一小撮人的无法无天，借
运动之名发泄暴力欲望。

【三打】第三轮被毒打：

宋凡平在昏迷中隐约听到了剪票员的喊叫，他竟然
苏醒了过来，而且扶着墙壁站了起来，他抹了抹脸上的鲜
血，摇摇晃晃地走向了剪票口，让那些排成一队等待剪票
的旅客失声惊叫起来。坐在吊扇下休息的六个红袖章看到
宋凡平突然站了起来，而且还走向了剪票口，他们目瞪口
呆地互相看来看去，嘴里发出了咦咦呀呀的惊讶声，这时
一个红袖章喊叫了一声："别让他跑啦……"

六个红袖章捡起地上打断了的木棍冲了上去，他们
劈头盖脸地打向了宋凡平。这一次宋凡平开始反抗了，他
一边挥起右拳还击他们，一边走向剪票口。那个剪票员吓

得哐当一声关上了铁栅栏门，拔腿就逃。宋凡平没有了去路，只好挥拳打了回来。六个红袖章围打着刚刚从昏迷里醒来的宋凡平，他们把宋凡平打得鲜血淋漓，从候车室里打到了候车室外的台阶上，宋凡平拼命抵抗，打到台阶上时他一脚踩空了，身体滚了下去，六个红袖章围着他一顿乱踢乱踩，还将折断以后锋利的木棍像刺刀一样往宋凡平身上捅，有一根木棍捅进了宋凡平的腹部，宋凡平的身体痉挛了起来，那个红袖章又将木棍拔了出来，宋凡平立刻挺直了，腹部的鲜血呼呼地涌了出来，染红了地上的泥土，宋凡平一动不动了。

宋凡平第二次被打到昏死过去。第三次毒打从身体外部伤害转向内部伤害，全身是血之后，打断的木棍被当成锐器刺入身体，这种残酷的打人方式已经意味着打人者不把宋凡平打死不会罢休。因为被"专政"的"地主羔子"宋凡平敢逃跑就已经犯了死罪，"革命委员会"和某种更上层的权威给这些暴徒提供某种合法的支持。隐含作者此种渲染，非常成功地激起了读者对"文革"的混乱状态的更深切的痛恨。

【四打】第四轮被毒打：

　　六个红袖章也没有力气了，他们先是蹲到地上大口地喘气，接着他们发现蹲在夏天的阳光下太热，走到了树下，靠着树撩起汗衫擦着浑身的汗水。他们觉得这次宋凡平不会再爬起来了，没想到长途汽车从车站里开出来时，这个宋凡平竟然又从昏迷里苏醒过来了，而且再次站了起来，摇晃着往前走了两步，还挥了一下右手，他看着远去的汽车，断断续续地说："我还——没——上车——呢……"

刚刚休息过来的六个红袖章再次冲了上去，再次将宋凡平打倒在地。宋凡平不再反抗，他开始求饶了。从不屈服的宋凡平这时候太想活下去了，他用尽了力气跪了起来，他吐着满嘴的鲜血，右手捧着呼呼流血的腹部，流着眼泪求他们别再打他了，他的眼泪里都是鲜血。他从口袋里摸出李兰的信，**他郎当的左手本来已经不能动了，这时竟然打开了李兰的信**，他要证明自己确实不是逃跑。没有一只手去接他的信，只有那些脚在继续蹭过来踩过来踢过来，还有两根折断后像刺刀一样锋利的木棍捅进了他的身体，捅进去以后又拔了出来，宋凡平身体像是漏了似的到处喷出了鲜血。

第四次毒打，宋凡平终于被打死了，"有两根折断后像刺刀一样锋利的木棍捅进了他的身体，捅进去以后又拔了出来，宋凡平身体像是漏了似的到处喷出了鲜血"。一切都安静了，似乎只听得见鲜血喷溅的声音。

这个步步推进的"死亡叙事"是《兄弟》中最成功的场景组合之一，也是最让接受者感动的眼泪触发装置之一。小说中详细铺排血肉横飞的残酷场景，接连几次都让人以为他肯定要死了，但他偏偏又醒来，继续接受折磨，从而叙述人得以一次又一次尽力展览血腥场面。从接受者来看，宋凡平每次倒下给读者的感觉都是应该被打死了，心里一边同情，一边痛恨恶人，又一边长舒一口气：可怜的人，没人能救你，死了也好，省得活受罪。但隐含作者却偏偏又不让他死，情节很像好莱坞的电影中"打不死的英雄"模式，在这儿置换成了"打不死的好人"，却又不是为了抗争，而是为了承受更沉重的打击。如同某些观众对恐怖电影的癖好——那样顽强地"活着"似乎不是强调人类之生命力的强大或其他美好品格，而是为了展示残酷，如当前的娱乐大片一样，这样拖延是为了有更灿烂的画面展示，更有大制作的震撼力。当然这些残酷的场景描述不能说全部都是不可靠叙事，也不能说全部都是可靠叙事。整体来看，余华描写的场面在"文革"中确实有类似案例，不少名人被活活整死，赵树理即是死于残酷的批斗，他被从摞起的三层桌子上推下去，摔断肋骨，然后得不到医治而死；张志新也曾被折磨到精神失常，之后被割断喉管，避免她再喊革命口号。余华此处在叙事上的问题是太过强调残酷性，以施虐狂或受虐狂的方式将之无限延长，四次死亡叙事还不够，宋凡平后来被埋葬时还经受了第五次残酷折磨。已经死去的宋凡平因为太高大，装不进唯一能找到的一口小棺材里，最后只好从膝盖以下打断腿，对折后塞进小棺材里：

> 领头的那个人在外面的屋子里喊叫了一声："我们砸啦！"
>
> 李兰的身体触电似的抖了一下，李光头和宋钢的身体也跟着抖了一下。那时候屋外站了很多人了，邻居的人和过路的人，还有邻居和过路的叫来看热闹的人，他们黑压压地挤在门外，有几个人被推进来了。他们在外面哄哄地说着话，棺材铺的四个男人在外面的屋子里砸起了宋凡平的膝盖，李兰和两个孩子不知道他们是怎么砸着宋凡平的膝盖。听着他们在外面说用砖头砸，结果砖头砸碎了好几块；他们又说着用菜刀的刀背砸，后来还说了用其它什么东西砸。外面的声音太嘈杂了，他们听不清外面的人在说些什么了，只听到围观的人在大呼小叫，还有就是砸的声响，接连不断的沉闷的响声，偶尔有几声清脆的，那是骨头被砸断时瞬间的响声。

这第五次死亡叙事，从哪个角度看都是"过犹不及"。恐怕不少聪明的读者要骂下那个"没人性"的叙述人了。"文革"中打死一个那么温柔善良的好人就算了，死了还这样作践，而且这种故意铺排还随意安排一些不合理的情节，"一打"和"四打"中，都让"脱臼的左胳膊"又神奇地发挥了功能，"一打"中是又抬起来买票，"四打"中是"郎当"的左手居然还能打开信纸，是超现实主义还是魔幻？叙述人和背后的隐含作者太随意了。

潜意识的隐秘快感决定了余华的关注点和叙述风格的问题。余华惯用的小聪明在《兄弟》中发扬光大。他把简单的问题不断地重复或夸大，常常会出现驼鸟式的漏洞。如夸大"文革"之恶，忽视了整人的就是一撮人，就像赵树理描写的混进革命队伍里的流氓一样，是一些人性有缺陷者；或者应该和他自己写的《活着》中的"文革"一样，有权力的村长和县长春生都不是简单的坏人，他们有善良的一面（当然《活着》中余华可能是被另一种简单化的情感控制才会那样写"文革"），《兄弟》中害人之人同样是混进"革命"队伍的小流氓小痞子，像《芙蓉镇》里的小丑王秋赦，运动一来，他的春天就来了，因为他又可以害人了，《兄弟》的问题在于写的几乎"只有"这样的人，人性的复杂、人与人之间的差异性被人为忽视，所以才造成宋凡平一家遭受的全是苦难，没有人来帮他们，一开始全是嘲讽他们的二婚和都是"拖油瓶"，后来在"文革"中是折磨他们，不少人落井下石，冷眼旁观的都已经算是"好人"。从潜意识中的另一层来看，余华的那个后现代主体已经充分建立，事业和家庭都已经稳固如斯，即写作《兄弟》时的2005年的余华由于梦一般美丽的爱情已经变成平缓的天伦之乐，苦难和温情都已经丧失了创作的内在动力，所以小人物的苦难和温情更生硬，更加脸谱化和模式化，僵化到和川剧的魔术式变脸一样毫无过渡。所以宋凡平批斗别人时，他是一种浑水摸鱼的心态，他自己被批斗时，他心态没什么变化，仍是用"忍耐"这种弱者的原则应对苦难。更大的漏洞是，小说最基本的人物性格也有严重问题，宋凡平作为上部的主要行动者，隐含作者对其性格的塑造上已经是一片混乱。他先是一个小人物，是两兄弟中宋钢的亲生父亲和李光头的继父，李兰的第二个丈夫。他高大英俊，是个阳光而温和的文人型男人。但他又有"复杂"性，他被安排成喜欢打架，在与李兰成婚当天就和几个小流氓打得头破血流，显得很没修养，与之前塑造的温和一面极为不符，因为按照常理，结婚是大喜的日子，这天一般人都会忍耐各种不顺，避免坏了人生中的大好事，何况是宋凡平这种"好男人"。再有，"文革"到了，宋凡平也没什么"革命"意识，对"文革"的认识也是一片糊涂，"文革"之初他稀里糊涂地举着红旗到处"革命"，但"革命"有一天突然到了他自己身上，他就乖乖地被"革命"，他被批斗之后疲惫地回到家，又会非常"珍惜"那块写着"地主宋凡平"的木牌，"用抹布把那块木牌上的尘土、脚印和那些小孩的口水擦干净"，然后马上"就会变成一个高兴的人，就会和他们说很多高兴的话"，这样具体的细节描写很不合逻辑，他把标志着他的耻辱的木牌擦那么干净，像对待一个心爱的老古董，是什么心理？瞬间到来的高兴从何说起？宋凡平性格的分裂感和前后的巨大反差，似乎不应该归咎于小说中行动者的性格分裂，而是隐含作者。

向《活着》致敬：温情叙事重现

《兄弟》中不但有血腥和残酷，还有大费笔墨的温情。从叙事效果上讲，这种温情的铺排和死亡叙述一样成功。《兄弟》中最感人的温情和宋凡平的死亡联系在一起。这个温情叙事是从李兰和宋凡平结婚那天开始：

> 新婚的这一天，天没亮李兰就起了床，她穿上了新衬衣，新长裤，还有一双亮晶晶的塑料新凉鞋，她坐在床沿上看着黑夜在窗户上如何消散，看着初升的阳光如何映红了窗户。她嘴里咝咝地响着，其实这时候她不头痛了，她

唑唑叫着是因为她的喘气越来越急，第二次新婚即将来临，让她脸红耳热心里乒乒跳个不停。当时的李兰对黑夜恨得咬牙切齿，当黎明终于来到之后，她就变得越来越激动了，她的唑唑声也是越来越响亮，把李光头从睡梦里吵醒了三次。李光头第三次醒来后，李兰不让他再睡了，让他赶紧起床，赶紧刷牙洗脸，赶紧穿上新背心，新短裤，还有一双塑料新凉鞋。

　　叙述人从温情的开始就以一种奇怪的笔调来描写李兰和宋凡平的婚姻。她的第一个丈夫就是李光头的爹，在一次偷看女厕所的屁股时，宋凡平一声大喝，吓得他掉进粪坑而死。丈夫死于"屁股"，儿子李光头又十四岁就偷看女厕，让她抬不起头来。且不管一个如此温顺的女人为何嫁了个流氓丈夫，但丈夫的死却让她认识了高大英俊又温文尔雅的宋凡平，她心中其实更多的是幸福，她庆幸遇上了这个有文化又有点羞涩的男人；宋凡平还因为自己一声大喝吓死李光头的父亲而心怀歉疚，所以经常来照顾母子俩，她暗暗地享受着他的温暖。更幸运的是，不久以后，宋凡平的妻子病重而死，李兰得以合法地嫁给了宋凡平。隐含作者在此非常"人道"地让他们在一起了。上面的段落就是第二次嫁人前夜李兰的激动。叙述人的描述奇怪之处在于李兰一激动就发出蛇一般的唑唑声，再加上头疼病，还有那么不上道的前夫和儿子，似乎注定了她就是一个怪人，伴随她的一定是非同一般的命运。这个女人之怪，与《呼喊与细雨》中"我"的养母很相似，而且她们都姓李。叙述人的修辞植入让人感觉她命该如此，或者不配有好命，因为她的异常，就像一个女巫，却生活在普通的人类之中。

　　她的命运的改变确实是因为宋凡平而起，但并不是宋凡平本人带给她的，而是动荡的社会。婚后宋凡平对她非常温柔，和她想象中的一样美好，他对孩子们也非常尽心，没有因为李光头是继子或者他的流氓习气而偏袒或恶待。因此李兰非常幸福。噩梦是从一年后李兰去上海治病开始的。宋凡平送她去上海前还拍了张全家福，一切都是平凡且正常的温情。然后，随着李兰的离开，"文革"到来。李兰等来的是宋凡平的死亡。李兰在上海的情况是略写的，压缩叙事把上海置于次要位置，而有宋凡平所在的小镇才是主要的故事空间。李兰要回到小镇，时间才会正常或者缓慢起来。

在漫长的死亡叙事之后，是长长的又悲惨的温情叙事。李兰先是按约定的时间在上海某处等待宋凡平的到来。

【温情一】李兰在不知道宋凡平已死的情况下充满幸福的焦灼的等待：

> 那时候李兰在街道上差不多站立了六个小时了，她滴水未沾，粒米未进，可她仍然脸色通红情绪高昂。随着中午的临近，她的激动和亢奋也达到了顶点，她的目光看着那些往来的男人时，像是钉子似的仿佛要砸进那些男人的身体。有几次她看到了与宋凡平相似的身影，她踮起脚使劲挥动着手，而且热泪盈眶，虽然这样的喜悦都是昙花一现，她还是继续着她的激动。

这个叙事片段就几句话，但每一句话中叙述人都非常精彩地用各种方式加强了她的期待，和背后那深深的爱。尽管语调有些怪异，叙述人的这些技巧明显是非常成功的。先是在街上"站立了六个小时"，"滴水未沾，粒米未进"，可见等待的辛苦，但她心中一点也不苦，因为叙述人让她"脸色通红情绪高昂"，她明显在想象着相遇后的一切，或者这样会感到叙述人背后的小小"叙述陷阱"，但它是善意的调笑的。更进一步，随着约见时间的临近"她的激动和亢奋也达到了顶点"，叙述人还用一个比喻来形容极度期待中她看路上的男人时的眼光："像是钉子似的仿佛要砸进那些男人的身体"。感觉,这不是一个充满了爱的女人,而是白骨精降临上海。从正常的男女之爱来看,深爱中的男女的爱情指向都是排他的、单一的,不可能看到一个异性就像性饥渴般要吃了别人一样。而且,"钉子""砸进"男人的身体,怎么都不像在说爱——好吧,尽管叙述人热情过头,且让她还是继续着她的激动吧……

【温情二】死亡守候,有泪的温情,《活着》的灵光一闪:

> 她在那里跪了很长时间,很多人围在她的四周,看着她和议论着她。有些人认识她,有些人不认识她,有些人说起了宋凡平,说到了宋凡平是如何被人活活打死的。他们说的这些,李光头和宋钢都不知道,他们说着木棍是如何打在宋凡平的头上,脚是如何蹬在宋凡平的胸口,最后说到折断的木棍是如何插进宋凡平的身体……他们每说一句,李光头和宋钢都要尖利地哭上一声。李兰也听到了这些话,她的身体一次又一次地哆嗦着,有几次她抬起头来了,她看了看说话的人又低下了头,继续去寻找宋凡平的血迹。

李兰在上海等待了很久很久,直到天黑,第二天一早就坐最早一班公共汽车回了刘镇,这才知道宋凡平的死讯,这个爱中的女人一下崩溃了,"在这中午阳光灿烂的时刻,李兰的眼睛里一片黑暗,她仿佛突然瞎了聋了,一时间什么都看不见,什么都听不到",就那样"虽生犹死站立了十多分钟"。李光头和宋钢带她到宋凡平被打死的地方,她看到的是宋凡平的血染红的泥土,她跪下"双手捧起暗红的泥土放在衣服上,又仔细地将没有染上血的泥土一粒一粒地拣出来,再捧起那些暗红的泥土放入衣服",这种渲染同样非常成功,几乎和《活着》中有庆之死的场景一样感人。特别是她舍不得离开宋凡平被打死的地方,听围观者讲述他被打死的详细过程,

"她的身体一次又一次地哆嗦着"，它非常成功地让千万个读者流下热泪。在消费主义时代，真正能让人流泪的文学作品已经不多了。

【温情三】不合拍的温情：

李兰身体震动着站起来，震动地打开门，震动地走了出去。天知道她是如何艰难地走到棺材前的，她看到自己丈夫的两条断了的小腿搁在大腿上，像是别人的小腿搁在她丈夫的大腿上，她摇晃了几下，没有倒下。她没有看到宋凡平被砸烂的膝盖，他们把两条小腿放进裤管了，但是她看到了几片骨头的碎片和一些粘在棺材板上的皮肉。李兰双手抓住棺材，无限深情地看起了宋凡平，在这张肿胀变形的脸上，宋凡平的音容笑貌生机勃勃地浮现了出来，宋凡平回头挥手的情景栩栩如生，他走在一条空荡荡的道路上，四周的景色荒无人烟，李兰一生的至爱正在奔赴黄泉。

坐在里屋床上的李光头和宋钢听到李兰声音震动地说："盖上吧。"

这第三段温情叙事是相当不合拍的。如前面所说，叙述人把温情又一次置于不必要的残酷叙述之下。死去的宋凡平完全可以有个合适的棺材而无伤情节丝毫，可是隐含作者偏偏安排给他一个小棺材，大点不就成了吗？——那不就没机会砸断腿了吗？所以，"她看到自己丈夫的两条断了的小腿搁在大腿上，像是别人的小腿搁在她丈夫的大腿上"，"她看到了几片骨头的碎片和一些粘在棺材板上的皮肉"，这种描写该是在猪肉铺看到的场景，而不应该在如此温情场景中出现。此种不恰当的玩味只能指向隐含作者的心理问题。不多说了，看下一个温情场面。

【温情四】泪到极端的笑：

她转身看着棺材微微一笑，她的微笑亲切得就像是宋凡平坐在那里看着她。然后她端起了饭碗，她重新泪如泉涌了，她一边流着泪，一边吃着饭，一点声音都没有。李光头看到宋钢的眼泪也流到了饭碗里，于是他的眼泪也止不住地流了下来。三个人无声地哭着，无声地吃着。

极有效的催泪点之一。让人感叹那个魔鬼般的叙述人。

【温情五】阴暗人性与执拗的温情：

"他妈的……"戴红袖章的男人破口骂道，他挥手给了李兰两个耳光，让李兰的头左右甩了两下，然后他说："滚吧……"

李兰嘴角流着鲜血，微笑地拉起李光头和宋钢的手，向前走去。大街上的革命群众惊讶地看着她，她微笑地走着，微笑地告诉他们：

"今天是我丈夫下葬的日子。"

说完这话，她的眼泪夺眶而出。这时候李光头和宋钢也呜呜地哭了起来，前面的老地主也在哭，他的身体抖个不停。李兰训斥李光头和宋钢："不要哭。"

她响亮地说："不要在别人面前哭。"

两个孩子用手捂住了嘴巴，他们止住了哭声，可是止不住眼泪。李兰禁止他们哭，她自己仍然泪流满面，她微笑地流着眼泪向前走去。

去埋葬宋凡平的路上，李兰面对造反派的质问，毫不犹豫地承认死人是地主，而她就是地主婆，结果又被假革命的流氓们毒打。李兰在如此日子的如此表现像个精神病患者。和宋凡平性格的种种矛盾对照，实在是两个精神病患者组成了一个家庭。这种精神的错乱感可能与李兰受到如此大的打击有关，悲伤过度以至行为失常。从深层结构的混乱来看，这也可能不是两个人物的问题，还是叙事建构的问题。

【温情六】哭坟：

> 他的哭声引爆了宋钢和李光头的哭声，宋钢和李光头从他们的指缝里响亮地哭了出来，他们虽然双手捂住了嘴巴，可是哭声从鼻子里一阵阵地喷发出来，他们伸手去捏住鼻子，哭声又从嘴巴**脱颖而出**，两个孩子害怕地抬起头来，偷偷看一眼李兰，李兰对他们说："哭吧。"
>
> 说完后李兰的哭声首先响起，这是李光头和宋钢第一次听到她尖利凄楚的哭声，她尽情地哭着，仿佛要把自己全部的声音同时哭出来。宋钢松开了手，嘴里的哭声哇哇地出来了，李光头也跟着自由地哭起来。他们四个人放声大哭地向前走，现在他们什么都不用担心了，他们已经走在乡间的路上了。田野是那么的广阔，天空是那么的高远，他们一起哭着，他们是一家人。李兰像是在看着天空似的，仰起了自己的脸放声痛哭；宋凡平的老父亲弯腰低头地哭，仿佛要把他的眼泪一滴一滴种到地里去；李光头和宋钢的眼泪抹了一把又一把，甩到了宋凡平的棺材上。他们痛快响亮地哭着，他们的哭声像是在一阵阵地爆炸声，惊得路边树上的麻雀纷纷飞起，像是溅起的水花那样飞走了。

下葬后，在无人监视的坟地，一家人才能痛快地大哭，每个人哭的姿态描写得非常生动，叙述人再一次成功地建构了一个非常催人泪下的场景。但是，那个不按常理出牌的隐含作者总会制造一些不和谐音符，前几句写宋钢和李光头不敢哭，捏住鼻子想压下哭声，"哭声又从嘴巴脱颖而出"，看上去实在别扭。如此痛苦的场面，还适合用如此感情错位的成语吗？悲痛的哭声"脱颖而出"，如果用在诗歌中，可能有很好的"陌生化"效果，但用在小说中，用在此情景下，意义的错置产生一种不合时宜的幽默效果，或者是讽刺效果，那就更不像话；这样有意地"误用"词语，还可能产生反讽效果，那就更恶劣，因为反讽是无限的否定 ①，这意味着叙述人极力营造的温情主题被他自己随意解构掉了。

　　小说整体上的失败感，正表现于这些细节。虽然余华的成功也在于很多催人泪下的细节，但随意安排的自我摧毁的细节也造成了小说质量的下降；而且"失败"比例过高，超过了评论家的承受限度，就招来了众多的批评。事实上，绝大多数评论家都对余华非常有好感。从更大的主题结构上看，小说的失败还在于把先锋时代的血腥叙事与《活着》的温情叙事生硬地拼接在了一起。如果余华只单独渲染其中的一方面，小说还不致让聪明的读者特别是评论家们感觉如此错愕。作为结果，小说中的温情很牵强，变成了温情与血腥的分裂，似乎是隐含作者努力拼合各种吸引他的新老读者的元素，期待一个更大的成功。对于一般读者，拼凑感可能也会有，但能让他们流那么多眼泪，他们会轻易地原谅细节上的其他问题，而感动于自己的感动。对于评论家就不那么简单了。

　　有评论家从"重复"角度肯定余华对往日的温情叙事和血腥叙事的拼接行为——从"五四"以来的中国文学来说，包括《兄弟》（上）在内的余华的全部创作，其价值也是在重复一个主题：我们究竟应该怎样理解和面对中国的苦难？作家的优秀并不在于不断创新，恰恰在于不断重复，在重复中深化他一开始冲动地执笔时对这个世界原本不错的领受。② 把血腥和温情都归于"苦难"，似乎能

① ［丹麦］克尔凯郭尔：《论反讽概念》，汤晨溪译，中国社会科学出版社 2005 年，第 215 页。

② 郜元宝：《我欢迎余华的"重复"》，《文汇读书周报》2005 年 9 月 16 日。

说明一些问题，苦难叙事其实是余华的上两个主题的载体，有了苦难，才有了血腥或温情的可能。单纯的重复似乎不能说明《兄弟》的巨大变化，及其中的怪异感。另有评论者亦从理解的角度认为余华是用两个极端的接合来表达对于社会的悲观态度："余华做到的是把自己青春期和先锋期的思想谱系交代清楚，同时表现自己对社会未来的悲观态度。"[①]青春期与先锋期应该就是指温情叙事与血腥叙事的结合，《兄弟》中确实做到了，但余华的主体似乎沉浸于一种傲视群伦的踌躇满志，压制了作为一个真正知识分子的批判和反省精神。不要说后现代式的彻底解构精神，中国传统的道家的淡然和对人类中心的批判都没有继承些许下来，或者，余华生长于一个小城，又出生在六十年代，体验了小镇式的"文革"，其"文革"体验应该类似在多部小说提及的那种简单的感觉，八十年代进入青年时代，改革开放带来了个体发展的可能，西方的启蒙重新大兴，他仍然没有机会去感受传统文化，这与莫言一直生长在中华文化发源地的齐鲁乡村不同。文化底蕴的缺失，对余华的创作必然造成影响。《兄弟》的轻飘感可能即是后果之一。所以，敏感的、不乏吹毛求疵的评论家们当然很容易感觉到这一问题。

可以想见，一大批满怀期望的评论家蜂拥而上，准备大快朵颐时，却发现这道大菜没有做好，非常粗糙，还有些让人不适的不明之物。于是，几乎是公开发售第二天，评论界便发出了众多失望的声音，李敬泽直接以"十年磨残剑"为题来评论《兄弟》上部[②]，更有批评者认为余华遗憾地并未完成先锋的开拓任务，而只是"让我们看到了中国当代文学的一种可能性，然后顺手把门带上"。[③]实际是《兄弟》的粗糙叙述直接摧毁了评论家们的善意的期待。相当多人认为这是一部江郎才尽之后的拙劣之作。它多半是仓促写作的

---

① 崔剑剑：《〈兄弟〉与余华文学创作的转型》，《文艺争鸣》2014 年第 2 期。

② 李敬泽：《十年磨残剑》，《新京报》2005 年 10 月 8 日。

③ 宫佩珊：《余华的艺术转型及其困顿》，《当代文坛》2009 年第 1 期。

结果，过于随意大大损害了作品的质量。比如，李光头很小年纪就会手淫，而且经常当众表演，似乎毫不知耻，这给人感觉不是李光头有问题，而是叙述人为了吸引观众而设置的荤腥小伎俩。再有，与《兄弟》上部销量五十万册的商业佳绩相反，国内各项纯文学评奖都没有考虑余华，谢有顺说："《兄弟》确实写得不好，这点专家们是有共识的。30 张专家推选票中，余华只得了 2 票。少得出乎人的意料。"① 至于其中原因，谢有顺说：

> 余华是我的好朋友，他写出这样的作品，我很难过。"跳楼甩卖价""五星级""免费的午餐"这些 20 世纪 90 年代才出现的词却用在 60 年代的中国语境里、用在主人公的自叙里，这合理吗？……《兄弟》的许多情节和语言不符合时代现实，缺少性格依据。在 20 世纪 60 年代的中国乡镇，有夫妻上街都不敢牵手的"道德洁癖"，腼腆老实的男人会当着上千人的面把一个寡妇抱起来？这只能是好莱坞的电影画面。②

对于这些错误，余华是拒不承认的。更意外的是余华对评论家的回应。针对谢有顺对他细节上的粗制滥造用语不当的批评，余华如此回答：

> 《兄弟》不是第三人称叙述的小说，全文叙述者是"我们刘镇"，开始定格在 2005 年。而且，就算我疏忽了语言上的问题，也不应是评论家指责的地方，语言学家写小说也可以挑出错别字来。如果能找出 1000 个这样的例子，我就服气，一两个构不成问题。③

① 谢有顺：《〈兄弟〉根本不值一提》，《南方日报》2006 年 3 月 30 日。
②③ 陈洁：《众评家"正面强攻"　余华毫不退让》，《中华读书报》2006 年 4 月 26 日。

这哪像一个作家在回应评论家的批评，倒活脱脱一个小孩子在要无赖。居然要出现一千次错误才承认自己错，可以想见一个曾经写出《活着》的作家给人们带来的另一重惊愕——其实，这也意味着余华潜意识中心理年龄与实际年龄的不符。如果像他说的那样，要找出一千个例子来，那还有谁看他的小说？余华这样的作家，蛰伏了十年，出来的作品理当精益求精，可事实上我们看到的并不是这样。"在《兄弟（上）》里，我看到他许多情节和语言不符合时代现实，缺少性格依据。这样的例子我随手就可以举出几十个。比如他让父子两人都因为看女人屁股淹死在厕所里，这种情节不牵强吗？比如他让一个小孩说，我性欲来了，我阳痿了，这可能吗？"[①]

余华的"耍赖"行为背后的意思其实是：我就算有很多错别字和常识错误，也不要你们管，你们没资格错，但我有资格，要不，你们也写部几个月就销量几十万册的错字连篇的书来看看。所以在此意义上说，余华是个典型的后现代式的原子化个体。针对《兄弟》上部和余华的"简单"，李敬泽说，《兄弟》的简单是真的"简单"，简单到以为读者只有一双敏感的泪腺，简单到不能成立。他认为："《兄弟》上半部的方程式就是 $1 + 1 = 0$，就是世界在善与恶的冲突中的命运——这的确是狄更斯式的宏伟模式，但问题是狄更斯是背靠着上帝进行叙述，而余华把自己就当成了上帝……"[②] 他先是对余华的"温情牌"与随意的叙事态度非常不满，"$1 + 1 = 0$"的判断是对破绽过多的善恶冲突模式的否定，同时也宣告了小说中"暴力"＋"温情"拼盘模式的失败，最后一句评价非常精当，表现出了评论家敏锐的文学洞察力，"简单"到过于简单，实际是余华过于崇尚极端膨胀的后现代主体性，以至他的存在不需要任何外在标准，他自己就是唯一的标准，他自己成了上帝。

谢有顺和李敬泽等评论家大力批评的还只是上部，《兄弟》下

---

① 谢有顺：《〈兄弟〉根本不值一提》，《南方日报》2006 年 3 月 30 日。

② 李敬泽：《警惕被宽阔的大门所迷惑》，《新京报》2005 年 8 月 19 日。

部更糟糕，上部那些缺陷变本加厉地表现在下部里。如果上部余华的"辩解"说有一千处错误才承认自己错，那么下部余华就会要求评论家们拿出一万个错误他才承认自己错了。

《兄弟》下部三十多万字，是上部的两倍，膨胀的字数和销量却成了文学界的余华之殇，扩张的版面之下是情节漏洞成倍增加。比如，李光头长期在县委大院门口静坐示威，后来在县委大院门口搭起大棚，收起了破烂，以致县委门前堆起了山一样的垃圾，而县委一干官员不敢出面干涉，占据政府的大门长期开办废品回收公司似乎成了公民的合法权利。李光头发家致富之后胡作非为，搞起了滑稽无比的"全国处美人大赛"，成为了全国的名人，终日声色犬马不亦乐乎。童铁匠、刘作家、余拔牙等不怎么讨人喜欢的角色，或抓住时代浪潮的机遇，或跟着李光头鸡犬升天，一个个不光物质生活优越，还做到了一件件匪夷所思的事情——童铁匠一把年纪了，在老婆的支持下去林红的发廊嫖娼；刘作家彻底抛弃了文学创作，成了李光头手下的大将刘副、刘 CEO；余拔牙七十多岁满世界乱跑，参加国外的游行示威活动，还打算和王冰棍一起去东京反对小泉纯一郎。每个人的发展都不合逻辑，上部和下部似乎成了两部不相干的小说。

再有，另一个主要人物宋钢之死也有诸多不合逻辑之处。作为"小知"的宋钢一向软弱，刘作家侮辱他，他只会说"你……你怎么能骂人"。他的更大的悲剧其实是与林红的婚姻。别忘了，林红正是上半部"屁股叙事"的主角，刘镇第一美女，也是李光头最心仪的屁股。宋钢一开始正是以知识分子的"文气"成功吸引了林红。但是，消费时代到来，作为第一美女的妻子却成了他沉重的压力，他要挣钱，让林红过上好日子，从此，这个只会读书的小文人走上了不归路，在残酷的金钱丛林饱受摧残，甚至被整出了和女人一样的假乳房，性别的认同都出现了严重问题。关于宋钢死亡的一个细节更有问题，他临自杀前想写封遗书，这个在上部饱读诗书的文化人居然连最常用的字都忘了怎么写，更荒谬的是他连字典都没有，也舍不得买，竟然一次次地跑去书店免费查字典，写一封信跑了无数次书店。而林红作为宋钢的妻子，一开始就是全镇关注的对象，一个女神，曾经对宋钢爱得极其深沉，却在金钱诱惑下迅速堕落；宋钢为了她拼命去挣钱，她却被李光头的金钱引诱，陶醉于和当初她最厌恶的小叔子李光头出轨的淫荡生活；在宋钢死后，她很内疚，以至心灰意冷，离开了李光头，本是个忏悔的好时机，人性之善光芒可见，但匪夷所思的是，林红又去开了家美发厅，进而发展成妓院，林红堕落成为红灯区"一姐"。余华之前的作品正面写男女爱情的不多，《兄弟》上部写了宋凡平和李兰的爱情，下部同样把宋钢与林红的感情写得非常深情，真让人相信两个人肯定能海枯石烂生死不渝了。谁知结局竟那么意外。和下部中其他人物的分裂一样，给人感觉小说中写的不是一个林红，而是好几个林红，上部被全镇男人讨论其屁股的，是第一个林红，刘镇的性符号；与宋钢恋爱的是第二个林红，知性美丽，对文化人很崇拜，是个好妻子好母亲形象；出轨李光头的是第三个林红，一个消费时代的为权力和金钱所诱惑的虚荣女；开妓院的是第四个林红，黑帮化的，靠其他女性的身体牟利的恶女。或者说，在整个文本中，"林红"成了一个符号，可以随便变成某个人或某类人。难道是1989年写作《此文献给少女杨柳》的那个后现代余华又出现了？这样的小说没有马尔克斯那种浑然天成感，也没有莫言那种丰富和包容性，而是拼盘，像一个店大欺客的黑店，随意上菜，黄瓜就是烤肉，鸡蛋就是大葱。一个消费式后现代的无规则的规则建立于余华的叙事世界。

2006年3月《兄弟》下部一出版，批评就更直白了，3月20日，对上部已经非常不满的谢有顺接受采访时认为《兄弟》"小说粗糙、情节失实"，在余华的作品中根本"不值一提"，并说："一边是《兄弟》（上）的热销，另一边是专业读者的集体沉默，这构成了 2005 年度最为怪诞的文学景观——让文学的还给文学，让市场的还给市场吧。"① 针对强烈的批评，余华在接受采访时表示："《兄弟》既不是荒诞主义也不是现实主义，有时候荒诞比真实更有力度地贴近现实，《兄弟》上部的一些荒诞情节是在以超现实的手法展现现实，而不是远离现实。"② 余华的解释明显不能说服评论家们，他们熟悉加缪、萨特、卡夫卡和海勒，知道什么是阴暗式存在主义，知道什么是黑色幽默，更不用说什么"超现实"，何种"荒诞"文学背后都有一个认真的态度和深刻的对人类社会的思考，2005 年以后的余华明显没有。

与当时的社会发展状态相联系，《兄弟》的背景正是中国经济飞速发展，人性的物化特征越来越与发达资本主义社会惊人相似，不是说中国人如何容易堕落，而是现代化经济模式必然带来这样的"文明"后果，这是对人类文明的极大讽刺。而对于作家，只随潮流而动是不够的。"如果说，在上册中，我们还能依稀看到《活着》《许三观卖血记》那种小人物的悲惨境遇构成的对大时代的疏离、反讽的话，那么在下册中，作者对以李光头为代表的众多张扬欲望的人物的成功史有声有色的铺陈，很明显就与当下社会中人们建立在物质利益基础上的较为流行的价值观念构成了一种呼应。"③ 如果一个作家不是反对文明的堕落趋势，而是积极地融入世俗，他自己和他的作品一起都成了消费主义的一部分，那么这种作家就不能算是严肃作家或纯文学作家。

人类文明的可持续发展问题，归根到底是人性问题，而非政治问题、历史问题、经济问题。体现在作家身上也是一样。越是强烈地表现权力的作家，越是对权力充满了渴望，它是弗洛伊德式三层意识中都存在的欲望指向。很多文人热衷于政治、历史和经济，其实就是掉入福柯所致力解构的权力怪圈，其动因正是人性中对权力

① ② 张英、宋涵：《余华现在说》，《南方周末》2006 年 4 月 27 日。
③ 董丽敏：《当代文学生产中的〈兄弟〉》，《文学评论》2007 年第 2 期。

及其利益的向往。政治和历史的核心就是权力，而经济一直是人类存在的基础，只有与政治和历史相联系，经济才成为灾难，成为权力争夺的中心，还美其名曰"政治"，对这种争夺的记录被称为"历史"。权力背后正是人类的欲望，这个欲望不解决，就解决不了人类社会的任何问题。最根本的还是要回到人类本性。庄子希望人类都像"绰约如处子"的仙人那样自由自在地存在，无功无名无欲无求，只要悠然于天地间即可，即生存不会导致"主体性"的成长，而是一直停留在欲望的幼儿式口腔阶段，正如老子所谓"为天下溪，常德不离，复归于婴儿"①；它实际是希望人类作为一种"非人类"式的存在，这儿的"非人类"并不是贬义词，而是超越人类利益之后的状态，即一种非利益化的真正自然无为的存在状态，或者是最自然的"无名体"的存在。那么，一个作家有如此境界，虽然不至于去隐居，但也能获得一种修养，在功成名就之时或者达到比较舒适的生存状态之时，少考虑些世俗的功利，那才可能有超越性的思考，从而使自己的文学作品不为世俗的欲望所困。如同"文学莫言"与"现实莫言"的分裂②，文学莫言就不会思考销量问题，更不会考虑读者喜欢读什么，他只是要为自己写作，而他自己成为一部作品的隐含作者之时，他就是一个神性的存在，他反权力，反政治，反历史，直到道家意义上的"反人类"。所以，尽管莫言的作品销量上大部分很惨淡，但他却有能力获得诺贝尔文学奖。重要原因之一就是他的境界和文学成就已至超越大部分作家的境界。而余华在超越性的思考方面还欠缺较多，对主流的大众欲望都没有足够的认识能力，没有迈出对世俗社会在包容的基础上进行

---

① 王弼：《老子道德经注校释》，中华书局 2008 年，第 73 页。
② 具体论述可参见本人《文学莫言与现实莫言》，载《文学评论》2017 年第 1 期。本文认为莫言是文学史上作家身份与世俗身份分离程度最高的作家，现实莫言对文学莫言经常处于"无知"状态，这种分裂带来现实中的种种不利，但也成就了莫言，如莫言由此避开了时代的干扰和评论界的干扰，完成了对启蒙"元话语"和消费主义的超越。

批判的首要一步。

第三节 "《故事会》模式"与"专业读者"的失望

如果说，余华一开始就是个通俗作家，如名动江湖的唐家三少或郭敬明，那么评论家们自然不会以纯文学的标准来要求他，对其中比比皆是的情节漏洞及媚俗之点也不会大加苛责，因为他们就是为大众制作文化快餐，不必谈什么文化营养，能娱乐就够了，期待他们都能像金庸和刘慈欣那样突破通俗文学达到超越纯文学的境界是不现实的。如果一个通俗作家能写出余华的《兄弟》这样的作品，我们也会相当惊喜，因为《兄弟》中还是有很多通俗文学无法达到的亮点，比如对人性的刻画、对温情和苦难的展示和对堕落的描摹。问题就在于，余华一直是个备受关注并被加以诺贝尔奖式的期待的纯文学作家，他突然以通俗文学的态度创作，就打破了评论家的心理预期。文化快餐式的创作心理主要体现于"消费"，它带来的是一闪即逝的粗浅的快乐和消费后的经济收益。

有论者直接批评了《兄弟》的消费主义的特色："《兄弟》的生产与传播过程典型地显示了消费市场和商品文化主导与影响下的文学生产机制对文学的宰制作用。从文学叙事的角度看，消费文化及其文学生产机制影响了《兄弟》的审美品格和叙事特征。"[1]而余华对于消费文化的浪潮，无疑是选择主动拥抱的，《兄弟》在出版过程中出版部门及市场宣传、文化消费等生产环节无疑都是瞄准销量和码洋及利益分成，而余华则是直指版税，他作为《兄弟》的隐含作者在创作过程中更多关注的是如何吸引俗世大众，而非如何提高文学性。资本市场的消费逻辑严密控制了当前的文学生产，余华也

---

[1] 沈杏培、姜瑜：《被消费的"文革"历史与当代现实——消费文化语境下〈兄弟〉的生产与传播》，《南京师范大学学报》2011 年第 2 期。

积极主动地迎合这一生产机制，因为他也早已是这一生产机制的有机组成分子，而且成为这一商业化文学生产的推动者。"《兄弟》诞生于不折不扣的消费文化语境和市场出版传媒主导下的文学生产机制。对于这种出场方式，作家余华并未清高傲慢地拒之千里，相反以主动积极的姿态加入了《兄弟》热的制造和合唱之中。"① 与整体文学生产的商业化相合，余华确实变成了一个"类通俗化"作家，形成一种余华式的后现代"故事会"文体。

《故事会》可以说是中国文化出版界的神奇的存在，发行量几乎一直保持全国第一，据说最高曾在世界排名第五。现将《故事会》的部分辉煌成就简单地列在下面：

《故事会》1963 年 7 月创刊，截至 2013 年已累计发行了三亿余册，阅读人数十五亿以上。

1994 年《故事会》被中央电视台评为"读者最喜爱的全国十大杂志"之一。

1997 年入选中国首届"百种重点社科期刊"。

1998 年《故事会》平均期发三百九十七万，位居当年度单语种单行本发行全国之最。

1998 年，总部设在英国伦敦的世界期刊联盟出版的《世界期刊概况》对 1997 年全球期刊发行量最大的五十种刊物排名，《故事会》在综合类期刊中排名第六，1998 年这一排名上升至第五。

1999 年 1 月，"故事会"商标被评为上海市著名商标。

1999 年 10 月，入选中国第二届"百种重点社科期刊"。

1999 年 12 月，《故事会》获首届"国家期刊奖"（中国期刊最高奖）。

2001 年 11 月，入选中国期刊方阵"双高期刊"。

2003 年 1 月，《故事会》获第二届"国家期刊奖"。

---

① 沈杏培、姜瑜：《被消费的"文革"历史与当代现实——消费文化语境下〈兄弟〉的生产与传播》，《南京师范大学学报》2011 年第 2 期。

2005 年 1 月，《故事会》获第三届"国家期刊奖"。

2008 年 4 月，"故事会"被评为"中国驰名商标"，成为中国第一个获得"中国驰名商标"荣誉的期刊。

2008 年，《故事会》被评为"中国邮政发行畅销报刊"。

2008 年 7 月，《哥伦比亚新闻评论》发布的"2008 世界媒体高峰会暨（首届）传媒行业中国标杆品牌"中，《故事会》杂志被评选为"故事类期刊"的标杆品牌。

2009 年，"故事会"商标第四次被评为上海市著名商标。

2010 年，《故事会》荣获上海名牌称号。①

《兄弟》可以说是与《故事会》的宗旨和趣味及读者群相似的长篇通俗巨作，从这方面来看，《兄弟》的成功就很让人惊叹了。和《故事会》每月平均七十万册销量（最高达到月销量四百万册）一致的是，它同样以世俗的金钱和性关注为卖点，各种情节的推进都或明或暗包含着下半身的诱惑。李光头从当众手淫，到突然发家，公然玩弄各种美女，到最后居然富甲一方，成为经济支柱，这成为后现代消费主义时期的荒谬记录。从这方面来看，它相对客观地展示社会现实，还是相当有大众文化研究的典型意义的。

但从隐含作者的主观价值判断上来衡量，如果在记录荒谬时代时包含着深刻的批判态度和文明意识还不失为一个纯文学作家，但是，叙述人和隐含作者的态度一点也不暧昧，时时流露出欣赏的姿态。就是说，如果以现代荒诞派或莫言的包容来衡量余华的《兄弟》，它是缺乏深度一维的，与《故事会》相比并没有超越之处。性恶、暴力、血腥、温情、性浇头、鸡汤，《故事会》从几十年前就已经运作得极其成功，且成为通俗文学的经典叙事模式。余华将这些移植了来，形成一个消费时代的狂欢。

为了确证其叙事的相似性，下面看最新一期《故事会》上的一

---

① 以上来自百度搜索。

则小故事，《美女小偷》①：

　　老周是村里人，在村口开了家小超市。这天，老周在超市里看电视，突然从外面进来一个美女，衣着讲究，打扮时尚，还不时停下来用手机自拍。

　　老周迎上前，问对方要买什么东西。美女说要买点吃的，大概是饿急了，她走到食品区，拿起面包和香肠就吃了起来。老周向美女要钱，美女却说："能不能等我吃完了再要钱？人家饭店都是吃完给钱的，你这超市就不能学一下？"说完，美女又拧开了一瓶饮料。

　　美女都这么说了，老周也不好再说什么。等美女吃得差不多了，老周这才来到美女面前，让她付钱。美女掏了掏口袋，脸上的笑容顿时僵住了："我的钱包哪里去了？刚才还在的呀！"

　　老周一听就不高兴了："你这话是什么意思，我能拿你钱包吗？"

　　"你拿没拿我不知道，"美女嚷嚷道，"我进门后就你一个人到过我的身边，这屋里也没别人啊！"

　　老周卖了好几年东西，还从没遇到过这样的顾客，他挥挥手说："行了，你吃的东西我不要钱，算我白送你了，你快点走吧！"

　　没想到美女却不依不饶："那可不行！我是来买东西的，跟要饭的是有本质区别的。我的钱包里不但有钱还有证件，钱包若在这里丢的就在这里找，若不是在这里丢的就是在路上丢的，一会儿肯定有人会给我送回来的。"

　　正说着话，外面还真来了一个人，美女得意地说："看到了吧，给我送钱包的人来了。"来人老周认得，是他

---

① 翟德军：《美女小偷》，《故事会》2017年4月下。

们村里的大牛。

大牛进了店，买了些菜，付了钱后，转身要走。这时，美女一下子喊住了大牛："喂，我们好像在哪里见过。"

大牛愣了一下，仔细看了看对方说："姑娘，你认错人了吧？"

美女点点头说："对不起，打扰你了，你长得像我的一个亲戚。"

等大牛走了，老周笑着问："刚才好像有人说过，他是给你送钱包的？"

美女走到老周身边，不屑一顾地说："我没说错，快点收钱吧。"说着，美女变魔术般拿出了钱包，从里面抽出一张钞票来。老周一看，这不是大牛的钱包吗？刚才大牛掏出钱包付钱时，老周看得清清楚楚。

老周一把将钱包抢到手上，说："这钱包是刚才来买菜的人的，他叫大牛。"

美女笑了起来："哈哈，你猜对了，我说他是来给我送钱包的吧，你还不信。"

原来这美女是个小偷，老周把大牛的钱包揣进了自己的口袋，美女想把钱包要回去，老周不给，两个人争论起来。

几分钟后，从门外进来一个光头男人，光头进了店内，将背包随手一放，就开始选东西。老周见美女一直盯着光头的包，觉得她又打起了光头的主意，就来了个先下手为强，把光头的包藏了起来。

光头选好了商品，转过身来结账，这才发现包不见了，他焦急地问老周："我的包呢？"

老周正想回答，不料美女抢着说道："这位大哥，千万别着急，你的包我一直替你看着，就在这个店里。这是一家黑店，进来之后，所有人的钱包都不见了。我也是一样，不同的是，我先把东西吃了，然后我就结不了账了，连走也走不了了。"

老周没想到这个女人会说出这样的话来，急忙辩解道："情况不是这样的，她没钱结账，就偷别人的钱包，我怕她再拿你的包，就把你的包保护起来了。"

光头显然不相信老周，冷笑道："行，你是不是还要收点存包费呀？快把我的包还给我！"

老周还要争辩，这时，房门一响，从外面又进来一个人，老周一看，不是别人，正是前面来买菜的大牛。原来，大牛回到家发现钱包不见了，就又回来找。

老周刚要向大牛打招呼，美女又抢先说话了："我知道你是来干什么的，你的钱包就在店主手里，这个店是一家黑店，我们三个人的钱包都给他收了，都在他的手里。"

大牛一把抢过钱包，用异样的眼神看着老周说："真没想到，我们同村住这么多年，你是这样的人啊！"

很快，那美女把光头的包也找了出来，递到光头的手上，然后对老周说："你把我的钱包藏到哪里去了？也一起拿出来吧。"光头和大牛也叫老周赶紧把美女的钱包交出来。

老周有口难辩，叫苦不迭，最后他实在没办法了，拿起电话想要报警。美女笑了笑，阻止道："大叔，先别急着报警，我有办法还你一个清白。"

说完，美女从旁边举起一个自拍杆，对着手机说："我是一名美女主播，观众交给我三个任务：第一，白吃东西；第二，偷个钱包；第三，把一个好人变成一个小偷。刚才所有的经过，都已经通过直播传出去了，观众交给我的任务，我都做到了，我要加粉了，还能得到他们的奖赏，谢谢你们三位——我的群众演员。来，请这位蒙冤的大叔，跟我的小伙伴们打个招呼！"

老周听了，气得胡子都翘了起来："你们这些年轻人哪，都搞了些什么乱七八糟的东西！"

故事很简单，且符合当前潮流，一个女主播在一个小超市里制造偷窃事件，并现场直播表演，目的是吸引粉丝。两千字的小故事，民间故事一样简单，结局也来得很快，当然是光明化的结局，男性老店主的冤枉被很快洗清。重点不是偷盗成立与否，也不是此种恶作剧行为的结果，而在于"播"，整个事件被实时展示给网络上成千上万的粉丝，得到无数的打赏。和那些后现代行为艺术者当众捉弄行人类似，在大众中间的实景表演要被记录成影像文件，然后在网络上展示，从而获得利益。这个主播最后强调自己是"美女主播"，通常意味着性符号化。"主播"的定义与命名，及众多网络事件，都充满了后现代式的肉体展示与金钱指向。特别是女主播，一开始被定义为消费化性符号展示，是当前公认的依靠网络进行身体展示获得钱财的一群后现代女体存在，这些女主播最开始就是通过摄像头在网络上进行色情表演来获利，后来网络监管加强，这些性符号规则不得不做了更改，要兼做些其他事情，比如像上述故事中制造一些新奇事件，而身体仍然是根本的工具，整容及衣着的尽量性感、暴露仍是女主播的标志。有些女主播非常成功，网罗了千万粉丝，挣得百万乃至千万财产，甚至嫁给富二代、亿万富翁。

《故事会》与《兄弟》在商业上成功有两点惊人的相似，一个就是暴力传奇，即凶杀案件等，《兄弟》则是同构的血腥叙事，另一个就是性符号化，女性的身体总是最有效的吸金工具，一夜情婚外情畸恋等总是核心之一，如同《兄弟》上部的核心事件"屁股"叙事。《故事会》是全国销量第一的通俗刊物，读者群体为教育水平低或社会地位低的庞大人群，这个群体的共同特点是对可靠性的鉴别力和文学鉴赏能力不高，容易见字如真理地接受，这批人也是意识形态争取的、勒庞意义上的"乌合之众"的主要组成，因此《故事会》吸引的对象与意识形态宣传的目标群体重合度太高，以至刊物目标太大，很容易被发现问题，它要非常精明地绕开新闻检查，并极力在叙事表层向主旋律靠拢，所以表现得比余华乖巧得多，也因此表现出的媚俗性更强，毕竟关系到刊物的生存问题，首先要对国对民无害，并弘扬正能量，《故事会》在编辑与选择稿件上就更加小心翼翼，其反映面也就更狭窄，表现的道德包容度也更低。这个女主播的故事按照八十年代的《故事会》风格，一定会描写其性感的身材和美丽的容貌，但这儿没有，几乎没有任何实质性的外貌和身体描写，因为它要尽量无害，女性胸部以下膝盖以上的部分都要避免描写，其性符号功能只能隐藏在"美女""主播"四个字之下。所以，尽管她的出现只是"美女""主播"四个字，但这四个字却是一个吸引数以亿计眼球的后现代符号，所以她在小说中每一次出现，都是一个性感的、时尚的、物质化的后现代消费和被消费之物。余华作为纯文学作家，而且全国著名，他的写作则限制少得多，同样的题材、同样的媚俗方式，余华会显得比较纯文学。但两者的内在很多方面异曲同工，外在叙事也是无限接近的。余华的《兄弟》是从女人的屁股开始的，而且从头贯彻到尾，它是一个直接的性符号、一个商业符号，很能吸引较低层次的广大读者。

再看《故事会》的另一篇，2017 年 3 月的《咖啡厅奇遇》[①]，相似度会更高：

> 我的朋友刚刚啜了一口咖啡，忽然听到男人浑厚而又高昂的声音："我简单介绍一下我的情况，我有一套不大的房子，还不到 200 平米，不在五环之内，那房子正好

---

① 卢海娟：《咖啡厅奇遇》，《故事会》文摘版 2017 年第 3 期。

在三环；我也没有宝马、本田、现代，因为参加商务活动和休闲生活有别，我只有一辆路虎和一辆凯迪拉克；银行存款也只有七位数，是美金，至于日常用品的品牌么，这个我很外行，因为我有专门的形象设计师，需要的话可以征求她的意见，我自己知道的并不多……"男人咳了一下，沉默了一会儿，继续说："现在我可以请问一下你的'三围'是多少吗？以前有过男朋友吗？是否做过整容手术……"良久，我和朋友都屏息静气，不敢妄动。我的心怦怦直跳：他说的是真的吗？我们一直寻找的钻石王老五原来就躲在这里吗？我甚至在头脑中点开了搜索引擎，搜索这座城市的有钱人，看看是谁为女同胞们养了个这么好、条件这么合适的儿子，他到底是谁家的"富二代"呢？

倨傲的女声忽然萎靡细弱起来，像温柔的小鸟扭扭捏捏地报出了自己的三围：87、80、90——离标准三围远着呢，这让我和朋友信心百倍，相互对视一眼，雄心勃勃。忽然想到了一个问题，我小声说，先看看那家伙长得什么样。女友瞥了我一眼，悄声说，这种条件你还挑？有口气能领到证就行。

想想也是，我俩于是站起身，正想去做一次自我推销，没想到早有先行者闯入。一个靓丽的身影掀开竹帘冲进包间，掩饰不住欣喜若狂的心情，激动地说，我的三围是88、63、90，绝对标准三围，保证没整过容……

这个半路上杀进来的"花木兰"吓了我们一跳，我俩又悄悄地坐回到原处，想听听那个钻石王老五的反应。

那边的人大概都愣住了，但是转眼间有人清醒过来，有人过来拉住标准三围的女孩，一边推着她掀开竹帘，一边说，很抱歉小姐，我们在拍戏，他们是在对台词。

那个靓丽的人影"嗖"的一下窜出了咖啡厅的门。我和好友低了头，百无聊赖地喝光了杯子里的咖啡。

这个故事的核心事件非常类似李光头的处女选美大赛。目标正是那些把身体主动性符号化，并一心拿身体来交换财富和土豪生活的美女，而千篇一律的模特般的三围和年轻鲜活的人造肉体就是换钱的资本。特意设置的对白与现实相混合，极似李光头导演的大戏，那些希望靠选美致富的美女们全入戏，而且她们也知道出戏作弊，去买假处女膜，装作处女后再入戏；李光头作为导演也入戏了，和无数假处女做爱，甘愿"受骗"，满足了他从小的"屁股情结"，整本书的"屁股叙事"在此屁股如云之时也达到最高潮。再看《故事会》中的这出戏，结构相当巧妙，主场景是相亲中的咖啡厅包厢，富豪字正腔圆地开出年轻漂亮性感天然几个条件，形成第一重剧。两个上当的听众被巧妙地安排为两个后现代美女，正好也和包厢中的女性一样，想寻找一个有年龄又有钱的大土豪，形成了第二重剧。当外围两个美女被富翁的条件吸引，想冲进去取而代之，正蠢蠢欲动之时，意外出现了，原来围观者中还有其他美女，在充当叙述人角色的两个美女之前冲进了包厢，亮出自己的身材，抢了另两个美女的先机，在此形成了第三重剧。当第一重剧被揭穿之时，后两重剧也随之崩溃，两重外围美女都是嫁富豪之梦破碎，皆失望而去。这就是《故事会》的典型结构，老而又老的戏剧化方式，对于这类小说，高潮就是结局，因为不必展开，大众看到这儿就已经足够，再说下去就狗尾续貂且画蛇添足。这也符合小小说的结构精巧、情节意外的特点，类似相声必须有"包袱"，没有急转直下的巧妙到庸俗的情节，就不能成就《故事会》一个月七十万的销量。从通俗故事和情节设置上讲，《故事会》是非常成功的。它的问题和成功点一致，就在于预期读者群所导致的深度的缺乏。

从故事高潮就能看出深度问题。结局虽然故意打破了三重剧中的性感女性和文本外的读者的期待，但这其实是主旋律的要求，并非现实，主旋律要求它必须道德正确政治正确。从大众道德和国家管理的需要来看，这些指望卖身求财的女性严重违反社会主义和谐原则和中国传统的礼义，因此刊物从办刊基本原则上就必须坚决地彻底地否定，刊物在生产环节就已经否定了这种结局的出现，即使故事中允许她们暂时成功，其最终结局也必须是极其悲惨的始乱终弃之类，道德上不容许有任何中间地带。但在现实生活中，这种女性却层出不穷，"成功"者更是不可胜数，社会的堕落或者后现代化已经势不可挡，《故事会》故作的正面、积极的态度，以及嘲讽和否定这样的拜金女的结局，实际只是主旋律的一种限制，现实中根本无法扭转整个人类社会的欲望化和金钱化，也阻止不了女性的后现代"美学"追求，即以金钱交易为目的的后现代身体的无限膨胀及对男权世界的巨大冲击——当然，这一后现代"肉体美学"对"小鲜肉"化的男性也越来越适用[①]。

诸多论者认为小说《兄弟》思想比较低俗，缺乏必要的精神超越，没有给现代都市人找到更好的精神出路，"在刻意营造的'人性复杂'的李光头身上，作者有意无意地表现'存在即是合理'的观念，回避了对李光头身上的欲望，以及实现欲望方式的审视。在这样的情形下，鲁迅批判的'看／被看'就很容易被置换成群众狂欢式的'窥视'加'围观'，对人性的洞察和批判也就变成了对现实戏谑式的宽容和理解了"[②]。余华的文学性方面的最大失败，实际正是这种《故事会》式的过于世俗乃至恶俗化的建构方式，它激起了评论家们极大的厌恶。再加上数以百计不该出现的情节上的人为的漏洞，让评论家更加不满。

余华自己却把《兄弟》定位成他写作至今最为厚重、最满意的一部作品。"起先，我的构思是一部 10 万字的小说。可是叙述统治

---

① 据媒体报道，已经发生不止一起女财务挪用几百万甚至上千万人民币"打赏"男主播的事件。

② 董丽敏：《当代文学生产中的〈兄弟〉》，《文学评论》2007 年第 2 期。

了我的写作，篇幅最终突破了40万字。写作就是这样奇妙的，从狭窄开始往往写出宽广，从宽广开始反而写出狭窄。这和人生一模一样，从一条宽广大路出发的人常常走投无路，从一条羊肠小径出发的人却能够走到遥远的天边。作家和时代的相遇，作家和作品的相遇，是机遇，也是时机。"[①]余华对自己总表现出一贯的对此在瞬间的满意。余华的语言模式中有一种怪异又有诗感的语言，如之前所分析的，《兄弟》中李光头在宋凡平坟前的哭声"脱颖而出"就是，此时他又诗情大发，"叙述统治了我的写作"就是一种语言的"错用"产生的陌生化效果，俄国形式主义流派和以艾略特为首的英美"新批评"流派都是以此来解释诗歌的文学性的来源，余华的语言中会随时出现这样的句子，《呼喊与细雨》结尾的大火中，农民孙广才说出的"壮观是真壮观，只是代价太大了"亦是此类。这种诗意是隐含作者通过叙述人直接发出的，而且游离于文本语境，变成一种非常不和谐的外部诗化话语，说得贬义化一些，就是这种诗意是破坏文学性的，因为它本质是一种"自得式"或"自恋式"语言，在不需要肯定自我的情况下插入一句得意的自我表扬的话语。上述"叙述统治了我的写作"，诗意来得也很不是时候，这种自恋式的语言，代表着无原则地肯定自己。但评论家们的不满和愤怒不是余华自夸几句就能消除的。

2006年4月，《兄弟》下部刚出版，张颐武面对记者时说：

> 余华的《兄弟》是一个有趣的作品，但对于专业读者意味着一种"无意义的重复"……余华在《兄弟》里迟迟找不到对语言的感觉……但《兄弟》也是不幸的，余华积累了太多熟悉他的专业读者，之前的一致良好口碑以及一段时间的停笔后，使得大家对他下的赌注太大，一旦没有

---

① 余华：《兄弟》（上），上海文艺出版社2005年。

展示出开阔的新境界，就使得很多专业读者感觉失望。①

张颐武所用的"专业读者"很有意味，与之前谢有顺也用"专业读者"表示对余华的失望同样，他是指中国当代看着余华从青年到中年不断"成长"的评论家们，很明白地说出了作为"专业读者"的评论家对余华的集体失望，重大失望之一就是余华"迟迟找不到对语言的感觉"，实际指《兄弟》中未做到自然地、符合语境地叙事。对于张颐武非常有善意的批评——至少比其他评论家的批评委婉多了，余华仍然说出这样的话来：

> 我是在《兄弟》出版之后才知道还有"专业读者"这个词组，这是一个奇怪的词组，要知道文学是属于大众读物，不是专业读物，为什么现在出版社分为大众读物出版社和专业读物出版社？前者是非实用的，后者是实用的。②

感觉这儿必须要用"过河拆桥"这个词了，这又是典型的"余氏决绝句式"。没有这些"专业读者"，先锋时代的余华不可能有出头之日，那个时候的余华可是一门心思为"专业读者"写作的，大众读者根本不知他为何人。③ 不能不说，余华的"后现代"性格特征又发挥了作用，只管此在，坚决地肯定当下和此刻的感觉，以前的所有都可能随时随地地随便否定，否定哪个方面主要看余华的目的是什么。他的反省意识的缺乏正是因为他潜意识中过于强大的本我使他不愿接受任何反面意见。甚至在《兄弟》出版十年后，余华对自己仍然没有反思之意。

---

① ② 张英、宋涵：《余华现在说》，《南方周末》2006 年 4 月 27 日。

③ 杨扬详细地分析过诞生在南方地区的作家群如苏童、余华、格非等是如何被那批学院派批评家塑造成先锋作家的，见杨扬《先锋的遁逸——论当代先锋文学、先锋批评与意识形态的关系》，《二十一世纪》（香港）1995 年第 6 期。

2004 年的余华曾对记者说过："我认为我始终是走在中国文学的最前列的。"2014 年的余华仍然认为："回顾自己 20 多年的写作，如果我对自己还感到满意的话，就是我一直努力走在自己的前面。"①

我们要注意的是，余华后面那句话其实是针对他的新作《第七天》的。2014 年的五十五岁的余华，非常自信地用诗意的话语为自己的新作做广告宣传。

下面看他的《第七天》，是不是比《兄弟》有所进步。

第四节 《第七天》给了读者什么？

2013 年的余华。新作《第七天》。

《第七天》涉及官僚化的腐败、贫富分化、道德水准下降、价值观多元下的混乱等后现代消费社会的乱象，写到了城市贫民、农村留守老人和儿童、城市"鼠族"等各阶层的苦难生存状态，其政治化的隐喻功能是非常明显的。在从事写作近三十年后被重新问及"为何写作"时，余华回答："可以说，从我写长篇小说开始，我就一直想写人的疼痛和一个国家的疼痛。"② 这些话发表于 2010 年，"人的疼痛"和"国家的疼痛"应该分别指《活着》和《兄弟》，而在 2013 年的《第七天》中，余华似乎试图融合这两种"疼痛"。

从余华的本意上讲，他应该从《兄弟》被众多批评家口诛笔伐中接受了一些教训，那些过于恶俗的东西他不写了，如不再太过关注下半身，"屁股叙事"那样的狂欢再没出现过，《第七天》的语言干净了很多，主要描写了各种人物在后现代社会的扭曲和消费主义制造的悲惨命运，而且涉及大量的社会现实时没有《兄弟》的造作

---

① 余华：《我一直努力走在自己的前面》，《上海文化》2014 年第 9 期。

② 王侃、余华：《我想写出一个国家的疼痛》，《东吴学术》2010 年创刊号。

和浮夸，他似乎回到了《活着》的集中、平易和纯净，且试图重温《活着》式的温情，不少场景描写得确实相当不错，特别是两段爱情故事，叙述相当从容，也有不错的感染力。

但是，《第七天》受到的批评的数量和强度都不比《兄弟》少或低，否定性的评价甚至在某些方面还强过《兄弟》，可能直接从大众都熟悉的新闻中取材，最大的问题或者是陷阱就在于如何以文学的方法重写这些社会事件。如何把小说与社会和政治的互文性进行充分的文学性的阐释，似乎一直不是余华的长项，《兄弟》文学上的失败已经见证了余华的优势和劣势，《第七天》更是铤而走险，从文学史来看，现在很难说它是失败的还是成功的。至少从文学性角度来看，《第七天》对社会事件的文学化重写并不成功。这从人物形象的苍白、细节的粗糙、情感的粗浅泛滥以及语言的乏味等方面，都可见一斑。总体上，基本与《兄弟》下部水平相当，或者能算是《兄弟》下部的简化版或者梗概版。

"亡灵叙事"下的温情

《第七天》十万字的篇幅，不再是《兄弟》式汪洋恣肆，而是直白简单。从生产和销售的事实来看，《第七天》的销量确实还不错，至少几十万册[①]，比获诺贝尔文学奖前的莫言的任何一部作品的销售量都强上十数倍。

《第七天》的特色是所有的主要人物都是灵魂式的存在。虽然延续了《活着》的死亡叙事，但人物不是一个一个地按线性时间的顺序死去，而是一出现就是非人类状态的灵魂，然后以倒叙、插叙、停顿、跳跃等各种打破叙事时序的方式追述亡灵生前的故事。

看下《第七天》相当有魔幻色彩的开头，如果就此认真地写下

---

① 佚名：《〈第七天〉在骂声中热卖　销量登顶排行榜第一名》，《新民晚报》2013年6月26日。

去，应该会有相当高的文学上的成功：

第一天

浓雾弥漫之时，我走出了出租屋，在空虚混沌的城市里孑孓而行。我要去的地方名叫殡仪馆，这是它现在的名字，它过去的名字叫火葬场。我得到一个通知，让我早晨九点之前赶到殡仪馆，我的火化时间预约在九点半。

昨夜响了一宵倒塌的声音，轰然声连接着轰然声，仿佛一幢一幢房屋疲惫不堪之后躺下了。我在持续的轰然声里似睡非睡，天亮后打开屋门时轰然声突然消失，我开门的动作似乎是关上轰然声的开关。随后看到门上贴着这张通知我去殡仪馆火化的纸条，上面的字在雾中湿润模糊，还有两张纸条是十多天前贴上去的，通知我去缴纳电费和水费。

我出门时浓雾锁住了这个城市的容貌，这个城市失去了白昼和黑夜，失去了早晨和晚上。我走向公交车站，一些人影在我面前倏忽间出现，又倏忽间消失。我小心翼翼走了一段路程，一个像是站牌的东西挡住了我，仿佛是从地里突然生长出来。我想上面应该有一些数字，如果有203，就是我要坐的那一路公交车。我看不清楚上面的数字，举起右手去擦拭，仍然看不清楚。我揉擦起了自己的眼睛，好像看见上面的203，我知道这里就是公交车站。奇怪的感觉出现了，我的右眼还在原来的地方，左眼外移到颧骨的位置。接着我感到鼻子旁边好像挂着什么，下巴下面也好像挂着什么，我伸手去摸，发现鼻子旁边的就是鼻子，下巴下面的就是下巴，它们在我的脸上转移了。

这几年西方的魔幻小说和影视大兴于世，特别是儿童魔幻小说

238

和电影《哈利·波特》风靡全球、老少咸宜，女作家 J．K．罗琳的每一本新作上市，都比当年的 iPhone 上市还要火爆，它们被翻译成七十三种语言，所有版本的总销售量超过四点五亿册（截至 2015 年）①，名列世界上最畅销小说之列，直赚数亿美元。《第七天》这样的"亡灵叙事"也很有些魔幻色彩，中国式的鬼魂叙事，类似《聊斋志异》。

整部小说采取了第一人称叙事，即杨飞，而且是死去的杨飞，是他的灵魂在叙事。似乎和《活着》一样，亡灵变成了第二叙述人，活人是第一叙述人，而活人是不在场的，作为隐含叙述人存在，表层叙事全部由亡灵来完成。杨飞是一个白领，死于一次意外爆炸，饭店的煤气泄漏造成的事故，这也是网络和各种媒体上屡见不鲜的事故。故事开始于杨飞要被火化了，和一群灵魂撑着肉体在殡仪馆谈论墓地价格，开始了对社会阴暗面的揭露、批判或清单式展览。

比较有文学意味的是，杨飞对死前的世界充满了温情，尽管那个世界其实满是黑暗、肮脏、铜臭和背叛。

1. 第一种温情：爱情。

杨飞死后最挂念的就是他的爱情，那个曾经深爱他的美女李青。叙述人给她安排了一个高尚且平民化的品格，当时姑娘们都以嫁给领导的儿子为荣，但她作为一个美女，见识过很多好色忘义的男人，因此她要寻找一个"忠诚可靠"的男人，而叙述人非常幸福认为他自己就是那样的人。这就奠定了真正的爱情的基调，因为他死前什么都没有，没房没车没钱，甚至连父母都没有，只有一个养父，公认的美女李青愿意嫁他，只能是爱情。所以，杨飞死后并没有任何怨恨，因为他心中充满爱，李青的爱和养父的爱，都让他感觉此生不枉。尽管他还没死的时候，李青就已经移情别恋，离婚后嫁给了一个留美博士，杨飞仍然认为李青是爱他的，他其实也明白

---

① 董薇、刘吉晨：《文化产业商业模式创新》，中国传媒大学出版社 2015 年，第 88 页。

李青离开他的真正原因正是生活，贫穷的生活，但他仍然是一个幸福地回忆着爱情的亡灵。然后，他遇到了李青的亡灵。正因为是亡灵叙事，所以，他生前的所有熟人都要死，以各种各样的方式去死，然后在阴间相见。

李青死于自杀。她不但抛弃了杨飞，后来也离开了那个留美博士，做了一个高官的情妇，不久就成为一方女富豪。后来，高官事败入狱，李青在警察上门之时自杀于浴缸。杨飞这个亡灵似乎一死就对什么都谅解，还是执拗地认为李青爱他。在阴间遇上李青，李青对自己的所为并没有道歉，他们互相亲密地问候。这种温情，或者代表着亡灵世界的情感。

两人相见是从"你是怎么过来的"开始的，亡灵的"过来"，实际是指以什么方式死的。杨飞实际死于在餐馆里吃完一碗面条时，看到报纸上有女富豪李青自杀的消息，然后餐馆的厨房爆炸了。单独看对两人的爱情的描写，还是相当有浪漫感的。生人死后的温情，金钱肉体都淹没不了的爱情。如果只看这七天的前两天，余华的叙事质量还是在的，尽管故事非常老套，毫无新意，讲法还是有文学感的，哪怕全书都这样平凡地讲完，故事也还是一个纯文学的浪漫故事，且有对现实的比较文学化的批判。特别是李青说"是我害死你的"，杨飞回答说"不是你"，"是那张报纸"，仔细品味还是相当有感觉的，是一种意味深长的文学化的表达。应该说，杨飞和李青两个亡灵的温情叙事是《第七天》中最成功的。

2. 第二种温情：亲情。

杨飞一生下来就失去了父母，他降生在两条铁轨之间，一个叫杨金彪的年轻的扳道工收养了他，并且一生未娶，因为自身的贫穷，更因为未结婚就有了一个孩子。杨飞想起养父就充满爱和歉意，这种亲情也渲染得相当成功。

而且他也不缺母爱，他有一个心理上的母亲，就是李月珍，像母亲一样照顾他。但她也死了，被一辆超速行驶的宝马撞死，养父和养母都死了，前后不过三天，精神上的三口之家全部死光。这种死法，很像在重复《活着》中福贵的经历，只是福贵没有死，杨飞和家人全死了。或者，死在后现代的杨飞，在金钱和欲望夹缝中营造着小人物的温情。

另一个亲情叙事是杨飞生前带的一个家教学生，父母都在强行拆迁中被压在房子下面，她在别处，回来房子没了，父母也没了。死前的杨飞正好看到她坐在房子的废墟上写作业。杨飞死后遇到了她的父母，原来他们的女儿不知道父母已死，而死去的父母也不知道女儿在哪儿，杨飞最后告诉他们："她就坐在你们上面。"这些情节的设置虽然非常简单，还是相当有吸引力的。这种温情如果像《活着》或者像《兄弟》上部那样展开来，以余华的叙事能力，很可能形成非常催人泪下的节点。

3. 第三种温情：后现代"相濡以沫"。

打工族伍超为了满足女友的"面子"，不惜去黑市卖肾，结果受感染而死。此时，他和女友几乎已经连吃饭都成问题。这样的感情，可算是后现代大都市中打工者相濡以沫的悲情化生存。结果却很不幸，女友鼠妹先一步死了，两个人都带着残破的肉身去阴间寻找对方。似乎挺有温情的，可以说是相当有典型意义的案例，代表着金钱社会下小人物被物欲控制后的哀歌。两个最下层的打工者，平时连吃饭都成问题，还去买几个月工资都买不起的昂贵手机，鼠妹刘梅甚至想做妓女换钱，所以，作为典型的全球化时代被资本控制的行尸走肉，鼠妹的扭曲更能代表相当一部分"鼠族"在后现代城市的生存状态。而且鼠妹被设置成年轻漂亮，在肉体可以广泛消费的时代，她做妓女也没多少道德上的自责，与男友的"相濡以沫"也是后现代式的，有着金钱味的强烈人性异化。总之，这一对"温情"是最不可靠的。或者作者在以往日的"零度"手法暗含了强烈的反讽和批判。

4. 第四种温情：和解。

警察踢伤了一个男嫌疑犯，男嫌犯寻公道不成杀死了警察，嫌犯也被枪毙。两人同去阴间，却不去投胎，成为好朋友，整天在某一个位置以骷髅之态下棋，然后两鬼开心得哈哈大笑。叙述人看到后也欣慰地笑了，并抒情道："十多年前，他们两个相隔半年来到这里，他们之间的仇恨没有越过生与死的边境线，仇恨被阻挡在了那个离去的世界里。"似乎有点想象力，但仇恨真的会被阴阳阻隔吗？中国民间故事和古典小说中那么多恶鬼复仇的故事，似乎没有原谅一说。

当然从文明的角度来说，隐含作者这样安排剧情，似乎在强调人类社会的大和解，这种勇于原谅的善意在这个以金钱为本的消费式人际关系下尤其需要。如果余华能有进一步的提升和思考，像先锋时代那个冷酷且痛苦的思考者一样，以温情和谅解来应对消费主义下人伦崩溃的黑暗时代，那可能会有一个哲学化的飞跃。但是隐含作者放弃了，不但没有进一步思考，阳间的仇人在阴间居然毫无理由地和解了，就像一个电脑游戏直接内部设定了一个阴间不准有仇恨的规则，但为何设置却没有提供理由。从文学本身来看，这种和解的到来需要充分的展开，特别是充分的文学化的阐释，但这都没有；叙述人随手移植了一个"和解"想象，两个骷髅的亲密给人的感觉是，"它们"似乎在说"全世界无产者联合起来"。

《故事会》式新闻大拼盘

小说最重要的价值可能就在于那些直接从媒体的汪洋大海中捞取的新闻事件了，而且对社会事件的展示很写实主义，简单到很骨感。下面分析一下小说容纳了些什么，用数字标注更清晰。

1. 地价。

一开始，亡灵们带着肉体凑在殡仪馆等火化：

大家感慨现在的墓地比房子还要贵，地段偏远又拥挤不堪的墓园里，一平米的墓地竟然要价三万元，而且只有二十五年产权。房价虽贵，好歹还有七十年产权。一些候烧者愤愤不平，另一些候烧者忧心忡忡，他们担心二十五年以后怎么办，二十五年后的墓地价格很可能贵到天上去了，家属无力续费的话，他们的骨灰只能去充当田地里的肥料。坐在前排的一个候烧者伤心地说："死也死不起啊！"

　　墓地价格比房价还高，是当前的现实，北上广深这样的一线城市墓地价格早已远远超过房价，一平方米三万也基本是 2013 年前后一线城市墓地的价格。亡灵们说出的"死也死不起啊！"确实是当前小人物生存状态的写照，批判性不可谓不强。但是，那句话是活人也经常说的，直接进入到小说，不过是借亡灵的视点影射当前地价畸高的现实，几乎不做任何文学的提升，感觉太不"文学"了。

　　2. 拆迁。

　　市民在市政府广场上抗议暴力拆迁，这个与第一件新闻事件中的地价高直接相关。土地买卖利益奇高，所以有点门路有点权力的人都打倒卖土地的主意，暴力拆迁几乎是全国各地每天都在发生或将要发生的事情，确实是 2013 年至今都常盛不衰的大事，要夸奖下余华确实抓得准。这次讲述除了凌晨的大面积暴力拆迁，还加了一点料，抗议者中有一个男子讲述他和女友正在被窝里做爱的时候，突然房门被砸开了，闯进来几个彪形大汉，用绳子把他们捆绑在被子里，然后连同被子把他们两个抬到一辆车上，房子就被拆掉了。场面很香艳，对于读者是个不小的诱惑，这种料在好莱坞的电影里经常出现。其实在成年男人的玩笑、酒桌、网聊等日常放松和调节活动中，到处是这样的段子，这样的简单加入，更像《故事会》写手，其实和《兄弟》在西方的大受欢迎相较，此时正是展示"后社会主义东方主义"图景的大好时机。

3. 镇压。

在镇压抗议的行动中，为了有效地驱散抗议者，一些权力者会动用政府资源进行私人化的贪腐行为，破坏政府的公信力。小说以此昭显了经济社会的权力与金钱共谋之恶。值得回味的是叙述人有意设置的一个细节。本来抗议者很和平，没有暴力行为，但一辆神秘的小车拉来了一车不明身份的人，他们掏出口袋里的石子砸向市政府的门窗，然后警察从四面八方拥进广场，驱散示威的人群。"那七八个砸了市政府门窗的人一路小跑过来，他们向站在我前面的两个警察点点头后跳上面包车，面包车疾驶而去时，我看清这是一辆没有牌照的面包车。"这帮人安然无恙地离开，且向警察点点头，面包车还没有牌照，更有意思的是"我"正好在警察后面，看到了这一切，很完美的"阴谋"报道。美国日本英国这些发达的资本主义国家在对付游行示威也用同样的方法，应该是权力与金钱合谋的方式也全球化了。这些细节设置得还算不错，只是有点生硬。

4. 腐败的女情人。

叙述人杨飞的前妻自杀前已经成为赫赫有名的女富豪，她嫁了两任丈夫，都失败之后，她按照消费主义的逻辑找对了"发展"之路，做了一个高官的情人，一下飞黄腾达，要钱有钱要权有权。不幸的是，高官倒了台她也没了活路。这是一个腐败的女富豪形象。杨飞虽然执拗地认为她还爱他，但她的行为已经是典型的女性肉体主动商品化的行为，李青很"成功"，但同时也成为商品化的牺牲品。与现实相较，网络和媒体关于反贪的报道比比皆是，被抓的贪官通常有手眼通天的情人，经常还不止一个。这个事件在小说中虽然叙述得简略了点，使用侧面描写手法，反而不感到太简陋直白，算是比较有文学感的一例。

5. 火车生子。

这个是较典型的新世纪民间传奇。杨飞之所以一出生就没了双亲，不是双亲死了，而是他的生母在火车的厕所里突然分娩，生得太快，没接住，杨飞一下掉进了厕所蹲坑，蹲坑是无底的，直通铁道地面，结果杨飞从此和亲生父母分别。火车上丢孩子的奇遇，新闻媒体有过报道，在厕所生孩子的更多。这次新闻拼盘有些不同之处，叙述人讲述的语气和用词有些意思："她脱下裤子以后，刚刚一使劲，我就脱颖而出，从厕所的圆洞滑了出去，前行的火车瞬间断开了我和生母联结的脐带。""脱颖而出"这个词很有意思，《兄弟》上部宋凡平的坟前，李光头和宋钢压抑的哭声"脱颖而出"，很破坏当时的语境。这次借杨飞这个叙述人讲述他自己从母亲的子宫里"脱颖而出"，不合时宜感比在《兄弟》中减弱很多，但总感觉还是不太恰当，他在嘲笑自己"脱颖而出"吗？

6. 男扮女装卖淫。

报纸报道警方扫黄的"惊雷行动"，警方对洗浴中心和发廊进行突击检查，当场抓获涉嫌卖淫嫖娼的违法人员七十八名，其中一个卖淫女竟然是个男人，这名李姓男子为了挣钱将自己打扮成女人从事卖淫，他的卖淫方式十分巧妙，一年多来接客超过一百次，竟然从未被嫖客识破。这次又转到了下半身的关注，男人伪装女人卖淫的方式很新奇，新闻的焦点都转向了其巧妙的卖淫方式，于是全城津津乐道地猜测起了五花八门的巧妙卖淫方式。这种下半身的关注确实吸引大众读者，"专业读者"可就不以为然了，因为媒体上有过此类事情的报道，而且不止一例，有男人装女人嫁给外国男人，也有女人装男人娶了另一个女人，也有男人装作女人卖淫，外国中国都有。可算是消费主义时代男人肉体的另一种消费方法。一般来说，男人的肉体的消费指向女人，但在当今仍然男权当道的时代，女人对男人肉体直接消费的需求是被高度压抑的，即女人找男妓是远比男人找女妓违背道德程度高的非法的反道德事件，所以，想学习女性消费自己的身体的男人，想出了装成女人也被男人消费这一"妙招"，可以说是后现代时期卖身求财的变种。尽管小说中的叙述人对男人装女人卖淫的方式非常好奇，他也很明白这是一个吸引大众读者的大诱饵，可惜，他没有付出精力探讨这个"下半身问题"，它其实关系到伦理问题、价值问题、性别问题甚至人类发展问题，至少也能写成《兄弟》中的"处美女大赛"那样辉煌的大众文化快餐，但他却只扔给了读者们一些原料，让满怀期待的通俗读者们自己去"加工"。

7. 死亡人数下的政绩。

杨飞的养父很可能死于商场火灾，但电视新闻里关于商场火灾的最新报道说七人死亡，二十一人受伤，其中两人伤势严重，所有伤亡人员的名单中没有杨飞养父的名字。叙述人又说，网络上有不同的消息，有人说死亡人数超过五十，还有人说超过一百。还有不少人在网上批评政府方面瞒报死亡人数，因为国务院安委会对事故死亡人数的定义，一次死亡三至九人的是较大事故，一次死亡十人以上的是重大事故，一次死亡三十人以上的是特别重大事故，所以政府逃避责任，将死亡人数限定在只能有七人，即使公开两个伤势严重的人不治身亡，也只有九人，属于较大事故，不会影响市长书记们的仕途。这样的权力腐败事件全世界每天发生 N 起，只要有权力，就会有这样为避免影响升迁而隐瞒事实的行为发生，这实则是人性恶的非常正常的表现；何况恶行与权力相合，会几何级地增加其恶果。美国好莱坞很多娱乐大片都会涉及这一权力腐败问题，可见其对社会的危害程度与被关注的程度。

然后隐含作者又让在阴间的被烧死的三十八个亡灵齐发声，证明贪官的卑劣。说了阳间说阴间，成了小说的"套路"，目的却仅仅是用阴间来"证明"阳间的错误，过于简单直白。一个巧妙的设置被用成了鸡肋。

8. 死婴事件。

医院的垃圾堆出现二十多具婴儿尸体。责任在谁，一直调查不清楚。这种事件在现实中也不止一件，医院的标本扔掉很常见，只是处理方式太不尊重当年捐献尸体的人们。事件的发展也符合新闻报道，医院明明可以道个歉，然后妥善处理即可，但偏偏从上到下都推卸责任。《第七天》中又在此婴儿事件上拼接了另一个事件，即现在全国各地频频出现的"天坑"事件，这次是恰好出现在存放婴儿尸体的太平间的位置。市政府公布了天坑直径三十米深十五米，塌陷的原因是地下水过度抽采之后形成那里地质架空结构。五个地质环境监测人员被绳子放到天坑下面，一个多小时后他们被绳子拉上来，说太平间的屋子仍然完整，只是墙体和屋顶出现了七条裂缝，二十七具婴儿尸体却不知去向。由于叙述过于简单，小说一直没说清楚二十七具婴儿尸体的来源，如果仅仅是标本，这样煞有介事地写入小说中，与其他事件相比似乎是浪费笔墨。

9. 疯狂的 iPhone。

这个更是有目共睹的事实。苹果手机现在仍然风靡全国乃至全球，在中国一个奇怪的事实是，越是低收入者，特别是城市打工群体，越是热衷昂贵的苹果手机，一部苹果手机会是打工者两个月以上的收入，所以为了用上苹果产品，女性会卖身，男人会卖身体器官，像上面男扮女装卖淫的男人的消费目标中可能就有一部苹果手机。卖肾的伍超和鼠妹刘梅之间就曾经因为买苹果手机而争吵，刘梅说她一个女友去做妓女赚钱，其男友望风，就赚了很多钱，苹果手机一个接一个地换，刘梅很羡慕，也想去做妓女风光下，但伍超没有同意。

后来就发生了伍超用假苹果手机骗刘梅，后者则歇斯底里大发作，发现男友送给她的生日礼物是山寨 iPhone4S 后伤心欲绝跳楼自杀。这个也是现实中的轰动事件，当时给苹果手机免费做了个超级广告，大资本家们不要太得意。而为了苹果手机，她和男友两人在三年时间里做过两份固定的工作——发廊洗头工和餐馆服务员，还有几份不固定的工作；更换五处出租屋，租金越来越便宜，最后的住处是在地下室里。这或者意味着对反人类的跨国垄断资本片面追求利益的强烈批判，正是这些超越政府权力的大公司最大程度地扭曲着后现代时期的人性。

10. 暴力执法与睾丸事件。

这是一个非典型的下半身事件。与上述男妓卖淫虽然是同一个人所为，但事件性质不同。一个是警察暴力执法导致嫌疑人睾丸破裂，一个是男人装成女人卖淫，前者是非关性符号的生理事件和权力腐败，后者是关系道德和消费的性交易。

事情起于警察张刚审讯李姓男妓时，李某对男扮女装的卖淫毫无悔改之意，而且对自己巧妙的卖淫方式得意洋洋，声称对付那些嫖客游刃有余，他说如果不是被警方抓获，没有嫖客会发现他是个男的，并对警察出言不逊。张刚对李某将警方比喻成阴沟忍无可忍，踢破了其睾丸。然后发酵成男妓坚持不懈地"静站示威"，李某每天高举一个牌子，上书"还我一双睾丸"，警察张刚换了很多工作地点都摆脱不了睾丸的追杀，最后，李某示威无果，冲进警局杀了张刚。这种事件网络也有报道，其他的警察审讯打伤打死人的案件更多。这个事件的新意在于伪娘男妓和睾丸。只是很好的情节又没展开。从人类社会的道德标准的变迁来讲，同性恋可以理解，但一个男人装成女人，向男人卖淫，居然还成功了，被抓后还振振有词，背后应该能发掘出很复杂的社会根源，非常值得从多方面进行文学化的描述。一个男妓为何对自己违反法律且反道德的行为不以为耻？弱者违法后面对权力的"自信"从何而来？暴力执法作为人类社会的权力造成的必然之恶，为什么一方面能够飞扬跋扈草菅人命，另一方面又要在公众面前装出权力的"委屈"，对一个伪娘男妓的示威行为无计可施？这背后可以展开的人类社会的阴暗面与复杂性很多，但叙述人居然只津津乐道"睾丸"，像对李光头的

"发情"一样进行了几百遍的重复，形成无谓的重复叙事。

11. 卖肾。

这个事件关系到城市里的打工者生存艰难却又被消费主义时代的观念所控制，也要进行高消费，前面的买苹果手机就是成功的消费标准制造，因为手机相对于房子和私家车都便宜得多，按网络流行的后现代"新俚语"来说，就是"装 B"价格低得多，所以是底层人物热衷苹果手机的原因之一，不少底层人物为了也过上"有面子"的生活，只能选择拿身体来换钱。女人由于男权社会长期压制下的附属地位，自我商品化有很多方式，但男人商品化的可能性很小，特别是长相一般，与"小鲜肉"无缘者，没有"卖身"的机会，只能走摧残身体的道路；由于人类的肾在各种工业污染之下最容易丧失功能，且又对人类生命至关重要，因此卖肾是后现代社会最常见的男人"卖身求财"的行为。以至卖肾几乎成了和买苹果手机直接相联系的"专有名词"：卖肾一定是为了买苹果手机，想买苹果手机一定要卖肾。

于是，社会上出现了专门的进行活体肾买卖组织，各种媒体也都多有报道。小说写到一个卖肾组织一条龙服务，从伍超的视点进行了讲述，在他的讲述中，卖肾组织倒没多大罪恶，虽然他们的肾到了医院是三十万一个卖给患者，而卖肾者才能得到几千到三万元不等，但他们还是感激有这样的组织，因为这让他们有了一个出卖身体器官换钱的机会，不然，像伍超这样的低级打工者，拼命到死也没钱买苹果手机，和他一起卖肾的有七个年轻人，都是最底层的打工者，教育水平很低，出苦力挣不了多少钱，"他们卖肾都是为了尽快挣到一笔钱，他们说就是干上几年的苦力，也挣不到卖掉一个肾的钱"，"他们憧憬卖肾以后的生活，可以给自己买一身好衣服，买一个苹果手机，可以去高档宾馆住上几晚，去高档餐馆吃上几顿"。伍超则是能由此解决女友的面子问题，也显得自己作为一个男人还有点尊严。人们可以说他们很可怜，也可以说他们幸运，总之，后现代社会是个多元且无中心的时代，怎么活都有道理，怎么活都没道理，正是人类文明一个非常典型又严峻的时期。为什么会到这一步？社会发展到这一地步优劣之处都在哪儿？对人性和人类存在基础都产生了什么影响？这都是非常好的思考点。只从人类社会正面描写很难直接在文学中完成这些较深刻的思考，但小说有个亡灵视点，通过阴阳两隔的对比，可以设置一个文学乌托邦，在对比中实现一种理想化的思考，加深对当前社会的思考和批判。

概言之，一本十万字的小长篇，基本把当时社会的流行事件都收罗进来，积累了那么多消费时代的典型事件，每一个充分展开都会是对后现代中国大都市的强烈反思和批判。但在小说中，每个事件都基本是平均用力，这就不可能兼顾到叙事的充分性，关键点都没有机会展开。作为一个结果，这些事件都缺少升华，大部分直接与新闻一个层次，而新闻报道重点不在思辨和深化，而在报道事实，所以《第七天》最后仍然是个新闻串烧。曾经力挺《兄弟》的郜元宝在《不乏感动，不无遗憾》中说到："《第七天》并不打算以伦理悲情为主调，而欲展开更广泛的社会批判，这就构成了小说第二个看点：作者用大量篇幅搜集并改写最近发生的许多轰动性事件，也就是我们主要从网媒新闻看到的那些中国式的悲惨故事。小说与网媒新闻之间产生了有趣的互文关系。……篇幅大大超过杨氏父子的悲情故事，成为小说的主要内容。"[1] "人们对《第七天》的苛责，很大程度上不是因为从小说中看到了多少社会新闻，而是因为，他们目睹诸多的社会新闻竟然以这样一种无所顾忌的平庸方式植入小说情节之中。"[2] 评论家们的态度已经宣告了《第七天》在纯文学方面的失败。

---

① 郜元宝：《不乏感动，不无遗憾》，《文学报》2013 年 6 月 27 日。
② 张定浩：《〈第七天〉：匆匆忙忙地代表着中国》，《上海文化》2013 年第 5 期。

小聪明、懒惰与贫乏

上述新闻串烧中，每一个都能变成一部像《活着》一样的催人泪下且警醒世人的长篇小说，可是，隐含作者统统放弃了。

《第七天》的语言相对《兄弟》收敛了很多，几乎不再有明显的用词错位。只是从走向文坛之初就存在的余氏"诗化"语言还时不时出现，如杨飞未死时，还是以人类的肉身之形游荡于人间，寻找养父：

> 那个时刻我走在人生的低谷里。妻子早就离我而去，一年多前父亲患上不治之症，为了给父亲治病，我卖掉房屋，为了照顾病痛中的父亲，我辞去工作，在医院附近买下一个小店铺。后来父亲不辞而别，消失在茫茫人海里。我出让店铺，住进廉价的出租屋，大海捞针似的寻找我的父亲。我走遍这个城市的所有角落，眼睛里挤满老人们的身影，唯独没有父亲的脸庞。

叙述人以焦灼的修辞表现了一种温情，表达其对养父的深深的爱，并从侧面也衬托了养父对他的爱，养父因为重病将死，不想拖累他，就离家出走，这是一种中国传统的家庭之爱，这种行为确实很有温情色彩。寻找的过程一直在持续，可以说是这部小说最着力描写的主题。但在描写中，《呼喊与细雨》结尾农民的"不当诗意"式的语言又出现了。或者叫"余氏幽默"，如上段中在急切地寻找父亲的过程中，他大海捞针似的搜索街头每一个老人，却是"眼睛里挤满老人们的身影"。"挤满"在眼睛里，这种用法似乎很少见，可以说是陌生化效果，因为一般来说"挤满"的物体应该是实体，如地铁挤满了人，此处挤满的却是"身影"，不是真的人类身体，而是身体在眼睛中的镜像，这种用法虽然有种奇怪的"诗感"，但

251

对于一个焦灼地寻找失踪的父亲的孝子，他应该没有闲心去营造这样的诗意。可以说是余氏小聪明式的语言又出现了，和以前这种余氏幽默出现时的感觉一样，隐含作者直接取代了叙述人发出恶作剧式的幽默句式，其实还是自我摧毁的不和谐音符。

再有，小说竭力营造的另一个温情场景是杨飞和李青的爱情。但这个爱情的温情根基是摇摇欲坠的，明明是金钱至上和对爱情的不忠，还有肉体与权力的黑暗交易，却故意写得充满温情。如果这只是杨飞作为一个亡灵的感觉，叙事建构的意义指向就此终止也意味着隐含作者无力做进一步的深入。杨飞的事件在那么多新闻事件摘抄中还算是比较有小说感的，余华也是比较擅长这种个体化情感的描述，后面的其他死亡事件相比这个就越来越干瘪无力，暴露了隐含作者越来越疲于应付如此巨大的信息量。

小说中另一个非常关键的想象是关于死后"头七"亡灵们所在的那个阴间或者阴间的某一部分的名字。小说中阴间里亡灵们游荡的地方被描写得相当的美：

> 我们好像走到原野的尽头，她站住脚，对我说：
> "我们到了。"
> 我惊讶地看见一个世界——水在流淌，青草遍地，树木茂盛，树枝上结满有核的果子，树叶都是心脏的模样，它们抖动时也是心脏跳动的节奏。我看见很多的人，很多只剩下骨骼的人，还有一些有肉体的人，在那里走来走去。
> 我问她："这是什么地方？"
> 她说："这里叫死无葬身之地。"

因假苹果手机跳楼死后，刘梅，网名"鼠妹"的那个打工女，和"我"一起到了一个"美丽"的地方，代表着 2013 年的余华对人类死后世界的想象。水，青草，树木，果实，树叶，实际毫无特异之处，如此平庸的"风景"看上去居然和人类世界的自然风景差不多，而且不必去张家界、九寨沟、桂林及西双版纳之类，只需随便一个街头花园就有了。其实相对人类社会的另一个神秘世界，余华本可以想象得再虚幻些，但这方面似乎不是余华的长项，那也罢了。更大的问题可能是，整部小说的新意也就此终结，对死亡和生命的阐释缺乏应有的想象力，死后的对话也毫无创意，死亡的意义被其实活在人间的隐含作者无限弱化。可以看出，所有死亡的人在死亡之后的认识比活着的时候都没有提升，从现代文学和现代主体的基本逻辑出发，人类到了另一个世界，精神上一定会有某种程度的"成长"，特别是在生死之间经历过那么大的磨难，更应该有些突破性的飞跃。但这些都没有。鼠妹刘梅对自己的过度拜金行为没有任何反思，反而仍然强调自己只是喜欢苹果手机，似乎没有iPhone就赌气跳楼是天经地义的。她的男友因卖肾死去之后，同样也没任何"进步"，只是"温情"地浅薄，问刘梅情况怎么样。他到了阴间，首先遇到了"我"，"我"向他介绍一个"很美"的地方：

> 走过去吧，那里树叶会向你招手，石头会向你微笑，河水会向你问候。那里没有贫贱也没有富贵，没有悲伤也没有疼痛，没有仇也没有恨……那里人人死而平等。
>
> 他问："那是什么地方？"
>
> 我说："死无葬身之地。"

这就是整部小说的叙事终点。《第七天》到此终于终结。如此想象力，无论是"专业读者"还是普通读者都彻底失望了。一个死后的"美丽"的世界，也不过是"石头会向你微笑"，这种人类社会的自我情感投射式的修辞，轻易地打发了期待亡灵世界的新奇想象的接受者们。

还有，那个"地方"的命名同样让人失望。那天堂一样的"地方"居然在地狱里,而且有一个地狱一样的名字叫"死无葬身之地"。以"死无葬身之地"来命名游魂之层,名字取得太阴暗,且缺乏文学想象力,"死无葬身之地"算是一个被频繁使用的成语,本义是一种否定性的人类生存状态,即说明一个人类个体生存状态非常糟糕,死后连坟地都没有。余华的本意应该是以此影射底层小人物在后现代社会的生存状态,他集中了那么多反映社会不公正的新闻报道应该也是这个意思,但他的关键问题仍然是缺乏整合,把一本小说写成了时尚新闻报道合集,连最后的"乌托邦"想象之所"死无葬身之地"这个命名都过于随意,也过于直白,反而一下暴露作者的浅显或懒惰。从中国的民俗来看,《第七天》所指涉的那个亡灵所在之地,类似民间传说的黄泉路。人的阳寿到头就会死,这是正常的死亡,正常死亡的人首先要过鬼门关,过了这一关人的魂魄就变成了鬼,另外,黄泉路上还有很多孤魂野鬼,他们是那些阳寿未尽而非正常死亡的(自杀、事故),他们既不能上天,也不能投胎,更不能到阴间,只能在黄泉路上游荡,等待阳寿尽了后才能到阴间报到,听候阎罗王的发落。"第七天"本身在中国民间也是人类死后的"头七",即民俗中认为人类死后七天才能摆脱游魂状态,进入阴间,阎王的职责才正式开始,所以"第七天"是人鬼的节点,也是鬼魂转变形态的时间点,要么去转世,或者为人,或者为动物,或者为植物,或者为人类意义上的无生命之物,比如石头之类(在民俗的万物有灵观念之下所有的物体都是有生命的,能思考,有感觉,能看,甚至能发出未知能量干扰人类世界),要么就是游魂状态,类似睾丸事件的男妓和警察的处境,处于无所归依之态,或者因为执念难去,或者是因为无地可栖,或者是作恶太多。但这些都是民俗中太基本的神鬼"知识",隐含作者不仅没有像《西游记》《封神榜》一样重新建构出一个完整的神鬼系统,连把它改造得符合小说的语境都不成功,而是止于零碎的民间传闻。

这不是民俗的问题,也不是思考方法的问题,更多是隐含作者的随意和懒惰。仍然要肯定，余华的出发点是好的，他有很好的规划，《第七天》是一部"关于平等的小说"①，在《第七天》中现实世界荒诞不平等，在金钱与权位的幕帐下，掩饰了无数的歧视与不公；但在死后世界，人人却死而平等，虚幻的乌托邦由此浮现。但是，几个月的断续的思考和写作，却交差一样了事，根本没下功夫建构一个文学化的体系出来。余华的"简单"特色的弊端暴露无遗，不但小说本身简单，自己对待小说的态度也简单到儿戏化。面对事实，他没有心思和动力再建构出一个高于生活高于存在的文学，对素材的叙事化和重新编排的故事语法、情节建构中时间的变化与因果的加入，都没有运用他的叙事才能进行文学化的提升，不但不高于生活，甚至低于生活，变成一种低水平敷衍之作。

失败之眼

在文学艺术上的失败这点上，余华《第七天》及《兄弟》和张艺谋 2000 年之后的电影类似。那就是不专心，外界利益一直干扰艺术创作。

作为一个大导演，张艺谋总是心有旁骛，不能从他最早期艺术电影的水准出发专心拍出真正的好电影来，他总是在外部利益的左右下工作，早期的艺术电影从《菊豆》就变成为了在欧洲冷战思维下的电影节上获奖，1998 年《我的父亲母亲》之后要奔向奥斯卡，所以总是拍一些大制作的通俗"大片"，如《英雄》《十面埋伏》《满城尽带黄金甲》都是场面宏大、精神粗浅的大片风格，《金陵十三钗》请了好莱坞名角克里斯蒂安·贝尔，且改编自名作家兼好莱坞编剧严歌苓的作品，其目的很直接，失败也是必然的，引起国内普通观众到专业观众的口诛笔伐，很让人感叹。最近的《长

① 王达敏：《一部关于平等的小说——余华长篇小说〈第七天〉》,《扬子江评论》2013 年第 4 期。

城》，请了好几个好莱坞影帝，最红的马特·达蒙，加上好莱坞的特效制作团队，观感上是很不错，电影的特效从西方大片标准来衡量是很棒，非常出色，制作精良，而且继续发挥张艺谋作为摄影师的特色，电影画面色彩极其艳丽，连箭镞都特意制成大红色，士兵的衣服别出心裁地分成鲜艳的几类，紫色、大红、宝蓝，打起来也确实五彩斑斓，视觉效果相当有震撼感。但中国的饕餮被制作成了侏罗纪的恐龙，它们的远程通信方式类似好莱坞科幻大片《明日边缘》里的外星怪物"Ω"，五彩的军队行动起来也像是排练，仔细看那些大场面，最激烈的时候，那些队伍也在努力保持团体操式的队形，总体上和《英雄》《满城尽带黄金甲》一样，这些都是张艺谋"城市·印象"系列那种实景演出式的制作，或者不过是再次满足了张艺谋导演奥运团体操的愿望，却缺乏精神内涵。从中西文化并存及对比角度来看，东方人拍的电影主要内容居然是西方人再次拯救了中国，正是经典的西方的"东方主义"式主题，入侵者是西方，拯救者也是西方，"好"的西方人是非西方世界的救星，《阿凡达》《与狼共舞》等即是此等殖民主义样本，张艺谋不用西方人提示，就主动且诚心地完成了一部西方拯救东方的电影，整个被奥斯卡之西方中心情结渗透了每个细胞。实际上，《长城》的贫乏让西方大佬们都看不下去，给了《长城》超低评价，美国媒体甚至称此电影为马特·达蒙演艺生涯的一大污点。一个拼命谄媚西方的电影却被西方人视为耻辱，还不能说明问题吗？事实上，不管美国政府如何在世界各地制造事端为资本家攫取利益，具体到个体，几乎每个西方人都希望看到一个有主体性的人，一个名扬世界的大导演如此赤裸裸地向文化强权和资本强权谄媚，他们不会因为对方迎合了西方而给高分，他们需要的是艺术才华和成就，就像李安那样，拍出纯正的有深厚底蕴的东方文化。

　　拿张艺谋这十几年在艺术上的失败做对比，不是对余华过于苛刻，而是与作品对应的隐含作者缺乏认真地对待文学的态度，时常和张艺谋一样心有旁骛。如对世俗的物质和肉体欲望缺乏应该有的基本的批判，很是破坏文学事件的严肃性和文学质感。《第七天》的明显失败在于"这本不乏探索精神的长篇里面，余华并没有把他的才华和文字感觉正常发挥出来。他以往作品的语言也不无粗糙之处，但那种酣畅淋漓汪洋恣肆的气势在《第七天》里找不到，相反总有一种拘束和放不开的感觉"[1]。余华那种"放不开"的感觉，应该不是指性格上放不开，而是一写就想逃避思考。从现代主体的建立和成长来看，余华从《兄弟》到《第七天》的不足表现于他一直存在的、因为未摆脱青春期心理的不成熟而导致的小聪明，他偷懒式的拼盘行为其实是在下赌注。他在赌过几年他的新闻拼盘能大兴于世。《兄弟》的骂名和成功，特别是海外对《兄弟》热捧[2]，让余华以为中国大众就喜欢《故事会》式的低俗故事，外国人就喜欢这样的中国"后社会主义"式的堕落图景。但是要明白，品位稍具的读者都不会欢迎低劣的图解意识形态之作。

再说，作品直接改编自新闻事件也不是余华的专利。莫言的《天堂蒜薹之歌》就是来自基层官员为了政绩而不顾农民利益，结果引发大面积上访和抗议的现实事件，而且整本书二十万字，只集中描写了这一个事件，且被莫言改得相当艺术化。俄国伟大作家陀斯妥耶夫斯基的代表作《罪与罚》，更是来自一个典型的刑事案件，拿这个跟余华对比，余华确实太不用心了。《故事会》式写作永远登不了大雅之堂，它会是大众文化研究中的案例，却不会是文学研究的典范。文学的标准不是社会意义的问题，而是文学性问题，不然，文学奖都发给社会学家、哲学家和经济学家就行了。

另一方面，余华的《兄弟》虽然在国内批评很多，但在海外非常成功，如2009年《纽约时报》周末杂志用六个版面介绍了《兄

---

[1] 郜元宝：《不乏感动，不无遗憾》，《文学报》2013年6月27日。

[2] 《兄弟》在西方发达国家几乎都受到高度评价，销量也动辄几十万册，下文还有提及。

弟》和作者余华，称《兄弟》"可以说是中国成功出口的第一本文学作品"。美国全国公共广播电台（NPR）广播了美国评论家莫琳的评论，将余华誉为"中国的狄更斯"。在德国，2009 年 10 月 14日的《纽伦堡新闻》称《兄弟》"是一部伟大的小说，毋庸置疑有着世界文学的突出水平"。瑞士《时报》评选出 2000 年至 2010 年这十年来全球最为重要的十五本书，余华的《兄弟》位列其中，入选评语是："中国的弥尔顿《失乐园》：四十年的高峰与低谷。"2008年《兄弟》获法国国际信使外国小说奖，获奖评语是："从'文革'的血腥到资本主义的野蛮，余华的笔穿越了中国四十年的动荡。这是一部伟大的流浪小说。"[①] 评价之高，甚至有超过《活着》之势。这或许也有翻译的功劳。如果说莫言文学的翻译消除了部分"反人类"的泥沙俱下的语言，那么对余华的翻译就相当成功地弥合了细节上的漏洞，只剩下了余华高超的叙事能力和让人触目惊心的"后社会主义"与"后资本主义"沆瀣一气的后工业"畸形"生态。

不过，万物总有其另一面，可能正是因为海内外口碑的强烈反差，才造成了余华在《第七天》中的亡灵叙事的产生，还有肆无忌惮地制作新闻拼盘，余华的"新"叙事风格在某种程度上变成了类似张艺谋式的"西方凝视"下的创作，落入了"东方主义"的圈套，这种思路已经决定了纯文学意义上的文学性的丧失。

从《活着》和《许三观卖血记》的文学与商业的巨大成功来看，余华完全有能力写出第一流的作品，即使是失败的《第七天》中也有不少很适合余华的素材。比如，卖肾事件和许三观的卖血事件其实有很多相似之处，都是卖出身体的某部分换钱，只这一个卖肾的新闻题材，就足以让余华写一部《许三乐卖肾记》，用同样的笔法，写后现代社会许三观的儿子许三乐不得不卖肾，以换取苹果手机，或汽车，或房子，都非常有意义，一定会让"专业读者"们大加赞扬。那会成为消费主义时代的又一个"文学－文化"景观。

---

① 王侃：《余华文学年谱》，《东吴学术》2012 年第 4 期。

余论　知识分子、社会与文学

　　余华给评论家们的失败感并不是一开始就有的，从《十八岁出门远行》开始，评论家们以惊喜的眼光看着一个文坛新人的成长，其"先锋小说"存在大量血腥和暴力叙事，但评论家们不以为意，不少人称赞其为当代鲁迅。后来余华突然有了现实主义转型，出现了《活着》和《许三观卖血记》，此时对余华的赞誉达到了顶峰，无论是一般读者还是"专业读者"，都对余华极尽赞誉之辞，很少有人愿意提及余华有什么缺点。对余华评价的转折就在 2005 年的《兄弟》，这部是余华商业上最成功的作品，同时也是与评论家分道扬镳之作，如果只是通俗化也不是问题，更大的问题在于余华面对批评的态度，他完全否定了评论家的价值，甚至不承认有什么"专业读者"的存在，这可大伤了从先锋时代就力真心热捧他的评论界。《第七天》之后同样如此，余华对评论界的态度更不友好，评论界作为"专业读者"自然一以贯之地从专业的、纯文学的角度来要求余华，不是卖了几百万册书就行了，但余华的反应更让评论界失望，同时一般读者虽然也有不少人喜欢《第七天》，但更多人颇有微词。对于失望之极的"专业读者"，联系先锋时代余华的言行，才发觉余华从一开始就没有过什么坚定的理想，"鲁迅"式的定位不过是评论家们一厢情愿的臆想，尽管评论家们单方面地批评余华，余华仍然是变来变去，我行我素。余华这种做法确实激起了众多批评家的不满，这个不满无论在作品范围还是时间段上都有不断延伸的趋势。这不能只怪评论家们错得一厢情愿，更在于作家能否坚守更高层次的文学标准。

　　余华非常坚持自己的选择，显示了超常稳定且无比强大的自信。这可以是好事，也可能是坏事。余华又是个多变的作家，从对社会的态度到叙事方式都随时发生让人瞠目结舌的巨大变化。而且余华一直坚信自己每一次变化都是理所当然的，也是最成功的。余华的自信还表现在很善于为自己的变化找理由。以争议最大的《兄弟》为例，对于自己都不能预料的变化，早在《许三观卖血记》发表两年后，余华就已经做下了充分的铺垫，在《我能否相信自己》（1997）中，余华说：

> 与别人不同的是，蒙田他们不约而同地选择了怀疑主义的立场，他们似乎相信"任何一个命题的对面，都存在着另外一个命题"。
>
> 蒙田暗示我们，"看法"在很大程度上是虚荣和好奇在作怪：好奇心引导我们到处管闲事，虚荣心则禁止我们留下悬而未决的问题。
>
> 四个世纪以后，很多知名人士站出来为蒙田的话作证。1943年IBM公司的董事长托马斯·沃林胸有成竹地告诉人们：我想，五台计算机足以满足整个世界。另一位无声电影时代造就的富翁哈里·华纳在1927年坚信："哪一个家伙愿意听到演员发出声音？"而蒙田的同胞福煦元帅，这位法国高级军事学院院长、第一次世界大战协约国军总司令，对当时刚刚出现的飞机十分喜爱。他说："飞机是一种有趣的玩具，但毫无军事价值。"
>
> 因为，命运的看法比我们更准确，而且，看法总是要陈旧过时。这些年来，我始终信任这样的话，并且视自己为他们中的一员。我知道一个作家需要什么，就像但丁所说："我喜欢怀疑不亚于肯定。"[1]

"我能否相信自己"这个反问式的题目就很有后现代的个体色

---

[1] 余华：《我能否相信自己》，《二十一世纪》（香港）1997年第6期。

彩，改成肯定句式，也只能是一种："我只相信自己"。他列举了那么多大名人的错误，其实就是证明他的每一步变化都是正确的，任何时候都是如此。余华为自己的不断变化，寻找了这样一个理由：怀疑一切。这么一说，余华不论发生任何变化就都可以纳入这个怀疑论中了。再看余华在自己博客上回答一个网友的提问时说的话：

　　　十多年前我刚刚发表《活着》时，有些朋友很吃惊，因为我出乎他们意料，一个他们眼中的先锋作家突然写下一部传统意义上的小说，他们很不理解。当时我用一句话回答他们："没有一个作家会为一个流派写作。"现在十多年过去了，我越来越清楚自己是一个什么样的作家。我只能用大致的方式说，我觉得作家在叙述上大致分为两类，第一类作家通过几年的写作，建立了属于自己的成熟的叙述系统，以后的写作就是一种风格的叙述不断延伸，哪怕是不同的题材，也都会纳入到这个系统之中；第二类作家是建立了成熟的叙述系统之后，马上就会发现自己最拿手的叙述方式不能适应新题材的处理，这样他们就必须去寻找最适合表达这个新题材的叙述方式，这样的作家其叙述风格总是会出现变化。我是第二类的作家。二十前我刚刚写下《十八岁出门远行》时，以为找到了自己一生的叙述方式。可是到了《活着》和《许三观卖血记》，我的叙述方式完全变了，当时我以为自己还会用这样的方式写下几部小说，没有想到写出来的是《兄弟》，尤其是下部，熟悉我以前作品的读者一下子找不到我从前的叙述气息。说实话，《兄弟》之后，我不知道下一部长篇小说是什么模样。我现在的写作原则是：当某一个题材让我充分激动起来，并且让我具有了持久写下去的欲望时，我首先要做的是尽快找到最适合这个题材的叙述方式，同时要努力忘掉自己过去写作中已经娴熟的叙述方式，因为它们会干扰我寻找最适合的叙述方式。我坚信不同的题材应该有不同的表达方式，所以我的叙述风格总会出现变化。①

从这段话可以看出，余华已经很爽快地承认了自己是多变的，而且相当准确地为自己的创作阶段做了划分，《十八岁出门远行》是一个转折，《活着》和《许三观卖血记》是一个转折，到了《兄弟》又一个重大转折，和本书的判断一致。不过，承认变化不一定表示会有反思，从往日余华对自己的多次变化的态度来概括，他把自己的每一个变化都归结为思想的进步，在描述这些变化时，他都好像发现了真理。尽管这些变化常常是极端矛盾的，他却好像从未思考过自己的矛盾之下隐藏着什么，只是把每一时刻的自己装扮成真理的代表。

对于最后一部长篇《第七天》，面对评论界基本一致的否定，他对自己的评价又十分坚决："这是最能代表我全部风格的小说，只能是这一部！80年代作品一直到现在作品里面的因素，统统包含进去了。我已经写了三十多年的小说，如果没有文学价值，我想我不会动手！"②从《兄弟》来看，尽管非常激烈的否定的声音很多，但大力肯定的声音也是不少的，然而《第七天》不同，肯定的声音很少，哪怕是以前坚定地支持余华的批评家也有了保留。以前的变化各有利弊，但《第七天》后的余华到了应该好好反思的时候了。一味毫无保留地肯定自己的"现在"不是一个好作家的态度。

从另一面来看，余华是一个性情中人。就是说，他的感觉会左右他的判断和行动。他也多次宣称自己是跟着感觉随时变化的。他说的话和写的小说、随笔及论文都是当时的真实感觉，没有多少伪饰的成分。正因为这样，余华的变化才准确反映了一个精英思想变

① 见余华的新浪博客。
② 潘卓盈：《余华反击读者批评：〈第七天〉是最能代表我的小说》，《都市快报》2013年7月4日。

化的轨迹。早在从事文学创作以前，余华就向往一种闲适而又物质基本充足的生活，在美国的中文报纸对余华的采访中，余华很自豪地讲起自己在县委高官的直接干预下实现了愿望的过程：

> ……这篇稿件就是后来获得《北京文学》1984 年优秀作品奖的小说《星星》。余华一从北京改稿回来，好事接着就来了："从中华人民共和国成立以来，我是第一个去北京改稿的！县里的宣传部长来跟我谈话，我就这样如愿调到了文化馆去上班。"①

可以看出，余华对此是多么的自豪。后工业消费主义时代，在唯经济论的现代化意识形态指导下，知识分子越来越有机会和动力将自己的知识资本化以谋求利益，同时也渐渐暴露存在观的问题：

> 新出现的"文化"概念和"资本"概念是对连体双胞胎：文化是资本的抽象概括，而资本是文化的私人化。事实上，正是因为文化可被转化为财产，其收益可以被占有和继承，古典政治经济学家才会将其命名为"资本"。②

作家以文化人的身份同样可以把自己的作品和声望转化成资本。余华也处于这一规则之中。当前作家在成功之后，也步入了"后现代精英"的行列，更多地关注自身的生活。而且，即使是曾经出身底层也非常关注底层的作家，在生活的环境发生了改变之后，所接触的人群已经很少有真正的底层人物，这造成所有对底层的感觉都停留在辉煌之前，在继续进行有关底层的创作时就或

---

① 见［美］《多维时报》，2003 年 10 月 23 日。
② ［美］阿尔文·古尔德纳：《新阶级与知识分子的未来》，杜维真、罗永生、黄惠瑜译，人民文学出版社 2001 年，第 21—22 页。

者描述一个历史上的、静态的底层（比如高晓声），或者干脆把底层排斥到边缘，成为时代的"弃儿"或消费社会的"叛民"。《兄弟》就是两者兼有，《兄弟》的上部中，作品对底层的理解停留在十几年前，仿佛是《活着》的延续，下部就让底层人物靠边，大部分篇幅用来描写暴富的李光头，底层小人物宋钢在叙述的夹缝中成了一个被剥夺了生存机会的可怜虫，当他为了漂亮的妻子想去实践"现代"时，就付出了自己的生命。叙述人对他的卧轨没有多少惋惜，倒像是笑嘻嘻地看着这个小人物"猥琐地"死去。现代性话语就是以此丛林法则和弱肉强食逻辑剥夺着底层的生存权利。对底层的同情由于精英自身的不断"现代化"和"后现代化"而消磨殆尽。

纵观余华的小说创作，他由早期的关注自我到后来关注外面的世界，两者有着很大的不同。一般说来，关注自我时应该比较狭窄、个体化，关注外面世界时应该宽广而悲悯，但是对于余华却正好相反。在极端关注自我的时候，他是个伟大的忧患者；当他关注外界的时候，他却成了一个小知识分子——或者，一个小资型、关注自我享受的作家。简言之，创作丧失了神圣性。另外，风格的不断世俗化也显露了作家理想的薄弱，最终导致作家人文立场的脆弱和游移。

不可否认，余华在当代文坛仍然是为数不多的好作家之一。他还在相当真切地关注现实。在一次采访中，余华说，文化人需要一个被重视的环境。① 确实如此，知识分子非常需要一个有尊严的环境。但是，作家更需要的是不断反省自己的思想，一味肯定自己不是一个伟大作家应有的态度。何况，余华的"小资"特色使得他关注自我的程度和方式基本等同于后现代"小我"。宏大关怀的产生需要作家本身不断反省，我们不否认作家也是一个人，人总是有着

---

① 张藜藜：《作家余华逛文博会——"李光头"的故乡在义乌》，《杭州日报》2006年4月11日。

正常的欲望，但同样不能否认，一个好作家，必须有超越。在《兄弟》下部出版的同一年，莫言也出版了一部长篇小说《生死疲劳》（2006），两部小说的共同特点就是一个最平凡的读者也无法把它们直接当成历史事实看待，小说都涉及了消费时代的中国现实，都有语言的狂欢特征，也都有荒谬化的文学处理。在获诺贝尔文学奖之后，莫言仍然是以前的莫言，在巨大的成功面前，他的创作仍然扎根乡村和传统，他的小说中看不出后现代消费文明的影响，一直致力于权力批判和物质批判，可以说，莫言是一个相当稳健的超一流作家，举世瞩目的成功并没有影响他的创作心态，对底层命运和人类命运的关注也一如既往，这显示了莫言人格力量的强大。如果余华能在再现整个世界时注意文学化的深入思考，他的作品就会有一个相当大的改观。

相对莫言更强大的对人类利益的超越①，余华的变化却是一个未知数。从人类之恶到人类之善，他都在述说人类社会内部的情感，其中的思考或者是瞬间的感悟，都未脱人类中心主义的思想范畴，那些高级或低级的、平民的或精英的、高尚的或卑劣的，都是人类一己之思，并无超脱之语。正像沈从文在功成名就之时写出《边城》这一宣扬极度性善论的"神性"之作，最终却给了善良人们两死一出走的悲惨结局一样，余华的《活着》如此充满善意，结局却是亲人的全部死亡。这背后，未必是社会的残酷，而是作家本人的身份和地位的变化所致。或许这正是人类的弱点，它带来的是人类自身的满足和臆想，以及对苦难的玩味。2005 年的李敬泽评价《兄弟》的话很有意义："余华依然是我们最好的小说家之一，我并

---

① 可参见本人《莫言：超越人类中心之后的东方化文学》，《云南大学学报》2014 年第 6 期。本文认为莫言的小说在意义层面具有超越性视角，他的"审丑"与对人类苦难的"冷漠"实际是他超越人类中心主义的结果，达到了人类与动物同构的高度平等，同时他在超越人类中心之后又回归对底层弱势群体的关注，形成一种极具包容性的大悲悯，另外，莫言之所以能够达到超越之境的思想基础是中国的道家文化。

不认为一个人在四十五岁时写的一部长篇的成败具有什么决定性的意义，恰恰相反……它使我们意识到余华并非无所不能，他一样会失败，而余华本人也可能由此从封闭着他的文学神话中走出来，重新出门远行，获得新的自由。"①余华需要的是不断地前行，同时不断地认真思考文学的价值和意义。

最后仍然要说，余华的叙事才能是非常卓越的，他和莫言有着不同侧重的文学天赋，都获得了很大的成功。这种成功基本是不可模仿的。成功的作家和作品总容易被模仿，余华小说表面的"平易"会让不少人以为找到"模式"就能有同样的成功，事实并非如此。西方人对十八世纪的文学巨人菲尔丁的成功非常钦佩，出现了众多的模仿者，但几乎全部都失败了，文学并不只是模仿叙事模式、主题和情节就能成功的，还有更重要的原因。布斯总结为多数是因为作家高估自己的才能，实际并无足够的文学才华，少数是因为作家个人性格的失败。②事实也是如此，作家的才华是作品的文学性的最主要的决定者。就像张爱玲的叙事才能让人惊艳一样，想变成第二个张爱玲不是模仿能解决的，那是文学天赋和人生智慧的结合。莫言的风格更为奇特，他把古今中外的文学技巧、道家的恢宏、后现代的多元极其炫丽地融合在一起，几乎不可模仿。通俗大家金庸的叙事才能也是无法模仿的，不是有历史和传统文化的积累再加一些武术知识就能堆积成一个金庸，精神上的因素才是最重要的。当前中国的科幻大家刘慈欣也是不可模仿的，他应该是科幻界的莫言或金庸，严肃文学的内核、传统文学的精髓、宏大的结构和引人入胜的通俗化情节共同造就了他的《三体》，他的才华是核心。而余华也一样，他在这方面有着当代作家中名列前茅的文学天赋，这主要表现在余华的叙事能力和面对现实的应变能力，《活着》式简洁的语言和线性发展的简单情节表面看似乎很容易被模仿，但

---

① 李敬泽：《十年磨残剑》，《新京报》2005 年 10 月 8 日。
② ［美］布斯：《小说修辞学》，华明等译，北京大学出版社 1987 年，第 245 页。

是，即使直接把《活着》的故事用类似的语言和方法重讲一遍，也很难达到《活着》的效果，因为才华会影响作品宏观方面的整体结构和微观方面的千百个细节。从这方面来看，如果余华能认真地对待自己的作品，就还会有载入文学史的名作。在这儿，我仍然祝福余华，希望他有更好的作品。或许十年二十年之后，中国又多了一个获诺贝尔文学奖的作家，他的名字叫余华。

余华年谱

1960 年　1 岁

4 月 3 日中午，余华出生于浙江省立杭州医院（现为浙江省中医院）。父亲华自治，山东人，部队转业后在浙江省防疫大队工作。母亲余佩文，绍兴人，浙江医院手术室护士长。余华兄弟两人，哥哥名叫华旭。

1962 年　3 岁

由于父亲完成了浙江医科大学的专科学习，回到浙江嘉兴市海盐县人民医院任外科医生，余华全家遂随父亲迁至海盐。余华从此在这个江南小城开始了童年生活。

1963 年　4 岁

余华进入当地的县幼儿园。余华从小很安静。他的妈妈每天早晨送他去幼儿园，到了晚上她来接时，发现他还坐在早晨她离开时坐的位置上。独自一人坐在那里，那些小伙伴都在一旁玩耍。

1965 年　6 岁

余华跟在哥哥身边开始了上学的生涯。哥哥上课时，他就在教室外一个人玩，哥哥放学后就带他回家。有几次他坐到课堂上去，和哥哥坐在一把椅子里听老师讲课。

1967 年　8 岁

余华在海盐县向阳小学上小学，同时对医院环境越来越熟悉。父亲当时给他最突出的印象，就是从手术室里出来时的模样：胸前是斑斑的血迹，口罩挂在耳朵上，边走过来边脱下沾满鲜血的手术手套。

1971 年　12 岁

余华读小学四年级，全家搬到医院里的职工宿舍。余华家对面就是太平间，差不多隔几个晚上就会听到凄惨的哭声。

1972 年　13 岁

7 月，余华小学毕业。此时为"文革"中，海盐县图书馆重新对外开放，父亲为他和哥哥办了两张借书证。余华开始阅读小说，他将能到手的作品都读了一遍，包括《艳阳天》《金光大道》《牛田洋》《虹南作战史》《新桥》《矿山风云》《飞雪迎春》《闪闪的红星》等等。余华当时最喜欢的是《闪闪的红星》，然后是《矿山风云》。

9 月，余华进入海盐中学读书。

1973 年　14 岁

余华继续在海盐中学读书，"文革"继续进行中。余华迷恋上了街道上的大字报。每天放学回家的路上，他都要在那些大字报前消磨一段时间。余华自己认为："在大字报的时代，人的想象力被最大限度地发掘了出来，文学的一切手段都得到了发挥，什么虚构、夸张、比喻、讽刺……应有尽有。这是我最早接触到的文学，在大街上，在越贴越厚的大字报前，我开始喜欢文学了。"

1974 年 15 岁

仍在海盐中学读书。这段时间余华迷上了音乐简谱，并将鲁迅的《狂人日记》谱写成音乐。他自认为写下了这个世界上最长的一首歌，而且是一首无人能够演奏，也无人有幸聆听的歌。

中学期间，余华曾担任学校黑板报的采编工作，并常常采写通讯报道之类的文稿。

1977 年 18 岁

余华中学毕业。参加"文革"后第一次高考，落榜。

1978 年 19 岁

3 月，由父母安排，余华进入海盐县武原镇卫生院当牙科医生。余华不喜欢牙医工作，每天八小时的工作，一辈子都要去看别人的口腔，他觉得是世界上最没有风景的地方，牙医的人生道路让他感到一片灰暗。

武原镇卫生院对面就是海盐县文化馆，余华每天看到文化馆的工作人员不用正常上班，非常羡慕。余华发现当时的文化馆工作人员都需要一技之长，或音乐，或美术，或写作，余华在对自己进行了一番掂量之后，认为文学最有可能使自己进入文化馆，于是开始了写作尝试，开启了余华生命中的第一重大转折。

1979 年 20 岁

余华到浙江宁波进修口腔科。

余华接触到川端康成的作品。川端康成对余华的早期创作产生了至关重要的作用，使他明白了小说细部叙事的魅力。

1980 年 21 岁

余华继续进行小说写作的尝试。

这一阶段，余华空余时间几乎都待在虹桥新村 26 号自己那间临河的小屋中，执着地写作。

1981 年　22 岁

除了川端康成之外，余华开始慢慢地接触其他外国作家。

哥哥华旭回忆，他常常不分昼夜地与当地文学圈内的朋友们分享阅读和写作的快乐。

1983 年　24 岁

余华开始接触马尔克斯等拉美作家作品。继续小说创作中。

在《西湖》第 1 期发表短篇小说《第一宿舍》，此系余华的处女作。

在《西湖》第 8 期发表短篇小说《"威尼斯"牙齿店》。

11 月，余华接到《北京文学》编委周雁如电话，赴京改稿。这次改稿之行，使余华开始了写作历程的重要转折，工作和生活同时发生重大变化。

在当时影响颇大的《青春》杂志第 12 期发表短篇小说《鸽子，鸽子》。

随后，余华借调到梦寐以求的海盐县文化馆。完成了生命中第一转折。

1984 年　25 岁

《星星》（短篇）发表于《北京文学》第 1 期。

《竹女》（短篇）发表于《北京文学》第 3 期。

《月亮照着你，月亮照着我》（短篇）发表于《北京文学》第 4 期。

《甜甜的葡萄》（短篇）发表于《小说天地》第 4 期。

《男儿有泪不轻弹》（短篇）发表于《东海》第 5 期。

8 月，余华正式调入海盐县文化馆。正式由牙医余华变成作家余华。

《星星》获得当年的《北京文学》优秀创作奖。

1985 年　26 岁

3 月，与当时的海盐县文化馆文秘干部潘银春女士结婚。

9 月，余华与另一位浙江青年作家赵锐勇一起，历时二十余天，沿长江两岸进行考察。这也是余华第一次真正意义上的出门远行。

1986 年　27 岁

春天，余华与朋友在杭州逛书店，意外发现仅有的一册《卡夫卡小说选》，朋友先买下了。余华以一套《战争与和平》换取了此书。卡夫卡直接导致了余华创作生涯的第一次转折。

《三个女人一个夜晚》（短篇）发表于《萌芽》1986 年第 1 期。

《老师》（短篇）发表于《北京文学》1986 年第 3 期。

《看海去》（短篇）发表于《北京文学》1986 年第 5 期。

《回忆》（短篇）发表于《文学青年》1986 年第 7 期。

冬天，余华赴北京西直门的上园饭店参加《北京文学》的笔会，遇见著名的文学评论家李陀。余华将自己的新作《十八岁出门远行》交给李陀，李陀看完后说："你已经走到了中国当代文学的最前列了。"对余华的"后现代小说"创作产生了重大影响。

1987 年　28 岁

2 月，余华赴北京鲁迅文学院参加文学讲习班的学习。7 月结束，返回海盐。

《十八岁出门远行》（短篇）发表于《北京文学》第 1 期。

《西北风呼啸的中午》（短篇）发表于《北京文学》第 5 期。

《四月三日事件》（短篇）发表于《收获》第 5 期。

《一九八六年》（短篇）发表于《收获》第 6 期。

从此开始确立自己在中国先锋作家中的地位。

1988 年 29 岁

《现实一种》（中篇）发表于《北京文学》第 1 期。

《河边的错误》（中篇）发表于《钟山》第 1 期。

《世事如烟》（中篇）发表于《收获》第 5 期。

《死亡叙述》（短篇）发表于《上海文学》第 11 期。

《难逃劫数》（中篇）发表于《收获》第 6 期。

《古典爱情》（短篇）发表于《北京文学》第 12 期。

9 月，余华进入鲁迅文学院和北京师范大学联合举办的创作研究生班学习，与莫言、刘毅然等同学。在研究生班，余华认识了总政的编辑和诗人陈虹，陈虹曾为芭蕾舞演员，对余华之后的生活和创作都将产生重大影响。

在鲁迅文学院读书期间，余华开始广泛接触马尔克斯、福克纳、胡安·鲁尔福等大量现代作家的经典作品，并陆续创作了一大批先锋式的中短篇小说。

1989 年 30 岁

4 月，受山东电视台邀请，与刘毅然等作家班同学数人一起穿越西部，沿途考察了新疆、甘肃、青海和西藏等地，历时一个多月。暑期赴山东威海，为山东电视台撰写《穿越西部》专题片。

9 月，在《上海文论》第 5 期发表重要论文《虚伪的作品》，实际阐述了第一次重大转折的指导思想——后现代"不可知论"，明确地表达了自己对现实秩序的不信任。

《往事与刑罚》（短篇）发表于《北京文学》第 2 期。

《鲜血梅花》（短篇）发表于《人民文学》第 3 期。

《爱情故事》（短篇）发表于《作家》第 7 期。

《此文献给少女杨柳》（中篇）发表于《钟山》第 4 期。

《两个人的历史》（短篇）发表于《河北文学》第 10 期。

年底，余华调入嘉兴市文联为《烟雨楼》编辑。

1990 年　31 岁

《偶然事件》（短篇）发表于《长城》第 1 期。

《读西西女士的〈手卷〉》（随笔）发表于《人民文学》第 4 期。

《走向真实的语言》（论文）发表于《文艺争鸣》第 1 期。

《川端康成和卡夫卡的遗产》（论文）发表于《外国文学评论》第 2 期。

作家出版社出版了余华的第一部小说集《十八岁出门远行》。

台湾远流出版公司出版了小说集《十八岁出门远行》。

余华开始了第一部长篇《呼喊与细雨》（后改名为《在细雨中呼喊》）的写作。

年底，余华研究生班毕业，获文学硕士，并回嘉兴继续修改《呼喊与细雨》。

1991 年　32 岁

8 月，与潘银春女士离婚。

花城出版社出版了余华的第二部小说集《偶然事件》。

在《收获》第 6 期发表了第一部长篇小说《呼喊与细雨》，后由花城出版社出版。

台湾远流出版公司出版了小说集《世事如烟》。

《夏季台风》（短篇）发表于《钟山》第 4 期。

1992 年　33 岁

与作家班同学陈虹女士结婚。与陈虹的爱情直接导致了余华创作生涯的第二次重大转折。

受聘为浙江文学院合同制作家，聘期约为一年。

在《收获》发表重要长篇小说《活着》，后由长江文艺出版社出版。

长江文艺出版社出版了小说集《河边的错误》。

台湾远流出版公司出版了长篇小说《在细雨中呼喊》。

《一个地主的死》（短篇）发表于《钟山》第 6 期。

1993 年　34 岁

8 月，调离嘉兴市文联，并定居北京，开始职业写作。

《祖先》（短篇）发表于《江南》第 1 期。

《命中注定》（短篇）发表于《人民文学》第 7 期。

8 月 27 日，儿子余海果出生。

台湾远流出版公司出版了小说集《夏季台风》。

1994 年　35 岁

《战栗》（中篇）发表于《花城》第 5 期。

《吵架》（短篇）发表于《啄木鸟》第 4 期。

《在桥上》（短篇）发表于《青年文学》第 10 期。

《炎热的夏天》（短篇）发表于《青年文学》第 10 期。

年初，受聘为广东青年文学院首批签约作家，聘期一年。

《活着》由台湾麦田出版有限公司和香港博益出版公司出版。

法国 Hachette 出版公司出版了法文版《活着》，同时法国 Philippe Picquier 出版公司出版了法文版小说集《世事如烟》。

荷兰 De Geus 出版公司出版了荷兰文版《活着》。

美国夏威夷大学出版社出版了英文版小说集《往事与刑罚》。

《活着》获《中国时报》1994 年十本好书称号、香港博益十五本好书称号。

由余华本人参与编剧的同名电影《活着》，在张艺谋执导下完成。这部电影获第四十七届法国戛纳国际电影节评委会大奖、最佳男主角奖、人道精神奖，获全美影评人协会最佳外语片奖等奖项。这部电影使余华在欧美地区受到关注，然而至今未能在中国大陆公映。

1995 年　36 岁

《许三观卖血记》在《收获》第 6 期发表，后由江苏文艺出版社出版。

《我没有自己的名字》（短篇）发表于《收获》第 1 期。

《女人的胜利》（短篇）发表于《北京文学》第 11 期。

《我为什么要结婚》（短篇）发表于《东海》第 8 期。

香港博益出版公司出版小说集《战栗》。

中国社会科学出版社出版《余华作品集》（三卷）。

5 月，前往法国，参加圣马洛国际文学节。

1996 年　37 岁

《我的故事》（即后来的《我胆小如鼠》）（短篇）发表于《东海》第 9 期。

随笔、论文和访谈：《叙述中的理想》（随笔，《青年文学》第 5 期），《长篇小说的写作》（论文，《当代作家评论》第 3 期），《布尔加科夫与〈大师和玛格丽特〉》（随笔，《读书》第 11 期），《谁是我们共同的母亲？》（随笔，《天涯》第 4 期），《强劲的想象产生事实》《三岛由纪夫的写作与生活》（随笔，《作家》第 2 期），《新年第一天的文学对话——关于〈许三观卖血记〉及其他》（访谈，《作家》第 3 期）。

台湾麦田出版公司和香港博益出版公司分别出版了《许三观卖血记》。

法国 Actes Sud 出版公司出版了法文版《许三观卖血记》。

秋天，余华应邀前往瑞典访问。

1997年　38岁

《黄昏里的男孩》（短篇）发表于《作家》第 1 期。

散文和随笔：《我所不认识的王蒙》（散文，《时代文学》第 6 期），《作家与现实》（随笔，《作家》第 7 期），《奢侈的厕所》（散文，《长城》第 1 期）。

应汪晖之约，开始为《读书》杂志写作随笔。

意大利 Donzelli 出版公司出版了意大利文版《活着》。

意大利 Einaudi 出版公司出版意大利文版小说集《折磨》。

韩国青林出版社出版韩文版《活着》。

1998年　39岁

余华开始进入了一个以写作散文和随笔为"主业"的时期。

散文和随笔：《博尔赫斯的现实》（《读书》第 5 期），《契诃夫的等待》（《读书》第 7 期），《眼睛和声音》（《读书》第 11 期），《内心之死——关于心理描写之二》（《读书》第 12 期），《我能否相信自己》（《作家》第 8 期）。

1 月，余华与莫言、苏童、王朔等四人应邀参加意大利都灵举办的"远东地区文学论坛"，并顺访巴黎等地。

6 月，《活着》以一百五十六票遥遥领先，获意大利文学最高奖——格林扎纳·卡佛文学奖。

《活着》《许三观卖血记》《在细雨中呼喊》由南海出版公司重新出版。

德国 Klett-Cotta 出版公司出版德文版《活着》。

1999年　40岁

随笔和访谈：《"我只要写作，就是回家"》（访谈，《当代作家评论》第 1 期），《文学和文学史》（《读书》第 1 期），《温暖和百感

交集的旅程》(《读书》第 7 期),《卡夫卡和 K》(《读书》第 12 期),
《音乐影响了我的写作》(《音乐爱好者》第 1 期)。

应李小林和程永新之约,为《收获》杂志写作音乐随笔。

新世界出版社出版了小说集《黄昏里的男孩》《战栗》《世事如
烟》《现实一种》《我胆小如鼠》《鲜血梅花》。

人民日报出版社出版了随笔集《我能否相信自己》。

法国 Actes Sud 出版公司出版法文版小说集《古典爱情》。

意大利 Einaudi 出版公司出版意大利文版《许三观卖血记》。

意大利 Donzelli 出版公司出版意大利文版《在细雨中呼喊》。

德国 Klett-Cotta 出版公司出版德文版《许三观卖血记》。

韩国青林出版社出版韩文版《许三观卖血记》。

5 月,前往美国,做为期一个月的访问。

6 月,赴韩国访问。

2000 年 41 岁

散文和随笔:《回忆十七年前》(《北京文学》第 9 期),《山鲁
佐德的故事》(《作家》第 1 期),《网络和文学》(《作家》第 5 期),
《文学和民族》(《作家》第 8 期)。

4 月,韩文版《许三观卖血记》被韩国《中央日报》评为"百
部必读书"之一。

5 月,余华参加意大利都灵书展,并应德国出版社之邀在奥地
利和德国进行巡回朗读会。

5 月 30 日,"中文在线"网站成立,余华与巴金、余秋雨等作
家以作品入股,加盟网络新文化运动。

6 月,首届长江读书奖评奖揭晓,作为《读书》主编的汪晖和
作为评委的钱理群均有作品获奖,引起学界反应。余华撰文为《读
书》杂志的评奖辩护。

10 月,余华又应韩国民族文学作家会议邀请,访问韩国。

华艺出版社出版了余华随笔集《内心之死》和《高潮》。

香港明报出版社出版小说集《当代中国文库精读——余华卷》。

韩国青林出版社出版韩文版小说集《我没有自己的名字》和《世事如烟》。

2001 年　42 岁

散文和随笔：《没有边界的写作——读胡安·鲁尔福》（《小说界》第 1 期），《灵魂饭》（《上海文学》第 5 期），《不衰的秘密文学》（《大家》第 12 期）。

人民文学出版社出版《中国当代作家选集丛书——余华卷》。

文化艺术出版社出版《当代中国小说名家珍藏版——余华卷》。

下半年，参加澳大利亚悉尼文学节和爱尔兰都柏林作家节。

2002 年　43 岁

随笔、散文和访谈：《我的文学道路——在苏州大学"小说家讲坛"上的讲演》《一个人的记忆决定了他的写作方向》（《当代作家评论》第 4 期），《这只是千万个卖血故事中的一个》（《当代作家评论》第 5 期），《自述》《叙述的力量——余华访谈录》（《小说评论》第 4 期），《小说的世界》（《天涯》第 1 期）。

青海人民出版社出版中短篇小说集《现实一种》（两卷）。

南海出版公司出版随笔集《灵魂饭》。

春风文艺出版社出版演讲集《说话》。

云南人民出版社出版自选集《我没有自己的名字》。

台湾远流出版公司出版随笔集《我能否相信自己》和《灵魂饭》。

日本角川书店出版日文版《活着》。

英文版小说集《往事与刑罚》获得澳大利亚詹姆斯·乔伊斯基金会颁发的 2002 年度悬念句子文学奖。

9 月，赴德国参加柏林文学节活动。

11 月，赴上海参加巴金九十九周岁和《收获》杂志四十五周年庆祝活动。

2003 年　44 岁

散文和随笔：《〈说话〉自序》（《当代作家评论》第 1 期），《可乐和酒》（《散文百家》第 4 期），《朋友》（《小说界》第 2 期），《什么是爱情》《歪曲生活的小说》（《作家》第 2 期）。

《活着》和《许三观卖血记》由美国著名的兰登书屋推出英文版。

《许三观卖血记》获美国巴恩斯 – 诺贝尔新发现图书奖。

台湾远流出版公司出版随笔集《没有一条道路是重复的》。

台湾麦田出版公司出版小说集《黄昏里的男孩》《世事如烟》和《战栗》。

法国 Actes Sud 出版公司出版法文版《在细雨中呼喊》。

韩国青林出版社出版韩文版《在细雨中呼喊》。

意大利 Einaudi 出版公司出版意大利文版小说集《世事如烟》。

荷兰 De Geus 出版公司出版荷兰文版《许三观卖血记》。

挪威 Tiden Norsk Forlag 出版公司出版挪威文版小说集《往事与刑罚》。

8 月，赴美参加爱荷华大学国际写作计划，并应邀在普林斯顿大学、耶鲁大学、哈佛大学、杜克大学、斯坦福大学、康奈尔大学、莱斯大学、爱默里大学、乔治城大学、宾夕法尼亚大学、芝加哥大学、纽约大学、哥伦比亚大学以及加州大学柏克莱分校、洛杉矶分校、戴维思分校等三十所美国著名学府进行巡回演讲。

2004 年　45 岁

随笔和散文：《阅读、音乐与小说创作》（《作家》第 11 期），《文学中的现实》（《上海文学》第 5 期），《远行的心灵》（《花城》

第 5 期）。

1 月，上海文艺出版社出版"余华作品系列"（十二卷）。

2 月，应邀在柏克莱加州大学开设关于鲁迅的文学讲座。

2 月，获美国巴恩斯 – 诺贝尔新发现图书奖。

3 月，在密歇根大学讲演结束后，前往巴黎，参加第二十四届法国书展。其间法国文化部长让 – 雅克·阿雅贡授予余华法兰西文学和艺术骑士勋章。

5 月 18 日，赴上海参加同济大学作家周系列活动，并做《小说家与我们这个时代》的主题演讲。

德国 btb 出版社出版了德文版口袋本《许三观卖血记》。

台湾麦田出版公司出版了《呼喊与细雨》。

2005 年　46 岁

随笔和访谈：《西·伦茨的〈德语课〉》《奥克斯福的威廉·福克纳》（《上海文学》第 3 期），《致保罗先生》（《作家》第 4 期），《一个作家的力量》（《小说界》第 6 期），《文学作品中有跳动的心脏》（《编辑学刊》第 5 期），《余华：〈兄弟〉这十年》（《作家》第 11 期）。

5 月，应上海文艺出版社的特别邀请，做客天津大学"北洋文化节"。

7 月底，首届海峡两岸图书交易会在厦门国际会议展览中心举行，余华与会，并出席了长篇新作《兄弟》（上）（上海文艺出版社出版）首发式。

8 月底，《兄弟》（上）在上海书展上获得订货和现场签售的双料冠军。

9 月，余华获由北京国际图书博览会颁发的首届中华图书特殊贡献奖。

9 月 20 日，余华在新浪网开通个人博客。两个月内，其博客点击率超过十三万，其中讲演稿《一个作家的力量》在一周内点击率超过一万。

12月，长篇新作《兄弟》（上）入围第二届《当代》长篇小说年度最佳奖前五名，获得入围奖。

台湾麦田出版公司出版了《兄弟》（上）。

越南文学出版社出版了越南文版小说集《古典爱情》。

2006年　47岁

3月，上海文艺出版社出版了长篇新作《兄弟》（下）。

有关《兄弟》的争议蜂起。

4月，余华做客新浪读书，谈《兄弟》（下）。余华坦言自己很喜欢《兄弟》（下）以及主人公李光头。

4月，赴德国柏林，在柏林世界文化大厦举行作品朗读会。

7月，参加第十七届香港书展，在与香港读者的交流会上，余华称《兄弟》是自己目前最喜欢的作品，因为在写作过程中发现了自己以前从未发现的才能。

8月，余华应日本国际交流基金会邀请，偕家人对日本进行了为期半月的访问。

11月，参加在北京召开的中国第七届作家代表大会，并当选为中国作协主席团成员。

11月底，出席复旦大学中文系和《文艺争鸣》杂志社共同主办的《兄弟》座谈会。余华在复旦大学做了题为《文学不是空中楼阁》的讲座。

发表两篇随笔：《大仲马的两部巨著》（《编辑学刊》第1期），《执著阅读》（《大学时代》第4期）。

人民文学出版社出版了小说集《古典爱情》。

北京燕山出版社出版了小说集《余华精选集》。

台湾麦田出版有限公司出版《兄弟》（下），以及小说集《现实一种》《鲜血梅花》及《战栗》。

法国 Actes Sud 出版公司出版了法文版中篇小说《一九八六年》和短篇小说集《我没有自己的名字》。

瑞典 Ruin 出版社出版了瑞典文版《活着》。

越南人民公安出版社出版了越南文版《兄弟》《许三观卖血记》。

2007 年　48 岁

散文和随笔:《录像带电影》《日本印象》(《西湖》第 2 期),《文学不是空中楼阁》(《文艺争鸣》第 2 期),《我们生活在巨大的差距里》(《读书》第 9 期),《飞翔与变形》(《收获》第 5 期),《从大仲马说起》(《西部》第 11 期),《阅读与写作》(《上海文学》第 12 期)。

访谈:《三十岁后读鲁迅》(《青年作家》第 1 期),《“混乱”与我们时代的美学》(《上海文学》第 3 期)。

4 月,参加在复旦大学举行的第一届中韩作家论坛。

5 月,应邀参加上海中德心理治疗大会,发表题为《我们生活在巨大的差距里》的讲演。

6 月,出席由北京师范大学文学院和美国俄克拉荷马大学《当代世界文学》杂志社联合举办的“当代中国文学与世界”——《当代世界文学》“中国当代文学专刊”出版座谈会。

7 月,余华被杭州市授予文艺突出贡献奖。

9 月,访俄,参加了第二十届莫斯科国际书展。

10 月,余华研究中心在浙江师范大学成立,余华被聘为该校特聘教授。

11 月,作为特邀代表参加在北京召开的全国青年作家创作会议并发言。

明天出版社出版随笔集《我能否相信自己》。

美国兰登书屋出版了英文版《在细雨中呼喊》。

瑞典 Ruin 岀版社出版了瑞典文版《许三观卖血记》。

以色列 AmOved 出版社出版了希伯来文版《许三观卖血记》。

韩国人文主义者出版社出版了韩文版《兄弟》。

2008 年　49 岁

随笔:《我写下了中国人的生活——答美国批评家 William Marx 问》(《作家》第 1 期),《流行音乐的力量》(《视野》第 2 期),《轻盈的才华》(《作家》第 7 期),《伊恩·麦克尤恩后遗症》《中国早就变化了》(《作家》第 8 期)。

法国 Actes Sud 出版公司出版法文版《兄弟》。英文版和日文版也分别在英国和日本推出。

10 月,《兄弟》在法国获首届国际信使外国小说奖。《国际信使》是在法国知识界影响颇巨的杂志;据悉有一百三十余部 2007 年 10 月 1 日至 2008 年 9 月 30 日在法国出版的外国小说参与角逐该奖项,几经筛选,最后由评审团评出一部获奖小说,就是《兄弟》。《国际信使》给予《兄弟》的获奖评语是:"从'文革'的血腥到资本主义的野蛮,余华的笔穿越了中国四十年的动荡。这是一部伟大的流浪小说。"

是春以来,法国媒体对《兄弟》好评如潮。

12 月,英文版《兄弟》获作为英国布克文学奖姊妹奖的曼氏亚洲文学奖提名,成为最终入围决选的四部作品之一。

2009 年　50 岁

论文、随笔和访谈:《飞翔和变形——关于文学作品中的想象之一》《生与死,死而复生——关于文学作品中的想象之二》(《文艺争鸣》第 1 期),《细节的合理性》(《文艺争鸣》第 6 期),《两位学者的肖像——读马悦然的〈我的老师高本汉〉》(《作家》第 10 期),《"八〇后作家在对社会撒娇"》(《羊城晚报》2009 年 12 月 6 日)。

1 月，美国兰登书屋旗下的 Pantheon 出版公司出版英文版《兄弟》。

印度裔作家潘卡·米什拉在 23 日的《纽约时报》发表余华专访文章《浮躁中国的沉稳作家》。

《兄弟》德文版、意大利文版、西班牙文版也在是年陆续推出。

在德国，北德广播电台于 2009 年 3 月 12 日播发评论文章，称《兄弟》"是一本令人震惊、令人悯然的书，是一部了不起的小说"。

11 月，瑞士《时报》的文学评论家评出自 2000 年以来十年间最为重要的十五部文学作品（其中五部为瑞士国内的文学作品），《兄弟》名列其中。《时报》的评论称《兄弟》是"中国的《失乐园》"。

2010 年　51 岁

随笔和访谈：《一个记忆回来了》（《文艺争鸣》第 1 期），《当德国成为领跑者》（《京华时报》2010 年 7 月 6 日），《我想写出一个国家的疼痛》（《东吴学术》创刊号）。

2011 年　52 岁

随笔：《文学与经验》（《文艺争鸣》第 1 期），《文学中的现实和想象力》（《延河》第 3 期），《消费费舍尔的儿子》（《视野》第 12 期），《给塞缪尔·费舍尔讲故事》（《大方》第 2 期）。

3 月，由余华发起的"文学问题"年度学术研讨会先后以"文学与想象""文学与记忆""文学与经验"为题在浙江师范大学、暨南大学召开。三次会议的论文由复旦大学出版社结集出版，题为《文学：想象、记忆与经验》。

随笔集《十个词里的中国》中文版在中国台湾出版，英文版在美国出版。10 月赴美宣传此书。

2012 年　53 岁

8 月,《余华作品集》(十五册) 由作家出版社出版。

9 月,《音乐影响了我的写作》由作家出版社出版。

2013 年　54 岁

6 月，长篇小说《第七天》上市，由新星出版社出版，引起争议更大，受到的批评比例比《兄弟》要高。

6 月,《余华长篇小说》(四册) 由作家出版社出版。

9 月，在韩国接受记者关于《第七天》的采访。

2014 年　55 岁

1 月,《余华随笔》(三册) 由作家出版社出版。

4 月，凭《第七天》获第十二届华语文学传媒大奖最高奖项"年度杰出作家"。

4 月,《余华中短篇小说》(六册) 由作家出版社出版。

2015 年　56 岁

韩版电影《许三观》上映。

2 月，杂文集《我们生活在巨大的差距里》由北京十月文艺出版社出版，是余华自 2003 年以来的首部杂文集。

2016 年　57 岁

《第七天》捷克文版出版。

10 月，作为"十月作家居住地·布拉格"居住作家，在布拉格的几所大学和图书馆举办了一系列的读书会和讲座。

（本年谱主要参考了王侃先生的《余华文学年谱》和洪治纲先生的《余华生平年表》，特此感谢。）

参考书目

［丹麦］克尔凯郭尔：《论反讽概念》，汤晨溪译，中国社会科学出版社 2005 年。

［德］本雅明：《发达资本主义时代的抒情诗人》，张旭东、魏文生译，三联书店 1989 年。

［德］卡尔·曼海姆：《意识形态与乌托邦》，黎明、李书崇译，商务印书馆 2000 年。

［德］马尔库塞：《单向度的人》，张峰、吕世平译，重庆出版社 1988 年。

［德］哈贝马斯：《重建历史唯物主义》，郭官义译，社会科学文献出版社 2000 年。

［俄］巴赫金：《巴赫金全集》（六），李兆林、夏忠宪等译，河北教育出版社 1998 年。

［俄］巴赫金：《巴赫金文论选》，佟景韩译，中国社会科学出版社 1996 年。

［俄］普罗普：《故事形态学》，贾放译，中华书局 2006 年。

［法］阿尔都塞：《意识形态和意识形态国家机器》，李迅译，见杨远婴《外国电影理论文选》，上海文艺出版社 1995 年。

［法］福柯：《规训与惩罚》，刘北成、杨远婴译，三联书店 1999 年。

［法］福柯：《知识的考掘》，王德威译，麦田出版有限公司 1993 年。

［法］格雷马斯：《论意义》，吴泓缈等译，百花文艺出版社 2005 年。

［法］古斯塔夫·勒庞：《乌合之众——大众心理研究》，冯克利译，

中央编译出版社 2000 年。

［法］克劳德·西蒙：《弗兰德公路》，林秀清译，漓江出版社 1987 年。

［法］罗兰·巴特：《符号学原理》，王东亮译，三联书店 1996 年。

［法］皮埃尔·布迪厄、［美］华康德：《实践与反思——反思社会学导引》，李康、李猛译，中央编译出版社 1998 年。

［法］让－弗郎索瓦·利奥塔：《后现代状态——关于知识的报告》，车槿山译，三联书店 1997 年。

［法］热奈特：《叙事话语　新叙事话语》，王文融译，中国社会科学出版社 1990 年。

［法］热奈特等：《叙述学研究》，张寅德等译，中国社会科学出版社 1989 年。

［法］托多罗夫：《散文诗学——叙事研究论文选》，侯应花译，百花文艺出版社 2011 年。

［美］L.J.宾克莱：《理想的冲突——西方社会中变化着的价值观念》，马元德等译，商务印书馆 1994 年。

［美］W·考夫曼编著：《存在主义》，陈鼓应等译，商务印书馆 1987 年。

［美］阿尔文·古尔德纳：《新阶级与知识分子的未来》，杜维真、罗永生、黄惠瑜译，人民文学出版社 2001 年。

［美］阿里夫·德里克：《后革命氛围》，王宁等译，中国社会科学出版社 1999 年。

［美］阿丽斯贝塔·爱丁格：《阿伦特与海德格尔》，戴晴译，春风文艺出版社 2000 年。

［美］艾恺：《世界范围内的反现代化思潮》，贵州人民出版社 1991 年。

［美］爱德华·W·萨义德：《东方学》，王宇根译，三联书店 1999 年。

［美］本尼迪克特·安德森：《想象的共同体——民族主义的起源与散布》，吴叡人译，上海人民出版社 2005 年。

［美］波林·罗斯诺：《后现代主义与社会科学》，张国清译，上海译文出版社 1998 年。

［美］布斯：《小说修辞学》，华明等译，北京大学出版社 1987 年。

［美］道格拉斯·凯尔纳、斯蒂文·贝斯特：《后现代理论——批判性的质疑》，张志斌译，中央编译出版社 1999 年。

［美］黄宗智：《华北的小农经济与社会变迁》，中华书局 1986 年。

［美］杰克·贝尔登：《中国震撼世界》，邱应觉等译，北京出版社 1980 年。

［美］杰姆逊（詹明信）：《晚期资本主义的文化逻辑》，张旭东编，陈清侨等译，三联书店 1997 年。

［美］杰姆逊：《后现代主义与文化理论》，唐小兵译，北京大学出版社 2005 年。

［美］李普塞特：《政治人》，张绍宗译，上海人民出版社 1997 年。

［美］浦安迪：《中国叙事学》，北京大学出版社 1997 年。

［美］普林斯：《叙述学词典》，乔国强等译，上海译文出版社 2011 年。

［美］赛义德：《赛义德自选集》，谢少波、韩刚等译，中国社会科学出版社 1999 年。

［美］汤普森：《世界民间故事分类学》，郑海等译，上海文艺出版社 1991 年。

［美］威廉·巴雷特：《非理性的人——存在主义哲学研究》，杨照明、艾平译，商务印书馆 1995 年。

［美］伊哈布·哈桑：《后现代的转向》，刘象愚译，上海人民出版社 2015 年。

［英］安东尼·吉登斯：《现代性与作为认同》，赵旭东、方文译，三联书店 1998 年。

［英］马·布雷德伯里、詹·麦克法兰：《现代主义》，中国社会科学院外国文学研究所外国文学研究资料丛刊编辑委员会编译，上海外语教育出版社 1992 年。

［英］伊格尔顿：《二十世纪西方文学理论》，伍晓明译，北京大学
　　出版社 2007 年。

［英］伊格尔顿：《历史中的政治、哲学、爱欲》，马海良译，中国
　　社会科学出版社 1999 年。

Andreas Huyssen, *After The Great Divide*, Indiana University Press,
　　Bloomington and Indianapolis, 1986.

Ihab Hassan, *Paracriticisms : Seven Speculations of the Times*,
　　University of Illinois Press, 1975.

Ihab Hassan, *The Postmodern Turn : Essays in Postmodern Theory
　　and Culture*, Columbus : Ohio State University Press, 1987.

Matei Calinescu, *Five faces of modernity*, Duck University Press,
　　Durham, 1987.

XiaoMei Chen, *Occidentalism——A Theory Of Counter-Discourse
　　In Post-Mao China*, NewYork, Oxford University Press,
　　1995.

XuDong Zhang, *Chinese Modernism In The Era Of Reforms*, Duke
　　University Press, Durham And London, 1997.

白桦：《文学论争 20 年》，华中师范大学出版社 1998 年。

曾小逸主编：《走向世界文学——中国现代作家与外国文学》，湖南
　　文艺出版社 1986 年。

安晓平：《〈活着〉与〈许三观卖血记〉心理描写的叙述特点透视》，
　　《电影文学》2009 年第 8 期。

曾镇南：《〈现实一种〉及其他——略论余华的小说》，《北京文学》
　　1988 年第 2 期。

昌切、叶李：《苦难与救赎——余华 90 年代小说两大主题话语》，
　　《华中科技大学学报》（社会科学版）2001 年第 2 期。

常立：《论余华〈第七天〉中的虚构与现实》，《小说评论》2013 年

第 5 期。

陈洁：《众评家"正面强攻" 余华毫不退让》，《中华读书报》2006
　　年 4 月 26 日。

陈辽：《新时期的文学思潮》，辽宁大学出版社 1986 年。

陈琳：《反叛与回归——余华小说读解》，《江西师范大学学报》1999
　　年第 2 期。

陈戎：《余华小说〈此文献给少女杨柳〉的叙述艺术分析》，《西江
　　月》2013 年第 11 期。

陈思和、李振声、郜元宝、张新颖：《余华：中国小说的先锋性究
　　竟能走多远？——关于世纪末小说的多种可能性对话之一》，《作
　　家》1994 年第 4 期。

陈思和：《关于长篇小说的历史意义》，《当代作家评论》1996 年第
　　4 期。

陈思和：《我对〈兄弟〉的解读》，《文艺争鸣》2007 年第 2 期。

陈思和：《余华：由"先锋"写作转向民间之后》，《文艺争鸣》2000
　　年第 1 期。

陈晓明：《表意的焦虑》，中央编译出版社 2003 年。

陈晓明：《胜过父法：绝望的心理自传——评余华〈呼喊与细雨〉》，
　　《当代作家评论》1992 年第 4 期。

陈晓明：《无边的挑战——中国先锋文学的后现代性》，时代文艺出
　　版社 1993 年。

陈晓明：《先锋派之后：九十年代的文学流向及其危机》，《当代作
　　家评论》1997 年第 5 期。

陈晓明：《关于九十年代先锋派变异的思考》，《文艺研究》2000 年
　　第 6 期。

程波：《先锋及其语境——中国当代先锋文学思潮研究》，广西师范
　　大学出版社 2006 年。

程光炜、陈晓明、孟繁华著：《中国当代文学六十年》，北京大学出

版社 2015 年。

程光炜：《余华的"毕加索时期"》，《东吴学术》2010 年第 8 期。

褚蓓娟：《结构的文本——海勒和余华长篇小说研究》，安徽人民出版社 2007 年。

崔剑剑：《〈兄弟〉与余华文学创作的转型》，《文艺争鸣》2014 年第 2 期。

崔玉香：《不能承受之重——谈余华对传统婚姻伦理和家庭伦理的解构》，《理论学刊》2006 年第 4 期。

戴锦华：《裂谷的另一侧畔——初读余华》，《北京文学》1989 年第 7 期。

戴锦华：《隐形书写：90 年代中国文化研究》，江苏人民出版社 1999 年。

董丽敏：《当代文学生产中的〈兄弟〉》，《文学评论》2007 年第 2 期。

董薇、刘吉晨：《文化产业商业模式创新》，中国传媒大学出版社 2015 年。

董育宁、张玉玲：《〈许三观卖血记〉的语篇衔接与语言风格》，《太原师范学院学报》2005 年第 11 期。

樊星：《人性恶的证明——余华小说论》，《当代作家评论》1989 年第 2 期。

方爱武：《生存与死亡的寓言与诉指——余华与卡夫卡比较研究》，《外国文学研究》2006 年第 3 期。

付建舟：《余华〈第七天〉的创作意图与叙述策略》，《小说评论》2013 年第 5 期。

富华：《人性之恶与人世之厄——论余华小说的苦难叙事》，《华东师范大学学报》2002 年第 5 期。

甘阳编：《中国当代文化意识》，香港三联书店 1989 年第 5 期。

高椿霞：《〈活着〉意蕴丰厚的现代乡土叙事》，《四川民族学院学报》2012 年第 3 期。

高玉：《论余华的早年阅读与初期创作及其关系》，《浙江师范大学学报》2016 年第 3 期。

郜元宝：《不乏感动，不无遗憾》，《文学报》2013 年 6 月 27 日。

郜元宝：《我欢迎余华的"重复"》，《文汇读书周报》2005 年 9 月 16 日。

格非、李建立：《文学史研究中的先锋小说》，《南方文坛》2007 年第 1 期。

葛红兵：《后先锋时代文学的可能性》，《青年文学》1999 年第 3 期。

葛红兵：《新生代小说论纲》，《文艺争鸣》1999 年第 5 期。

耿传明：《试论余华小说中的后人道主义倾向及其对鲁迅启蒙话语的解构》，《中国现代文学研究丛刊》1997 年第 3 期。

宫佩珊：《余华的艺术转型及其困顿》，《当代文坛》2009 年第 1 期。

郭济访：《尴尬的"新"余华——兼谈新潮作家叙述方式转换之得失》，《文学世界》1997 年第 5 期。

郝魁锋：《先锋之后的文学踪迹——二十世纪九十年代后"先锋小说"转型研究》，河南大学 2012 年博士论文。

何鲤：《论余华的叙事循环》，《湖北大学学报》1996 年第 5 期。

何望贤编选：《西方现代派文学问题论争集》，人民文学出版社 1984 年。

贺桂梅：《批评的增长与危机》，山西教育出版社 1999 年。

贺桂梅：《先锋小说的知识谱系与意识形态》，《文艺研究》2005 年第 10 期。

贺桂梅：《小说与现实：从反叛到理解——〈许三观卖血记〉与余华的小说创作》，《当代文坛报》1997 年第 5—6 期合刊。

洪治纲：《悲悯的力量——论余华的三部长篇小说及其精神走向》，《当代作家评论》2004 年第 6 期。

洪治纲：《另一种真实——试论余华小说的美学意蕴》，《百家》1990 年第 1 期。

洪治纲：《守望先锋——兼论中国当代先锋文学的发展》，广西师范大学出版社 2005 年。

洪治纲：《先锋：自由的迷津——论九十年代以来中国先锋小说面临的六大障碍》，《当代作家评论》2003 年第 1 期。

洪治纲：《寻找是为了见证——论余华的长篇小说〈第七天〉》，《中国现代文学研究丛刊》2013 年第 11 期。

洪治纲：《余华评传》，郑州大学出版社 2004 年。

洪治纲：《余华研究资料》，天津人民出版社 2007 年。

洪治纲：《先锋精神的还原与重铸——兼论九十年代先锋文学存在的必要性》，《小说评论》1996 年第 2 期。

洪子诚：《中国当代文学史》，北京大学出版社 1999 年。

胡河清：《论格非、苏童、余华与术数文化》，《当代作家评论》1992 年第 5 期。

黄子平：《"灰阑"中的叙述》，上海文艺出版社 2001 年。

黄子平：《沉思的老树的精灵》，浙江文艺出版社 1986 年。

黄子平：《得意莫忘言——关于"文学语言学"的研究笔记之一》，《上海文学》1985 年第 11 期。

黄子平：《关于〈沉思的老树的精灵〉》，《文学评论》1987 年第 4 期。

霍俊明：《余华"现实叙事"的可能或不可能——由〈第七天〉看当下小说叙述"现实"的困境》，《小说评论》2013 年第 5 期。

季红真：《文明与愚昧的冲突》，浙江文艺出版社 1986 年。

季进：《作家们的作家——博尔赫斯及其在中国的影响》，《当代作家评论》2000 年第 3 期。

江南、王萍：《余华前后期小说中比喻的变异及意义》，《扬州大学学报》2009 年第 3 期。

姜波：《生命真谛的求索与超越——毕淑敏、余华小说死亡命题比较》，《齐齐哈尔大学学报》（哲学社会科学版）2001 年第 1 期。

孔范今、吴义勤、王金胜：《新时期文学研究资料汇编：余华研究资料》，山东文艺出版社 2006 年。

孔会侠：《〈第七天〉：从出发到抵达》，《南方文坛》2014 年第 2 期。

蓝棣之、李复威主编：《寻找的时代：新潮批评选萃》，北京师范大学出版社 1992 年。

李春林：《东方意识流文学》，辽宁大学出版社 1987 年。

李丹：《余华小说的修辞策略及意义》，河北师范大学 2002 年硕士论文。

李佳俊：《生活的描写和文学的思考——读〈拉萨河女神〉断想录》，《西藏文学》1985 年第 1 期。

李劼：《试论文学形式的本体意味》，《上海文学》1987 年第 3 期。

李劼：《文学是人学新论》，花城出版社 1987 年。

李劼：《论中国当代新潮小说》，《钟山》1988 年第 5 期。

李洁非、杨劼选编：《寻找的时代：新潮批评选萃》，北京师范大学出版社 1992 年。

李洁非、张陵：《"再现真实"：一个结构语言学的反诘》，《上海文学》1988 年第 2 期。

李敬泽：《警惕被宽阔的大门所迷惑》，《新京报》2005 年 8 月 19 日。

李敬泽：《十年磨残剑》，《新京报》2005 年 10 月 8 日。

李敬泽等：《集体作业——实验文学的理论与实践》，中国广播电视出版社 1999 年。

李莉、李禹婷：《贝克特与乔伊斯两位文学大师的交集》，《世界文化》2016 年第 10 期。

李蓉：《〈第七天〉：死亡的"诗意"》，《小说评论》2013 年第 6 期。

李陀：《还是认真地读点作品》，《文学自由谈》1988 年第 6 期。

李陀：《阅读的颠覆——论余华的小说创作》，《文艺报》1988 年 9 月 24 日。

李野：《精神超越的可能——从主体性的角度对王小波与余华写作意义的比较分析》，《文艺评论》2003 年第 3 期。

李永祥：《精神的不懈追求者：余华论》，《山东社会科学》2000 年
　　第 6 期。

李泽厚：《中国现代思想史论》，安徽文艺出版社 1994 年。

梁振华：《〈第七天〉：由真实抵达荒诞》，《中国艺术报》2013 年
　　7 月 26 日。

林芳瑜：《放逐之子的复仇之剑——从〈铸剑〉和〈鲜血梅花〉看
　　两代先锋作家的艺术品格和主体精神》，《鲁迅研究月刊》2002 年
　　第 8 期。

林舟：《先锋的困难》，《青年文学》1999 年第 4 期。

刘保昌、杨正喜：《先锋的转向与转向的先锋——论余华小说兼及
　　先锋小说的文化先锋》，《华中理工大学学报》（社会科学版）1999
　　年第 4 期。

刘禾：《跨语际书写——现代思想史写作批判纲要》，上海三联书店
　　1999 年。

刘江凯：《"经典化"的喧哗与遮蔽：余华小说创作及其批评》，《文
　　艺研究》2016 年第 1 期。

刘琼：《重复：一种自觉的艺术选择》，《乐山师范学院学报》2009
　　年第 6 期。

刘小枫：《现代性社会理论绪论》，上海三联书店 1998 年。

刘旭：《汪曾祺小说的叙事模式研究："汪氏文体"的形成》，《文学
　　评论》2015 年第 2 期。

刘旭：《文学莫言与现实莫言》，《文学评论》2017 年第 1 期。

刘旭：《吃饱之后怎样》，《当代作家评论》2000 年第 4 期。

刘旭：《东方文化与西方文化视域中的底层文学》，《天津师范大学
　　学报》2016 年第 2 期。

刘旭：《高晓声的小说及其国民性话语——兼谈当代文学史的写
　　作》，《文学评论》2008 年第 3 期。

刘旭：《后殖民审丑观：张艺谋电影的东方意象的背后》，《华东师

范大学学报》2010 年第 6 期。

刘旭：《解读莫言〈透明的红萝卜〉之谜》，《枣庄师范学院学报》
　　2012 年第 6 期。

刘旭：《鲁迅小说的双重叙事时空与竹内好的判断》，《学术论坛》
　　2016 年第 10 期。

刘旭：《莫言：超越人类中心之后的东方化文学》，《云南大学学报》
　　2014 年第 6 期。

刘旭：《我们的优秀作家“差”在哪儿——叙事分析与文学性问
　　题》，《上海文学》2016 年第 12 期。

刘旭：《想象与现实的悖论：“国民性”阻碍了现代中国的建立吗》，
　　《华东师范大学学报》2015 年第 1 期。

刘郁琪：《欲望视野中的生存困境——论余华小说〈兄弟〉中的
　　“离合”“悲欢”》，《当代文坛》2006 年第 5 期。

刘再复：《性格组合论》，上海文艺出版社 1985 年。

刘哲：《恐惧与怜悯——读余华的小说》，《东方艺术》1996 年第 2 期。

柳鸣九主编：《“存在”文学与文学中的“存在”》，社会科学文献出
　　版社 1997 年。

柳鸣九主编：《意识流》，中国社会科学出版社 1989 年。

楼晓勤：《透过迷雾的思索与展望——以余华为例看世纪之交中国
　　“先锋小说”的变衍》，浙江大学 2009 年硕士论文。

罗绮卫：《浅论余华小说叙事视角的变化》，《当代文坛》2003 年第
　　5 期。

马玉田、张建业主编：《1979—1989 十年文艺理论论争言论摘编》，
　　北京十月文艺出版社 1991 年。

马原：《我的想法》，《西藏文学》1985 年第 1 期。

马原：《我是那个写小说的汉人》，《三峡文学》2009 年第 7 期。

马跃敏：《〈兄弟〉：余华的困境与歧途》，《当代文坛》2006 年第 3
　　期。

马知遥：《论余华小说创作的先锋性》，《理论学刊》2007 年第 4 期。

孟繁华：《九十年代：先锋文学的终结》，《文艺研究》2000 年第 6 期。

莫言：《清醒的说梦者——关于余华及其小说的杂感》，《当代作家评论》1991 年第 2 期。

南帆：《八十年代：话语场域与叙事的转换》，《文学评论》2011 第 2 期。

南帆：《再叙事：先锋小说的境地》，《文学评论》1993 年第 3 期。

南志刚：《叙述的狂欢和审美的变异——叙事学和中国当代先锋小说》，华夏出版社 2006 年。

倪伟：《鲜血梅花：余华小说中的暴力叙述》，《当代作家评论》2000 年第 4 期。

潘凯雄：《〈呼喊与细雨〉及其他》，《当代作家评论》1992 年第 4 期。

潘凯雄：《走出轮回了吗？——由几位青年作家的长篇新作所引发的思考》，《当代作家评论》1992 年第 2 期。

潘卓盈：《余华反击读者批评：〈第七天〉是最能代表我的小说》，《都市快报》2013 年 7 月 4 日。

庞守英：《寻找先锋和传统的结合部——余华长篇小说的叙事学价值》，《当代文坛》2003 年第 5 期。

齐红：《苦难的超越与升华——论余华小说中的"苦难"主题》，《当代文坛》1999 年第 1 期。

秦宇慧：《隐匿的"非理性世界"——论余华及其近作〈许三观卖血记〉》，《沈阳教育学院学报》1996 年第 3 期。

仁士伟、许明芳、何爱英：《给余华拔牙——盘点余华的"兄弟"店》，同心出版社 2006 年。

申丹、王丽亚：《西方叙事学：经典与后经典》，北京大学出版社 2010 年。

沈梦瀛：《余华的冷酷：抉发人类本性——论余华小说的自然主义倾向》，《武汉交通科技大学学报》（社会科学版）1999 年第 2 期。

沈太慧、陈全荣、杨志杰编:《1979—1983 文艺论争集》,黄河文艺
　　出版社 1985 年。

沈杏培、姜瑜:《被消费的"文革"历史与当代现实——消费文化
　　语境下〈兄弟〉的生产与传播》,《南京师范大学学报》2011 年第
　　2 期。

施战军:《九十年代创作走向分流的实质——一个有关文学理想的
　　话题》,《文艺争鸣》1997 年第 4 期。

舒文治:《在边缘活着——从〈活着〉〈边缘〉考察先锋小说对生活
　　境态的演述》,《小说评论》1996 年第 2 期。

宋耀良:《十年文学主潮》,上海文艺出版社 1988 年。

孙彩霞:《刑罚的意义——卡夫卡〈在流放地〉与余华〈一九八六
　　年〉的比较研究》,《当代文坛》2003 年第 3 期。

谭华:《余华 1990 年代小说叙事中的时间意识》,《安庆师范学院学
　　报》(社会科学版)2009 年第 7 期。

汪晖:《死火重温》,人民文学出版社 2000 年。

汪晖:《汪晖自选集》,广西师范大学出版社 1997 年。

汪晖:《无边的写作——〈我能否相信自己——余华随笔选〉序》,
　　《当代作家评论》1999 年第 3 期。

汪跃华:《别无选择的寻找》,华东师范大学 2001 年博士论文。

汪跃华:《记忆中的"历史"就是此时此刻》,《当代作家评论》2000
　　年第 4 期。

汪政、张钧、葛红兵:《关于新生代,我们如是说》,《花城》1999
　　年第 5 期。

王弼:《老子道德经注校释》,中华书局 2008 年。

王彬彬、残雪、余华:《"真的恶声"——残雪、余华与鲁迅的一种
　　比较》,《当代作家评论》1992 年第 1 期。

王彬彬:《余华的疯言疯语》,《当代作家评论》1989 年第 4 期。

王斌、赵小鸣:《余华的隐蔽世界》,《当代作家评论》1988 年第 4 期。

王冰冰：《表象时代的写作困境——评余华的〈第七天〉》，《小说评论》2013 年第 5 期。

王达敏：《一部关于平等的小说——余华长篇小说〈第七天〉》，《扬子江评论》2013 年第 4 期。

王德威：《从十八岁到第七天》，《读书》2013 年第 10 期。

王德威：《当代小说二十家》，三联书店 2006 年。

王鸿卿：《〈兄弟〉：余华的真面目》，《艺术广角》2006 年第 2 期。

王吉鹏、赵月霞：《论鲁迅和余华小说的精神同构性》，《内蒙古师范大学学报》2003 年第 5 期。

王金胜、胡健玲：《余华研究资料》，山东文艺出版社 2006 年。

王侃、刘琳编著：《余华文学年谱》，复旦大学出版社 2015 年。

王侃、余华：《我想写出一个国家的疼痛》，《东吴学术》2010 年创刊号。

王侃：《余华文学年谱》，《东吴学术》2012 年第 4 期。

王宁：《后现代主义的终结——兼论中国当代先锋小说之命运》，《天津文学》1991 年第 12 期。

王宁：《后现代主义与中国当代先锋文学》，《人民文学》1989 年第 6 期。

王宁：《接受与变形：中国当代先锋小说中的后现代性》，《中国社会科学》1992 年第 1 期。

王世诚：《向死而生：余华》，上海人民出版社 2005 年。

王晓明：《王晓明自选集》，广西师范大学出版社 1997 年。

王晓明主编：《二十世纪中国文学史论》，东方出版中心 1997 年。

王学谦：《余华：生命悲剧的冷峻凝视——论余华小说及其文学史意义》，《吉林师范大学学报》（人文社会科学版）2009 年第 2 期。

王岳川：《后现代主义文化研究》，北京大学出版社 1992 年。

王征：《日常经验的再现——论余华近年来创作走向》，《上海师范大学学报》（哲学社会科学版）2000 年第 1 期。

王子宁：《余华长篇小说〈兄弟〉的叙事研究》，东北师范大学 2009 年硕士论文。

吴慧敏：《小说叙事：余华与契诃夫之比较》，《文艺研究》2002 年第 3 期。

吴亮、李陀、杨庆祥：《八十年代的先锋文学和先锋批评》，《南方文坛》2008 年第 6 期。

吴亮：《回顾先锋文学》，《作家》1994 年第 1 期。

吴亮：《马原的叙述圈套》，《当代作家评论》1987 年第 3 期。

吴亮：《向先锋派致敬》，《上海文论》1988 年第 1 期。

吴亮：《新模式的兴起和它的前途》，《当代作家评论》1985 年第 3 期。

吴亮：《艺术家和友人的对话》，上海文艺出版社 1987 年。

吴义勤、刘永春：《先兆与前奏——二十世纪八十年代先锋作家走向九十年代的转型历程》，《解放军艺术学院学报》2003 年第 1 期。

吴义勤：《告别"虚伪的形式"——〈许三观卖血记〉之于余华的意义》，《文艺争鸣》2000 年第 1 期。

吴义勤：《切碎了的生命故事——余华长篇小说〈呼喊与细雨〉试评》，《小说评论》1994 年第 1 期。

吴义勤：《中国当代新潮小说论》，江苏文艺出版社 1997 年。

吴义勤：《自由与局限——新生代小说家论》，《文学评论》2007 年第 5 期。

席格：《梦魇中的狂欢——论余华小说叙事中的暴力与死亡》，《郑州大学学报》2003 年第 2 期。

夏中义、富华：《困难中的温情与温情地受难——论余华小说的母题演化》，《南方文坛》2001 年第 4 期。

肖百容：《死亡：分裂的喜剧——论余华小说的死亡主题》，《理论与创作》2004 年第 4 期。

肖复兴：《一月清新的风》，《北京文学》1984 年第 1 期。

谢廷秋：《以精神抗击不幸——从余华告别"先锋"看人文精神的

　　建构》，《培训与研究》1998 年第 1 期。

谢有顺：《绝望审判与家园中心的冥想——再论〈呼喊与细雨〉中
　　的生存进向》，《当代作家评论》1993 年第 2 期。

谢有顺：《先锋就是自由》，山东文艺出版社 2004 年。

谢有顺：《〈兄弟〉根本不值一提》，《南方日报》2006 年 3 月 30 日。

谢有顺：《重返伊甸园与反乌托邦——转型期的先锋小说》，《花城》
　　1994 年第 3 期。

谢有顺：《历史时代的终结：回到当代——论先锋小说的转型》，
　　《当代作家评论》1994 年第 5 期。

邢建昌、鲁文忠：《先锋浪潮中的余华》，华夏出版社 2000 年。

徐林正：《先锋余华》，浙江文艺出版社 2003 年。

许纪霖编：《二十世纪中国思想史论》，东方出版中心 2000 年。

许子东：《为了忘却的集体记忆——解读 50 篇文革小说》，三联书店
　　2000 年。

严锋：《现代话语》，山东友谊出版社 1997 年。

杨荷泉：《论〈第七天〉的多重叙述语调》，《小说评论》2013 年第
　　6 期。

杨扬：《先锋的遁逸——论当代先锋文学、先锋批评与意识形态的
　　关系》，《二十一世纪》（香港）1995 年第 6 期。

杨扬：《先锋文学、先锋批评在当代》，《东方》1995 年第 6 期。

姚公涛：《法国“新小说”的后现代主义特征》，《求索》2010 年第
　　6 期。

佚名：《〈第七天〉在骂声中热卖　销量登顶排行榜第一名》，《新民
　　晚报》2013 年 6 月 26 日。

尹国均：《先锋试验》，东方出版社 1998 年。

余岱宗：《论余华小说的黑色幽默》，《福建论坛》（文史哲版）1998
　　年第 3 期。

余华、潘凯雄：《新年第一天的文学对话——关于〈许三观卖血记〉

及其它》,《作家》1996 年第 3 期。

余华、张清华:《"混乱"与我们时代的美学》,《上海文学》2007 年第 3 期。

余华:《我的文学道路》,《当代作家评论》2002 年第 4 期。

余华:《我能否相信自己》,人民出版社 1998 年。

余华:《我只要写作,就是回家——与作家杨绍斌的谈话》,《当代作家评论》1999 年第 1 期。

余华:《虚伪的作品》,《上海文论》1989 年第 5 期。

余华:《余华谈先锋派》,《当代作家评论》1996 年第 1 期。

余弦:《重复的诗学——评〈许三观卖血记〉》,《当代作家评论》1996 年第 4 期。

俞利军:《忧郁朦胧之美——余华与川端康成比较研究》,《外交学院学报》2000 年第 4 期。

俞利军:《余华与川端康成比较研究》,《外国文学研究》2001 年第 1 期。

俞吾金:《意识形态论》,上海人民出版社 1993 年。

张爱军:《浅析小说〈兄弟〉中的狂欢化叙事风格》,《短篇小说》2013 年第 2 期。

张崇员:《二十年来余华研究综述》,《徐州师范大学学报》(哲学社会科学版) 2007 年第 9 期。

张定浩:《〈第七天〉:匆匆忙忙地代表着中国》,《上海文化》2013 年第 5 期。

张福萍:《回旋于游戏之上的颠覆文本——论余华小说的空间叙事》,《河南师范大学学报》2009 年第 3 期。

张国义编:《生存游戏的水圈——理论批评选》,北京大学出版社 1994 年。

张闳:《血的精神分析——从〈药〉到〈许三观卖血记〉》,《上海文学》1998 年第 12 期。

张京媛主编：《新历史主义与文学批评》，北京大学出版社 1993 年。

张藜藜：《作家余华逛文博会——"李光头"的故乡在义乌》，《杭州日报》2006 年 4 月 11 日。

张立群、王永：《叙述的方式与观念的解读——博尔赫斯之于余华小说的意义》，《江苏社会科学》2009 年第 3 期。

张丽军：《"消费时代的儿子"——对余华〈兄弟〉的批评》，《文艺争鸣》2008 年第 2 期。

张清华、张新颖、余华：《余华长篇小说〈第七天〉学术研讨会纪要》，《当代作家评论》2013 年第 6 期。

张清华：《〈兄弟〉及余华小说中的叙事诗学问题》，《文艺争鸣》2010 年第 3 期。

张清华：《精神接力与叙事蜕变——论"新生代"写作的意义》，《小说评论》1998 年第 4 期。

张清华：《文学的减法——论余华》，《南方文坛》2002 年第 4 期。

张清华：《中国当代先锋文学思潮论》，江苏文艺出版社 1997 年。

张清华：《叙事·文本·记忆·历史——论格非小说中的万史哲学、历史诗学及其启示》，《山东师范大学学报》（人文社会科学版）2004 年第 2 期。

张润：《死亡与痛苦的大胆展现——海明威与余华创作主题比较》，《宁波大学学报》2001 年第 3 期。

张卫中：《余华小说的时间艺术》，《三峡大学学报》（人文社会科学版）2005 年第 3 期。

张卫中：《余华小说解读》，《当代作家评论》1990 年第 6 期。

张曦：《福克纳的心理描写与余华叙事形式的比较》，《南京师范大学文学院学报》2009 年第 6 期。

张晓峰：《从先锋写作到现代写实——论 20 世纪 90 年代以来余华写作的转型》，《武汉理工大学学报》（社会科学版）2005 年第 5 期。

张新颖：《荒谬、困境及无效克服——余华小说试评》，《上海文论》

1988 年第 3 期。

张旭东:《自我意识的童话——格非与实验小说的几个母题》,三联
书店 2003 年。

张学昕、刘江凯:《压抑的或自由的——评余华的长篇小说〈兄
弟〉》,《文艺评论》2006 年第 6 期。

张琰:《以生拒死　以死求生——〈活着〉〈许三观卖血记〉的生存
哲学》,《东疆学刊》2003 年第 4 期。

张英、宋涵:《余华现在说》,《南方周末》2006 年 4 月 27 日。

赵思运:《以短篇手法写长篇的成功尝试——读余华〈许三观卖血
记〉》,《小说评论》2000 年第 4 期。

赵毅衡:《非语义化的凯旋——细读余华》,《当代作家评论》1991
年第 2 期。

郑国庆:《主体的泯灭与重生——余华论》,《福建论坛》(人文社会
科学版)2000 年第 6 期。

郏庭阁:《从混沌到澄明——余华小说的一种解读》,《文学评论》
1998 年第 2 期。

周兴武:《主体的张扬与隐退——论余华小说风格的变化》,《杭州
大学学报》(哲学社会科学版)1997 年第 1 期。

朱大可:《聒噪的时代》,湖南文艺出版社 1998 年。

朱伟:《余华、史铁生、格非、林斤澜几篇新作印象》,《中外文学》
1988 年第 3 期。

后　记

　　首先应该说，余华是当代文坛数一数二的作家，其文学才华也就莫言能与之相抗衡。我一直关注余华，从1996年硕士论文题目是余华代表的"先锋小说"，到1999年发表第一篇关于《许三观卖血记》的论文，直到今天，我一直把余华当成当代最好的几位作家之一来关注。其次要声明下，这本书很多地方批评得非常尖刻，但我不是为了批评而批评，我是希望余华珍惜他的天赋。这个判断与我下一个判断紧密联系。

　　如果在世的中国作家中还有第二个人最有资格获得诺贝尔文学奖，那就是余华。不少论者认为诺贝尔文学奖不适合中国，或者中国不需要诺贝尔。从整个全球化大工业和高科技经济模式来看，诺贝尔奖从各个方面来说都是衡量一个国家的现代发展成就的重大指标，特别是文学，目前为止没有哪个奖能与诺贝尔文学奖相抗衡，获奖者可能有骂名、有意外，但其文学成就都是不可否认的，特别是中国正走向超级大国的今天，全球化经济体系正在越来越高的层次上为中国所用，这些衡量现代化程度的指标更是越来越被重视；作为一个双向运动，诺贝尔奖也越来越考虑中国人选。对余华来说，就凭他的世界影响和九十年代积累的良好口碑，即使今天就获奖，中国和世界也没话说，还很可能比莫言的骂声少很多。当然这是指《活着》。《兄弟》尽管在国内国外的销量都很高，影响也很大，但其文学成就很难说达到了一流水平。余华创作的黄金时间至少还有二十年。从 1987 年到 2017 年，三十年过去了，余华的才华一点也没减少，获得诺贝尔文学奖的作家平均年龄在六十到八十岁的占近百分之六十①，从这点来看，余华还很年轻。尽管按诺贝尔文学奖的评奖规律，十年内不会重复给同一个国家的作家，但十年之后或二十年之后还是可能的，那时余华六十多岁或七十多岁，获奖仍然是个人的巨大成就和国家的骄傲。希望他能像写《活着》一样认真而投入地写一部像《兄弟》那样有"野心"的著作，只凭《活着》是不够的。余华应该认真地对待自己的作品。指出问题，并有往更高处走的可能，才是有效的、负责的批判。余华有获奖的资质、阅历和天赋，很多作家缺乏这些关键的东西，基本一生与诺奖无缘。余华所要做的，只要认真就够了，余华的长处是情节的建构和川端康成的细节描写，时刻不放弃这两点就能保证文学的正常输出，再像《活着》一样认真且充满爱和善意，则提供了人文意识方面的坚守和纯文学式的对人类本身的关注。

本书不是重在研究余华作品内部可以挖掘的哲学化的思想，或者可以与哪些世界文学大师和哲学家的伟大思想相对接，本书重点是分析余华的写作技巧及其变化，更重要的是发现这些变化对他创作质量的影响。销量是他的成功之处，但不代表文学性上的同等成功，很多评论者都认为《兄弟》之后是余华的倒退，甚至不认为《兄弟》是纯文学作品。纯文学的荒诞和超现实是"认真"的荒诞和超现实，评论界很明显最惊讶和失望的就是小说中过于随意的写作态度，国际上的成功也好理解，余华的叙事能力少有人能与之相比，再者，脱离了中国语境，从不熟悉中国文化传统和风俗习惯的外国人来看，中国读者和评论家眼中的细节上的漏洞，都会被西方人转换成"后社会主义"时期的荒诞，和诺

---

① 魏瑞斌：《诺贝尔文学奖获得者年龄分布》，科学网。

贝尔文学奖评委会对待莫言的权力批判的方式类似。余华的文本或者就成为了西方意识形态最期待的"后社会主义东方主义"的一个有机部分。如果中国成为了超级大国，这些荒诞又会被看成是萨特或卡夫卡式的荒诞。西方在意识形态斗争领域的伎俩百出本就是人类社会的重大阴暗的表现，这是与人类伴生的权力之恶，精英集团为了权力和利益不择手段，一直是文明的最大的敌人，这也正是文学思考的终极。余华几乎所有的重要作品都涉及了权力问题，日常生活的权力也好，政治权力也好，都可能先成人类社会的阴暗之源。余华的叙事能力与这种思考结合，完全可能产生超过《活着》和《兄弟》的作品。我们希望这些分析能给余华和其他作家的创作有些启示。

余华研究有一个重大的好处和方便，余华写了大量关于文学的随笔，还有相当部分发表在专业核心期刊上的论文，比起小说来只多不少，几乎每一部小说都被多次在不同的散文随笔中提及。这给余华本身思想的研究提供了极大的便利，只把这些文章和片段放在一起，就能成为一部不下五十万字的《余华自论》。这也给研究者提供了另一个好处，就是看出一个作家本人的思想和意图与他的文学创作相契合的程度。有些随笔能从正面说明余华的一些想法，特别是看出余华创作的意图。但很明显的是，余华是一个经常与自己的意图分裂的作家，他的话常常提供的是反证，而不是自省和推进，这种就不能作为正面解读的依据。作家想什么想成为什么，不代表他在创作中真的能实现他的所想。从《兄弟》开始，余华和中国评论界积怨已深，特别是2013年的《第七天》，太多的批评让余华很伤心，余华的底气还是在于销量和大众读者的支持，特别是在国外的众多奖项和销售业绩，从2015年出版的杂文集《我们生活在巨大的差距里》来看，余华对评论界还是没有一点好感，先锋时代和底层时代的鱼水相谐之态似乎再也不会出现了。其实，作为评论界的一员，我们的批评不是针对余华本人，而是余华的作品，如果余华是一个商人，或者干脆就是郭敬明那样的通俗作家，评论界就不会有那么大的批评声音了，因为我们仍然期待余华能拿出比《活着》更好的纯文学作品来，这个"更好"，指严肃认真的态度和相对深刻的思考。没有人指望销量千万册的郭敬明会拿诺贝尔文学奖，但很多人期待余华能拿到。余华能做到文学性和大众接受上的同时的成功，这一点余华要大大超过莫言。我们希望有一天我们可以说那句话："中国又多了一个获诺贝尔文学奖的作家，他的名字叫余华。"我们等着那个时刻的到来。

由于本人疏懒，研究余华的资料又浩如烟海，在引证及论证上多有不足和缺憾，请大家多多批评。

感谢作家出版社提供这样一个机会，感谢刘艳女士和谢有顺先生的引见和督促，不然我不会把一直关心的余华写成一本二十万字的专著。感谢出版社李宏伟先生的中肯建议和出版过程中的诸多辛劳。感谢研究生周姿含、赵艺、叶杨莉、沈佳、王月林等同学在资料搜集方面的付出，感谢张宇阳同学认真的校对和建议。

2017 年 6 月于上海

图书在版编目（CIP）数据

余华论 / 刘旭著 . -- 北京：作家出版社，2018.5
（中国当代作家论）
ISBN 978 - 7 - 5063 - 9994 - 4

Ⅰ . ①余… Ⅱ . ①刘… Ⅲ . ①余华 - 作家评论
Ⅳ . ① I206.7

中国版本图书馆 CIP 数据核字（2018）第 057879 号

余华论

总 策 划：吴义勤
主 编：谢有顺
作 者：刘 旭
出版统筹：李宏伟
责任编辑：杨新月
装帧设计：合和工作室
出版发行：作家出版社
社 址：北京农展馆南里 10 号 **邮 编**：100125
电话传真：86 - 10 - 65930756（出版发行部）
　　　　　　86 - 10 - 65004079（总编室）
　　　　　　86 - 10 - 65015116（邮购部）
E - mail: zuojia@zuojia. net. cn
http: // www. haozuojia. com（作家在线）
印 刷：北京明月印务有限责任公司
成品尺寸：152 × 230
字 数：250 千
印 张：20
版 次：2018 年 5 月第 1 版
印 次：2018 年 5 月第 1 次印刷
ISBN 978 - 7 - 5063 - 9994 - 4
定 价：46.00 元

中国当代作家论

第一辑

阿城论　杨　肖　著　　定价：39.00 元

昌耀论　张光昕　著　　定价：46.00 元

格非论　陈斯拉　著　　定价：45.00 元

贾平凹论　苏沙丽　著　　定价：45.00 元

路遥论　杨晓帆　著　　定价：45.00 元

王蒙论　王春林　著　　定价：48.00 元

王小波论　房　伟　著　　定价：45.00 元

严歌苓论　刘　艳　著　　定价：45.00 元

余华论　刘　旭　著　　定价：46.00 元